室生犀星研究

小説的世界の生成と展開

Takase Mariko
髙瀬真理子

翰林書房

室生犀星研究――小説的世界の生成と展開◎目次

犀星にとって小説とは何か——序に代えて

正宗白鳥が「自然主義文学盛衰史」の中で、田中王堂という在野の哲学者を例に、学者的人物について述べている次の一節が、犀星を語る際にもよくあてはまると思う。

盛名ある人間や団体が世人に嫉視され、悪声を放たれるのは有りがちの事であるが、私が回顧して興味を覚えるのは、あの頃の官学の学者的態度である。田中王堂に対しても、「なぜ、あんな人間を相手に議論するのだ。」と忠告した大学教授もあったそうだ。あんな人間とは、田山岩野のような学位も有たず大した学歴もない人間を指して云ったのだ。自然主義なんか、下等な文学者の信奉することと学者的人物には思われていた。それればかりではない、学者的人物が多少好意でもあるらしい態度を見せると、それを特に喜ぶらしいのが、文学者通有の傾向であったことを、私は自分の目で見、耳で聞き、心で感じていたのである。

犀星は、金沢という風土に育まれて、まず俳句から文学に親しみ、「愛の詩集」や「抒情小曲集」などで詩人として認められ、さらに小説へと発展していった作家であるが、俳句や詩から小説に移行したわけではなく、作品発表の波はあっても、生涯、俳句も詩も小説も書き続けている。その点、小説に移行するに従って詩を書かなくなった島崎藤村などとは異なるタイプの作家であるし、佐藤春夫とも対照的に異なる気質の作家として認識しなければならないだろう。

出生の事情や養家の環境から、学歴や家柄を持たなかった犀星は、近代日本の文学者達が抱えていた家父長制にまつわる「家」や「東洋的知と西洋的知の軋轢」に関わる苦悩とは、おおよそ別の苦悩を抱えていた。「家」の対面を汚す不義の子として、親の都合で捨てられた子には、自己を確認する「家」なるものが存在しない。しかも、実家はすぐ近くにありながら、訪ねることを許されない家であり、実父の死とともに、実母の行方も知れなくなって、長兄が家督を相続する中で、多感な時代を過ごすことになる。それ故に犀星は、自ら自分自身の夢見た「家」や「家庭」を造ろうとするが、作品世界を見る限り、そこで、再度自分の育った環境に裏切られている。

不遇な子ども時代に金沢の西の郭や犀川の河原で身につけた感性と、俳句で培った言語感覚や、文壇の流行に鋭敏な表現に関する嗅覚を頼りに作品を構築していった。また、思いつくと興に任せてどうしても作品を濫作する傾向にあった。独学し、優れた先達を手本とし、自らも新境地の開拓に努力した。そういう犀星にとって大正初期の北原白秋や、芥川龍之介の存在は、きわめて大きかったと思われる。近代知識人作家の作品には、「無用者」の苦悩も見られるが、犀星の場合には、似て非なる「疎外された者」の苦悩を読み取ることが出来る。しかしながら、学歴がないことは、冒頭の正宗白鳥の証言でも明確なように、正当に作品が評価されなかったり、詩人の書いた小説という片づけられ方をされたり、学がないことを揶揄したような酷評にさらされたりもした。しかし、同時に「あんな人間」よりも酷い条件を有する犀星の作品が、同時代の読者層に受け入れられるだけの魅力を持ち続けたこともまた確かであった。

犀星の作品は、確かに詩人であることを抜きには語れない。なぜならば、彼の作品は、多くの評者が語るように、論理性よりも感性、生理、肉体が感じられ、論理でとらえるよりは、イメージや感性の動きをとらえて読み解いた方が、内容把握がしやすい傾向にある。また、文章も、主体である作者の視線から、容易に対象とされたものや小動物に主体が移動していくことがあるからである。自身の小説についての説明ですら、詩の言葉で書かれていて難解だとの指摘もある。

犀星は、大きく言えば、繊細でリリカルな作風と野人のような荒々しい作風の間を行き来しながら、常に新しい文学へ挑戦する姿勢で作品を発表し続けることによって、何度も文壇の一線に立ってきた。小説への挑戦は、生活収入としての原稿料の問題もあろうけれど、それよりも大きな問題として、詩の中で魚をモチーフとして訴えてきた性の悶えや、母や出生の問題、社会の底辺でうごめく人々を表現する方法として、詩だけでは表現しきれないものを表現するのに、きわめて適切な表現方法であったと考えられる。また、詩の基盤があっての小説であったからこそ、新感覚派の先駆をなす表現が可能であったし、また、新感覚派が廃れた後も感覚派であり得た。芥川が晩年にいわゆる「話の筋論争」に関わる一連の文章の中で、小説に見られる詩的精神の深浅を問題にした。犀星は、芥川の死を越えて、芥川を自分らしくその身内に生かそうとした。モダニズムへの接近やレアリスムへの飽くなき探求から、自伝的小説への再挑戦、苦手な文芸時評や映画時評への挑戦などの七転八倒を経て、迫真のエネルギーを蓄えた野性的な女性像の造形も可能となり、生母をコアとする女性像が詩から生まれたと仮定すれば、養母をコアとする女性像が小説から生まれ、それらは、時に交差しながら時に愛憎が絡み、犀星が母たちに作品中で復讐しようとすれば、犀星自身が作品から復讐される中で作品が発展していったと考えられる。また、緊迫した戦時下には、心境小説のうちに身を潜めたり、王朝ものの中で真善美の追究を行った。それらのうちには、「切なき思ひぞ知る」に象徴される厳しさを伴う世界を垣間見ることができる。戦後、文壇復活の遅れる犀星だが、「女ひと」で復活を果たした後は、やはり詩人であることを生かした作家活動になっている。詩の中で大切にされた魚のモチーフは、小説世界で自由を獲得し、少女や娼婦になり、魚社会と人間社会を行き来して、前衛的な小説を生み出すに至った。時間や空間を自由に行き来できる通路を見出し、最後まで詩と小説の双方を発表し、そのどちらにおいても他の詩人や作家に見られない独自性を獲得している。

犀星の作品総数は、『室生犀星文学年譜』の存在でも分かるように膨大であるが、濫作した分、評価面で損をしている。しかし、中村真一郎が「蜜のあはれ」を世界文学の中に据えて高く評したように、また、川端康成が犀星を「言語表現の妖魔」と呼んだように、作品を選ぶと、他のどの作家にも見られない優れた作品群がある。それは常に、一定の作風に囚われない自由と変化に富んでいる。

この論文集では、犀星の作品全体に目を配りながらも、そのような犀星の小説の変遷をたどっていきたい。

第1章

初期小説をめぐる諸問題

喪失、疎外される境遇との格闘——初期小説、「幼年時代」論——

大正七年一月、犀星は、前年九月に亡くなった養父真乗からの遺産を元手に、朔太郎などの資金援助を受けて[1]『愛の詩集』を自費出版し、好評のうちに売り切った。続いて『新しい詩とその作り方』という本の執筆にかかり、多田不二の協力を得、その間に浅川とみ子と結婚して一家を構え、四月に刊行した。その次には、大正初年から書きためて評価の安定している『抒情小曲集』を九月に刊行した。このときは、妻の着物で支払いのための費用を工面している。

このころから犀星は「生活的にも精神的にも[2]」真剣に作家になる必要性を感じている。そこで、翌八年五月の『文章世界』に「抒情詩時代」という散文を発表し、同時に「幼年時代」を執筆している。[3]『第二愛の詩集』の校正作業も同時期である。五月下旬に「幼年時代」を脱稿し、六月上旬に『中央公論』の名編集長、滝田樗陰宛に原稿を送っている。ここから発表までの感激は、『弄獅子《らぬさい》』等に詳しいが、その後も樗陰からの依頼を受けて、「性に目覚める頃[4]」「或る少女の死まで」と連作的に書き進んでいく。その内容もまた、六歳から十三歳、十七歳から十九歳、二十歳から二十二歳ぐらいまでの「自己形成史といったもの[5]」あるいは、「教養小説的な構造」の作品群を形成している。

本稿では、そのうち「幼年時代」について、作品論を展開しながら犀星の描こうとした自身の内的世界について論じていきたい。

「幼年時代」では、「実家へ遊びに行」く「私」の姿から描かれる。その「私」は、小学校生活の中で「室生、かへつてはいけない。」という教師からの「居残りの命令」によって、あるいは、お孝さんという娘に「照さん」と呼ばれることによって、間違いなく作者、犀星室生照道であり、その幼年時代を語った告白小説の結構をとっている。[6]

一見、幸せで和やかな幼少期の一コマのように見えながら、「実家」へ遊びに行くという「私」の境遇は、すでに普通ではない。「私」は、「眉の痕の青青した四十代の色の白い人」で、「小柄なきりつとした、色白なといふよりは幾分蒼白い顔をしてゐ」る実母に甘えかかっている。[7]なぜ実家で両親と共に生活できないのか、なぜ頻繁に実家に来ては行けないのか、「実家」と「養家」の間の「約束」ということしか知らされない「私」は、甘美な一時を享受しながらも、疑念と不安を抱える子どもとして描かれている。

実父の人となりは、畠の「一様に規則正しい畝や圍《かこ》ひ」に象徴される「潔癖な性格」と士族らしい「厳格さ」で描かれている。この実父と「私」の間は、争われぬ血の流れを意識させる描写がなされている。その一つは、「手つき」である。実父が野良犬を追う時の「小石」のコントロールの良さは、「私」の「飛礫《つぶて》を打つこと」への遺伝を連想させるし、実父に、「剣術を思はせ」、「刀剣」の「ぴかぴかと漆塗《うるしぬり》の光つた鞘や、手柄《つか》の鮫のぽつぽつした表面や、×《かけじるし》に結んだ柄糸《つかいと》の強い紺の高まりなど」を常に関連させて「思ひ浮」かべるところに、士族の家系につながろうとする「私」の意識も描かれている。もう一つは、実父の「俳句」に見る文学的才能の継承である。犀星の文学的出発が俳句であったことを知る者は、「私」の背後にいる作者に即結びつけるであろうし、そうとは知らない者も「性に目覚める頃」の、中央の雑誌に自分の詩が載った話への伏線を見出すことができるであろう。

養家に帰った「私」を待っているのは、いつも実家に行ったことに対する養母の小言である。ここで「私」は、実家に行っていないという嘘をついている。(8) なぜ、「強情」を張ってまで嘘を突き通すのか、そこには、帰りがけに実母が「養家の母の気を気にして」注意する一言が、「私」にとっては、絶対的に守らなければならないものとして存在するからである。

「さあ、道草をしないでおかへり。そして此處《ここ》へ来たつて言ふんぢやありませんよ。」

「私」にとって、実家は日に何度でも行きたいところである。ところが、「約束」によって、「私」は養家の子であり、実家にしげしげと出かけてはならないと養母から言われ、実母からもそんなに来ては行けないと言われている。養母は「世間の人」を気にしての発言であるし、実母は「おまえのうちのお母さんにすまない」と言っている。実母を守り、これからもできるだけ実家に行くためには、実際には行っていても、行かなかったことにしなければならないのである。

養家には「嫁入さきから戻つて」いる「姉」がいた。この「姉」とは、血がつながっていないが、秘密を共有している間柄である。姉に「手紙」が来ても養母には言わないし、「姉」には、実家から採ってきた杏の分け前を分配するのである。しかも、「私」は、子どもらしい子どもでいながら、「手紙」についての「姉」の狼狽ぶりを見て、状況を推察して秘密を守ることができるほど大人っぽい子どもでもある。それは、実家に行ったことを実母のために強情を張っても行かないと言い切る大人ぶりと共通するものを持っている。つまり、「私」は、養母の手前、実母と「姉」を守ることで、自分の世界を守っている。養母との関係を「なぜだか親しみにくいものが、母と私との言葉と言葉との間に、平常の行為の隅隅に挟まれてゐるやうな気がする」と感ずるのは、まさにそのような状況がもたらすものである。(9) 逆手にとって考えれば、養母は「私」を理解しない存在として描かれているのである。

「姉」からの寝物語に「私」は、口碑伝説である医王山《いおうぜん》の伝説や、加賀藩の河師、堀武三郎《ほりむさぶろう》の話などを聞かされる。ここでは、「大桑の淵」の話と「鞍が岳の池」の話が挿入されている。[10]「話上手」な「姉」に釣り込まれて、「私」は情景を想像し、「姉」に質問し、「軽い恐怖をかんじて姉にぴつたり抱かれて」眠っている。[11]「姉」は「私」にとっての実母の代理でもある。「私」にとって、それぞれに秘密を共有している実母と「姉」は、共通した存在であり、私の甘えを許してくれる甘美な存在でもある。

生家、養家の話題の次には、子どもたちの世界が描かれる。「ガリマ」隊の飛礫《つぶて》投げでの「私」は、実父譲りの「武士らしい」妙技を披露して「尊敬」を集めている。喧嘩も強いのであるが、仲間たちと心が通っているわけではない。仲間たちは、「私」を勇敢だと思っているが、「私」は、「心ではいつも泣いてゐたのだ。」と、ここでは、作者の感情が当時の「私」に重なって露出した表現になっている。子どもの世界にいる時も、「泣かな」いことによって「私」は「強情」である。実父につながる世界を守るためのものと読み取ることが可能だが、それによって仲間たちからは理解されない存在となっている。学校生活でも同様で、教員の偏見を招いて「居残り」の常連となる。ここでも「決して恐くない」という意志表示を込めた「微笑」という「強情」を張っている。その背後にある「寂しさ」や「悲し」みは、理解されない。また、そのような態度は、養母の不機嫌と不信をも誘発する。「私」を理解できない者たちが連携していき、「私」は、疎外された存在として居残るのである。

「私」は、「姉のことば」を頼りに立ち続ける。一つながりの言葉の中では、「みな自分が悪いと思って我慢するのよ。えらい人はみな然うなんだわ。」という言葉が、特に「私」を忍耐させたであろう。なぜなら、後半部では、繰り返して「偉い人」になりたいという「私」上昇志向が立ち上るからである。理不尽な仕打ちも帰宅して「姉」の前に出ると、溶解して甘美な涙となる。「姉」の義憤に「私」の悲しみも多少は癒されるのである。「貧しいボロを着た貧民町の同級生」が一緒だったこともあるが、その子は「泣いて謝《あや》まつて」いる。居残りの場合の一般的な姿であろうが、「私」はそれを「二目と見られない顔」と見ている。また、理不尽にエスカレートするように見える教師の怒りが、「私」の「強情」にあることも明確に示される。「怨恨と屈辱」で硬直した「私」は、緊張のあまり卒倒する。何ものかが「私」を「気絶」させなければ、犯罪に走ったかも分からない状況にまで追い込まれていた。それほど、「私」の「強情」は激しく教師の憎しみを買い、その憎しみが増幅して教師と「私」を照らし合っていたと言えるだろう。

「九歳の冬、父が死んだ。」という事件で始まる第五章では、実父の愛犬シロとの交流が描かれる。実父を失い、実母は「父の弟」に追われて失踪する。「私」はこの件について、内心では実母を求めながらも口には出さずに生活する。シロについては、養母からたびたび小言が出るが、「姉」が「私」の心持ちを理解して協力者となり、養家に居つかせる。実母が実家を追われたということは、当然、「私」も実家に居所を失ったことになるが、シロは、実父の生きた形見であり、シロだけが実家につながる大切な存在となる。[12] それ故、シロをめぐっての喧嘩も発生する。ここでも実父につながる世界を守るための喧嘩と考えられる。「私」自身が「誰」にも負けなかったのであるから、シロにも負けは認めない。「強情」を以て生き抜いている外の世界では、「私」は粗暴で危険な少年となっている。「私」はそのことを十分自覚しながらも、疎外された孤独な、近寄りがたい存在として生活し、唯一「姉」の前でのみ、心を開き、甘えている。すでに「近所」からも苦情が持ち込まれるようになっているが、代理母である「姉」の下でかろうじて守られて暮らしている。

あらゆるところでの居場所を失いつつあった私に、川から恩恵が与えられる。増水後に流されてきた「一体の地蔵」である。「私」は、この地蔵尊を祭ることに熱中する。「姉」も「私」を褒めながら協力する。「私」は、「偉い人になるよう」この地蔵尊に「熱祷」する。そこから「私」は、信仰心によって無益な殺生をしなくなり、養母ですらが、「私」のこの仕事は認めた。もちろん、養母は、地蔵尊を祭る「私」の真意を理解することはない。

「私」は相変わらず、疎外された孤独な少年であったが、「信仰」を得ることによって、自分を優位に保つことを覚えて、喧嘩や小競争《ぜりあい》の相手にはならなくなった。しかし、「私」は本当の「信仰」を得るにはまだほど遠く、

「かれらの現在とはもつと上に位した総ての点に優越した勝利者になつて見かへしてやろう」という復讐心に立脚した上昇志向をにじませている。

実父の死後三年を経て、地蔵尊にも実母の幸福と健康を祈る「私」は、「この全世界にとつては宿のなかつたあの悲しい母の昨日にくらべて変り果てた姿は、どんなに苦しかつただらう」と思いやり、逆に「父の弟らしい人」に憎悪を感じている。(13) 痛切に実母を求め、「人間は決して二人の母を持つ理由はない。」と養母を「忌忌しく冷たく憎」むようにもなる。そのような精神状態のときには、代理母である「姉」すら「私」を理解しないように感じられている。そうなると、実家の思い出につながるシロだけが「私」の理解者のように意識される。(14) しかし、街を流離う「私」は、孤児収容施設を見て、自分の現実の居場所が養家以外にないことを悟るのである。

心慰まない「私」は、地蔵尊が　機縁となって隣家の和尚さんと馴染むようになる。また、地蔵尊を寺の方へ上げたいと提案して「姉」にも養母にも受け入れられ、実現した。その上、和尚さんに気に入られて養子に出ることにもなるのである。

もし、「犀川の淵が他界と結びついたもの」であるならば、また、「川べりも他界と接する場所」であるならば、(15)「姉」から寝物語に語られた口碑伝説のこの世と他界を行き来する話を通路として、犀川の河原という「他界と接する場所」から「私」に他界からの贈り物である地蔵尊が与えられたと考えることができる。「私」の地蔵尊への対応が献身的なものであったので、他界は、失われた実父の代わりに養父を「私」に与えたという、もう一つの物語が考えられないだろうか。養母が「私」を理解しない存在であったのに対し、養父は、「心から私を愛して」くれる存在であり、養父の影響により、「姉」から「まあおとなしくなつたのね。」という驚きを引き出すことに

もなるのである。

また、「私」には、養父を得て寺に行くことについて、「あの不幸な母のためにも心ひそかに祈れると思つたからである。私がお寺に起居するといふだけでも、私は母に孝をつくしてゐるやうな気がする」という気持ちがあった。失われた実父の代わりに養父を得るということは、「私」を理解できない養母の許を離れて、失われた実母への想いに専念できることでもあった。

寺の生活に馴染んで落ち着いてくると、新たな変化が訪れる。お孝さんという存在が果たした役割と、「姉」の再婚が与えた影響である。お孝さんは、九歳の娘だが、「私」は振り回され気味である。寺の危険な裏側へ回った揚げ句、「姉」と自分のどっちが好きか答えるように迫り、「姉」に対して否応なく秘密を持たされてしまうのである。同時に異性への目覚めを促され、「姉」との関係も「ほんとの姉弟でない」ことを自覚させられてしまう。「姉」へも養母の決めた縁談が持ち込まれ、「みな運命《うん》だわ」とあきらめている「おしろい」の匂いのする「姉」へ、「私」は「妬ましいやうな」気持ちをぶつけている。「姉」との間に共有されていた秘密を失った時に、また、「姉」との擬似的な親子関係が、異性の意識を植え付けられて揺らいだ隙に、養母によってこの「姉」を取り上げられたとも言えるだろう。養母は、「私」を理解しないだけでなく、「実母」や「姉」を奪い取る存在とも読めるのである。「私」にとっては、養家における「母であり父でもあつた」「姉」を失うことになる。「姉」を偲んで思い余った「私」は、シロとともに「姉」を訪ねていくが、お互いに気遣うばかりで十分には話せない。シロだけが全身で素直な感情を物語る。「姉」も養母に気兼ねをしながら運命に流される点において、実母との共通性を有している。

全体から見れば、「私」は、実父や実母、「姉」など自分を無条件に愛してくれる存在をを失い、一方では、自分の世界を守るために「強情」に振る舞って理解されず、疎外された存在となるが、実母の代理であった「姉」によって語られる「川」を介して、背景に流れる犀川という他界から見守られていた「私」は、最終的には、愛情深い養父を与えられ、その養父から、寺の古い話や川の話を聞かされながら、冬の晩を静かに暮らしている。「私」は、確かに依然として孤独ではあるが、その孤独を理解し、共感してくれる養父が存在する。寺は、もう一つの他界との接点であり、僧侶である養父は、他界との接点を結ぶ者でもあるので、養父が新たな保護者になりうるのは、当然でもある。つまり、「私」は、失われた実父や実母の世界に通ずる養父が見守るなかで、十三歳の冬を越そうとしているのである。

「幼年時代」の内容は、当初実体験に基づく自伝的小説と思われていたが、後の『弄獅子』を構成した章段等によって否定されていく。まず、昭和三年六月の「紙碑」[16]の中の「第一の母」の章においては、「自分は処女作の中で気の毒げな少年が母を求めてゐる、叙情的な軽蔑に値すべき描写を繰り返してゐるが、それはあれ(母)を慕ふ発作に違ひなかつた。」と回想し、また、昭和十年の『弄獅子』[17]の中の「ぬばたまの垂乳根」では、「同じい町で道のりでいへば五六丁くらゐ下手《しもて》にあつた生家をたづねなかつたといふことは、よくよく僕に愛情を感じさせなかつたものらしいのである。」と言ってのける。これすらが「小説」である以上、どちらにも虚構があって当然である。昭和十年の「復讐の文学」[18]では、「汝また復讐せよといふ信条」の背後に「幼にして父母の情愛を知らざる故のみならず」という出生にまつわる不幸を持ち出している。いずれにしても「幼年時代」は、「抒情小曲集」の詩人が、複雑に屈折した愛憎を内に秘めて世に問うた仮面の告白であったのである。

注

（1）『萩原朔太郎全集』「年譜」によると、朔太郎が資金援助をした他に、竹村俊郎へ援助方依頼を朔太郎が出している

（2）『室生犀星文学年譜』によれば、竹村俊郎宛5月5日付け書簡に「僕は訳も批評もできない　必然創作家にならなければならないと思つてゐる　生活的にも精神的にもだ」という文面がある

（3）このあたりの事情は、自伝的小説等に繰り返し述べられているが、特に、『弄獅子』「三十八、小説」の章に、その頃の犀星から見た文壇事情と心境が描かれている

（4）「性に目覚める頃」は、「発生」と名付けたのを樗陰が改題したと伝えられる。『弄獅子』の「四十、情熱の骨」の章にそのあたりの事情が記されている

（5）亀井勝一郎『日本現代文学全集61　室生犀星集』解説で「自己の生の根源と成育過程を辿りながら、その意味を考へ、自己形成史といつたものを小説の形式で再現したといふことだ。」と述べ、また、今野哲は、「犀星初期自伝小説の形成」『室生犀星研究』第17輯（1998・10　4―17頁）において、「主人公が自己の周囲と葛藤しつつ成長を遂げ、人間的完成に至るまでが描かれた小説、と規定することができるであろう。単純に考えても、「私」の成長を描き出した犀星初期自伝小説が、何程か教養小説的性格に叶っていることは認められよう。」と述べている

（6）大森盛和は、「『幼年時代』から『愛猫抄』へ――自意識の変容について――」『室生犀星研究』第9輯（1993・2　56―69頁）の中で「幼少時代の心境を三十一歳の犀星が再構築した告白小説である。」と　述べている

（7）犀星の実際の生母についての問題は、船登芳雄「犀星生母論の周辺」『室生犀星研究』13輯（1996・4　132―144頁）に詳しい資料調査と推論が述べられている。また、今野哲は、「『幼年時代』における二人の母」『室生犀星研究』第22輯（2001・5　27―39頁）の中で「幼年時代」と犀星詩の関係を母や父母の視点から捉えている

（8）大森盛和は、前掲書の中で、「正直に告白して叱られるか、嘘をついて叱られるか、この二者択一の選択は、外因的な理由によるものではなく、おそらく生得の性格に帰着せざるを得ないだろう。」と述べている

（9）中西達治は、「『幼年時代』の論」『室生犀星研究』第7輯（1991・10　77―95頁）の中で「六歳にして『私』は、両親との至福の時を過ごすことによって、自分のおかれた人間関係の不条理を悟らされ、本来自分のものであったはずのその至福の場は実は幻影で、養母との修羅こそ現実であるということに思い至るのである。」と述べている

（10）大森盛和は、「『幼年時代』における水」『室生犀星研究』第2輯（1985・9　37―52頁）では、堀武三郎が、卓抜した技術を本に「正直で無欲な美徳」を備えていたが故に「ユートピア」である「鱒の御料場」での漁を許されていた

こと、また、池の底には、「死者の呪詛」が存在していることを示すものとして語られ、話を聞いた「私」を「次第に川の『歴史』や『民俗』に目覚めようとしている」存在として捉えている

(11) 大森盛和は、(6)に示した論文で、自意識の観点から「大桑の淵」の話については、「誰もが立ち入ってみることのない秘密の世界」の「合わせ鏡」であり、「鞍が岳の池」の話は、「絶対に他人から理解されない秘密の世界を持っている」という解釈の上に「私」に受容されたと捉えている

(12) 中西達治は、前掲書において「父が死に、母が去った今、その原意識の拠り所となる世界は永久に失われた。その喪失感を、喪家の犬となったシロが、常に「私」のかたわらにいて、自覚させる。」「この犬は、主人公の失った世界の象徴であると同時に、その世界を共有する、いわば分身でもある。」と述べている

(13) 中西達治は前掲書で、「母の絶望感に思い至った時、『私』ははじめて心の底から母への愛憐の情を実感する。それはまた、自分のおかれた立場に対する自覚と重なり合う。この時『私』は、従来とは異なる世界を持ち始めるのである。」と述べている

(14) 大森盛和は、前掲書で「『私』は言葉のキャッチボールのできない人間である。ことばを知らない石や犬だからこそ、はじめて交感が可能であったのである。しかし、はたしてそれはほんとうの交感といえるだろうか。それは『私』の一方的な祈りであり、また一方的な愛執に過ぎないのではないか。とすれば、交感しているように見えて、実は、それは自ら投げかけた幻影を鏡に映して見ているような自慰行為に過ぎないのではないだろうか。地蔵尊や犬と親しめば親しむほど『私』の孤独感は深まっていくばかりなのである。」と述べている

(15) 秋山稔は、「室生犀星と泉鏡花――口碑伝説と幻想――」『金沢女子大学紀要』(1995・3　45―57頁)の中で具体的に伝説や作品に触れながら、「犀川の淵は他界への入り口と考えてよい。」ということや「犀川の淵だけでなく川べりも他界と接する場所であったと考えられる。」と述べ、「口碑伝説は、犀星の創作に重要な役割を果たしていた」と指摘している

(16) 室生犀星「紙碑」昭和3年6月『文芸春秋』

(17) 室生犀星「弄獅子」(その一) 昭和10年1月『早稲田文学』

(18) 室生犀星「復讐の文學」昭和10年6月『改造』

結婚生活の幻想と妄想——「結婚者の手記」・「愛猫抄」・「香爐を盗む」——

大正七年二月十三日、金沢の生家の小畠家で浅川とみ子と結婚式を挙げた犀星は、結婚生活についての作品テーマを追い求めるようになり、大正九年になると「結婚者の手記」(1)「愛猫抄」(2)「香爐を盗む」(3)等の作品を書き残している。本稿では、結婚生活のテーマが「結婚者の手記」や「愛猫抄」を経て「香爐を盗む」にどのようなかたちで辿り着いているかを中心に考えてみたい。

一　「結婚者の手記」

「結婚者の手記」は、先回りして新居を整えている「私」の許へ妻が車で来るのだが、その妻と「黒漆な日本犬」が同時に下車するのを「私」が見るところから始まっている。

妻を迎えるまでの営巣の楽しみ(4)や妻を迎えてからの喜び(5)、妻に対するこまやかな配慮などを通して、「何事もゆめのやうに」と願い、「小さな畑」もついた「可愛らしい」小さな家庭を大切にしようとする「私」の姿が描かれている。(6)どうやら「私」は、妻にとっては少し気がつきすぎる夫のようだが、妻は従順に従っている。妻に忠実な犬のクロは、どれだけ言われても「私」には慣れようとしない。「私」は、いろんな人たちから聞かされた助言惑いを隠せない。

「私」の妻をよく知りたいという欲求は、過去を問わないと言いつつも過去の秘密を知りたがり、結婚前から身近に慣れ親しんでいる妻の愛犬クロにも嫉妬を感じて孤独と焦躁感を募らせる。妻の留守に部屋を荒らして見咎められるような失態も演ずる。実は、「私」の方が過去にまつわる手紙を所持していて、妻の留守中に燃やすのだが、それをクロに嗅ぎつけられる。妻は「私」のダリアの球根を植えたということばを疑わずに水を撒くのだが、後ろ暗さのある「私」は、逆にその真意を図りかねるのである。

妻と「私」がお互いに慣れてきて、クロも馴染みだした頃、クロをめぐる情愛の争奪のようなことが起こる。その上、妻が夕食の主菜の魚をクロに食べさせたことが発覚し、生活上の辛酸をなめた「私」としては、妻に注意せずにはいられない。同郷ではあっても、そこには育ってきた生活環境の違いが大きく穴を開けて横たわっていることを思い知らされる。妻は、嫁に来た身分であるから、この時代の常識に基づいて夫に従わざるを得ないが、謝りながらも、面白くなく不自由であることには違いない。それは、結末への伏線でもある。

また、新しくもらってきた猫でさえ、妻にもクロにもなつくのに「私」にだけはなつかない。扱い方が虐待めいているからであり、妻から批判も浴びるのであるが、「私」には止められない。妻は動物たちから頼られて、一家の中心になっていく一方で、「私」は、自ら疎外される原因を作り出しつつ、そうとは気づかずに焦燥を募らせていく。

夫婦生活は性生活をも伴うが、「私」夫婦の性も、クロの「さかり」にかぶせて描かれる。(7) そこには、「不思議な運命の引き合せ」を感じながらも、性に疲れた倦怠の様子が描写されている。(8) 犬の性も「青桐」の「葉擦れ」や「暴風」の前ぶれを隠喩として描かれ、そこで、人も犬も宇宙の摂理の中に等しく並ぶものとして捉えられている。また、具合のよくない妻の様子について「まるで一本の燐寸《マッチ》の棒のやうに蒼白い痩せたもののやうに」と表現し、実は身体の大きいらしい妻が蒼ざめて目まいがする様子を、ここでは直喩で扱っている。

「私」は、妊娠、出産で気の荒くなったクロを狂犬の疑いがあるという理由から、実家に送り返している。クロは「私」と妻との心身を一体化する上で妨げになるばかりか、クロをめぐって妻と「私」を競わせる存在でもある。それは、新婚早々でお互いがまだよく理解し合えないでいるもどかしさがクロに投影される結果なのだが、「私」には、絶えず妻の愛を受けているクロの存在が、夫婦の間を妨げるもののように思われてならないのである。また、細かなことに気がつきすぎる「私」は、噛みつかれた人が「犬のやうに這《は》つて歩いて、吠える真似をしたり」「自分で自分の手足をがりがり食べはじめ」る妄想にも囚われる。このころには、クロも「私」を家族の一員と見なして飛びついて喜びを示すようになっているにもかかわらず、腹を蹴ったり、妻に「狂犬だつたら処分して」来るようにという酷いことも言い渡す。クロはもちろん狂犬ではない。妻はクロを擁護するが、「私」の癇癪によって、妻は、渋々クロを金沢の実家に送り返さざるを得なくなる。「私」こそが凶暴にも自分の壺を「庭の敷石に叩きつけ」て「微塵に砕」いたのである。ただ、それは、理解されない「私」の「冷やかな孤独」であり、「永久な孤独な心持ち」の爆発であった。

「私」は妻に犬を送らせ、その留守にクロの子犬たちを貰い手達に渡してしまう。「私」はピリピリしながらクロを送って来た妻のことを考えているが、妻は耐えかねて列車で途中までクロを送り、「私」の理不尽な仕打ちに気持ちが離れ、「げつそりと痩せたやうな格好」と「ぼんやりと物忘れしたやうな気の抜けた姿」で、クロに思いを馳せて押し黙っている。クロを送り返してみて、はじめて二人の間を結んでいたものが実はクロという犬の存在であったことを知らされるのである。

　私はまた彼女のうしろが電燈に陰られてゐて、ぼうとして影をひいてゐるところを見つめたが、その影は青くも灰色でもない、間色で、しかも煙つたやうになつてゐる処に、もう今頃軽井沢あたりを走つてゐるらしい列車に乗つてゐる筈の、黒い荒い毛並をした犬が、ちやんと前足をそろへて、耳をぴんとつツ立てて、しかも妻の方を向いて、何かしら悲しげに妻の顔や手や背中や、それらの全体を視界にをさめながら、あたかも妻の身の災厄を守るもののやうに、ぢつと動かないで坐つてゐるのを私は見つめた。その幻惑的であることが私にはつきりと解つてゐたものの、かう目の前にはつきりと坐つてゐるのを見ると、妻がいつもあれだけ深く可愛がつてゐたものの魂が、たえず妻をとりまいてゐるのが当然のやうにも考へられた。そのとき、気のせゐか、いきなり妻がそつと顔をすこしかたむけて、いま、クロが坐つてゐるところをじろりと横目で見たとき、私は内心飛びあがるほどの物凄い心地がして、ヒヤリと脇の下に汗をかんじた。しかも、そのじろりと見つめた中に、かくしきれない優しい微笑がふくまれてゐるやうで、それがまたクロを愛撫するときにのみあらはす表情だつたのが、ふしぎと云へばふしぎであつた。あたかも、クロがああやつて幻惑的にあらはれてゐるのを、私のかんじたよりずつと先刻《さき》から知覚してゐるやうでもあつた。私はそのとき、

「あ。クロが其処にゐる。――」

と、腹のなかで呟きながらも、あやふく声を立てようとするほど驚いたのは、悄然と水にぬれたやうに雫のやうなものを全身の毛並からしたたらしながら、だんだん妻の膝へ目がけて歩いてゆくやうな気がしたからであつた。

無理にクロを追い返したものの、今度は幻影となったクロが「私」と妻の間に入り込んでいる。「私」と妻のクロであったものが、実家に送り返すことによって、純然たる妻だけのクロとなって妻の心に存在するようになる。「私」は、現実のクロには対処できても、幻影のクロには対処できない。つまり、「私」は依然として孤独を引きずって救われることがない。妻の愛犬を送り返すということは、妻の過去を消し去ろうとすることであるが、それによって妻の過去を抹殺するということはとうてい不可能なのである。妻の過去を拒絶することによって「私」も妻から拒絶される結果となり、夫婦の結びつきが崩壊してしまうのである。「くう、くう」というあさりの声が

それぞれの孤独の象徴として二人の間に響き、クロの幻影は依然として妻のそばに座っているのである。

二　「愛猫抄」

「愛猫抄」は、「女」と「女」の飼っている白い弱った猫と、「不在がちな夫」であるところの「男」を主な登場人物として構成されている。「女」はその猫を三年間養ってきた。猫は今死にかけていて、獣医が一週間に一度ずつ訪れては機械的に診察しているが、回復の見込みはない。「男」は何を生業にしているのかよくわからない。「女」も猫の世話をするほかに何をしているのか分からない。二人は、ともに生活感のない中で、猫を中心において生活している。「男」は女が猫に執着しているのを疎ましく思いながら暮らしている。猫が死ぬまでの辛抱と思いながら、「女」の好きにさせている。

猫は魔性の生きものである。猫の前で「男」がうっかり漏らした「猫といふものは決して死骸を見せないものださうだ。この猫も死期が近づくと、きつと家から出て行くにちがひない。」という言葉に始まり、「女」が「猫の前でそんなことを言つてくださるとちやんと覚えてゐて出て行きますよ。」ということを言い、それが的中するように、ある時猫が出て行って行方が分からなくなる。

> 男は……女の感傷的《センチメンタル》なものを見まいとし、それに触れぬやうにしてゐたが、ほんとにゐなくなると、どんなに感傷的になるかもしれないといふことが、直接、男の生活にひびいてくることを厭《いと》うた。それに巻かれることをいまいましく感じてゐた。哀れな生きものの不自由な病みつきや、そのおとろへた美しい目は可哀想ではあつたが、それがすぐ女の感情に現はれたり、その話対手にされることを厭ふのだ。

猫は見つかり、「男」は、「女」の「むやみに愛したいばかりに凝りあがつてゐる女のたましひ」の「執念深さを気味の悪いように見、「ただ生きもののために浪費しすぎた精神は、その生きものの目から来る懶《ものう》い淋しいひかりを受け継いで、女の眼をも病的に憂鬱にくもらしてゐた」とその「幽霊じみているうそ寒い生きものである」「女」を眺めている。その裏側には、「男」と「女」は平穏に暮らしてはいるが、「女」の心にあるのは、白い猫のことばかりであり、「男」がそこに合わせることによって二人の関係が成り立っているとも言える。

ある日、「男」は、恩人の危篤の報を受け取って出かけていくが、途中で「暗い蝙蝠《こうもり》のやうな大きなトンビを着たひと」とぶつかる。どうやらそれが死神であったようで、恩人は、「男」が「奥さん」の疲れて「蒼白くつやを失った」頬に歯を食いしばったことによって浮かぶ「靨《えくぼ》」を凝視している時に臨終を迎えた。この家にも白い猫がいた。言い伝えで「死人の室に猫がはいると霊魂が浮ばれない」ということなので、猫を入れてはならないというのだが、それに呼ばれたように猫が入って来、家族は「恐怖」の表情を浮かべる。「男」は家に帰るが、そこでは、「女」が「くつしやりと潰れたやうに、背骨を抜かれたもののやうになつて坐り込んで、顔は真白になつていた」。この家の白い猫が恩人とほぼ同じ時に息を引き取ったからである。死んだ猫の眼は、閉じなかった。

それからというもの「男」はいないはずの猫を度々見かけるようになり、猫の毛色であった「白」に過敏に反応するようになっていく。「女」に対しても、いざ、猫という媒介物を失って向かい合ってみると、本当に「おれの女」なのだろうかという疑問をもつようになる。神経質になっている「男」にはこの家の前の住人であった女や死んだ猫が現実に見えるようになる。「男」は、自分の女として座っている女が間違いなく自分のその人かどうか「黒子《ほくろ》」を確認しないではいられなくなる。「男」は「変な目ばかり」して「女」を怖がらせ、「女」の視線が逃げるのを「男」はいぶかしむ。おそらく「男」の方が、別のものと「死んだ白い猫」の判別がつかなくなって、幻影の猫を見つけ出すものと考えられる。猫とその他のものの区別がつかないことと、自分の「女」と他の女の区別がつかないことは、呼応していると読むことが可能である。つまり、恩人の家で、「死人の部屋に猫が入ると霊魂が浮かばれない」というのに、その家の白い猫が入って来たが、「霊魂が浮かばれない」状態に陥ったのは、「白い猫」という通路を持っていた「男」であると言えるからである。

そのような二人は、もはや猫の話題、もしくは猫の幻影なしに生活することができなくなっている。幻聴幻影に悩まされている「男」には、「女」の表情も「なまじろく、うどんのやうな綟《よ》れたかほ」に見えているし、「女」の肉体である「白い脇腹」にも幻影の猫を見出している。ここまで来ると「女」と猫の区別がつかなくなるまで、あともう一息ではないかとさえ思わせる。

「男」と「女」の関係は「死んだ白い猫」の存在なしには成立することができない。逆に言えば、「死んだ白い猫」に呪縛された形で二人の関係は、確固としたものになっているという見方も出来る。「死んだ白い猫」にまつわる「恐怖」を共有しているからである。もちろん、「男」にとって、「女」が自分の女であるかは常に不安で頼りないが、「死んだ白い猫」に悩まされる限りは、二人は同志である。そこでは視線も合うからである。

「愛猫抄」は「結婚者の手記」が日常生活の中で具体的に表現しようとした夫婦の関係を抽象化して、男の側から描いているといえる。

三　「香爐を盗む」

「香爐を盗む」では、外に女ができているらしく、夕方になると外出しがちになる彫刻家らしい「男」と「物音を極端におそれたり、一つ事を永く考へ込んだりする性質」の「女」との関係が描かれている。「男」の気持ちは「女」から離れていて、家では「不機嫌に」仕事をし、食事をし、「女」とは「蒼白い顔を見ることをおそれるもののやうに努めて視線を避け、つとめて話をし合はないやうにして」暮らしている。

この作品では、日に日に「痩せおとろへて」いくのは「女」であり、幻聴や幻視が起こるのも「女」の方である。また、「女」は、「猫のやうな柔らかい足つきで畳の上を辷」るように歩き、「どういふときにも音といふものを立てな」いという。

「女」は、「男」に女ができていることを「いつのまにか感じてゐたけれど」「しつこく黙つて」送り出している。「男」は、外の女の許から帰ってくると、「ふしぎなことには、男の目にうつる女のやつれやうの烈しさは見るからにいたいたしく、細れきつて精根もないそうめんのやうに小寂しくなつて見えるの」だという。これは、男の「後悔と羞恥」に基づく後ろめたさのようにも考えられるが、実際でもある。「女」は、表面上は「特に妬くやうな素振りも言葉づかひもしなかつた」が、内心では激しく嫉妬しているのである。

「男」のことを気にかけ、いつも「おどおど」している「女」は、ある日「男」の様子にいつもの不機嫌とちがう「若干《いくら》かの優しさが含まれてゐるのを」見て取るが、「男」の「つまらないことは一切考へない方がいいんだ」ということばに、押し黙ったまま「怨みぶかい変にからみついて取れないしつこさをもつた目」を向けている。この目こそは心の奥底に押し込められた「女」の嫉妬心である。「女」は「男」が外で別の女と会っていることを感じ当てていながら、ひとえに自分を気に入ってもらおうと、絶えず「男」のことを考え、「男」の表情を読みながら暮らしている。

「男」に外出の気配があると、女の「手はびりびりと震へ」て止まり、眼は「水甕の胴体」に吸い付けられて「強烈な凝視」を始め、男がどれだけ静かに支度をしても、玄関に立ったときには、「男」の帽子を持って送り出せるように「女」が待っているのである。そのような「女」の想いは「男」の不在時にも、逐一その行動が見えるという透視の能力となって現出する。しかし、そのために己の精力を使い果たしている「女」は、日に日にやつれ、衰えていくのである。

「男」の不在中、「女」は透視能力によって、障子や壁に「男」の姿を映して見ている。「男」の姿は二人が暮らし始めたころに見せていたと同じ「興味《おもしろ》さう」な「喜ばしさう」な微笑、声音を持っているのに対して、「男」が会っている外の女の姿は「男」のように明瞭にではなく、唇だけが「真赤なゐもり」として鮮やかに映し出されている。これは、「女」にとって「男」が熟知した存在であるのに対し、女の方は未知であることを示す一方、外の女を肉情の誘惑者として嫉妬の対象であることを示す効果をもっている。「女」がこのように「男」を思うことで透視の能力を有し、そのたびに「一と皮」ずつやつれていくのに対して、「男」の反応は、「ほんとに気味の悪い女」「変な女」という薄情なものであり、鏡に向かって媚びてみる「女」の悲しい思いに気づくことなく寝入り、「女」を悲しませている。しかし、「女」の盲執は、「男」にとっては気味悪く思われながらも、次第に気にかかって仕方のない人として意識されてくる。

「男」が「女」の透視能力に気がついたのは、鑿《のみ》を紛失した時であった。烈しい凝視を行ったかと思うと鑿のありかを言い当てたのである。それ以来、「女」の身体に「特別な電気とか燐とかいふもの」があるような変な気分に囚われていき、気がかりになって、外の女の許に行くつもりで家を出ていながら、途中で引き返すようにもなる。

「香爐を盗む」には「結婚者の手記」や「愛猫抄」のように二人の間をとりもつ犬や猫などの小動物は介在しない。犬や猫の爽雑物を取り除いた純粋なかたちで連れ添う夫婦の関係はいかにあるか、さらに「結婚者の手記」や「愛猫抄」が男の側から考えていたのに対し、「香爐を盗む」では、「女」の側から連れ添う夫婦の一体化という問題を考えている点に特徴がある。

「女」を描く描写の方法にも特徴がある。「女」の顔について、どんな顔をしているのか読者は具体的な像を描くことができない。「女」は「うつすり」と微笑んだり、「うつとりと媚びたやうな艶めいた目つき」をし、凝視しているときは、「烈しい一點にあつまつた目をめがけて、眉や鼻や唇や、やせた頬の肉が一時に集中されたやうに、顔ぢゆうが尖るほど、女の眼は凝りあがつて」いたとまるで立体派《キュービズム》の絵画のような表情である。また、結末部の「女」の怒りの表情では「眼と眉と鼻とが呼吸をそろへて喧嘩でもしてゐるやう」な表情に描かれている。透視をしているときの「女」の顔は、眼が「眇《いすか》になり」「烈しい斜視」で「めらめらと燃えつくやう」な「気でも狂《ふ》れたひとのやうな怪しい光をもつてゐ」るのに対し、平静に返った「女」の顔は「蒼白い揉みくちやにした紙のやう」であるという。このように象徴的に、表情のみを表現した前衛絵画的な手法によって、「女」の無気味さと病的な様子を感覚的に描写していることも、なまなましい夫婦生活を描く場合の軟着陸的な表現技法ととらえることができるだろう。

「男」のことを見つめ続けずにはいられない「女」は、凝視と透視による衰弱から床に就く。「男」が気にかけてくれるので機嫌がよいが、「男」には「女」のそうした姿がますます無気味なものに思われる。

いまは彼女はただ気持ばかりで生きてゐるほど細ながく伸ばされたやうになつてゐたのである。横になればなつたままで、のろのろと這ひ出し兼ねないぬらぬらと細く、きみわるい蒼白きに澄んでゐたからである。わき腹のほねが規則正しく波をうつて、むしろざらざらした感じで目に映つたので、男はこりこりなあばらの骨を手で撫でたやうな悪寒をかんじた。

女はさういふとぬつと、生白い首を布団《ふとん》から辷り出した。

これらの「女」についての描写から浮かび上がるイメージは、蒼白くか細いものではあるが、怪しい「蛇」である。この「蛇」は「女」の中に巣喰う嫉妬心や執着心を象徴している。そして「男」はこの嫉妬心や執着心に絡みとられていく。

「女」が寝込んでから、外に出てもすぐに家で寝ている「女」の顔が「うつり出してきて」落ち着かなくなり、まるで「女」が乗り移ったように、「女」の透視をなぞるのである。外の女と会っていてさえ、家にいる「女」のことが気になってならない。酒に酔うこともできず、気が乗らない「男」は男女交合図の描かれた香爐の蓋を見る。香爐の蓋に刺激されたのか、やっと「女」からの呪縛を逃れて、「男」は眼前の料亭の女の手を取ろうとする。しかし、そのとき今まで「女」が透視の中で見てきたはずの「ゐもりのやうな腹赤な唇」が「男」の目に見え、「男」は何者かに平手打ちを食わされる。その部屋にはその女の他には誰もいない。しかも、その女の吸っていた紙巻は、少しの乱れもなく「しづかに煙をあげて」いる。「男」は癇癪を起こしてその女を張りつけるが、実は「男」を平手打ちにしたのは、眼前の料亭の女ではなく、「男」に乗り移った病床にある「女」だったのである。

「男」が帰途についたとき、「女」は「男」の意識が自分以外に働いていないことを確信して、床の中で満足の微笑みを浮かべる。「女」の透視の世界が「男」にも見えたということは、二人が一体化したこととも考えられ、「男」に執着してきた「女」にとって、久々の幸福な一時であった。しかし、帰宅した「男」が無意識に持ち帰った男女の「むつれあつた」「赤繪」が描かれた香爐の蓋は、「女自身にあつても之等《これら》の凝視の世界が、果してどれだけまでが想像であるか、幻覚であるか、または一種の透視的な夢幻界を彷徨したものであるかといふ区別を判《はっ》明《きり》することができ」ずに、半ば「夢幻界を彷徨」していた「女」にとって、今まで透視してきたものがすべて事実であったことを証明するものとなった。幸福であった「女」は、再び「蛇」に戻り、ひとえに耐えてきた忿懣とも嫉妬ともつかぬ「ぐらぐらと」激しい怒りも露わに、「香爐の蓋」を気が触れたように叫びながら壁に叩きつけ、それと共に悶絶する。そして、夫婦関係は完全に崩壊してしまうのである。

四　犀星文学に見る夫婦のあり方

家庭の問題を扱った作品に、例えば漱石の「明暗」（大正五年）がある。津田とお延のふたりは、近代的な当事者同士の合意で結婚した。しかし、津田の心の内奥には、以前の恋人である清子の存在が引っ掛かっている。お延も「良人というものはただ妻の情愛を吸い込むためにのみ生存する海綿に過ぎないのだろうか」という疑念を持ち、お互いに信頼し合えないまま暗闘を繰り広げていく。明治の日本では「家」は成立しても、「家庭」は成立していないのである。また、太宰治の「桜桃」（昭和二十三年）「家庭の幸福」（昭和二十三年）も「子供より親が大事、と思いたい」「家庭の幸福は諸悪の本」と家庭は人間を解放救済してくれないことを説いている。しかし、これらの人間のエゴイズムが「家庭」の成立を阻んでいるという作品と、犀星の作品はどこか違っている。

犀星は生まれてすぐ、捨て子同様に里子に出され、血縁による「家」も「家庭」も知らずに他人の中の寄り合い所帯で成長した。また、彼は顔についてのコンプレックスを持ち、詩人として成功するまでの不遇時代に、配偶者として望んだ女性から次々と見捨てられたことを考え合わせると、結婚前後の詩、小説、随筆等の記述を持ち出すまでもなく、家庭を作るということに、もしくは一人の心を決めた女性とひとつ屋根の下に暮らすということに、犀星がどれだけの夢や憧れを持っていたかは想像に難くない。(9) しかし、「ふつうの家庭」というものを望みつつも、「莫連女」であった「赤井ハツ」に打擲《ちょうちゃく》されながら育った犀星は、家庭の何ものであるかを体得しえないままに成長してしまっている。「結婚者の手記」にみられる描写では、「朝、目をさますと」聞こえてくる「薪の燃えはじく音」に「どこか勇ましい元気な、明るい愉快な生活のはじまり」を感じ、燃える火に「清浄」さ、「すがすがしさ」を感じ、立ち働く新妻に「囁いてゐるやうな誠実さ」を感じ、幸福感いっぱいで望んでいた愛情ある家庭を手にした喜びが語られている。(10) しかしその一方で、犀星の分身である「私」は、動物虐待とも言える行為で犬や猫を苛虐的に愛撫している。本当の家庭というものをを知らない犀星は、夫は妻をどのように愛すべきかを生来的に知らないのである。自ら疎外を招いては藻掻いているとも言える。「何事もゆめのやうに」と願った幻想はあっさり破られ、倦怠の時を迎える。また、苛虐的な愛撫や、動物への八つ当たり、癇癪のたぐいは、妻の「私」への気持ちを殺いでいる。実家に返された愛犬クロが幻影となって妻を守るように現れるという「私」の一種の妄想は、一方で、妻は、娘時代をよりどころに現実の結婚生活を、孤独に耐えながら乗り切ろうとすることにもつながる。双方の過去を共有するのではなく、それぞれの過去は、それぞれの孤独とともにありながら、結婚生活という名の同棲を続けるということでもある。

犀星は、「結婚者の手記」では、犬を追放し、夫婦だけの相愛の生活を望んではいるのだが、その目論見に破れ、その一方で「愛猫抄」では、「女」は猫がいなくなることによって「どんなに感傷的になるかもしれない」と思い、そのことが、「直接男の生活にひびいてくることを厭《いと》う」て、むしろ、夫婦の間に猫が介在することを望んでいる。それ故に「男」は「死んだ白い猫の幻影」という妄想から逃れられないということも出来る。「香爐を盗む」においても、「女」の「執拗さと混乱された心」の表情に気がついていながら、それに関わることを避け、「女」を追い払おうとしている。それが故に「女」の執着心に絡め取られるのだとも言える。夫婦が共同で生活している以上、一方に起こる事象が他方をも束縛するのは当然のことであり、生活の中で不自由さを伴うのは自明のことである。にもかかわらず、犀星の描く「男」はそれを「厭《いと》う」ている。このことは、愛し愛されるということを望みながらも最終的には夫婦の一体化を必ずしも望んでいないことを示している。自ら疎外を作り出しては孤独に陥るという犀星文学のメカニズムが描かれていると言えるかもしれない[11]。

注

（1）室生犀星「結婚者の手記」大正9年2月『中央公論』

（2）室生犀星「愛猫抄」大正9年5月『解放』

（3）室生犀星「香爐を盗む」大正9年9月『中央公論』

（4）室生犀星『愛の詩集』「結婚時代」（大正6年5月『感情』）や「永久の友」（10月『感情』）室生犀星『第二愛の詩集』「生活の喜び」（初出未詳）に夢が詠まれている

（5）室生犀星『愛の詩集』「愛あるところに」（大正6年9月『感情』）と通ずるものがある

（6）室生犀星『第二愛の詩集』「春の開始」（大正8年1月『中央文学』）などと通ずる描写がある

(7)　室生犀星『第二愛の詩集』「宇宙の一部」(大正8年1月『文章世界』)とほぼ同様の内容である

(8)　室生犀星『第二愛の詩集』「心の遊離」(大正7年5月『感情』)「苦しみ悩み」(初出未詳)

(9)　室生犀星『愛の詩集』「永遠にやって来ない女性」(大正5年10月『感情』)「女人に対する言葉」(大正6年4月『文章世界』)に憧れが詠われる

(10)　室生犀星『第二愛の詩集』「小さい家庭」(大正7年5月『感情』)に楽しかるべき家庭のさまが詠われている

(11)　室生犀星『第二愛の詩集』「自分の本道」(大正7年5月『秀才文壇』)の世界に通ずると思われる

第2章

市井鬼ものの世界

市井鬼ものの成長とその限界――「貴族」・「あにいもうと」とその後――

犀星文学は、こと小説のジャンルを見渡した時に、抒情的な面と市井の野性的な面の振幅の中にあったと考えられるが、その一方の極であった市井鬼ものと呼ばれる作品群、あるいは、「復讐の文学」に分類されると思われる作品群を考える時に、それはいかようにして現れ、いかように推移していったのか、興味をそそられる課題である。ここでは、市井鬼ものの中に数えられる主要作品の中から、「貴族」(1)（昭和8年6月）「あにいもうと」(2)（昭和9年7月）の二作を、それぞれ前期、中期の主要作品の代表として採り上げ、その成長とその後を捉える試みとしたい。

市井鬼ものがいかようにして現れたのかについて、笠森勇は、昭和三、四年に発表された作品群の中に市井鬼ものの先駆的作品を見出している。(3) また、嶋岡晨は、犀星の「復讐の文学」は、萩原朔太郎からの激励と刺激によると述べている。(4) 特に指摘のある犀星宛書簡、昭和4年8月上旬（推定）には、確かに「既に失はれた過去のものは、未来に取り返さねばならぬ。（それが僕等の人生に対する復讐思想だ。）」という興味深い「ケシカケ」がある。

犀星が市井鬼ものに移行していくのには、大正末からの行き詰まりを打開しようとする犀星の試行錯誤とともに、新しい文学を模索しようとする内的な動機と文壇や友人たちからの刺激による外的な影響を抜きには考えられない。初期小説から市井鬼ものへの紆余曲折については、船登芳雄に、芥川の死を軸にした評伝の中での考察があり[5]、また、笠森勇が、同時代評、レアリスム小説への挑戦、映画の描写法からの影響、モダニズムへの接近、犀星文芸時評にみる他作家からの影響など、作品や批評を具体的に示しながら、その道行きを解明している[6]。

一

「貴族」は子爵長《ちょう》家を舞台にした話である。老夫人治留《はる》子という専制君主に対する房野立彦という青年が配されている。

作品設定の背景は、下敷きが透けていてきわめてわかりやすい。長家が徳川時代を生き延びた「領地だつた城下に帰省した」先は、加賀百万石の金沢であり、「長家代々の墓畔である桃雲寺山」は、前田家の墓所がある野田山であるし、房野の調べ上げる長家の歴史上に「殆ど長家の財産といふものが或る一人の町人の手からもぎ上げたも同然である祖先の悪辣さ」があり、「その町人は幕末当時の貿易事業の成果によつて財を作つたものであつたが、それの刑罪と同時に全財産を把握することによつて長家は莫大な財産を作つたのである。」という話は、さらに細かい説明を読むまでもなく、加賀の豪商、銭屋五兵衛のことであることが想起される[7]。また、「僕のおやぢの又おやぢも二百石の家禄を取つてゐたことがわかつて可笑《をか》しかつた」とか「足軽組頭つてそんなに取れたものですか」とか言う房野の言葉も、房野が犀星の分身としての設定であることを十分に知らしめてくれる。犀星は、これまでもこの後も、自伝的小説で、繰り返し自分の実父の家について、百五十石から二百五十石の間の石高と「足軽組頭」という職名を書き続けているからである[8]。また、房野の前歴が弁護士の書生ということも、地方裁判所の給仕だった作家の前歴と類似して設定されている。

子爵長家の老夫人治留子は、年齢不詳の肥った女性である。「実際は五十になるかならないくらゐに見え」る「三十八くらゐに見れば見られる」「皮膚の透明と脂肪の行き亙つた」「つやつやしさ」で、「喉と襟脚とは少しも老いてゐな」いで、「むしろ少しくらゐ青みを含んでゐるほどの白さ」を保持している女性である。その美しさの保持の秘密について、「凡そ長い間の後家暮しのせゐ」でもあるが、「若い男を対手にしてゐる交際や贅沢《ぜいたく》な我がままな精神的滋養からのせゐ」であるという。

一方、房野立彦の方は、得体の知れない青年に描かれている。「誰の付添とも世話焼人ともいへない、勿論、書生ではない」男であるが、家族からは十分敬意を込めた呼び方で呼ばれ、老夫人の山道歩きの介添えを務めているという。「不統一もなければ不自然さへ存在しな」い「不調和のない」一行に見えると念を押すことで、実は、「不統一」「不自然」「不調和」を孕んでおり、それが房野の存在に起因することが明記されている。

房野は、「品格もあり弱々しそうで神経質に見える点では貴族に近い人間」であり、「女性的な容貌とは反対に大きい痩せたからだ付には、年齢不相応な深刻な憂鬱さがあつてそれが年よりも老けてみえる」る青年である。日頃は、長家の中で「図書室の整理」という役目を持っていて「彼自身の趣味と勉強のためから老夫人の許しを受けて図書室にはいつて、長家の古い歴史を」「定紋付の長持三棹にある記録と筆写本」によって調べることを日課としている。房野のそのような特典は、その実老夫人のツバメになったことによって得たものである。

周囲の人間は、なぜ房野がそういった立場で長家に入ったかを不思議に思い、あれこれ噂したが、房野は、弁護士の書生として治留子に会った時に、まずその「美貌」に「驚異の感情」を持ち、同時に治留子が「非常にやさしい恍惚《うつとり》するするくらゐの上品さを」持っていたので、「母とか姉とか小母さんとか、さういふ年長の女にもつ親しい喜ばしい敬愛の情」が起こって「この老夫人のためには何んでもしてあげたい気持」になっていったところを、上手に老夫人から「図書室の整理」という名目で長家へ住み込む話が持ちかけられたのであった。住み込んでみて、夫人が房野を必要とした真の理由を理解した時に、房野は、図書室の中に生甲斐を発見したと言える。

老夫人治留子は、房野を得ても外出がちであり、房野だけが「どういふ遊びや暇つぶしをしてゐたかを」推測することができた。「自分の身分を保存」するために、治留子は潔癖なほど秘密を守るための秩序を作り、「後くされのする情事には関与しな」いで通している。ただ、この点について房野は例外に属する可能性があり、この家の裏面史や家の秘密に属する恥部を知る機会も持っていた。しかし、房野は、従順さを崩さず、表面は穏やかに暮らしていながら、しかし、特に治留子の意向に神経を研ぎ澄まして生活している。いつも「夕食の折に図書室の階段を下りてくる彼の顔は真青ではあるが、妙に疲労の上に馬乗りになつてゐる元気さが」あった。

治留子は、そのうち健康なはずであるにもかかわらず、二ヶ月も入院して病院の「特等室ふた間を打通しで借り入れ」、房野から離れて暮らし、その後も遠のくようになった。房野は、「相当の金を与えて房野を長家から放逐する方法をきわめて円滑に運ばうという考へのあることや、それを露骨に振る舞はぬ悠然たる老夫人の腹芸」を読み取り、「最早老夫人治留子に取つて用のない人間であり、魅力を感じさせない」存在になったことも知るが、治留子の寵愛を失った男が、その使用人たちから意地悪な扱いを受け、徐々に居心地の悪さを感じてもいる。また、治留子もそれを知りつつ放置しているようなところがあることも感得しながら、仕事の仕上げを急いでいる。

房野は、放逐の時を予想しながら、「貴族のはらわた」を調べ上げては書いていた。そこには、治留子の前歴も書かれていた。治留子だけがそのことに警戒したが、取り憑かれたように集中している房野に「薄気味わるさ」を感じ、書き上げてしまった房野が、「憔悴と困憊《こんぱい》」の果てに「白痴のやうな」抜け殻状態になって、治留子に悪寒を感じさせている。

治留子は、まず、執事から金を受け取らせようとするが、房野が拒否したことを知り、自分から渡すために房野と面会する。房野は「僕をつつ放していただけば充分です。」と言って受け取ろうとしない。その上、自分の放逐に苦労していることを見抜いて、それは似合わないと言葉を返している。すると、放逐しようとしていた心とは反対の作用が、治留子の心に起こっている。また、房野の別れの挨拶に対しても治留子は「未練がましい気分」

を感じている。治留子の心に期せずして起こった「心に嬉しい羽ばたきのやうなもの」を感じて、自分の思うままにすべく言葉を重ねるが、房野はさらに厳しい言葉を放つ。

——僕はもうあなたを厭といふほど見た人間です。あなた方のだらしないその日暮しを非難する権利はあるが、それを一緒にもう一度暮すなんてことは僕には出来ない芸当なんです。

老獪なはずの老夫人治留子は、ここで初めて房野が自分のことや家のことなどを「あばき立てる」可能性に思い至り、「激しい恐怖」を感ずる。しかも、従順であったはずの房野の顔つきは、「何も書きはしません」という答えとは裏腹に、「自信ありげなざまを見ろといふ顔つき」であった。治留子は、「涙さへうかべ」て「哀願」する。房野も「嘗ての従順であつた」彼に早変わりして「あなたのご恩に感謝してゐるぐらゐですから、さういふあなたをあばき立てるやうなことはしません。」と答えている。

一筋縄ではいかない治留子は、「一生飼ひ殺しにしても此の男を手放すことは危険」と判断して、善後策を協議しているその隙に、房野はひそかに長家を後にする。

「貴族」は、復讐譚としては、すこぶる分かりやすく話ができ上がっている。老夫人治留子の表の顔と裏の顔《ドッペルゲンゲル》のプロットの向こうに長家の表の歴史と裏の歴史もあって、治留子の蠱惑の罠に落ちた房野は、唯々諾々とその状況に従うように見せて、その双方の裏面を調べて暴こうとするからである。「たんかを切った」とはいえ、後の作品のような会話そのものの激しさで迫るものとは違い、権力を持つ者を相手にきっぱりと拒絶を表明し、行動するところにその持ち味がある。しかし、「貴族」は、文字通り上流社会における家庭内の話であり、市井鬼ものが「下層社会のしたたかなエネルギーを汲みあげて、文学的に反映したもの」あるいは、「下積みの放埒な生の燃焼と切ない善意」を描いたもの(9)であるならば、少し異質な感じを伴う作品である。しかし、市井の一書生であった房野が、下層社会のエネルギーで上流階級に復讐したという読み方は可能である。犀星の「復讐の文学(10)」の締めくくりにある「私の人生から引続いた人生で汚辱を排し正義に就くために、数限りなく私は復讐のために例のがたがた震いを遣り、どうやら生き甲斐のあるところに辿り着きたいだけである。」という言葉を用いれば、確かに「汚辱」の権化である治留子は「復讐」され、「正義に就く」のが房野の行動ということになる。

作者が意図したかどうかは別として、視点を転ずると、老夫人治留子の行状の中に男漁りが暗示されているが、房野とのやりとりから行けば、「立派な男らしい方」を求めて彷徨《さすら》っており、夫人の専制君主ぶりがそれを許さず、絶対服従を強いるが故に、家と自分が安泰な限りは、治留子の求めるような男は、存在することができない。唯一、そこを突き破って出て行こうとする者のみに、その魅力が備わるのである。しかし、治留子にとって、家と我が身の安泰が第一であれば、「立派な男らしい」房野が、万が一思い留まったとしても、治留子の文字通りの「飼ひ殺し」に遭うしかない。つまり、治留子は、専制君主である限り、「立派な男らしい方」に出会って救済されることはないのである。

また、図書室に籠もり、毎日毎日蒼ざめて夕食に出てくる房野は、日々幽鬼のようになり、「あれほどの美貌はもう房野の顔のなかのどの部分にも尋ねられ」ず、「憔悴と困憊」から「その悲しげな思ひつめてゐて一度にそれを切り放つたやうな視線の弛んだ眼」は、治留子をして「これはあまりに酷いと思はざるをえな」いという状況になる。しかしながら、「僕は割合に元気なんです。」と言う房野は、まるで、「牡丹灯籠」のようである。しかし、籠もっている間の相手というのは、死女ではなく、長家の家霊との闘いであったろう。そこで治留子も合わせて考えれば、放埒に振る舞う専制君主の治留子さえ、家霊に支配された憂いの絶えない身であるが、房野にとっては、まさに闘ってきた長家の家霊の最後の太母《グレートマザー》ということになるであろう。あまつさえ、その家庭内の会話は、常に建前であって、発せられた言葉を素直に受け取ればいいというものではない。特に最後の局面での会話は、表面のコミュニケーションとは裏腹に、表情、腹のさぐり合いを抜きに相手の言い分を理解することは不可能であり、静かな暗闘の迫力が感じられる。

最後に、注目しておきたいこととして、房野が最初に治留子に持った感情が、「母とか姉とか小母さんとか、さういふ年長の女にもつ親しい喜ばしい敬愛の情」であったことである。その夫人の名は犀星の生母の通称と同じ「haru」の音を持つ。ここには、作者の分身らしき房野を介してハル（治留子）への二重の復讐が透けて見えるのである。

二

「あにいもうと」は、犀星文学全体を見渡しても代表作の一つに上げられる作品である。(11) 市井鬼ものの中でも頂点に位する一作であろう。

冒頭部と結末部の赤座の勇ましい川師姿の間に小畑と伊之ともんの話が巧みに織り込まれるという構成を持っている。赤座は、人夫たちに厳しく、遅刻や怠けを許さない男であるが、自らも息長く水中の仕事もでき、川底への監視も怠らない。蛇籠も「赤座の蛇籠」と言われるほどの流失率の低い優秀なものである。その上、投網を打つのもうまく、ヤスやそこで獲れる魚の扱いにも長けている。そんな「川仕事をするだけに生れつい」たような男である。また、「殴ることがしやべる十倍の利目《ききめ》があるといふことを、自然に一つの法則のやうにしてゐる」男でもあり、赤座の属しているのは、力を背景にした労働による世界である。また、川が相手であるので、自然によりかかって生活する世界の住人でもある。月二回の「銭勘定の日」に現れる「ゆつたりと物わかりのよい柔和な」妻のりきが、人夫たちの人気を得ていた。しかし、赤座は、金銭関係をりきに委せているように、川を出ると家庭内においてすら不器用な男である。小畑ともんや伊之をめぐってのさまざまな事件では、まるで手出しのできない出水の日の「濁流」のように描かれている。出水を眺める「悲しさうにしぼん」だ「濁つた赤座の眼」

ともんや小畑を前にしたときの赤座の「弱り」は重なっていて、「どうしてそんな出水が恐ろしい百数十本のせぎの蛇籠を押し流してしまふかが分からな」いように、なぜとかどうしてこのようになったのかとかいう問いはない。赤座にとっては、目の前の事実と勝ち負けしかないのである。確かに赤座は「負けたことのない」男ではあるが、自然に左右される労働なだけに、いかなる時も天候の良い時しか勝負のできない男でもあって、家庭内でも雰囲気が悪天候時には「むんづり」と傍観するしかないのである。

赤座の三人の子どもたちの中で問題のないのは、末のさんだけであった。長男の伊之は、父親に似ない怠け者で、腕の良い石職工なのだが、金が入ると出かけてしまい、しかも女性にだらしなくて「紛紜《ごたごた》が絶えな」いという。伊之は、帰ってくると「終日打通しでからだに穴が開くほど睡てゐ」るという。その上、一家の最大の悩みは、その妹のもんである。下谷に奉公に出ているうちに、小畑という学生との間に関係ができて子を孕み、その学生は国元に帰って、もんは捨てられた格好になった。そこから「ぐれ出したもんは奉公先で次から次と男ができ、こんどは小料理や酒場をそれからそれと渡り歩いて半年も帰つて来な」いような生活をし、「帰つてくると乱次《だらし》なく寝そべつて何かだるそうに喘いでゐるような息づかひ」で母親を使い、もんも「顔が真青になるまで睡てゐ」るという。

このような自堕落な二人の大きな子どもを抱えた赤座の家に「漸《やっ》と一年も経つて」小畑が訪ねて来る。小畑は、赤座の「体質風貌の威圧」にたじろぎながらも、今頃訪ねてきた言い訳と費用の負担とそれによる「自分だけの良心のつぐなひ」を申し出た。赤座は、「実直さうな容子とは反対に」小利口な「馬鹿でない掛合をもつて来た」と思っている。もんの現状を知った小畑は、もんの居所を知りたがり、「あやまつてさつぱりした気持になりたいのです」と告げるが、小畑の「安堵した気持」が赤座に「見え透いて」いて「こん畜生を張り倒し」たものか「可哀さうなどこかの小せがれ」なのか逡巡した後、帰すことに決めている。最後に赤座は、「小畑さん、もうこんなつみつくりは止めたはうがいいぜ、こんどはあんたの勝ちだつたがね。」と言ってみて自分で参っている。「負けたことのない」男は、さっさと磧へ退散してしまう。

りきは、赤座が殴らなかったことについて「ちよつと有難い気持に」なり、りき自身は、「小畑は憎み足りなかつたけれど」「もんも悪いし小畑も悪いと考へ」ていて、縁のあった二人が何とかならないかと思ってみたり、もんの「小畑を愛した」気持ちが理解できるような気がし、「柔しい言葉さへ」かけている。小畑にもりきに親しむ気持ちが見え、会話をするうちに「小畑が一年経つても尋ねて来たのは誠意があるからであ」ることに気づき、「まつたくの悪い人間なら、いまになつてたづねて来るなどといふ頓馬な真似はしないであらう。」と考えるようになっている。小畑は、名刺に所番地を書き入れてりきに渡し、赤座家を辞している。ここでは、小畑について、男親である赤座の受けた印象と、女親であるりきの受けた印象が違うことを指摘しておきたい。

小畑は「悪い時には悪いもので」帰ってきた伊之に見つかってしまう。「もんの男であることを知ると、ひどく疲れて青くなつてゐる顔にかんしやくをむらむらとあらはし」て追っていく。小畑は、「直覚《ママ》的にもんの兄」であることを知り、「恐怖の情」を味わっている。「赤座に肖《に》た伊之」は、「思ふさまこん畜生を張り倒し、娘の一生をめちやくちやにしたつぐなひをしてやらうか」と思ったもう一人の赤座である。石職工である伊之は、父親のように自然の前に畏怖する人間でもない。仕事はしたい時にしてふらりと遊びに出かける我が儘な風来坊であるから、赤座のように、もんと小畑のいきさつの自然のようなものに配慮したりはしないのである。ようやく小畑に声をかけて、伊之はもんへの兄としての思いを語り出す。その中で注目すべきは、「おれともんとはまるで兄弟よりかもつと仲がよかつた。」という言葉と「母はあんまり酷い口を利くおれをそれが本統のおれのやうに憎みだし、おれを毛虫のやうに嫌ひ出しもんの方につくやうになつたのだ、さうしないと皆がもんを邪魔者にするからだ。」と述べていることである。小畑を「恐怖以上の境」に追いつめ、伊之の問いに対する優等生的な答えに、「嘘つきやがれ。」と乱暴をはたらいている。たたみかけて伊之は、「もんはからだは自堕落になつているが気持は以前よりか確乎《しつかり》してゐるのだ。」「手前さへ手出ししないでゐたら、あいつはあんな女にならなかつたのだ。」等と言うが、どこまでも従順な小畑に気抜けがして「いくらかの気恥ずかしい気持」がしたので、収まりをつけ、乗り合いの案内までして去る。小畑には、そのような伊之の態度を「宥しを乞ふもの」として感じている(12)。

ここで注目しておきたいのは、りきから見ると「親身の兄妹のにくみ合ふ気持はこんなに突ッ込んで悪たれ口を叩くものかと」あきれるようなものであったのに、それが伊之に言わせるともんへの愛情で、もんを庇っていることになっていることである。また、一時は「恐怖以上の境」にまで追い込まれた小畑が、「ひどい目に遭つたこととまるで反対な好感をもつて見ること」ができるようになったという心情の変化である。

もんが小畑の訪問を知ったのは一週間後である。何も知らないもんは、父の対応ぶりをりきに聞く。真相を知らないもんは、小畑のことを「ちよつといい男ぢやないの母さん」と声をかける。もんは「あの男からあとに男ができてもあんなにあるだけのものを好きになれる男なんてなかつた。小畑には宥せるものでも他の男には宥せないものがあり、小畑よりずつといい男であつてもそのいい男すぎるのが気障《きざ》だつたり」すると言い、「けれども小畑が来たつて一しよになつてやらないさ、好きなのは、考へてゐる時だけで」「あたしにはもう生ぬるい男になつてゐるから」と言っている。これらは、もんの恋愛論として読めるだろう。つまり、もんは本気で小畑が好きであった。それは、「小畑には宥せるものでも他の男には宥せないものがあ」ることであり、恋愛とは、相手の善し悪しも含めてどこまで相手に許せるかにかかっているからである。また、「好きなのは、考へている時だけ」というのも恋愛が観念的な性質ものであることを端的に示している。「あたしにはもう生ぬるい男になつている」というのも恋愛という観念と現実の差を見据えていることになろう。もんは恋愛と現実の生活の落差を見てしまったことになる。殊にどうやら身分違い、あるいは大いに環境の異なる恋愛である小畑との場合は、よりいっそう

「好きなのは、考へている時だけ」の方が現実からの報復を受けずに幸福でいられるのである。

そこへ伊之が戻ってきて、またしてももんに毒づく。また、小畑は「此方を舐めてゐるから」「図々しくやってきた」という。驚いて問いただすと乱暴したことを、むしろ「あざわらひ」とともに表明した。伊之としては、妹のために復讐したことの露悪的な表現であったと思われる。

もんは呆気に取られてゐたが、みるみるこの女の顔がこはれ出して、口も鼻もひん曲がつて細長い顔にかはつてしまひ、逆上からてつぺんで出すような声で言つた。

――もう一度言つてごらん、あの人をどうしたといふのだ。

もんは腰をあげ鎌首のやうな白い脂切つた襟あしを抜いで、なにやら不思議な、女に思へない殺気立つた寒いやうな感じを人々に与えた。

このクライマックスでの表現は、大正期に幻想的な小説を書きながら摑んだ立体派《キュービズム》的な描写法である。ここからのもんの啖呵は凄まじい。「一度宥した男を手出しのできない破目と弱みにつけこんで半殺しにするような奴は、兄さんであらうが誰であらうが黙つて聞いてゐられないんだ、やい、石屋の小僧、それでもおまえは男か、よくも、もんの男を撲ちやがつた、もんの兄キがそんな男であることを臆面もなくさらけ出して、もんに恥をかかせやがつた、畜生、極道野郎!」「女一疋が手前なんぞの拳骨でどう気持が変ると思ふのは大間違ひだ、」などという言葉が叫ばれている。伊之はもんの敵を討ったつもりでいたが、もんは小畑の敵を討とうとしている。もんは、もちろん力では伊之に適わないが、自分の肉体を投げ出すことによって相手の気を殺いでいる。

この作品の醍醐味は、もんの、異様な迫力を持つ捨て身の啖呵にあるものと思われる。犀星の市井鬼もののイメージを確定させた感もあり、以後も、もちろんこれに類した作品は書かれている。しかし、この作品が特に優れ、代表作たり得ているのは、横光利一が『機械』で樹立したものと同様の「実在は相対的である[13]」という世の中の不確かさが描けているからではないかと考えられる。たとえば、小畑像は、赤座とりき、伊之ともんでは、詳述したように、いずれもそれぞれに異なっている。また、同一人物の中でも心情の推移によって変化している。また、伊之のもんに対する悪態も、りきの目に見えるものと本人の意図とが食い違っている。ここで展開された二重の復讐、伊之が小畑へ行った乱暴と、もんが伊之へ行った捨て身の啖呵も、それぞれの認識の相違と愛情の方向の違いが生み出すものである。そのいずれが正しいとも判別しがたい人間解体の文学なのである。赤座が川以外に手出しができないのは、案外こういった人間社会の不確かな有りようが、きっぱりとした行動を取らせないようにも読み取れる。しかし、作品の根底には、赤座一家の不器用な家族愛が流れている。近親愛憎でいがみ合う伊之ともんの兄と妹の間にも、表現は荒っぽいながら同様の愛情が流れている。作品設定の背景にある作家の「手の内」については、船登芳雄が詳述しているが[14]、この作品は、背景の気にならない虚構性の高い作品である。自己の身辺に材を求めつつもきわめて見事な再加工に成功した作品といえるだろう。

「貴族」は、上流社会の象徴である治留子に対する庶民の代表である元弁護士の書生、房野が、無事に長家を逃れて、これから「貴族のはらわた」を暴くであろうことを暗示している復讐譚であることは、前述の通りである。さらに、「あにいもうと」では、良家の子息である学生の小畑に、下層庶民の娘であるもんが騙された形で子供を孕むが、それを乗り越えて生きている。自堕落ではあっても、もんは、自分で自分の人生を摑んでひとりで自活し、実家には休息に現れるのである。もんは、これから先も下層社会で、啖呵を切りながらたくましく生き抜いて行くであろうエネルギーを漲らせている。船登芳雄が述べているように「それは時まさに崩壊の止むなきに至ったプロレタリア文学運動にかわって、いわば芸術派の犀星が、下層社会の放埒なエネルギーを文学的に汲みあげるという皮肉を生[15]」んだのであり、昭和十年前後の文壇の中で無視できない作家的飛躍を遂げた。その意味で

「あにいもうと」にみるその成長ぶりは顕著であった。

「あにいもうと」に象徴される逆境を逆手にとって生き抜こうとする女性像は、以後「復讐」の繭子、「聖処女」の閃子、「女の図」のはつえ、「戦へる女」の豹、みや子、韋相子、枇杷子、お韓ちゃんなどの女性像に継承されていく。しかし、養母と生母の狭間から市井に生きる女を造形し続けるうちに、女としての自立性の限界が作品中に見えてしまったり、理智よりも情緒や生理に引きずられて描かれる人間模様が、単なる人間関係の拡散した風俗絵図に堕していくことを如何ともし難かった。また、「復讐の文学」[16]に示されるように、人間模様が不条理なら不条理なままに断ち切られることなく、どこかに救済が準備される場合が多くなる。そうであればあるほど、通俗性を増してしまうという皮肉もあった。その上、またしても犀星は濫作して行き詰まるのである。

それでも、「あにいもうと」は、他の作家には真似のできない犀星における文学の故郷を端的に示した記念碑的作品として、犀星文学の頂点に位置する作品の一つということができるだろう。

注

（1）「貴族」昭和8年6月『経済往来』。『女の図』（昭和10年）所収

（2）「あにいもうと」昭和9年7月『文藝春秋』。『神々のへど』（昭和10年）『兄いもうと』（同）『あにいもうと』（昭和13年）『女の図』（昭和22年）所収。昭和32年1月、『小説春秋』に再掲

（3）笠森勇「小説を模索する犀星──昭和初頭のころ──」『室生犀星研究』17輯（1998・10　32─43頁）において、「幾代の場合」（三年九月）「或女の手記」（四年二月）などの作品を具体的に紹介しながら、指摘している

（4）嶋岡晨『《復讐》の文学　萩原朔太郎研究』1992年12月、武蔵野書院（72─76頁）

（5）船登芳雄『評伝　室生犀星』（1997・6　232─246頁）と『室生犀星論──出生の悲劇と文学──』（1981・9　171─207頁）ともに三弥井書店

（6）笠森勇の前掲書、並びに「小説を模索する犀星（承前）――『復讐の文学』へ――」『室生犀星研究』18輯（1999・5　18―29頁）及び、「犀星・復讐の文学」『室生犀星研究』19輯（1999・9　64―78頁）

（7）銭屋五兵衛は、安永二年（1773）11月25日加賀国宮腰（現在金沢市金石町）に生まれ、新たに呉服、古着商、木材商、海産物、米穀の問屋なども営むが、北前船を使って海運業に本格的に乗り出した。加賀藩は、財政建て直しのため、しばしば豪商たちに資金調達を命じているが、五兵衛は藩の重臣である年寄奥村栄実の要請に対する見返りに、加賀百万石の御用船として全国諸港を自由に航行できる永代渡海免許状を得て、北前船で商売をする藩営商法による販路の拡充を考え、約二十年間に江戸時代を代表する大海運業者となった。加賀藩からは銀仲棟取《ぎんずわいとうどり》、問屋職、諸算用聞上役《しよさんようききあげやく》を仰せつかり、藩の金融経済に尽くし、たびたび御用金の調達も行っている。晩年は、河北潟干拓事業に着手するが、無実の罪を着せられ、嘉永五年（1852）に獄死した人物である。犀星には、明治四十二年にしばらく金石に下宿していた縁がある

（8）『室生犀星文学年譜』によれば、「由緒書」による犀星の生家小畠家の石高は百五十石である。また、船登芳雄の前掲書『室生犀星論――出生の悲劇と文学――』によれば、繰り返し書かれた「足軽組頭」の役職は実在せず、実父弥左衛門の経歴は、一覧すると「組外御番頭支配、伏木浦在番人、御馬廻組、銃隊御馬廻組、寄合御馬廻、学校御横目加人」となる。犀星自身が一貫して「足軽組頭」と記載し続けたことについて、船登芳雄は、「何等かの誤解に基づく伝承と言わざるを得ない。」と述べており、『室生犀星文学年譜』も、この船登論を引用している

（9）前掲書、船登芳雄『評伝　室生犀星』（244―245頁）

（10）室生犀星「復讐の文学」昭和10年6月『改造』

（11）犀星は、この作品により、昭和10年7月、第一回文芸懇話会賞を横光利一とともに受賞している

（12）畔蒜歌子は、「あにいもうと」について『室生犀星研究』第2輯（1985・9　173―180頁）において、「自然の中で感情のままに生きてきた赤座一家は、近代の教養を身につけた弱々しい一人の青年の前に敗北してしまうのだ。」と述べている。また、須田久美は、「『あにいもうと』論」『室生犀星研究』第5輯（1988・7　123―135頁）において「小畑イコール近代対赤座一家イコール前近代という図式は成立し、更に近代人小畑の勝利、前近代の赤座一家の敗北も頷ける。これに加えて私は労働者階級の敗北も感ずる。」「形式的に勝利した近代人小畑は、禁足されてしまい自由を失った

ということのひ弱さと、自由を奪い束縛する家庭を持つという反近代性が秘んでおり、一方敗北した前近代的な赤座一家に、束縛なく自由にふるまえる近代性も見られるのではあるまいか。」と述べている
（13）伊藤整『改訂　文学入門』（1954・10）光文社
（14）前掲書、船登芳雄『室生犀星論――出生の悲劇と文学――』（201頁）
（15）前掲書、船登芳雄『室生犀星論――出生の悲劇と文学――』（202―203頁）あるいは、前掲書、船登芳雄『評伝　室生犀星』（244―245頁）にも同様の記述がある
（16）前掲書、「復讐の文学」昭和10年6月『改造』

「暫定的」な「復讐」――「女の図」をめぐって――

人間は、時代と無関係に生きることはできない、文学者もまた然り、という視点から昭和という時代を振り返ってみると、世界的金融恐慌（四年）、満州事変（六年）、二・二六事件（十一年）、日中戦争（十二年）と人々は、厳しく困難な時代を歩んでいた。既成文壇もまた、芥川龍之介の自殺（二年）以後、プロレタリア文学の隆盛と崩壊や新興芸術派の活躍の中で、全体的には低迷した状態が続いていた。昭和八年の批評、評論をたどっていく[1]と、「文芸復興」「不安の文学」「純文学の更正」といった言葉とともに、リアリズムの問題を扱ったものが目を惹くが、文学全体に対する危機意識や不安が根強く、また、批評そのものについても、懐疑的な空気が流れていたことがうかがえる。

小説家としての犀星もまた、長い低迷期から「あにいもうと」（九年七月）の発表によって脱している。いわゆる昭和八年頃から一つの傾向を見せ始めた「市井鬼もの」と呼ばれる作品群である。かつての抒情詩人のイメージを覆すような激しく啖呵を切る荒々しい描写が次々に作品化されて注目を集めた[2]。昭和十年に入って、これらの作品は毀誉褒貶の評価の波にさらされることになった。犀星自身も一個の野人に返ったかの如く、これらとの応酬を繰り広げていく。

平野謙は『昭和文学史[3]』の中で、広津和郎が「犀星の暫定的リアリズム」という評論を書いたその広津自身の心境に着眼して次のように述べている。

この「暫定的なリアリズム《ママ》」という言葉は、単に犀星だけでなく、横光利一の「紋章」にも、舟橋聖一のいわゆる「能動的精神」にも妥当する面が無いわけではなかった。インテリゲンツィアの能動性とか積極性ということが昭和九年(一九三四年)ころからひろく唱えられたが、今日からみて、それがひとしく「暫定的な」問題提起にすぎなかったことは、ほぼ明らかだといっていい。当時のいわゆる文芸復興という機運全体も、「暫定的」といっていいえぬことはないのである。室生犀星の復活は、そういう意味では、当時の文学的象徴ともいえるのである。

一

犀星の一連の作品の中で「女の図」は、不思議な成立過程をたどった作品である。今日の『女の図』は、全体で十二章構成になっているが、発表当初は、はじめの三章で完結していた。その成立状況を次頁に整理しておく。次頁の表から「続女の図」と「姫」を執筆した段階では、「町の踊り子」は「女の図」とは別扱いの作品であり、「女の図　第五篇」と名乗る『中央公論』昭和十年十月号分の執筆段階には、「町の踊り子」も作品の一部と見なしていたことが分かる。また、早くも昭和十年六月十五日付けで竹村書房から短篇小説集『女の図』が発行されている。「女の図」関連作品で収録されているのは、「女の図」と「続女の図」と改題された「町の踊り子」である。どうやら犀星は、一方で続編を執筆しながら、それぞれを連作の作品として、他の昭和十年上半期までに発表した作品[4]とともに単行本を編集することにしたようである。

なぜ、連作でありながら、このように初出誌がバラバラで、間隔もさまざまなのか。また、なぜ、このように単行本化を急いだのであろうか。作家の生活を勘ぐれば、年譜上に女性の影[5]もあって、類推をそこへ持ち込むこ

作品名（章題改題）	初出誌（年月）
女の図	『改造』（昭和10年3月）
1・輝かしい一瞬	
2・消え失せた一瞬	
3・再び輝かしい一瞬	
町の踊り子	『維新』（昭和10年4月）
4・三角の地形	
5・相殺の発端	
続女の図	『経済往来』
（6・出奔）	（昭和10年6月）
姫「女の図」第三篇	『文芸』（昭和10年6月）
懼に憑かれたる人	
（7・瞽女姫）	
8・邂逅	
女の図　第五篇	『中央公論』
（9・きくえ）	（昭和10年10月）
生面	『文芸』（昭和11年7月）
10・虹をはく拾円札	
11・礼儀	
野生の呼声	
（12・生面）	

とは易いが、それよりも、文壇での激しいやりとりと単行本化を急いだこととの間に何らかの関連があるものと仮定して、「女の図」の最終完結版までの犀星の試みと作品の成長、「女の図」の批評、あるいは、市井鬼もの全般についての批評を合わせて考えていきたい。

二

昭和十二年『新潮』一月号の「連作について」では、その執筆時点である十一年暮れの犀星の思いや考えが伝わってくる。

> 今年は、何か永い冬と春が続いてゐたやうに思はれた。雪が何時までも降り続いて突然二・二六事件があつたり、その前後から長篇物を書き出したりしてゐて、私はその外幾つもの短篇を書いてたうとう「女の図」を一年半かかつて纏め上げた。短篇作家の悲劇はいつも長篇を一挙に書き上げる時間がなく、そのため、幾つもの雑誌にその連作を続掲することで救はれてゐるのである。そして三百枚足らずの作品に一年半もかかるのは何か歯痒い切ない念ひがするのである。(中略)或時期の作品の相といふものが肖《に》かよつてゐることや、形式にもそれをさめると同じ尺度があるのは争へないことである。これらの形式が出来上がつて漸く作品が書きよくなつたりした時分に、私は出来得るかぎり其處から身を引かうと身構へてゐるのである。

全体の調子には、長篇が思ったような速度で書き上がらなかった精神的疲労感が感じられる。「二・二六事件」前後の長篇というのは、「人間街」「聖処女」「戦へる女」のことを指すと思われる[6]。事変的なものとの結びつきの中で長篇のことを述べているところに、犀星の「何か永い冬と春が続いてゐた」感じも存在することになる。つまり、短篇小説作家と自認する犀星が意識的に長篇小説へ挑戦した、その苦闘の跡を述懐していることになる。また、作品制作の姿勢として同じ作風に長く留まることを戒め、常に新しい文学を求めて、模索しようという気力をにじませている。市井鬼ものの作品群の登場そのものがその一つの証明となっている。また、この点については、川端康成が浅原六朗の「文学上における芸の問題」（東京日々新聞）に対して「『独楽廻し』に就て」[7]の中で「私は浅原氏と正反対に室生氏の近作を尊敬する」という立場に立ち、「『芸』もまた自らを批判し、懐疑し、反逆し、解放につとめてゐるのである。作家の『熱意』とは、『小説の嘘』という『独楽を廻す』ことである」と述べている。

犀星は、長篇小説への挑戦に三通りの方法を用いたと考えられる。一つは、「人間街」や「聖処女」で用いた新聞連載法、二つ目は「戦へる女」で用いた書き下ろし法、三つ目が「女の図」で用いた連作方式である。犀星は「私は小品文作家でもなければ慌てて短篇をこなし得る作家でもない、後もあり、真中もあり終りもあるものを書き、そしてそれらの枚数が与へられない場合には、執拗に一つの作品の完成をいそぐ快適さも味ひたいものである。」「連作の場合にも時さへ隔てて行き着けば、行き着き得られるし考へもしなかつた沢山なものを取り上げることが出来るのだ。」[8]と言う。「女の図」が「行き着」いた作品であるならば、当然「考えもしなかつた沢山なもの」が見込まれる。

三

まずは、「女の図」のはじめの三章を完結した作品として読んでみる。

伴宗八という若い時分には社会の底辺でその日暮らしの商売をしながら、「千九百十年代」つまり大正期には、「純粋な淫売屋の主人にまで出世し」た男とその妻である娼婦上がりのハナが、下町浅草の十二階下の雑踏の中で生活しているという設定である。この夫婦は貰い子を二人育てている。「まだ十六になつたばかりの貰ひ子はつえと、十一になるきくえ」である。十二章完結でも三章完結でも主人公ははつえであるが、「はつえは左の耳の下に七針、右の手首とお臀に鈍重な古い傷跡を」持っているという。しかし、これは、美貌のはつえに付けられた出自に関する刻印のようなもので、これらの古い傷跡が直接はつえ自身を苦しめることはない。養母のハナは、この二人の貰い子を夜の酒場に出して、歌わせたり、踊らせたりして日銭を稼がせている。この二人の娘の日銭稼ぎの様子は、「泥の付いた」「二疋の金魚」にたとえて描写される。この描写法は、後の「蜜のあはれ」を想起させて興味深い。酒場回りの関係では、「いんちきさん」と菊橋という美貌の男が登場する。はつえはこの菊橋に恋心を抱いていて、金を余計に稼いだ日は、貢いでいる。

伴は、このはつえのことはとてもかわいがっていて、火鉢に鉄瓶をかけてお湯が飲めるようにしておいたり、洗濯をしたり、床を敷いておいたり、足袋を暖めておいたり、迎えに出たりする。しかし、はつえは、「気色《きしょく》が悪くてむかつ腹が立つ」ばかりのものとして、文句しか言わない。年齢的なものもあるが、ハナにそれが分かると、はつえが叱られたり、きくえが嫌みを言ったりするのが耐えられないのである。そういう中で、伴とハナ夫婦の間に、はつえの問題は一つの深刻な対立点として浮上してくる。伴は、夜の稼ぎはさせてもよそへ売り飛ばす気はないというのに対し、ハナは、高く売れて虫が付かない間に売り飛ばしてしまおうと考えている。激しい夫婦喧嘩の果てに、ハナは独断ではつえを売り飛ばすことに決意する。

ハナは売り飛ばす相手を見つけて、はつえを連れだし、見合いをさせる。しかし、はつえは突慳貪に「あんな厭らしい奴！」とはねつける。ハナは癇癪をこらえてはつえを口説くが、はつえは伴を盾にとったり、今まで稼いできたことを盾にとって、手がつけられない。伴もはつえを守るべく用心して成り行きを見守っていた。はつえはこの事態を打開すべく、菊橋を探すが、国に帰っているとだけ教えられる。騙されてすっぽかされたと悔しがりながら、日銭稼ぎに出る。

事態が急変するのは、「千九百三十三年の禁令」(9)によってである。はつえときくえが働けなくなり、過酷な労働から解放されるが、ハナはこの機を逃さず、伴を煙草切れ、酒切れに追い込んで飢えさせ、窮乏を救うには、はつえを「或る人」の世話に任せる他はないと事ごとに言い募っていく。根の尽きた伴は、「万事ハナに委せる」と言ってしまう。はつえに因果を含めるように言い渡された伴は、婉曲に切り出すが、はつえは「そんな話は厭だい！」と一刀両断に切り捨てながら、伴に向かって裏切りを責め、畜生呼ばわりをする痛烈な啖呵を切る。ハナが飛んできて喚き合いになるが、伴は一言も発しない。我慢しきれなくなったハナは、「出て行け！」と叫び立て、肩先を突き飛ばすが、はつえも即座に「出ずにゐるものか！」と言って表へ飛び出していく。ハナは伴に「後を跟《つ》け」るように頼むが、伴は考え違いをしていたと言って動かない。ハナは逆上してわめき立てながら、はつえを捕まえるために表へ飛び出していくところで、三章分が終わる。

ここまでで見る限り、作品の醍醐味は、ハナとはつえの啖呵の切り合いと、はつえが最後に家を見捨てて自分の人生の活路を見出すために飛び出すところにある言えるだろう。

四

さて、ここまでの作品に対して、文壇は素早く反応した。『改造』の昭和十年三月号は、二月に発売されているのが実際と考えられるが、二月下旬の新聞紙上には、すでに青野季吉と尾崎士郎の批評が出ている。その他同時期に出された「会社の図」「悪い魂」「笄蛭図《こうがいひるのず》」などの批評も合わせると、犀星作品に対する文壇の反応はかなり賑やかである。

その中で『文藝春秋』の一月号から連載されていた「文芸ザックバラン」と標題のついた佐藤春夫の文芸時評の四月号は、犀星にとって、なかなかに勘に障るものだったようである。尤も、佐藤春夫にしたところで、三月号で「会社の図」をやり過ごしてみたら、次は「女の図」であり、結構賑やかに評が出れば面白くもなく、自分の姿勢を表明せんと「名文」作家として大物永井荷風先生を引き合いに出しても、「天下を迷妄」させる犀星の

「悪文」文学という「化けもの」が評価される「時代」に嫌みの一つも書かなければ、気が収まらなかったに相違ない。春夫の文中で賛成派の盟主のように書かれている正宗白鳥は、前年末の『文芸』誌上に犀星の近作を高く評価したからであるが、川端康成の評価が高いことには触れていない。また、春夫は、矢崎弾[10]の「会社の図」評に対する『文芸』三月号の犀星応酬まで採り上げて冷やかし半分に「怖れをなし」ている[11]と述べている。

『行動』同月号、武林無想庵の「文芸時評」では、鏡花と犀星「両文士が非常に相近似した天才として響いて来る[12]。」と述べた上で、「犀星君の作品はどこへどう間違ってもそのオリジナリテは決して失はれてゐない。殊にこの作は面白かつた。」と述べている。

また、青野、尾崎、佐藤の評を読んだ正宗白鳥[13]は、「女の図」が「毀誉《きよ》半ばしてゐたらしい」と事実を述べた上で、「私は、近来の犀星氏の作風には多少の関心を有つてゐるので他人はどう思ふかと興味を持つて注意してゐるのだが、青野季吉氏は『女の図』は世相の真実に肉迫してゐるものとして推賞し、尾崎士郎氏は、殊更《ことさら》奇を弄した作品で、むしろ邪道に入つたものゝやうに、非難の語を放つてゐた。また、佐藤春夫氏は、醜き悪文の実例として、この苦心の小説をこきおろしてゐた。」「私は相反した青野、尾崎両氏の評語を胸に宿してどちらが当つてゐるかと考へた。そして、室生氏の小説として相当にいゝものであると、私だけは断乎として決定した。作られたる小説であつても、作者の男女観が油汗になつてにじみ出てゐた。」「この作者近来の小説には、以前のやうな俳味なんかが漂つてゐないで、人間臭がこもつてゐるのが強味である。この作者、見かけによらず、ふてぶてしいものが書けるのではないかと、私は期待してゐる。」と春夫黙殺の体で批評を下している。

これに対して『文藝春秋』五月号「文芸ザックバラン」の佐藤春夫は、「月評の月評」と題した章題で武林無想庵の抽象的批評を批判し、「女の図」には頑として抵抗し、続く章で正宗白鳥に「こきおろした覚えは少しもない」が「閉口した」と反論し、「通読に堪えぬ悪文だと感じた事実こそ」は「事実でござる」とがんばり通し、新居格の犀星論にも犀星の「その業の成否に触れて置くことも批評家の一用意ではあつたらうが。」と切り返している。また、横光利一と犀星の文章は、どれが誤植だか分からない悪文と重ねて主張している。

ところが、この号には、犀星が「佐藤君に私信」を公開していた。「立派な作品で僕の面《つら》を張つて戴きたい。お気の毒だが此処二三年君は眼ぼしいものを書いてゐないから癪に障つたら仕事で打つかつて来たまへ」と述べたまでは良いが、春夫の文章を引用しているうちに激してきたらしく、文章が作品における啖呵と変わらない暴れっぷりになっている。作品評から人物評まで及び、直情的に「君の傲慢振りは鼻持ちのならぬものに世評がある。」と芥川や萩原朔太郎に対する態度を例に挙げ、詩業でも朔太郎に及ばないとやっつけて、作品での勝負を挑んで締めくくっている。犀星の高揚した気持ちと、作品が話題になっていることで身につけた自信とをぶつけている。

このようなやりとりの背景には、インテリ作家側から見た犀星のような学歴、教養、知識が十分とみなされない作家に対する権威主義的な発想がある。もちろん、芥川龍之介や川端康成などのように、犀星の業績を平等対等に評価した作家もいたが、偏見も強かったことの好例であろう。しかし、同じ雑誌の同じ号で、既成文壇の大物作家二人が激突したのであるから当然脚光を浴びる。四月二十五日「読売新聞」の匿名評「春夫・犀星喧嘩の図」に始まり、以後、板垣直子[14]や新居格[15]などが犀星と春夫を論じている。

犀星も「都新聞」や「報知新聞」などで文芸時評を書いているが、徳田秋声の「チビの魂」を採り上げ、「何時も克明な眼を放さぬ徳田秋声こそ小説家の魂に取り憑かれてゐる作家である。」と述べ、「女の図」で少女を描こうとしているところだったので、「大変に参考になつた」と言う。このころの犀星は、六章以降の続編を執筆しながら「女の図」と「町の踊り子」を合わせ、他の市井鬼ものとともに、単行本化の準備を整えている。この時期の犀星の日記や書簡資料が十分でないので、推測になるが、このような「女の図」についての反響の多さ、またさらに「復讐の文学」を書いていた作家としては、早く形にして自分の姿勢を示しておきたかったと考えられる。

同時期の批評としては、尾崎士郎[16]が再び「女の図」の評を出して、正宗白鳥にも佐藤春夫にも首肯しない独自の立場を保っている。犀星自身の「化物」を問題とし、「女の図」は「体臭だけが臭つてくるもの」の典型であると述べているが、佐藤春夫との論争に触れ、「室生氏を悪文家だと思つたことはない。むしろ、室生氏の作品は独特の流露感にみちて他の追随をゆるさぬ妙味に徹してゐると思ふ。」「作家は一々批評家の言葉に神経を悩ます必要はない。私は『女の図』に示された『不敵な魂』は、それが怪物として映ずれば映ずるほど室生氏の成長には必要なものであると考へる。」と述べている。また、二人の不毛な争いに「大文章論を展開してみせてくれたら」と釘を刺している。

五

犀星は、自分の立場を説明する必要を感じ、『改造』の六月号に「復讐の文学」という文章を寄せる。ただし、この文章はかなり理解しにくいものである。犀星は、「文学という武器を」「与へられ」ており、「絶えずまはりから復讐せよと命じられる」と述べている。犀星の意気込みは、「何等かの人生に取つて、（私自身や周囲の狭いものにしても）役にも立ち、書き甲斐のあるものに立ち対《むか》いたい気がするのである。」と言い、「我々のあさる人生にも休まずに精悍な武器をとり、仮借なく最《も》つとあばくものをあばき最後の一人も残さずに、それの人生を裁かなければならないのである。」と述べる。そこに例として引かれたバルザック、ドストエフスキー、トルストイの作品に描かれているものは、物語における理不尽、不条理に関わる問題である。坂口安吾が後年「文学のふるさと」で述べた「アモラルなモラル」に通底すると考えられる。犀星はどうやら「アモラルなモラル」を否定し、救済を用意し、「人生で汚辱を排し正義に就くために、数限りなく私は復讐のために例のがたがた震ひを遺り、どうやら生き甲斐のあるところに辿り着きたいだけである。」と締めくくっている。「文学のふるさと」である「アモラルなモラル」を排したところに果たして文学が成り立つのであろうか。矛盾を感ずる部分であり、後に述べる広津和郎や中村光夫の論を引き出す問題を孕んだ部分である。

しかし、犀星は、それとを軌を一にするように「続女の図」の六章に当たる部分を発表する。伴が出奔して「悪」の権化のようなハナから逃れ、きくえも売られはするが、ハナのところにいるよりは幸せな環境が用意される。また、「姫」というタイトルの付いた七章、八章には、はつえにも救済が用意されていて、「老侯」一家の下で働き、かわいがられて使われることにより、上品に変化するさまが描写される。三章までに登場した菊橋と「いんちきさん」という二人の男が、はつえの運命の鍵を握る人物達としてそれぞれの役割を演じ始めてもいる。

然るに、その「復讐の文学」と最近の犀星作品について、広津和郎と中村光夫がそれぞれに反応するところとなった。広津和郎は、「犀星の暫定的リアリズム」とまとめられたところの一連の文章(17)を発表する。まず、広津は「最近のあの犀星の驚歎すべき変りようは何という事であろう。」と犀星の奮起ぶりに驚きを示している。これは、市井鬼ものの登場に対する文壇一般の空気でもあったろう。広津は、その原因の一端を「壮年期の散文精神」に見ている。それを「内的動因」とし、「外的動因」として「現代の迫った社会情勢が、彼を激しく揺り動かし始めた」という。しかし、その「復讐の文学」は皮肉にも「詩人的表現」で書かれていて「その難解さは難解さで評判な横光利一の『純粋小説論』以上であると思う」と嘆息しつつ、「私は三度この文章を読み直して見て、」「論理は摑めなかったが、彼が何を感じ、何を吐き出そうとしているかは、略感得することが出来た。」として「文学は命がけで切り込んでいく武器」であり、「彼が『復讐』という言葉で表現せずにはいられない気持」があるのだと解説している。そこから「室生犀星の最近のリアリズムの現代に対する意義はどういう処にあるのであろうか。」という客観的意義の問題になると広津は困惑を隠せない。分かるのはただ「作家的心理現象」であり、「復讐する」「目標」のない「暫定的な立場」であるという指摘である。広津は犀星の文芸批評等にも目配りして武田麟太郎との近似点を指摘しながら、「私はやはり類別すれば、『不安の文学』という名称を付せられるべきであると思う。」と当時の文学的事情の中での位置づけを試みている。時代状況を解説した上で「何に向って、何を目標として切り込もうという、その目標を定められない時代に、ただ何かに向って切り込まずにはいられないという、むんむんした気持をさらけ出したという点で、室生犀星の近作は十分この時代を代表したものと見ることが出来ると思う。」と結論づけている。その点を抑えた上で「ほんとうのリアリスト」「ほんとうの散文作家」になるべく忠告を行っているところに友情の感じられる好論で、「復讐の文学」の良き解説書とも言える。

これに対して犀星は八月の「報知新聞」において礼を述べている。[18] その中では、「君のいふやうにある意味でいひたいことをいつてはならぬ微弱な作品のなかで、そんなに堂々たる大時代を背景にするものなぞは書けないのだ。与へられた自由のなかで」「その小ぢんまりした範囲で我々は暴れる人生を捕まへて居ればいいのである。」と述べているところに時代の深刻さが見える。また犀星は、方向的には、「正義」にこだわっていることを指摘しておきたい。

一方、中村光夫は、「続女の図」「姫」「復讐の文学」を書いたことを契機に、犀星論[19]を書こうと思い立っている。中村光夫は、犀星を「現在の瞬間に生きている作家」として評価し、「毀誉の雨を潜つて、その小説手法の変革を、といふより、むしろ破壊を敢行した」といい、犀星の「復活」は、「転身の完成」であるので、犀星論は犀星の「変貌」について語ることであるとして、初期作品から丁寧に論じている。ただし、その中村光夫の意欲を支えるものは、「復讐の文学」の背後にある犀星の「肉体から流れ出した確信」である。犀星の作品は「感受性」「官能」から発展し、小説においては、「氏の肉体と現実との格闘の場所」であり、「戦ふ以外に已れを生かしていく道はなかつた」と指摘する。「氏の感受性を虐む現実を、いささかの知的要約をも経ず、そのまゝ肉体をもつて追ひすがることは、氏の芸術にとつては強ひられた必至の道であり、さらに、氏の肉体的努力は決して到達されぬ故に、絶えず繰返され、氏のために絶えまない新しい芸術的精進の対照《ママ》となつた」ことに注目している。

犀星の近作を論じたところでは、「氏の生活感情の複雑化は同時にその肉体の純化の過程であつた。生活体験の堆積が氏の感情を複雑化すればする程、その表現のために氏の肉体はます〱その実生活から遊離して純粋な、いはゞ抽象的な肉感に近づく。両者の間には殆んど反比例図式にも似た、正確な相関関係が存在するのである。」

と指摘する一方、「復讐」の問題について、犀星が例示した世界文学の文豪の面々を再登場させて具体的に反論を述べ、また、「復讐」の観点からフローベル、モーパッサンなどを加えて論じている。その上で言う。「文学が作家にとつて復讐の武器と見えるのは作家の実生活が滅びたときである。」と。「文学はたゞ社会に対して復讐し得るのみだ。社会のために復讐し得るものではないのだ。文学はたゞ作家の生命の力を以て、社会の習俗に対して抗議し得るのみだ。」と力説する。結論として「氏の肉体はおそらく茫漠たる現実を縫ひ、それを模索する外はあるまい。氏はそこに復讐の念に駆られる多くの実生活を見出すであらう。だが、氏の復讐し得る生活はたゞ一つしかない筈である。」と結んでいる。

六

さて、そのようなやりとりの最中に犀星は、「あにいもうと」により第一回文芸懇話会賞を横光利一とともに受賞することになった。ところが、実は犀星は三位であった。二位の島木健作について「国体の変革する思想を持ったものを推奨する事は出来ない」という意見が出された結果、繰り上がったのである。多くは犀星の受賞そのものについては異議がなかったが、佐藤春夫はこれを機に会を脱会している。春夫はその事情を「東京日々新聞」に書き[20]、広津和郎や川端康成もそれぞれに記事を出している[21]。佐藤春夫とはこの先、春夫の書いた小説「芥川賞」に犀星が難をつけたこと[22]でさらに難しくなる。

横光利一と同時に受賞し、それぞれに「純粋小説論」「復讐の文学」で話題を呼んでいる二人は、青野季吉や杉山平助らによって、ともに論じられるようになる[23]。

これらの中で川端康成が「文芸の反逆」と題して述べた言葉には注目しておきたい。川端は、「文芸のまことの現役作家は、今日の教育の府である文部省とは相容れぬところ多かるべき筈である。文芸の現役とは、時代への反逆と考へられるからである。室生氏の近作などは悪徳への異様な愛と憎しみが漲つてゐて、それが人をとらへるのであるが、社会風教上から見れば、文部省は賞を出しにくいであらう。」と言い、犀星の受賞に価値を認めている。さらに「反逆の精神が衰へた純文学ならば、世人が顧みないのも当然である。その反逆のし方も今日はいよいよ方向に迷ふ時代であらうけれども、ユウトピア時代でない限り、文学の主流が反逆にないといふことは考へられない。」と結んでいる。この言葉は、現代にも耳に痛く響いてくる普遍性を帯びた言葉である。

七

そのような中で犀星は第九章を連作として発表する。伴に逃げられたハナは鋳掛屋生田具太の妻となるが、生活には相変わらず苦労していた。そこでハナはきくえを再度引き取って売り飛ばすことを考え、上總屋に乗り込んで行くも、はしこいきくえは、づけづけと言い立てて、話にも乗らないし、上總屋はそれなりにきくえを使いこなしているし、客受けもそれなりに良く、且つハナの借金も残っているので、全く請け合おうとしない。犀星の主張する「復讐の文学」を持ち込めば、ここで復讐されるのは、ハナであると考えられるが、これは、誰のためでもない、犀星自身への復讐のように見えてくる。あるいは、犀星の幼少期を形成した養家での、さらには養母との「生活」への復讐である。中村光夫が指摘するとおり、犀星が思うような「復讐」にはなっていない。

この後、約九ヶ月程の間をおいて「生面」というタイトルで「女の図」の完結部が出される。この間の犀星は、一方で「聖処女」を書き続け、一方で書き下ろしの「戦へる女」を執筆している。

「老侯」の子息が謎の酔っぱらい、「いんちきさん」の武彦であることは、八章の終わりで明かされ、はつえが隠している自分の出自が暴露されると怯えるかたちで表現されていた。その後も武彦ははつえの過去を知る存在として何も言わずに見守る役割を担う。十章ではつえは、伴と再会し、伴を許し、会食するが、そこには生活が違うことによって隔てられたものが横たわっている。言葉遣いから上品に改まっているはつえは、伴の下品さに耐えようとしながらも悩まされることになる。伴は、好意から菊橋にはつえを委ねようとするが、菊橋に備わっている破落戸《ごろつき》性は、たびたび暗示されながら伴には見破れない。菊橋は、さらに美しく上品になったはつえに、かつて恋心を持っていた弱みに付け込んで、結婚を餌にはつえが苦労して自分の上に作り上げたものを破壊しようとする。騙されたと気がつきながら引きずられるはつえは、そのまま菊橋の言うがままになるしかなく、転落に帰るのかというそのときに、車ではつえを捜していた武彦に救われるという結末を辿っている。

結局、十二章揃っての『女の図』では、復讐される市井の女ハナとそれぞれにハナから逃れて幸せをつかもうとするはつえときくえの二人の姿が描かれることになる。最も大きく成長する女性像は、もちろんはつえであるが、菊橋の存在が脅かすように、それはきわめて脆いものであり、最終的には、菊橋と武彦の力関係ではつえの未来が決定されたかに見える。これも時代の影響と言うべきものであろうが、凄まじい啖呵を切り、男にも構わず悪態をつくやり手のハナですら、伴の出奔後、鋳掛屋生田具太と一緒になっている。伴も生田も生活力のない男であるだけに、この場合の男性の必要性は、経済的な問題とは言い難い。すると、この作品では、感性や官能の面で牽引し合う男女を描いているということになる。また、美しい悪とでもいうべき菊橋だが、彼も復讐されたことになるのだろうか。犀星がこだわった「正義」という問題から考えれば、菊橋もまた復讐されたことになる。しかし、話の展開上、それで話が深化するとは考えられない。確かに、三章完結の『女の図』の啖呵の切り合いで終わる話よりも、十二章完結の物語の方が、それぞれの貰い子の成長とともに作品も成長し、深化していることは確かである。しかし、犀星の言う「復讐」に中村光夫の指摘する「甘さ」があることは否めない。そういう意味でやはり「暫定的」なのだということになるだろう。

八

犀星は、昭和十二年に「批評家の妖刀にかかつて傷けられ、痛手を負はされる」とか「由ない批評は神経を痛める」とここしばらくの心境を吐露している。[24]「凡ゆる批評はその批評精神の深いところや浅いところを批評家自身がひろげて見せ、批評家がすでに批評されるやうな立場に立たなければならないのである。これは、かれらの運命であるものとしか思へない、作品を裁くといふことの仕事の重さには、思ひがけない物の怪が、作家の生霊がけぶつて行くやうにも思へるからである。」と述べている。川端のような「私の書く批評のすべてが、自分の作品に対する批難ともなり、同時に弁護ともなっているだろうことはやむを得ないとしても、私は直接自作を解説したり、弁護したりすることを好まない[25]」という姿勢とは異なっている。

犀星は、批評が論理より先に感性に響くように出来ている作家である。川端の場合が、非常にうまく創作活動と批評活動が連携しているのは、創作も批評も論理で裁くことが出来るからだろうが、犀星は川端の「犀星氏は今日われわれの作家である。昭和九年度の室生氏の作品を、私は最も敬ふと共に、最も愛したのであつた[26]」という共感を受けながらも、当然のことながら異質な作家である。それは、奇しくも横光利一と比較して川端が指摘している「室生氏の方が無計算である。肉体の匂ひがする」という言葉と無関係ではないだろう。

また、中村光夫が犀星論[27]で指摘したところの「他人の復讐のために書くといふ室生氏の確信は、あらゆる智性の介入を避け、たゞ感受性によつてのみ設定された現実を辿る氏の肉体の素朴である。」という指摘と「だが氏の制作する文学的実体はかうした素朴な理解を越えてゐるのだ。少なくともかうした理解の許されぬ地点に投げ出されてゐる」という指摘の裂け目に身を置いているせいかもしれない。

しかし、犀星には、やはり救いのない突き放した物語よりも犀星の言う「正義」、善的なもの、美的なものへの希願が強かったと考えられる。それが、市井鬼もののひとまずの断念[28]の後、閉塞感の強まった太平洋戦争前夜に、王朝ものへ向かわせる原動力となったと見るべきであろう。

注

（1）『近代文学評論大系』10「近代文学評論年表」による

（2）平野謙は、武田麟太郎の市井事ものとの関連を指摘し、大橋毅彦は、『室生犀星への／からの地平』（2000年2月、若草書房）の中で、おそらくそれも視野に収めながら、佐藤惣之助の『市井鬼』との差異に触れている

（3）平野謙『昭和文学史』（1963年12月、筑摩書房）

（4）昭和10年版『女の図』における他の収録作品は、「貴族」「会社の図」「出発した軍隊」「笄蛭図」「小鳥達」「洞庭記」「弄獅子《らぬさい》」（昭和10年『早稲田文学』発表分）である。なお、『女の図』という単行本には、他に「女の図」十二章分の完結版に市井鬼物の代表作「チンドン世界」「あにいもうと」「神々のへど」を収録した昭和22年版がある

（5）『室生犀星文学年譜』の年譜の項には、「この年、平山徳子を識ると伝えられる。」とあって、近藤富枝『馬込文学地図』の一説が紹介されている

（6）『人間街』昭和10年版単行本では『復讐』と改題。（昭和10年7月16日～11月24日、「福岡日々新聞」夕刊連載）。『聖処女』（昭和10年8月23日～12月20日「東京朝日新聞」夕刊「大阪朝日新聞」夕刊同時連載）。『戦へる女』（昭和11年9月15日　非凡閣版『室生犀星全集』書き下ろし作品）

（7）川端康成「『独楽廻し』について」（昭和9年12月6日、7日、8日「読売新聞」）。この文章に対して週明けの12月11日12日の「読売新聞」紙上に浅原六朗の「川端君の芸に就いての謬見」という反論がある。また、川端の方は、これと相前後して「『小説の嘘』について」（昭和10年新年号『新潮』）を執筆している。こちらでは、浅原説だけでなく、正宗白鳥評や近松秋江評などにも言及している

（8）前掲書「連作について」（昭和12年1月『新潮』）

（9）「千九百三十三年の禁令」は、内務省から昭和8年5月23日に公布された「娼妓取締規則改正」のことを指すと考えられる

（10）矢崎弾は、「あにいもうと」発表前の早い時期にすでに「室生犀星論」（昭和8年11月号『新潮』）を発表している。室生犀星は「涸れゆく官能の短い呼吸を喘がせ、泰然と自身を信ずる悟道の域には達せず、たえず新文学の外皮的表現の流行をとりいれては、当座の衣装を手まめに編んで、その文学的生命の延長を（一日延しに）危ふく湖塗しつづけてゐる作家である。」とはじめ、「氏の今後の更生は己れの敵を精神力から駆逐して現実の中に転置することからはじまる。」と述べている。この評に応えたものが「あにいもうと」等の作品であることを船登芳雄（『室生犀星論』昭和56年9月）が指摘している

（11）確かに矢崎弾「室生犀星の癇癪に答える」（昭和10年5月号『三田文学』）の一文を招来することになる

（12）秋山稔は、「室生犀星と泉鏡花――市井鬼ものへの一視点――」『室生犀星研究』12輯（1995・5　47―65頁）の中で講談本と犀星市井鬼ものとの関係、鏡花文学との共通性等を具体的に論じている

（13）正宗白鳥「文芸随筆　室生犀星、谷村雅章」（昭和10年4月5日「読売新聞」）

（14）板垣直子「犀星と春夫」（昭和10年7月『行動』）

（15）新居格「春夫と犀星」（昭和10年11月『文芸』）

（16）尾崎士郎「文芸時評」（昭和10年6月『新潮』）

（17）広津和郎が「銷夏雑筆」（一～六）と題した中の（三～六）。すなわち、「詩から小説へ―室生犀星君の限界」「命がけの文学―室生犀星の『復讐』の気持」『動機の不安定―暫定的基礎に立つ仮建築」「眼のない文学―室生犀星君に対する希望」（昭和10年7月18日～21日「報知新聞」）

（18）室生犀星「批評と親友―広津和郎君に答える書」「復讐の観念」「斬込んだ後」「作品に馬乗り」（昭和10年8月17日～20日「報知新聞」）

（19）中村光夫「文芸時評　室生犀星論」（10年8月号『文学界』）

（20）佐藤春夫「文芸懇話会に就て」（昭和10年9月5日～8日「東京日々新聞」）

（21）広津和郎「文芸懇話会について」（昭和10年9月『改造』）、川端康成「文芸時評　文芸の反逆」（昭和10年9月『文芸』）「文芸懇話会」（昭和10年10月『文藝春秋』）

（22）室生犀星「文芸時評3　話術の進歩　耳目疑う佐藤氏の作品」（昭和11年11月6日「読売新聞」）

(23) 青野季吉「横光と室生」(昭和10年9月『経済往来』) 杉山平助「横光利一と室生犀星」(昭和10年9月『中央公論』)
(24) 前掲書「連作について」(昭和12年1月『新潮』)
(25) 前掲書　川端康成「『独楽廻し』について」(昭和9年12月6日「読売新聞」)
(26) 川端康成「『小説の嘘』について」(昭和10年新年号『新潮』)
(27) 前掲書　中村光夫「文芸時評　室生犀星論」(昭和10年8月号『文学界』)
(28) 室生犀星「ああいふ厭な物は二度と書くまい」(昭和14年7月6日「読売新聞」第一夕刊)

第3章

戦時下の生活と姿勢

戦時下の犀星——資質と姿勢——

一人の作家が、戦時をいかに作家としての良心を保持しながら作品を発表し続けるかという問題について考えてみるとき、殊に、思想・信条の自由を保障されていない国家の下では、生死をかけていかに生きるべきかという問いそのものであったろう。

昭和十三年七月に、犀星は「文学は文学の戦場に」という随筆を『新潮』に発表している。日華事変勃発とともに流行歌が消えたことに触れ、「流行唄は苦しい仕事をしてゐる人間に取つて時には美しいワルツの役割をしてくれるもの」であるのに、それが消え、「これほど大きい緊張はない」と時代の空気を伝えている。「かういふ事変下にある文学者としての私の心境はどういふふうに変つたであらうか、実際生活の上に何が私を変わらせつつあるだらうか、そして私自身の文学がどういふ発展や変化を見せてゐるだらうかを考へる。」と自由を奪われた文学の危機の中で、「軟弱なる恋愛小説の出現をいまいましく警戒し、悉く生れ変つたごとく文学精神の女々しさをいましめて」いる状態に「耳をすまし」ながら、「いまさらに私自身の文学をいかに新しく起用すべきかを深くものものしく又悲しく考へ出し」ているが、戦争を記録する文学などは「がらにないこと」として退けている。

犀星は、これといった思想・信条のない作家と言われるが、その姿勢についてはしばしば問題にされている。(1)

それは、一方では戦争詩等の問題であり、その一方では、さまざまな作品に語られている生命尊重の姿勢である。

本稿では、太平洋戦争（大東亜戦争）時代下での犀星の姿勢を作家活動と戦争詩の周辺から探っていく。

一

犀星のこの時期の作家活動を考えるとき、次のような特徴が挙げられる。まず第一は、昭和十五年十月の「草、山水」に始まり、昭和十七年六月に発表された『蟲寺抄』所収の作品までにみられる甚吉ものと呼ばれる一連の作品群の存在である。[2]第二に、昭和十六年十一月の「荻吹く歌」に始まり、昭和三十四年の「かげろふの日記遺文」や「藤の宮の姫」に至るまで、断続的に書き続けられた王朝ものと呼ばれる一連の作品群の存在である。これらのほかに、昭和十六年五月から十七年二月にかけて発表された自叙伝の一つである『泥雀の歌』、昭和十八年九月にまとめられた『動物詩集』の存在がある。さらには、金沢において犀星の文学的出発を促したジャンルである俳句が、大正の一時期には全くその数を見なかったが、大正十三年に134句も詠まれる形で復活する。それが句数に大きな波を描きながら、昭和十八年には再び120句を数えるという特徴を示している。[3]また、大正九年から十三年にかけて発表されていた童話のジャンルについても、昭和十五年から再び盛んになり、「鮎吉、船吉、春吉」や「からすといたちのおまつり」を中心とした作品が昭和十八年にかけて発表されている。

それらの背景には、時代が色濃く個人や作品に作用したことが挙げられる。昭和十三年三月には、国家総動員法が成立し、すでにさまざまな文学団体が国家の一元的な統制下に成立していた。明治以来の文学精神そのものが壊滅的な蹂躙を受けていた。犀星の作品に直接影響するところでの出来事には、昭和十五年十一月の紀元二千六百年式典挙行、昭和十六年十二月の太平洋戦争勃発、昭和十七年二月のシンガポール陥落と「少国民の友」創刊、昭和十八年八月の「文学報国」創刊などの出来事があるが、それらは「歴史の祭典」「十二月八日」「マニラ陥落」「陥落す、シンガポール」[4]などの作品に対応している。

また、年譜的背景としては、昭和十三年十一月に妻とみ子が脳溢血に倒れて病臥の人になったのをはじめとして、次々に親しい人々の死に遭遇する。[5] 犀星自身も胃潰瘍での入院を体験している。その中で、もっとも大きなものは、わずか五日のうちに萩原朔太郎と佐藤惣之助というふたりの親友を失った昭和十七年五月の出来事であったろう。犀星は、王朝ものにおいては「萩の帖」[6]、一般小説においては「我友」[7]で、このふたりをモデルにした小説を書き、ふたりの死を悼んでいる。この時期は、そういう意味で私的にも自らと家族を守り、その生命を守ることにおいての激動期であって、文学的にも生活の面でも不安の多い時期であったろうと考えられる。

二

甚吉ものは、作家の分身である甚吉と彼の家族やその周囲の人々が登場する身辺雑記風な小説群である。[8] 昭和十七年『乙女抄』所収の「少女の詩」での甚吉は「戦争が起つても――戦争の詩が一つも書けない甚吉は、それを無理に書かうすることをしないで、詩の思ひがばら〳〵にこはれてゐるのを直さうともしなかつた」のだが、「こんどの勝利には、誰でもその喜びとか感謝の心をどうにか表はす方法がないかと」「詩の書けない甚吉も、叩き割られた胸から幾つかの詩をとう〳〵書きおろした。」と戦争詩を書いたことについて述べている。

「少女の詩」までの変化を追ってみると、昭和十三年の「文学は文学の戦場に」では、「私は先年満州に赴いた時、何等かの意味に於て日本を新しく考へ、そして国のためになるやうな小説を書きたい願ひを持つて行つたのであるが、結果に於てそんな大それた小説などは書けずに相渝らず私らしい小説を書いて了つた。作家のたましひといふものはどういふ処にゐても、猫の目のいろのやうに変るものではないのである。」と述べている。文中の作品は「大陸の琴」のことを指しているが、時局とは無関係な内容のために不評だったといわれている。ただ、犀星自身の文学の問題として、昭和九年から爆発的に登場し、毀誉褒貶の議論で文壇に話題をまいた市井鬼ものが行き詰まりを見せていた。佐藤春夫が「悪文の見本」として犀星文学を執拗に攻撃するのも市井鬼ものの登場以降のことであった[9]が、あまりの多作ぶりに評価は批判的に傾き、無視されるようになった[10]。犀星も十四年の七月六日には「ああいふ厭な物は二度書くまい」という、市井鬼ものの一種の廃止宣言を書き、「結局、文学者というものの本来の姿は悶え苦しんでいる良心しかあてにならないものです。」と述べている。昭和十五年の『此君』所収の随筆「自戒」では、「かかる戦時下にあつては私の心をしめ付けてゐるものは、ふしぎにも私自身の文学へのしめ付けであり、自戒の厳しさの中にあることである。かういふ事変下にあつて私自身の文学は、どう変りやうがなくてもその文学精神にぴりつとした今までに見られないものをひと筋打徹《うちとほ》したい願ひを持ち、そして私はかういふ際にこそ私らしい作品のなかに、選びぬいた美しさや善良さに辿りつきたいのである。」といい、「作家は何か変りかけた時分には一遍に頭がからつぽになつてゐるように思はれ、いくら、捜しても頭に何も浮んでこない時があるものである。」と不調の時の状態を示しながら、「私もどうやらそれらし」いと言っている。この状態から抜け出てくる「私らしい作品」の中の「選びぬいた美しさや善良さ」の世界が王朝ものに発展するものと考えられるが、ここではまだ苦悶している。

「歴史の祭典」という皇紀二千六百年の記念式典によせて詠んだ詩では、「遠い世のありさまをおもふ」が、「果すら見えない」ので、自分の身近にある「山の深さはそのまま遠い世に続いてゐるのであらう」と自分の実感し得るものに引き寄せ、山のそよ風にそよぐ雑草の触感から「遠い世」を知覚しようとする。しかし、そこからは歴史を知覚することができなかった。そこで、再度自分の生涯へ引き寄せて「僕の五十年前は赤ん坊だつた」と振り出し、自分の子供に五十年を与えて百年をつくり、そこでようやく「歴史」にたどり着く。そこから展望する「遠い世」がはじめて「今とは渝《かは》りはな」く「祖先のいのちのありかが／我々のいのちの窓の中から見える」のである。「歴史の祭典」というよりは、それにこと寄せて、自己の存在確認を行っている。また、無理にも実感できるものを探して引き寄せているところから、自発的に書かれた詩ではなかろうということが、逆照射されてくる。「小説の奥」(11)では、「二千六百年を讃へる諸家の詩や歌を読んで美しいこけおどかしの詩句ばかりならべてあるのに、私は悲観してしまつた。」という一文から始まる。さらに、「私は新春とともに併せて感じるものは自分の文学もひつくるめて漠然として空虚極まるものである。」という批評を行っている。戦時下での統制された無理な創作に対する批判のように受け取れる。そこから先は、自分の文学のみを視野に入れて、「小説の世界が、奥へ奥へと進んでゆけば、元来た道へ引きかへすやうになりそして元ゐた自分と格段にちがつた自分を発見するようになるものだが、その時は空虚の鬼にとり憑かれてゐるらしいのである。」と言っている。そして、「あの時」と違うときが来て「こんなふうになり」明日は、明日でまた変わっているかも知れないと述べている。時世の影響を受けながら作品を発表し続けなければならない苦渋のようなものが読みとれ、国策と文学の相容れない裂け目に身を置きながら、それでも、自分の文学に工夫を試み続ける姿勢が見える。

ところが、「少女の詩」には明らかにそういった姿勢からの変化が見られる。また、そういう変化は、甚吉だけのものではなく、「永い間詩を書かなかつた詩人も、一さいに愛国と勝ちどきに燃える詩を発表し出した。」と真珠湾攻撃に始まる初戦の連戦連勝ぶりに国民が熱狂し、甚吉を含む多くの詩人たちもまた、その例外ではなかったことを伝えている。犀星は「勝利の観念」の中で、「我々の幸福はいま大きな勝利の中にゐることであ」って、「何よりも良き一日を、一日の全き仕事を、仕事の緊密さを、私は余処眼《よそ》しないでつき進んで行きたい。」という目先の一日のみを視野に収め、そこに今日だけの発見と充実を見いだすという文章を書いている。そういう時代の中で、犀星の戦争詩における視点は、勝利の「喜び」と兵隊への「感謝」にある。

『美以久佐』に収められている「十二月八日」では、真珠湾攻撃の勝利の報に対し、「勝利」の「よろこび」を「自分のものにするのは勿体《もったい》ない」と詠い、そこから「何かをつくり／何かをゑがき」国民全体で喜びを共有したいという姿勢を見せている。「マニラ陥落」では、「世界の国々の眼が、／どんなふうに日本を見直したか」とアジアの小国日本の劣等意識の克服として詠い、「我々の祖母が秋の夜の賃取仕事に／ほそい悲しいマニラ麻の紵をつなぎ／それら凡てを搾取したあのマニラ」と祖母たちを不当に搾取した存在としての認識を示している。[12]その敵を討ってくれたものとして、「有難うとお礼をいはう」という「感謝」の意が示されている。ところが「陥落す、シンガポール」では、抽象的な実体を伴わない言葉が舞うばかりで、「マニラ陥落」の時のような生活の実感に根ざした主観的な詩句はなく、シンガポールが陥落したことをリフレインしながら、兵士をたたえ、みんなで祝おうというような内容の言葉が、和語で綴られているのみである。中野重治は、「もともと犀星は最も観念的な場合にも根源的に具象派であった。[13]」と述べているが、ここでは明らかにそれにも反し、無理がある。しかも「向日葵」では、前々から「シンガポールが陥落したら、その陥落の詩をかくべく」頼まれていたことが明かされ、そして、それに曲がつけられることもすでに決まっていて、作曲家は「発熱して起きあがれなかつた」にも関わらず、その夜演奏することになっていることを話すと起きあがって引き受けたことが書かれている。その当時の抗えない強制力によるものであることが示されている。

三

犀星のこのような戦時下での姿勢を見ていくとき、伊藤信吉の言うように、「太平洋戦争中の高村光太郎」には「時局詩を沢山書いている」という犀星と「共通するものがあっ」て、「光太郎は彫刻が主で詩は従と考えていたし、犀星も力の入れ方として詩は従と考えていた。だから詩をいじめて、彫刻を守り、小説を守った[14]」のだろうか。そして、それは光太郎と同様と言いきれるのだろうか。確かに「この時代には著名な詩人は国策に沿った詩を書かないと情報局に睨まれるだけでなく、仲間からも非国民呼ばわりされた」のは事実であろう。しかし、「小説を守る」というような意志の下にそれが守られたのかどうか、また、「詩をいじめ」ることによって守ったのかどうかには疑問がある。犀星は、「マニラ陥落」を発表した一月後にあたる昭和十七年『新潮』の二月号に「詩歌小説」という文芸時評を書いているが、そこでは、次のように光太郎を含めた戦争詩への批判がある。

既成詩人のただひとりの生きのこりの猛者である高村光太郎の事変詩といふやうなものも、主格は千遍一律の文字を馳駆してそこに議論めいた天上語をつらねるばかりであつて、まことの呼吸づかひや主材の正体が詩の行間に消失してゐる。それは高村氏ばかりではなく、かういふ事変詩の行きつくところはみな理窟めいた威《おど》かしに堕ちてしまふのである。

このような批判は、詩に対してばかりではなく、俳句や短歌にも向けられている。釈迢空、北原白秋、斉藤茂吉らに向けて「表現の艱難なぞは」「比較的感じないやうである。それ故に俳句や短歌に盛られた戦争といふ大きなものの表はれが、いかにも薄手な現はれしかできないのも、詩形の短さ」が原因で、「世界の狭さ不自由さ」が感じられると述べている。しかし、一方で、そういう批評を発表しながら、同月に「陥落す、シンガポール」を新聞発表しなければならなかった。「我々の注意すべきことは戦争詩といふ大きな輪廓にたいして徒らな掛声をやめて、内へ深くはいり込んで」「戦争といふもののいのちの別れめや、それがいかに小さいものに影響してゐることと、そして国民生活の呼吸《いき》づかひなども挙げられるべきであつた。」と言いながら、「陥落す、シンガポール」では、それらの自説も守れないままに詩を発表せざるを得なかったことが見えてくる。翻って考えれば、一月前の「マニラ陥落」は、頼まれて書いたとはいえ、犀星流に「国民生活の呼吸づかい」をつかみ取ろうと努力したものであることが伺える。また、肝心の小説については「詩歌小説」の中で「かういふ時にどういふ小説を書いたらいいかといふ問題は誰の胸にも永い間あつた。そしてつひに雑誌新聞による小説発表の機関が半分に減殺され、たいてい三十枚しか書けず、それも二人か三人の作者に限られ」ると執筆状況の厳しさを語り、「余程の作者でないかぎり栄光ある将来を約束することは出来ない」し、「これら艱難な最後に来た時代のあらしは、くひ止めることも避けることも出来ない、」ので「鋭意怠るところなくどんどん書き下ろしを書くべきである。その道だけがのこされてゐるのだ。」と厳しい時代状況と生き残りの可能性を示している。

犀星には、亀井勝一郎が評するように「大正末期から昭和の今日まで、激しい政治的時代に対して、氏ほど頑固に沈黙をつゞけてきた人はあるまい。[15]」という面がないわけではない。ただ、それは思想や信条というような身につけた鎧ではなく、作家がその体内に持ち合わせた資質と密接なかかわりがあると考える。富岡多恵子は、『室生犀星』の中で、「犀星は、生活者として、全面的にイクサに色めきたっておらず、また、イクサの大義に便乗しての、国粋的な民族主義のごときものを妄想するようなこともなかったが、かといって、新聞雑誌等の要請を巧妙に避けうる戦略家でも、またその種の要請を一蹴する『反戦思想家』でもないのであった[16]」と批評している。おそらくその通りであって、犀星は、ことさら「詩をいじめ」た訳ではなく、詩も小説も日々誠実に守ろうとしたと考えられる。

犀星は、人々の生活に関する鋭い観察者であった。故に、国家が庶民の生活に圧力をかけたことについての「不機嫌」の空気を見逃さずに甚吉ものの諸作品ですくい上げている。しかし、また、他の一般国民と同様に、日本の勝利を国民の一人として喜び、自分も国の役に立ちたいと思ったことも真実である。また、「神国」に描かれているように、毎朝愛国詩が朗読されるようになり、それまで人々に陰口を叩かれながら「文学の孤独」を守っていなければならない疎外された詩人の存在が「第一線」に出ることになったことを喜んでもいる。しかし、率先して戦争協力している詩人や作家のように、戦争を素材にして国家主義を鼓吹することもなかった。戦時になることによって、日本的な美や日本の独自性が強調され、犀星もそのような美に共感している点はあるが、犀星の視点は、常に社会の底辺から実感を伴う生活を通して万人に平等に、平均に注がれており、また、幼少期から人に理解されることの薄い疎外された少年であった犀星は、自然に親しんで育ち、自然に自らを同化させる術を知っていた。「大陸の琴」がそうであったように、「戦死」もまた、時局がらみの人々の期待を受けながら、実に犀星らしい小説になってしまった。伊藤信吉は「時局によって小説を崩さなかった例」としてこの「戦死」を挙げている。伊藤は「本当は『庭の思い出』と題すべき内容なのに、『戦死』と付題し検閲を煙にまいている。[17]」と述べているが、そうではあるまい。かつての死んだ息子によく似ていた縁で親しんでいた近所の子である博が、青年となり、ノモンハンで戦死した。その葬式に出かけていった話である。伊藤が「力点が置かれている」と述べている後半部の庭の話は、かつてそこに住んでいた山野が、現在の居住者にかつての自分の家の庭を見せてもらうかたちで博との思い出に浸り、博が出入りしていた頃の周囲の生活や山野にとっての「小説の死体といふやうなもの」を見せてもらいたい気持ちが強かったことによる。犀星において、庭はそのまま文学の世界に通ずる。この作品は、決して「庭の思い出」などではなく、博という息子の代わりのような若者を悼む作品であり、それはやはり犀星らしい「戦死」という小説なのである。

犀星の甚吉もの主軸となるテーマには、病妻の命を頂点として、人の命、小動物の命、果ては虫の命に至るまで、命を慈しむ姿勢があるが、「はるぜみ」という作品の中では、戦時下の動植物をみる自分の心持ちについて、次のように語っている。

> 戦争中は小鳥でも虫類でも、雑木雑草にいたるまでふだんとは違った風貌をもつて、ふだんよりずつと丁寧にそれらを見入るやうになる。平生から樹木魚介にたいして殊更に関心をもつてゐる彼は、大東亜戦争がはじまつてから深く心に銘じるやうに、一本の雑草すら見落さないやうにしてゐた。その命、その忘れることのない花実を結ぶ心、そんなものにすれすれに行つてそれを褒め、それによつて吻《ほつ》として暫らく自分をとどめるといふ状態が、許すかぎりの時間の中でつづいた。説明しがたいこまやかさが樹木と彼との間に、ひそかに行はれて記されるのである。そんな気風をもつた人間はそんな気心をもたない人間より、どれだけ倖せだか分からない、分けて這入《はい》つた奥の方に現世に見ることのできない、整へられた美のかぎり幽かさのかぎりをつくしてゐるからであつた。

ここに述べられている世界は、末期の眼の世界である。戦争が始まって死が身近になったことから感じられるものである。大東亜戦争に遭遇しなければ、あるいは、たどり着かなかった境地なのかも知れない。

四

中野重治は、「文学の世界におけるあらゆる種類の突出、転身、逃亡の全図の中で、室生犀星の愚直なとつおいつは真面目そのものだつたということができる。[18]」と戦時下の犀星の姿勢を述べている。おそらく、それは文字通り命がけで、守る命をたくさん持っている犀星は、それこそなんとかして作品を書き続け、且つ生き続けなければならなかったろう。「神国」にあるように「詩のやうに潔よく一線に立つて国民とともに勝利をたたへ国策にそふやうな作品を書くべく励まなければならず、彼もその物語をゐがくに奈何に今日の心理をゐがいて、役に立つべきか心の憂とした。」と、何とか国家に役立つ作品を望んだのであるが、「見えすいた嘘や歯の浮くやうな宜い加減なことは勿論、ありもしないことは一行も書けない男であつた。」と述べている。犀星は、したたかに戦時下をくぐり抜けたわけではない。「大陸の琴」「戦死」ばかりでなく、「文学報国」に昭和十九年八月に発表した「謎」についても同様のことが言えるだろう。奥野健男は解説で、「当時の殆んど唯一の文学発表機関で文学報国会の国策の線が多い中で、」「蟻の穴の話を書いている。」「戦争や皇国イデオロギーや報国的生活にも関係のない文章、むしろ虫の醜さから戦争、侵略の醜さ、殺人の醜さを表現した文章を『文学報国』に発表することで、非人間的な世に対する秘かな文学的抵抗を示していたのではないだろうか。」と述べている。[19]果たしてそうであろうか。作品では、その虫は「余程粗暴な性質」であり、「みにくい顔」をしている虫で、「素早い身軽さ」と「非常によく利く眼光」を持っている。「蝿とか蟻とか地蜘蛛」を捕獲して食べる虻の一種であることが分かる。その虻は、「殆ど、自信たつぷりのやうすで一挙に立ちかけましたが、危な気なぞ少しもなく眼にも止らぬくらゐの速さで空へ向けてはすかひに飛び立つてゆきました。」と結んでいる。「粗暴」で「みにくい顔」の生き物は、戦争や侵略に通ずる醜さよりもむしろ、若き日の犀星の素行や顔面コンプレックスに通底するものであり、犀星自身の投影として考えることができる。描写にその虫への愛情が感じられることに加え、結びの鮮やかな飛び立ち方から考えると、「文学的抵抗」とはどうしても考えられない。もし、この作品に純粋な虫の観察随想文以上の意味を持たせるとするならば、その虫の鮮やかな飛び立つ姿の中に、自分らしくて国家の役に立つ作品を模索し続けた犀星が、王朝世界の中で虫や小動物への命のいたわり、愛する人々の命を守ろうとする山吹という女性の美を見出し、時局がどう変わろうとも「山吹」という切なく厳しい男女の物語を描き続けているという満足を投影させたものだと考えることは出来るだろう。

犀星は、「愚直なとつおいつ」で作品を書いていった。決して強固な思想、信条もなく、したたかに時勢をくぐることもできなかった。しかし、自分の資質を越えた「がらにない」ものは書くまいする良心のある作家であった。国家のために役立つものを書こうとして書けなかったのであるから、それはそれで苦しみである。しかし、人間を底辺からその生活を中心にみる人間愛に満ちた姿勢、自然に親しみ、あらゆる生命に対する慈しみの姿勢が、崩すことのできない生来の資質として、戦時下にもわずかな戦争詩の存在を許すのみで済ますことが出来たのである。犀星の崩せない生来の資質が、彼自身の戦時下における姿勢の根本にある。

注

（1）戦時下の犀星の姿勢については、伊藤信吉が、「室生犀星入門」（『日本現代文学全集』61――室生犀星集――昭和36・11・18、講談社）や「犀星と虫」（『犀星とわたし』昭和63・4・30、白楽）、亀井勝一郎が、「作品解説」（『日本現代文学全集』61――室生犀星集――昭和36・11・18、講談社）、中野重治が「戦争の五年間」（『室生犀星全集第八巻』昭和42・5、新潮社）、富岡多恵子が『室生犀星』（昭和57・12・25、筑摩書房）星野晃一が『室生犀星――幽遠・哀惜の世界――』（平成4・10、明治書院）、船登芳雄が『評伝　室生犀星』（平成9・6、三弥井書店）や「戦時下の犀星――『甚吉』物を通して――」（『室生犀星研究』11輯、平成6・10）などでそれぞれに考えを述べている

（2）甚吉ものに分類される作品については、第3章「甚吉ものの頃――生命への慈しみ――」に19作品を紹介している。86頁

（3）『室生犀星句集　魚眠洞全句』「目次」で犀星の俳句制作に関する数値上の概要をつかむことができるが、明治37年の6句に始まり、40年の179句、41年の265句をピークとする山があって、44年の5句の後、約12年間俳句は見られない。ところが、大正13年にいきなり、134句を作って復活し、以降、67句、28句、27句と続き、昭和3年に再度91句の山を作るが、7年には9句にまで減少する。それが、10年には99句、18年には120句と突出する年が現れる。戦後、23年に83句という突出した年があるが、後はおおむね10句前後になっている

（4）「陥落す、シンガポール」昭和17年2月3日に「朝日新聞」の三面『筑紫日記』所収の折に改名

（5）昭和14年には、立原道造、泉鏡花、17年には、萩原朔太郎、佐藤惣之助、小畠悌一、北原白秋、18年には、島崎藤村、児玉花外、徳田秋声、19年には、津村信夫、竹村俊郎、20年には、小畠生種、田辺孝次らが死去している

（6）『萩の帖』昭和17年10月～12月『週刊婦人朝日』

（7）『我友』昭和18年7月25日博文館

（8）船登芳雄は、『評伝　室生犀星』（1997・6、三弥井書店）の中で、「甚吉物の世界は日常身辺の出来事を淡々と描きつつ、戦時下の状況悪化の観察記録の役割をも果たす作品群であった。」と述べている

（9）佐藤春夫「文芸時評（文芸ザックバラン）」昭和10年3、4、5月『文芸春秋』

（10）奥野健男編著『室生犀星評価の変遷――その文学と時代――』157頁～168頁

（11）『室生犀星文学年譜』によれば、「小説の奥」は、昭和15年の1月9日10日の両日に「読売新聞」に掲載されたとされている。しかし、紀元二六〇〇年の記念式典に関わる内容から考えれば、11月以降でなければならないと考えるが、確認には至っていない

（12）中野重治は、「戦争の五年間」（『室生犀星全集』第八巻「人と作品」1967・5）の中で、「ある生々しさで、『搾取』の恨みがマニラ占領に外《そ》らされ、国内階級関係の問題が対外侵略に外らされてしまつている。」と述べ、富岡多恵子は、『室生犀星』（1982・12　筑摩書房）の中で、「詩を書いた作者に、マニラが陥落してよかったのは、祖母たちを悲しい賃仕事で苦しめた悪の元締を孫たちがやっつけ、復讐を果したからなのである。」とすり替えを指摘した上で、

犀星が晩年、中野重治について「中野クンは共産党ではとてもエライんだよ、中野クンは共産党でテンノーへイカみたいなんだよ、」と語ったエピソードを披露し、「共産党」と「天皇」を並べてみせる「庶民」ぶりを指摘している

(13) 中野重治の前掲書による。また、「犀星はどこまでも生活派であり、いわば生活派として職人的でさえあった。」とも述べている

(14) 伊藤信吉「犀星と虫」(『犀星とわたし』1988・4、白楽)43頁〜46頁。1984年の講演から起こした文章で、題名にある虫は「蟲寺抄」に登場する虫を指す。伊藤は、かつて「室生犀星入門」(『日本現代文学全集』61 1961・11、講談社)の中では、「室生犀星が戦争に協力しなかったとか、戦争に批判的だったとかいうことではない。なんとかして自分の文学を崩そうとしなかったということである。」と述べていて、この考えには首肯できる。伊藤は二十年あまりのうちに戦時下の犀星に対する見方が変わったと考えるべきなのであろうか。また、星野晃一は、どちらかと言えば、この伊藤の後の考え方に従って『室生犀星——幽遠・哀惜の世界——』(平成4・10、明治書院)の第3章「信仰」や『神国』の項で、詳細な分析を試みている

(15) 亀井勝一郎「作品解説」(『日本現代文学全集』61——室生犀星集——昭和36・11・18、講談社)「政治的時代に対して」「生得の異端であ」ると述べている

(16) 富岡多恵子『室生犀星』(昭和57・12・25、筑摩書房)第五章「戦時下の詩」

(17) 伊藤信吉「犀星と虫」前掲書

(18) 中野重治の前掲書による

(19) 奥野健男「解説」(『室生犀星未刊行作品集』第四巻、昭和63・11、三弥井書店)

甚吉ものの頃——生命への慈しみ——

昭和十五年十月の「草、山水」に始まり、昭和十七年六月に発表された『虫寺抄』所収の作品までにみられる、甚吉が主人公である作品群を「甚吉もの」と呼んでいる。(1) どのような作品がこれに該当するか調査した範囲で整理すると次のようになる。

「草、山水」(2)	昭和15年10月『文芸春秋』
「廢家」	11月『知性』
「竈馬《いとど》寺前」	未詳『戦死』収録
「雛子《ひよつこ》」	昭和16年1月『文芸』
「伊賀専女《いがたうめ》」	3月『新潮』
「漂泊」(3)	3月『文学者』
「故山」	5月『公論』
「蝶」	同「中央公論」
「遠い命」	8月『知性』

「庭」	9月『文芸春秋』
「甚吉記」	10月『改造』
「琴」	昭和17年1月『新潮』
「信濃日記」	未詳『筑紫日記』収録
「残雪」[4]	4月『文芸』
「蟲寺抄」[5]	6月書き下ろし
「何処に」	同
「カルメンの宿」	同
「我家の記」	同（主人公は「私」）
「少女の詩」	未詳『乙女抄』収録

これらの作品が書かれた時代は、日中戦争（日華事変）から太平洋戦争（大東亜戦争）へと突入していった時期にあたる。犀星は「文学は文学の戦場に[6]」という随筆の中で、戦争が短歌と俳句の領域から文学へ影響を及ぼし始めていることを語り、文学者たちの戦地からの「現地報告」にも言及している。当時、尾崎士郎や林房雄、吉屋信子、榊山潤、石川達三などが出かけていた。また、昭和十三年十一月に妻とみ子が脳溢血に倒れ、半身不随と言語障害を引き起こしたことも、犀星に重く大きくのしかかってくる。さまざまな友人知人の死の一つ一つが、生命そのものを深く見つめる契機となっていく。

そういう中で、犀星も国の役に立つ新しい文学への転換を迫られていて、真摯に苦悩しながら、自分らしさを失わない形でのさまざまな試みがなされていく。その一つが私小説風な甚吉ものの作品群である。

本稿では、作品に具体的に触れながら、甚吉ものの総体を把握するとともに、甚吉ものに見られる戦時下での文学的姿勢を探ってみたい。

一

甚吉ものは、作家の分身である山下甚吉と彼の家族やその周囲の人々が登場する身辺雑記風な小説群である。[7]この人物の設定には、芥川龍之介からの着想があるのではないかと考えられる。芥川は、大正十一年以降、堀川保吉を主人公とする「保吉物」を書いた。作品の行き詰まりの中で自己形成や自己確認の試みとして、それまで忌避してきた私小説的な作品を書き始めた中の作品群である。芥川と親しく、その自殺には大きな衝撃を受けて追悼文や追悼座談会を拒否した犀星の中に、この友人を意識する心は長く残った。例年の河童忌や芥川賞の選考委員会にも出席していたし、たびたび墓参もし、『芥川龍之介全集』の編集委員会にも出席、昭和十八年には『芥川龍之介の人と作』を自ら編著している。そういう犀星が、時代が切迫し、何か転換を迫られていると察知したとき、芥川の試みに学ぼうとしたのではないかと考えることは容易である。

甚吉ものは身辺雑記風とはいいながら、そこには街の様子や甚吉の心境が描写されているものが多く、時代の空気を読むことができる。

「草、山水」では、日常走る通勤通学の電車をめぐる甚吉と電車に乗り合わせた人々の様子が描かれている。電車を生き物のように認識した「桃色の電車」[8]から通底する描写や汽笛の音が描かれ、洋裁学校の女生徒たちの「吊皮にぶらさがつてゐる裸の腕」のもつ「妙な明り」や、若い娘の「ハイ」と答える言葉の音から、「簡潔で美し」く「なぜか舌の上に小ちやい二羽の何かがとまつてゐるやう」な日本語の美という、後の『女ひと』[9]に受け継がれるような女性美が描かれている。また、座席をめぐる人々の心理描写やそれらの人々の背景にある生活なども描かれている。「竈馬《いとど》寺前[10]」という作品も、モチーフがバスに変わっただけで基本的な構造は「草、山水」に類似している。大森馬追間を走るバスを中心として、バスが生き物のように「悲鳴」を上げて疾駆する姿を描写し、女車掌の持つ美しさや勇ましさとその移り変わりの様子や、周辺の街の移り変わりを語り、バスで出会う人々の心理や生活や甚吉の生活の様子を描いている。

二

女性美、もしくは女学生の美しさについて描いた甚吉ものの最たる作品は「蝶[11]」であろう。甚吉の娘で「むろつ子」と呼ばれる君子を中心に、その華やいだ女学生の友情を描いているが、中心となる事件は「山ちん」と呼ばれる娘が結核で亡くなることであり、その背後には、甚吉の病妻ウメの存在もある。「妙齢の少女の死」に対して「少女は死ぬも生きるも、ともにあでやかで、人としてすることをしないで死んでゆくといふことに、いたみつくせない美と、測り知れぬくやしさ」があると述べている。少女たちの「黒のオーバをからだにきつちりと着込んで、五人もそろつて真赤な顔を」している「逞しい姿」や、「異様な髪の長さ」をもつ「少女ゆゑの美しさ」に感嘆している。そろってマスクをしている娘たちを「白鳥」に喩え、彼女たちが喫茶店に入って、おもむろマスクをはずし、「二つに折り卓の上に置」いて落ちついてお茶を飲む風情に見とれ、お茶を飲んで娘たちの唇が濡れ、「ぬれたために顔の全体がきふに柔《やさ》しくなつた」様子に見入り、「愛すべき子供だち」の付き添いに満足している。「山ちん」の死に際して、娘たちの「異様に傷ついたやうな美しさ」を気遣い、また、甚吉自らも「山ちん」が、癩という宿痾に冒されながら『白猫』などの歌集を発表した「明石海人」に興味を示す姿を見守り、「独《ど》逸《いつ》製」の「洋杖《ステツキ》」の似合う姿をかわいがり、彼女の死を「音楽のやうにかすれて美し」いものとして受けとめている。若い女性の可憐な美しさを描写しながらもその命のはかなさを思い、一方に、病後半身不随になった身体で、何とか立ち上がろうと努力するウメの姿を描くことによって、それぞれの命の健気さや生きることの厳しさを行間に漂わせている。

病妻ウメのその後の姿と同じ病で命を落とした知人の夫人の話が「甚吉記(12)」の「青い帯地」の章に描かれている。明暗を分けて「ウメよりあとで患つて亡くなつた人は、もう、十本の指にかぞへきれないくらゐ」いて、亡くなった人々を悼みつつも、そういう「多くの死のなかを潜つて」一人で歩けるようにまで回復するであろう可能性を秘めている病妻の生命をいたわる姿勢が貫かれている。

三

「雛子《ひよつこ》」(13)では、軽井沢での隣の地主である勘也の苦情に始まる地所をめぐる争いの様が書かれている。この自分の土地というものに憑かれている隣の地主との不快なやりとりは、「甚吉記」の「トマト抄」の章にも引き継がれ、「草刈鎌を持ったまま突ッ立つ」た勘也と「鋏を持つたまま」「血相を変えて」飛び出した甚吉の対決という一見ユーモラスな描写の中から、この偏狭な地主の人間性や生活を読み解こうとする作家犀星の姿勢が背後に控えていることを知ることができる。このような、相手からの挑戦を受けて、それに悩まされ、神経を尖らせながらも誠実に応対しようとするテーマは「伊賀専女《いがたうめ》」(14)にも見ることができる。女の偽名をいくつも用い、消印も変えながら秀逸な俳句を日に何句も投稿してくる同一の男文字の葉書と奮戦する投稿俳句選者としての甚吉がそうである。そこでも、挑んでくる人間の執拗さに辟易しながら、人間性の中に潜む狡猾さを嫌悪する姿勢は一貫している。

「遠い命」(15)には、甚吉の文字コンプレックスが描かれている。近所の奥さんから青島《チンタオ》にいる夫宛の封筒の上書きを頼まれ、甚吉は原稿書きの途中でも快く引き受けていたのだが、彼女の転居後、甚吉の字が文士に似合わず下手であるという話が流れてくる。甚吉は、「文字の拙さはその無学野人のなりふりをよく表はしたもの」と解し、うまい草書が書けない無念さと相俟って「痛烈な傷手《いたで》」として受けとめる。その「傷手」と、越していく夫人の「女王のごとく自動車内にをさまり」見送りに出た人々に「恰も制するごとく見やつた」態度と、まるで「自動車といふ機械に対して礼するやうな莫迦々々しさ」を重ね、威厳を取り繕う「悲しい習慣」に、人の好意を踏みにじっておきながら何とも感じない人々への批判が籠められている。また、近所の豊田夫人との下水や回覧板をめぐる不快なやりとりの中で、近所づきあいの難しさと「味気無く、虚しい争ひの予感」と夫人の「心の騒々しさ」を察知する。よく話してみると、この夫人も決して好んで争うつもりはなく、むしろ仲良くしたいと思いながら、「むきになる」ことが災いして他の近所の人々ともうまくつき合えないでいることが分かってきて、ままならない人間関係が描かれている。

「庭」(16)という作品では、庭や家まわりの仕事を頼んでいる庭師の豊さんに、甚吉は大きな不満を持っている。「豊さんが約束をちがへ怠けるばかりでなく、何となく彼の心に甚吉といふ人間に飽きかかつてゐることをことごとに見出し」て、解雇を考えているのである。甚吉は、良い黒松を選んで買うが、枝ぶりの美しい松ほど撥がよく効いていて、「雁字搦め」に締め上げられている。その松を運ぶ途中の休憩で豊さんが草餅を出したので、みんなで食べたが、道ばたで物を食べることの久しくなかった甚吉は、そこで草餅を食べることに撥がはずれるような解放感を味わっている。一方、日頃から道ばたで物を食べることに慣れ、甚吉からの言いつけも慣れとともにいい加減に聞く豊さんは、仕事にも慎重さを欠いた撥の効いてない間延びした枝と同様の人物ということになる。庭が、甚吉にとって「詩とか俳句とか随筆とか、あるひは書かない小説の幾篇かが層を」成している重要な世界であるだけに、「妙な憤りと悲哀」を感じながら豊さんの様子を見守る甚吉の姿が描かれている。

家庭内の他人である家政婦との人間関係を扱ったものに「我家の記」(17)がある。「我家の記」は、一人称で書かれた作品であるが、序文に「甚吉物語をなすもの」という断りのある作品である。その後半部に、さまざまな家政婦についての描写がある。そこには、誠実な家政婦の姿はない。「女といふものに畏敬の感情を」持っている「私」

に対して、何ら責任や義務を果たさず、「はたらく女のずるさ」が「面を代へ、品を代へて」表わされてくることに「私」は、あきれすら感じている。そういう彼女らの人間性、精神性を疑いつつ、「人に不幸をあたへ」ることは、「それだけの不幸の分け前を自分でも受取らなければならないやうに出来てゐる」と言い、「人間同士が遂に平均されなければならない不幸さ」だと述べている。この憤りの中から現れた言葉には、犀星文学を支える根本精神である人道主義（humanitarianism）を越えた人間愛[18]（humanity）を見ることができる。

　このようなとげとげした人間関係は、「草、山水」では空席をめぐる争いの描写にも見られ、「竈馬寺《いとどでら》前」では、終バスでの人々のいらだちや喧嘩や泥酔男の狂態として描かれ、「甚吉記」の「年輪」の章では、バスや車をめぐる甚吉も含んだ五十男の「不機嫌」として描かれている。「竈馬寺前」ではそういう世相について、「まだ戦争後一年くらゐのあひだの乗客は何か思い遣りがあ」ったが、「靴は怒り帽子は怒り肩は怒り鼻は怒り眼は怒り口も怒つてゐるやうな人達ばかり」だと述べている。それは、戦時を迎え「ぜいたくは敵だ」というスローガンに見られるような辛抱を強いられたための変化をも伴って、時代の流れ中での人々の心のすさみを捉えた作品群とも言い換えることができよう[19]。

　さらに、犀星自身の「不機嫌」や「憤怒」と向き合った作品に「琴[20]」がある。怒りの沸き上がる中で、甚吉自身の心の動きや意識の流れを詳細に描いている。隣の中学生のハーモニカに甚吉の仕事が妨げられるという中で起こった「癇癖」に自問自答、自戒しながら、真正面から取り組み、結果として寿司の大皿を粉々に粉砕してしまう。反省、後悔とともに、自己嫌悪も憤怒の形で沸き起こり、甚吉を悩ませている。原稿を書き続けたいために生じた怒りが、原稿を書く力をも奪う結果となり、甚吉は「嘆かはしく悲しい野性」に愛想を尽かし、降参しながらも、どこかでは「こいつを頼りに」しながら生きてきたのだと説明を付けている。甚吉は「平和を招くためには必ず暴れまはるやうな一日も」用意して「自分で眼をさまさなければ、さめないやうな愚鈍なおれ」だと自答し、「仕事よりほかになにもお前をすくふものはない」という結論に達している。また、「文士といふ奴は、書いてしまへば凡てがからりとする、それだから生きてゆかれるのだ。」と締めくくっている。甚吉の、あるいはその背後にいる犀星の書くという行為は、そのまま切実な自己実現と自己救済の方法でもある。時代全体の空気が重苦しく「不機嫌」に傾いていく中で、犀星は、作品創作そのものによって自己を保ってきたと考えることができる。その中でも、生活記録に近い甚吉ものは、もっとも直截に自己表現が可能な作品群であったということになろう。

四

「故山」[21]という作品の中では、講演嫌いの甚吉が講演してしまうという、昭和十六年三月十五日に金沢の尾山倶楽部で実際に行われた話題が作品化されている。犀星の講演で、ラジオ中継放送になった出来事である。この作品全体から強くにじみ出してくるものは、かつて「ふるさとは遠きにありて思ふもの／そして悲しくうたふもの／よしや／うらぶれて異土の乞食《かたゐ》となるとても／帰るところにあるまじや」と詠った詩人犀星の、郷土と完全に和解した姿である。すでに『泥雀の歌』[22]では、養母の描き方に変化があり、あれほど反抗の限りを尽くしたように描かれた養母との関係が、かなり落ちついた形で描かれ、しかも震災後の老いた養母との極めて良好な関係をも描いている。「故山」に於いての甚吉は、時局が切迫しても住む人の心のすさまない郷里金沢の美しさに打たれながら、都会では手に入りにくい食料品を買い集めて土産にし、昔の友人たちと名園を眺めて食事を楽しんでいる。また、義兄の真一と従弟の紀とは川魚を楽しみ、さらに紀の父で、八十になる年の離れた腹違いの兄とも会っている。この兄のモデルは、小畠生種である。生家から追われ、捨て子同様に赤井ハツに引き取られた犀星にとって、この兄との会見は大きな出来事であったに相違ない。作中、甚吉は兄の種彦から「生きかたみ」としての「うすもの」と子供たちに「貯蓄債券」をもらっている。その兄について、甚吉は「けふのやうな羽振りのいい、心の美しさをみせた兄をいままで見たことがなかつた」といい、「あまりに年がちがつてゐるので兄といふ気はしないが父に似た感じのものだつた」と血のつながりのある肉親の暖かさを感じている。犀星は、結果的に以後金沢に帰ることはなかったが、出生以来引きずり続けた郷土金沢との葛藤がこの作品において完全に氷解したと考えることができる。

五

「虫寺抄」では、甚吉の昆虫を愛するさまが描かれている。「螽蟖《きりぎりす》」「鉦叩《かねたた》き」「すいちよ」「轡虫《くつわむし》」などの観察記録であり、これら虫の世界にも時局の切迫による野菜不足が響いているが、甚吉はそれらの「遠い命のありか」に微妙で繊細な命の最期まで目を凝らし、その命の美しさに感動している。その一方で、「自分のいのちのありか」にも考えをめぐらせ、それは「結局、詩であり文学にあらはれたものであらねばならな」いと考えている。甚吉の考えでは、虫たちは彼らの奏でる「鳴く声」によって「詩もつくり歌もつづつてゐるに違ひな」いからである。虫たちに対してそのように考え及んだとき、それは即ち、甚吉自身の生き方と重なり合った問題になって立ち上がる。虫たちは草むらで鳴くことによって、その命の在りかを証明しているのであるが、環境の悪化によっては鳴かずに生きている虫もいる。そういう虫たちのさまざまな生態は、そのまま「自分のいのちのありか」に響いているはずである。また、蜻蛉、蝶、蟻、虻、蜜蜂、蚊のようなもの、あるいは、庭をうろつく犬や猫にも目を留めるようになり、また、それらのおかげで、童話にいそしむようになったこと、また、『動物詩集』(23)に収録された詩の着想もこのあたりから生まれていることを暗示している。甚吉は、「野の生きものの囁きが耳にはいらなかったら、彼は童話なぞ決して書かなかつたであらう」と述べている。

犀星の虫をはじめとする小動物を愛する姿勢は、この一作に限ったことではない。「草、山水」では、アパートの東西に分かれて鳴くきりぎりすの様子が描かれているし、「故山」では、郷里で釣り上げられたうぐひに手を触れて親しもうとする様子が見られ、そうすることで「故郷の一等奥のもので秘められたものものを捜りあてたやうな気」になっている。

「雛子」では、隣家との争いの中で、甚吉の別荘の羽目板が壊されていることに目くじらを立てたが、ことの真相は、巣をかけた小鳥と雛を捕ろうとした土地の子供の仕業であったと知る。ぎすぎすした人間関係の中で、小鳥の営みと知ることで怒りが解かれ、慰められている。初期の「抒情小曲集」や「幼年時代」において描かれた世界も、人間関係から生ずる理解されない孤独を動植物によって慰撫するものであったが、そこへ通底するものが、ここにも表されていると言えるだろう。

「信濃日記[24]」では、食糧難で兎や犬を食べる話が登場する。犬を食べたことで、いろんな犬に「悲しげに吼え立てられる」という話で「深い嗅覚の世界が、魂のにほひを持つて迫つてゐるところ」があると話し合い、食べられた生き物の立場に立って「もはや、形も何もなくなつて臭ひだけが生きて感じられるといふことは、人間が考へたことよりも迥《はる》かに恐ろしいことであるに違ひない」と感じている。食べられる生命について、甚吉は「あらゆるものを食ふ人間は食はれた命にたいしていつも新しい感謝と、そしてその命を文学者の場合はそれを記号することで許され、科学者とか漁師といふやうなものも、それ〴〵の分野でそれらの命をいつも考へやることによつて許されるところがあるやうに思へた。一疋の魚や一羽の小鳥にも、遠い命があった筈であつた。それらの数々の命には、喜びも望みも、あふれるほどあつた日がある筈であつた。」とそれらの生命の生きる権利を認めながら、そういう命を食べて生きる人間の、命へのいたわりと贖罪の姿勢を明確にしている。

昭和十二年十一月に焼失した追分の油屋を含めた軽井沢近郊の廃屋を描写した「廃家[25]」は、それらの家主たちの生活や、朽ち果てていく家屋そのものの生命力に着眼して描かれた随想風な小説である。犀星は、十三年一月に彼の年若い友人である堀辰雄とともに油屋再建の発起人になっており、堀やすでに亡き立原道造の思い出がスライドしていて、「死」や「崩壊」を見ながら、「生」や「生活」や「家のいのち」の健気さを描いている。「遠い命」には、甚吉が新橋の横町にある店で釣り上げた三尾の金魚に対して「三つの命を甚吉にゆだねた」と認識し、「哀れな魚、哀れにもそれを守る人、そして決して粗末にはできない遠い命のかすけさ」を感じる描写がある。「甚吉記」の中の甚吉には、命を守る人としての使命が見られる。病妻ウメに対して他者の死が与える衝撃を最小限に食い止めようとする思いやりが見られ、「この善良な女の一生をかばひにかばふ明るい気持の晴れやかさ」を感じている。甚吉の背後にいる犀星にとって守る命は多く、その中でも病妻の命はその頂点に位置していることになる。

六

「虫寺抄」の最後には、観能で「熊野《ゆや》」を見たことが書かれている。犀星の王朝ものの作品で「熊野」を題材とした「遠つ江」[26]を発表した後のことであることが分かるが、熊野が登場した時から「蝗に似た虫」が鳴き始めたことが描かれ、熊野という女性の墓碑にまで思いを馳せたとき、その向こうに「茫々たる草木を亙る風の音をきき分け、遠江の国の虫の音に心をよせずにゐられな」いという。甚吉は、「梅若万三郎の美しくも枯れきつた声」の合間に遠江の「風の音」をも聞き取っている。そして、宗盛に従順に仕えながらも母親に「孝心の深い」熊野の女性美に愛情を感じている。さらに、甚吉の描く「物語の女」は、「不倖と落魄」を持っていて、それがどこから来るのかということを考え、「野のものを見守るやうに今度は命を分けあふ人びとのために、敢て永い記号を試[27]みなければならない」と述べている。これは、王朝ものを書き続ける動機のようなものの披瀝と考えられるが、注目されなければならないのは、「野のものを見守ること」と「物語の女」を描くことは、同様の意味合いを持つことであり、それが「命を分けあふ人びとのため」に書かれるということは、普遍性を獲得した「物語の女」たちの向こうに、親兄弟、夫や恋人、友人知人や子供たちなど、その縁につながるさまざまな人々が含まれることである。「山吹」をその頂点とする戦時下に描かれた王朝もの[28]は、生命を慈しむ甚吉ものの世界と同根異花であり、犀星の姿勢には、人間愛を越えた生命への慈しみがある。

七

昭和十七年『乙女抄』所収の「少女の詩」での甚吉は、戦争詩を書いたことについて述べている。当時、犀星の強く意識した高村光太郎や佐藤春夫はもちろん戦争詩を書いていたし、島崎藤村は、東条英機の「戦陣訓」の校閲すら行っている。犀星の戦争詩には、勝利への「喜び」と兵隊への「感謝」の姿勢が見られる。しかし、一方で、昭和十七年の「詩歌小説[29]」という文芸時評では、光太郎の事変詩や釈迢空、北原白秋、斉藤茂吉の戦争にまつわる俳句や短歌が「理窟めいた威《おど》かしに堕ちてしまふ」という批判を行うと同時に「戦争といふものの命の別れめや、それがいかに小さいものに影響してゐること、そして国民生活の呼吸《いき》づかひなども挙げられるべきであつた。」と述べている。犀星は、甚吉ものを書く一方で、当時の強制的な要求により戦争詩を書かなければならなかったが、犀星としての文学創作の姿勢は決して動いてはいない[30]。

犀星は、人々の生活の鋭い観察者であった。故に国家が庶民の生活に圧力をかけたことに対する一般国民の「不機嫌」を見逃してはいない。しかし、他の一般国民と同じように戦争の勝利には、国民の一人として喜び、自分も国家の役に立ちたいと思う一面もあった。その一方で、自分の家庭や友人知人、さらに野にあるあらゆる生きとし生けるものを見回したときに、甚吉ものの諸作品のテーマが示すように、病妻の命を頂点として、人の命、小動物の命、果ては虫の命に至るまで命を慈しむ姿勢があることはすでに述べた。「はるぜみ」では、戦時下に動植物を眺める自分の心持ちについて語っているが、そこには、それぞれの命の内側に込められた美に感動する末期の眼すら備えている。

この時期の犀星は、戦争に色めき立つ世の中と交渉しつつも、人々の生活の「呼吸づかひ」、あらゆる生き物の生命の息づかいに、それこそ息を潜めて聞き入り、それをどのように作品化するかということに全力が注がれていたと見ることができよう。

注

（1）船登芳雄は、『評伝　室生犀星』（1997・6、三弥井書店）の中で、「犀星は甚吉ものと称される短編小説を書き、身辺凝視の小世界をつくりあげている。これは、作者の分身甚吉を主人公とし、その視点から日常を描いた作品である。」と述べている。これに付加するとすれば、主人公が甚吉でなく、「私」の場合でも、作者自身がその単行本の序文等で「甚吉もの」であると述べている場合にはこの限りではないということになろうか。また、犀星が単行本の序文等に書いている文章を尊重するとすれば、随筆や詩のジャンルの中にも甚吉ものの周辺に位置付けされる作品が存在することになる

（2）『戦死』（昭和15年12月15日、小山書店）序文には、「こんどの作品は悉く甚吉の心の内外にとどめをさしてゐる。」とあり、ここで対象となる作品に「いとど寺前」「草山水」「くちなは」「緑色の日記」「戦死」「哀蟬行」が入っているが、「いとど寺前」「草山水」以外は、周辺作品としてリストに入れなかった

（3）『信濃の歌』（昭和16年3月20日、竹村書房）収録の「漂泊」は、「廃家」「雛子」「伊賀専女」等の甚吉ものと並べて収録されていることと初出発表時期（昭和16年3月）から考えて、主人公名が「山下船吉」であっても甚吉ものとしてとらえた方が妥当である

（4）（3）と同様に「山下」が主人公の「残雪」（昭和17年4月初出『残雪』所収）も発表時期や身辺雑記的な内容から推して甚吉ものとして分類した

（5）『蟲寺抄』（昭和17年6月25日、博文館）の序文では、「何処に」「カルメンの宿」「我家の記」を指して「凡て甚吉物語をなすもの」と述べ、「甚吉もの語といふものは私の生きてゐるかぎり続くものであり、これらはその何枚かの片鱗をな

すもの」であると述べている。よって、ここでは、「私」が主体になっている作品も甚吉もの中に含んだ
（6）「文学は文学の戦場に」昭和13年7月『新潮』35巻7号。「国策と文学者の役割」の副題有り
（7）船登芳雄は、前掲書の中で、「甚吉物の世界は日常身辺の出来事を淡々と描きつつ、戦時下の状況悪化の観察記録の役割をも果たす作品群であった。」と述べている
（8）「桃色の電車」大正9年8月『文章世界』15巻8号
（9）『随筆女ひと』昭和30年10月8日、新潮社
（10）「竃馬寺前」初出未詳。昭和15年12月15日小山書店発行『戦死』所収
（11）「蝶」昭和16年5月『中央公論』56巻5号
（12）「甚吉記」昭和16年10月『改造』23巻19号
（13）「雛子」昭和16年1月『文芸』9巻1号
（14）「伊賀専女」昭和16年3月『新潮』38巻3号
（15）「遠い命」昭和16年8月『知性』4巻8号
（16）「庭」昭和16年9月『文藝春秋』19巻9号
（17）「我家の記」昭和17年6月25日博文館『虫寺抄』所収。書き下ろし
（18）第5章　犀星襍記「愛の詩人の異同について――千家元麿と犀星――」（236～272）の中で、白樺派の詩人、千家元麿と犀星の「愛の詩人」の要素や資質について詳細な比較検討を行っている。上流階級出身者で構成される白樺派の人道主義と犀星の資質には、似て非なるものがある。その決定的な差異は、やはりその出身階級や家の裕福度に関係している。千家が楽観的で理念的な人道主義であるのに対し、犀星はもっと根源的な生活に密着した土俗的とも、原初的とも言える平等意識に根ざしている
（19）甚吉ものの視点から戦時下の犀星をとらえたものに船登芳雄の「戦時下の犀星――『甚吉』物を通して――」（『室生犀星研究』第11輯　1994・10・30）がある
（20）「琴」昭和17年1月『新潮』39巻1号
（21）「故山」昭和16年5月『公論』4巻5号

(22)『泥雀の歌』昭和16年5月から昭和17年2月まで『新女苑』5巻5号～6巻2号に連載。冒頭部は、日清戦争の戦勝を伝える号外から始まる。自叙伝の観点からも戦時下を考える必要がある一作であろう
(23)『動物詩集』昭和18年9月5日、日本絵雑誌社
(24)「信濃日記」初出未詳。昭和17年6月15日小学館『筑紫日記』所収
(25)「廃家」昭和15年11月『知性』3巻11号
(26)「遠つ江」昭和16年1月『婦人之友』35巻1号、原題「遠江」
(27)星野晃一は、この部分について『室生犀星――幽遠・哀惜の世界――』の中で、「『野のものの』命を『見守るやうに』、言い換えれば〈野のあわれ〉を描くように、『今度は』、つまり大まかにいえば日本が突入したこの時期からは、『命を分けあふ人々』、同胞のために、『敢て』、つまり意識的に、『永い記号』、小説を書かなければならなかった、というそれである。」と、述べている。ここでの「記号を試みる」とは、「信濃日記」にある「その命を文学者の場合はそれを記号することで許され、」という用例と考え合わせると「記録する」という意味に近いのではないかと考える
(28)船登芳雄は「戦時下の犀星――『甚吉』物を通して――」(前掲書)の中で、「ちなみに、この時期に犀星の『王朝』物は、短編『荻吹く風《ママ》』(『婦人之友』昭15・11)を初めとして、長編『山吹』(「中部日本新聞」夕刊、昭19・1・20～20・3・4)に至るまで、計二十三作に達するのである。」と述べている
(29)「詩歌小説」昭和17年2月『新潮』39巻2号
(30)この件については、「戦時下の犀星――資質と姿勢――」を参照されたい。73～85頁

王朝もの初期作品における女性像の形象をめぐって
――「荻吹く歌」・「あやの君」・「津の国人」――

犀星は、立て続けに「荻吹く歌」と「あやの君」を、王朝ものの一作目、二作目として発表した。ともに『大和物語』に素材を求めた作品である。また、「津の国人」は、単行本への書き下ろし作品として昭和十七年六月に発表された。断続的に昭和三十四年まで書き続けられたことを考え合わせると、いずれも王朝ものとしては初期の作品に当たる。(1)

犀星が歴史ものを手がけるようになったのは、さらに前のことになる。犀星は、大正八年「幼年時代」を発表して、小説家としてのデビューを果たし、八、九年は筆にまかせて書きまくる昂揚期を迎えるが、濫作が祟って、すでにその翌年には素材に行きづまり、「九谷庄三」や「魚になつた興義」のような「史実もの」(史実小説)(2)と呼ばれるものを書くようになった。これらは、金沢の伝承話を素材としたり、日本に限らず、さまざまな古典からを材を得て作られている。しかし、小説としての新境地を開くには至らなかった。

「王朝もの」は、閉塞した時代の下、伝統美や古典的情緒の中、新たな女性像を求めて登場した作品群であると考えられる。

では、具体的に、「荻吹く歌」・「あやの君」・「津の国人」について、古典に素材を求めて何をどのように描こうとしたのか、作品論の立場から、それぞれの下敷きとなった原典との比較を基礎に据えた上で、生絹《すずし》、あやの君、筒井に見られる女性像と創作の方法に主眼をおいて、犀星が描こうとした女性像の一端について論じてみたい。

一　「荻吹く歌」の生絹

「荻吹く歌」は、『大和物語』百四十八段の「蘆刈」を原典としている。「蘆刈」は、難波《なにわ》のあたりに住まう、身分のいやしくない夫婦が、暮らしが悪くなる一方なので、男側から女を促して宮仕えに出す。女は宮仕えに出た先で、主人の目にとまり、後妻に入る。女は絶えず難波の男を思いやり、祓へと称して男を捜しに出かける。そこで、蘆を売り歩く乞食のような姿をした男と、悲しい再会をし、分けられた運命を嘆く歌をやりとりするといった話である。

「荻吹く歌」では、先ず、その男主人公について、「女も男も、いと下種《げす》にはあらざりけれど、」からふくらませ、「今は菟原《うばら》ノ薄男《すすきを》とまで下賤《げせん》な人のやうに世間で呼ばれるやうになつた右馬の頭《かみ》とても、」としている。この菟原という姓については、「蘆刈」の前段にあたる「生田川」に登場する。津の国の菟原という地に住まう、おそらくは、その地を古くから治めてきた家の者の名として使われている。しかし、ここにおいては、男がもと宮人で菟原という家の出身とは考え難い書き方であり、しかも、舞台は、同じ津の国ではありながら、菟原という地ではなく、「蘆刈」と同じく難波の設定となっている。おそらく、犀星に菟原という名前についての知識がなく、単なる言語感覚で設定したものと思われるが、「菟原ノ薄男」と読んでみたとき、その語感から、いかにも落ちぶれた印象をうける。また、右馬の頭という官位は、従五位上で、大国の国守と同格のものである。この官位が高いのか低いのか、また、なぜ右馬の頭なのか詮索するよりも、菟原ノ薄男と同様、「いと下種にはあらざりけ」る身分を、犀星独特の言語感覚で設定したと考えた方が良い。

生活力について、「蘆刈」では「さすがに下種にもあらねば人にやとはれ、使はれもせず、」とあるのに対し、「右馬の頭も下じもの役につき、なりはひを建てなほすことではどんなことでも辞《いな》まなかつた。」となっている。この差は、一つには、作家自身の生いたちから考えて、その身分ゆえに仕事をしないということが実感し難かったと考えられるが、結果的に再会時の悲劇の意味合いに若干の差をもたせたことになっている。一方は、人に使われたことのない男が、蘆を担い、売り歩くまでに落ちぶれていた「いたはしさ」であり、そしてもう一方は、生活をたて直すことではどんなことでも辞まず努力した男が、女を宮仕えに出して、さらに落ちぶれていく哀しさが伝わってくる。

「蘆刈」と「荻吹く歌」のそれぞれの女主人公が、宮仕えのために京にのぼることになるまでを比較すると、「蘆刈」の女は、「『男を捨ててはいづちかいかむ』とのみいひわたりける」が、結局、男に促されて宮仕えに出る。一方、「荻吹く歌」の生絹は、「京にのぼり宮仕して一身を立てなほ」そうという、強い希望と意志が右馬の頭を動かした形になっている。犀星はこの「荻吹く歌」をはじめとする十篇の「王朝もの」をまとめて、昭和十六年九月に『王朝』という短篇集を出した。その序文の中で彼は、

彼女らはみな女として、女がまもるべき城砦をすこしも崩壊することなくして、生きぬいたものであつた。

と言っているが、次の生絹の描写は、まさにこの言葉に沿ったものということができよう。

たくはへの米櫃にこほろぎが鳴き、生絹はたけの揃はぬ青菜の枯れ葉をすぐるのに、爪のあひだに泥をそめた。それも厭はぬすなほな女だつた。だが、京にのぼるのぞみだけは二つの乳ぶさのまんなかに、誓文をはさみ込んでゐるやうに棄てなかつた。

ここにおいて、生絹は運命に翻弄されるいにしえの女ではなく、すでに自我の確立した近代の女性の一面を持っていることが分かる。しかし、単にそれだけではなく、

指のささくれや手のよごれはともあれ、わたくしの恐ろしいのは若い女としての心が鈍ることでございます。

たとへいまはまだ見られるほどの顔も、心が鈍つてゆけば、曇つてきたなくなつてしまひます。わたくしはそれをあなたさまに申しあげて置かねばなりません。女の美しさをすりへらして来るものは此処津の国の難波の土とほこりでございますもの。

このような考え方は、「伊勢物語」の底流にある雅びを尊び、鄙《ひな》びを嫌う精神と一脈通じるものがある。しかし、ここは、「伊勢物語」の影響というよりも、犀星の女性美に対する眼の高さが、生絹に、洗練されようと努力をさせるのである。犀星は、「古典について」(3)と題して折口信夫と対談しているが、その中に次のような折口のことばがある。

それからあなたは大和物語よりも、伊勢物語の中へ歩みをお移しになつた方が、いゝのぢやないですか。大和物語は、空想の餘地のない書き方だと思ひます。伊勢物語の方はもつと自由なところをひろくと見せてゐませんかな。

この折口の指摘からみても、当時、犀星の念頭に「伊勢物語」がなかったことは明らかである。そして、この生絹のもっている、美に対する精神力のようなものが、犀星の『王朝』の序文にいう「女がまもるべき城砦」として展開していく。

生絹の強い希望をうけた右馬の頭の悩みも次のような形で描かれている。

眼を凝らして何時《いつ》かはそれを聞きとどけねばならぬ右馬の頭《かみ》は、それだけに生絹の去つたあとに生絹のやうな女に行き逢ふなどとは思ひもかけぬことだつた。(中略)生絹をもつと美しくして見たい心と、宮仕まで許すやうに深くも生絹のからだに心をつかつてゐる右馬の頭は、いつも、最後に女としての危険を感じる奥のものに打《ぶ》つかり、躊躇《ためら》はざるをえなかつた。かういふ愛《かな》しい時に誰の智恵をかりたらいいものだらうか。

犀星はこのような、いわば本能的な男と女の性ともいうべき問題をもとりあげ、その哀しさを描き込むことによって深みを出している。右馬の頭の生絹に対する愛情の示し方には、肉体を愛でる意識がつきまとっている。

生絹の和歌の才能すら「彼女のからだを飾る花のやうなもの」として捉えられている。

ついに、京にのぼって宮仕えすることに決まり、その支度をする段になると、生絹は改めて右馬の頭のいない暮らしを思い、一変した態度をみせる。

僅かな留守居にも斯様に待ち遠い思ひをしてゐるのに、京に一人でのぼつて行くことが出来ようか、自分の考へはまちがつてゐる、(中略)生絹は柱につかまりもう行くまい、難波の土にうもれようと身をもがいてなみだぐんだ。

夜は風の音さへまぜておとづれたが、右馬の頭は遅くなつて町からもどつて来た。(中略)生絹は泣いて云つた。お別れするのはいや、考へちがひして宮仕もするのもいや、みやこにのぼることもいや、あなたのお傍にただゐたうございます。

このような生絹の一面は、彼女が理性的な女性ではなく、情熱的な女性、感情的に洗練されない部分を残した女性ということができる。『王朝』の序文において、「髪を長く背に垂れ、厚い化粧を施し、悲しいまでに淑かで弱々しかつた彼女らの心に、却つて熾烈であつたやうな情感に私は手をふれて見たかつたのである。」と言っているが、犀星にとって、これは女性に対する特有の普遍的情感とでもいうべきものではなかろうか。

これにつながる会話文は、「蘆刈」の対応する部分の会話に寄りかかりが見られる。若干変形させているものの、殆ど借用して嵌め込んだ形となっており、文体の違いからか、さすがに、その部分だけが妙に浮き上がった印象をうける。

生絹は、右馬の頭に説かれて、ようやく、再度宮仕えに出る望みを持って、京へ立つ。犀星は、ここで「蘆刈」にはない、京への道中の部分を創作して加えている。そこに運命をみる占いの男を登場させ、生絹は、この男から、はっきりと宮仕えの成功を示され、右馬の頭の完全な没落がその愁いの表情から暗示され、以後、話はこれを伏線とするかたちで進行する。また、右馬の頭が生絹の宮仕えについて最後までためらい続けていた「女としての危険を感じる奥のもの」の心配が、実際になって早くも登場する。「生絹は言ひ当ててはあとに引かぬこの男の言葉の勁さに、しだいに心が惹かされて行つた。このやうに勁い言葉を持つた男といふものを見たことも、生まれてはじめてであつた。」という占いの男に対する感想や、男に「あなたはすぐれた歌つくりであられる。その上、あなたのそのおん肌もかがやくやうになられる。」と言われ、「生絹は赧くなつて心持手で顔を蔽ふやうにした。」というようなところに動揺となって現れ、また、京に着いて街や人に眼を奪われ、「片時もえ忘れじと思ひしに、わたしはまるでいままで右馬の頭さまのことを一度も思ひ出さなかつた。」という生絹の述懐になって現実化する。はや心を逸らすものが京に上る途上に多かったことがうかがい知られる。

「蘆刈」においては、宮仕えに出たときはもちろん、後妻に入った後も難波の男を思いやっているが、生絹の心境には複雑な揺れがある。生絹は笛吹く人のもとに仕えていた。「笛吹くあるじの懇ろさはあつたが生絹はそれをしりぞけたことも、一度や二度ではなかつた。生絹はいひかはした人のあることを言つてしまつた方がいいと考へてゐたが、それをそのやうにはつきり云へなかつた。」とあり、自分の意志を持つてはいるが、心に動揺がみられる。ただ、生絹が宮仕えに出る理由とした「若い女としての心」は洗練され、「とり分け生絹の歌のしらべは笛吹く人にとつて音色に合はせるには、すぐれた優しさをもつてゐた。」という程であり、気品ゆたかな女性に成長していた。主の「笛吹く人」は、犀星が美男を描く時の定番表現である「まるで女のような顔立ち」と表現され、「笛吹く人」にとって生絹は、「自分の心と一緒のしらべを持つ人」と受け止められている。

　ひとりしていかにせましと侘びつれば、……の、静かな吹きはじまりのひと時は、生絹の心を確《しつか》りととらへて行つた。津の国を吹く風の音いろが薄の穂がしらをしづかにゆすつては、迥かにすぎてゆくやうな遠い思ひであつた。とらへがたいものが物の精神になつて見えて来た。

生絹のその後の心境は、難波に送った「笛吹く人」の家臣の報告に対する反応に表わされている。

　生絹の顔はあをざめ、心は沈み、「をかしき物ならべ商ひせる」ことを思ひでて、ひとりでにあをい顔をそめて赭らむほどであつた。そんなことはあるまじ、物売るまでになる人ではない、生絹は恥づかしさで身をちぢめるやうな思ひだつた。

もし、生絹が右馬の頭の身の上を思いやるのであれば、「恥づかしさで身をちぢめるやうな思ひ」ではなく、「胸つぶるる心地」にでもなるのが一般的であろう。そこには真の愛情よりも雅を貴重とした生絹の体面が横たわる。生絹には、自分の元の夫として、あるいは、「笛吹く人」の手前、それなりの生活をしている相手であって欲しかったという心情が働いている。つまり、生絹の気持ちはとうに「笛吹く人」の方を向いているということの証左でもある。また、「をかしき物ならべ商ひせる」までに、雅び心を失くしたのか、という思いもあろう。そして、それは生絹が、難波にいた頃の彼女ではなく、京の人になり切ってしまったことにもつながっている。これは彼女の目に写った難波の風景に象徴される。

生絹は以前眺めた田や畠の景色にも、変つた身にそはぬものを感じた。しかも、新しい一棟の庭の樹々は一位も松の木も、みな昔のままだつた。

この生絹の冷めた目は、「蘆刈」の女がどこまでも素直に男を思いやって捜すのに対し、相手を見つけたところでさらに冷めてくる。それぞれの再会の場面をとり出してみる。

この男の顔をよく見るに、それなりけり、「いとあはれに、かかる物商《あきな》ひて世に経《ふ》る人いかならむ」といひて泣きければ、ともの人は、「なほ、おほかたの世《よ》をあはれがる」となむ思ひける。（「蘆刈」）

生絹はまだ明るい夕あかりのなかに紛ふ方もない、菟原ノ薄男を見たのであつた。頰は窪み眼はおとろへ、これが薄男の右馬の頭とはどう考へても信じられぬ程であつた。（中略）呼ばれた蘆売る男は停つた。そして綱代車をまぶしさうに見やつた。それは全く右馬の頭の眼差しにちがひなかつた。何といふひどい変り様であらう。生絹は悪寒を総身におぼえて震へた。（「荻吹く歌」）

生絹は、女としての美しさをすりへらすのを嫌って宮仕えに出、一身を立て直した。そこで洗練された生活に慣れ、洗練された人々と暮らし、その生活に満足し、情愛をかけられて胸をときめかせている。一方で、右馬の頭の落魄ぶりを聞くに耐えず、その姿を見届ずにはいられない気持があった。雅を基準に人を評価する生絹の眼は、かつての自分の男の落ちぶれように「悪寒を総身におぼえて震へ」さえする。その異様に冷めた心は、一つには、かつて宮人であったとは思えぬ程、落ちぶれ、難波に埋もれ、ひなびてしまい、しかも、自分の夫であった右馬の頭に、もう一つには、哀しい再会をせねばならない運命に対して向けられている。故に、生絹は、まるで自分を追い詰めるように、右馬の頭を追い詰め昔の名残りを見届けずにはいられないのである。

しかし、如何に男が落ちぶれようとも、心が離れる理由もなかったはずの元夫に対して、「悪寒を総身におぼへ」るような冷たい心持ちの女性像は、一体どこに起因するのだろうか。古典の常識に縛られない犀星であれば、その右馬の頭への嫌悪感は、ひとえに相手を思いやる原典とは別のところにあると言わなければならない。たつみ都志は、「種本の淡々とした調子から、犀星が引きずり出してきた、『成り上がった女』の『零落した男』への蔑視感情、ひいては『過去』への揺曳への自虐をこめた暴露的嗜虐性ではないか。[4]」と述べている。犀星の描く夫婦愛の様相については第1章[5]でふれたとおりだが、「結婚者の手記」では、厳しい貧しさを体験したことのある「私」が、妻を戒める家庭経済に関わるさまざまな会話の場面の背後に、ひとまず結婚できるほどに「成り上がった」「私」の、貧乏へのかすかな恐怖と嫌悪を読みとることができる。それは、この場合の生絹の造形にも少なからず同様のことを指摘することができるだろう。

「笛吹く人」に傾いた気持ちを持ち、「右馬の頭がむかしの容貌を持つてゐない」ことを確認し、気持ちの離れている生絹だからこそ、冷酷にも逃げる右馬の頭を追いつめる。しかも「みやこの殿のおいひつけ」を上にかぶせてまで下の者たちに追わせるのである。右馬の頭が売っていた「蘆」の美しさそのままに、彼が宮人であった頃の洗練された教養を、和歌とそれを書いた手（筆跡）の見事さから知らされることによって、生絹は救いと、縁をもどす術を見出したように嬉しく感じるのであった。しかし、再起の当てのない右馬の頭にとっては、姿を消すことが生絹の幸せであり、またそれが彼女への愛でもあった。また、落ちぶれた姿を追い回されることによって、右馬の頭は間違っても二度と生絹の前には姿を現すことのできぬ存在となる。これによって生絹は、新しく「笛吹く人」との生活に入る条件が整うのである。逆に考えれば、生絹は、右馬の頭を徹底して追いつめることによって、彼との過去を抹殺してしまったのである。

「蘆刈」の話は、不幸な再会をした男女の歌のやりとりで終わっているが、「荻吹く歌」は、前半の大きな創作部分に呼応して、難波から京にもどる舟の中で、再度、不思議な占いの男に会う創作部分がある。前半の創作部分の伏線の完結部として、形の整った物語に仕上げられている。この占いの男によって、生絹は心を残した右馬の頭と訣別し、京への生活へともどっていく。作品構成上は、生絹の行動を運命によるものと正当化する目的を持つとも考えられる。

こうしてみてくると、この話は、運命を切り拓くのに、洗練された教養を守ろうとする上昇志向を以って構成され、とても王朝の女性とは思えぬほどリアルに、生き生きと描き出されている。確かに、下敷きとなった「蘆刈」に寄りかかり過ぎていたり、さまざまな先達によって犀星の古典常識の欠落が指摘されたりしている。例えば、宮仕えに出るのに「たよりの人」がいないこと、右馬の頭との再会場面で身分差があるにも関らず、とり次ぎなしに話していること、昔の夫を捜す目的で女が旅行すること、女が簀の子のような外近くに出ることなど、枚挙にいとまがない。しかし、だからこそ、生絹は古典的常識や慣習に縛られず生き生きしているともいえるのである。奥野健男は「特に『女ひと』とあでやかさとかなしみとを殆んど生理的直感的に再現させていた」[6]と述べている。また、本多浩は「王朝もの」に共通する特色のうち二つとして、色彩感と、女性の衣裳が女ひとの肉体の一部としてあつかわれていることを指摘している。(7)「荻吹く歌」においては、先ず、色彩感からみてみると、「きふに春めいた田や畠は萌えた青い粉を雑ぜた、襲《かさね》の色に見えた」、「砂白く暮色は濃い藍をかさねた往来のうへに」、「あたりは人を見分けることのできない程、蝙蝠《こうもり》色の夜のいろがかさなって行った」の三ケ所を指摘でき、衣裳についても、「袿《うちぎ》はまだ匂ひをのこしてゐるものの早その色を褪せかけようとしてゐる程だつた。」は生絹自身の様子をたとえているとも解釈でき、「生絹は白檀の香のしみる装束を掻きいだくやうにして、占ふ男の言葉をはづかしく思つた色の二ケ所を指摘することができる。これらの色彩感や衣裳は、王朝の世界なればこそ映えるのである。

犀星は「荻吹く歌」において、「美しい女ひと」をその運命の哀しさと、性や情感を王朝の情緒の世界の中に描き出し、「王朝もの」第一作目として、独自の世界を開いたと言うことができるが、おそらく作者の意図した「美しい女ひと」には反して、過去を抹殺し、まんまと「笛吹く人」を得て雅な女に「成り上がる」生絹の姿のアイロニーに作者自身の「成り上がり」が透けて見えるのである。

二　「あやの君」のあやの君

原典である『大和物語』(8)の一〇三段「天の川」の梗概は、平中という無類の色好みの男が故后の宮の美しい女房の一人に懸想し、その濃い紅の練絹を着た女房を一生懸命口説いて、やっとわがものにする。しかし、初夜を過ごしたその翌朝から、後朝《きぬぎぬ》の使いも出さぬまま、上司の付き添いを命ぜられて遠方へ出張し、帰宅するや否や、今度は亭子の院の供で、大井まで出掛けるといった用事が重なり、さらに、「方《かた》ふたがり」まで重なってしまった。そうこうしているうちに五、六日が経ってしまい、女は悲嘆に暮れ、男の不実を恨むあまり、塗籠《ぬりごめ》に入って尼になってしまった。一方、事情を知って慌てて駆けつけた平中はさまざまな言い訳をして、女への切実な気持ちを泣いて訴えるが、女は返事もせず、取り返しのつかぬことをしてしまったことを後悔しているという話である。「あやの君」のあやの君は、俗な男に対して、冷めた目を持ち、超然としている誇り高い女性として描かれている。もちろん、これは、「天の川」の「思ひあがりて男などもせでなむありける」からの発展であるが、原典がわずか一行でしか述べていないこの気位の高い女性に、犀星は次のように詳細な書き込みを行っている。

あやの君は格別、男や男の心にどれだけも動くものを持たず、皆、判り切つた一くさりの恋歌とか、言ひやうの美しいのにくらべて、男はどれもこれも同じい凡庸な顔立に見えてならなかつた。変つたところのない烏帽子に狩衣姿、そしてじつと無礼なほど人の顔をみつめる眼差しも、ああ、また、あれかと思ふ程、あやの君は、多くの男の眼差しのあひだをくぐり抜けて来て、この男も又さうかと、何か苦いものを舐めたあとのやう、眉墨のこはばりを感じるほど顔をしがめた。しがめた顔は女が隠してゐるも一つ別な顔を見せるやうに秘められた美しい顔でもあつた。

説話、及びその発展としての物語における登場人物の言動は、本来的に超時間的、超空間的性格を帯びている(9)。「むかし、男ありけり」で始まる『伊勢物語』の語りの方法は、もちろんこうした説話や物語の超時間的、超空間的性格を端的に示している。しかし、物語が現実的に生活の場の中で伝承していく過程の中では、特定の時と場所の限定を受けざるを得ないことも事実である。したがって、「むかし、男ありけり」の男が、業平となり、平中となることも当然のことなのである。ただ問題は、それが説話であり、物語であるためには、その男が固有の歴史的存在でありながら、同時に超歴史的存在としての普遍的な観念と幻想を所有しているかどうかということである。業平と平中の場合で言えば、「色好み」の観念と幻想において、両者はまさに普遍的存在たり得ていると言えよう。

「天の川」の女が男を歯牙にもかけない気位の高い女であることは分かるが、「思ひあがりて男などもせでなむありける。」という文章のみからでは、具体的な像を描くことはできない。もちろん、これには『大和物語』の作者の基本的な姿勢と深い関わりがあることは言うまでもない。「天の川」の最後は「かかるさわりをば知らで、なほただいとはしさにいふとや思ひけむとてなむ、男はよにいみじきことにしける」と結ばれている。男の切実な真情を女は理解することができない。男は己の真情が女に伝わらないことにどうにもやり切れないいらだちを覚えている。ここには、裏切られた恋に苦悩する女への視点は完全に欠落している。それとは反対に、男の真情を理解し得ない女こそが野暮な存在であるというのである。このような発想の下では、女は男の相対物としてしか見えてこない。「天の川」に限らず、『大和物語』の女たちが男の対象物として描かれるにとどまっているのは、『大和物語』における色好みの限界を示しているものと言えよう。

しかし、『大和物語』の作者の強引なまでの主題の切り口とは別に「天の川」の女の存在は無視できない。男に裏切られた女の哀切な苦悩が「その夜、もしやと、思ひ待てど、また来《こ》ず。またの日も文もおこせず。すべて音《おと》もせで五六日になりぬ。この女、音をのみ泣きて、ものも食はず。」「ものもいはでこもりゐて、つかふ人にも見えで、いと長かりける髪をかい切りて、手づから尼《あま》になりにけり。つかふ人集りて泣きけれど、いふかひもなし。『いと心憂き身なれば、死なむと思ふにも死なれず。かくだになりて、行《おこな》ひをだにせむ。かしがましく、かくな人々いひさわぎそ。』となむいひける。」と綿々と述べられているからである。「天の川」における作者の意図した主題と、作品それ自体が提示しているもう一つの主題と、この場合明らかに背離している。というより、作品とは本来そうした宿痾《しゆくあ》に冒されていて、優れた作品であればあるほど、多様な主題性を帯びているものなのである。

生涯にわたって女性像を追求した犀星が、後者に見られる女の内面の時間に注目したのは、極めて自然なことであっただろう。『大和物語』の作者の意識に半ば浮上し、半ば葬り去られた半可な像としての女人像に、いかにして新しい生命を吹き込むか、犀星の創作的情熱がこの一点に向かって絞られたとすれば、あとは自家薬籠中の作業であったに違いない。

「あやの君」は「天の川」のプロットを大筋で踏まえながら、男に裏切られた女の内面の時間を効果的に表現するために、原典に対してさまざまな脚色を行っている。「天の川」では、男が懸想《けそう》して「ももしきの袂《たもと》のかずは見しかどもわきて思ひの色ぞこひしき」という歌を贈り、その後しきりに言い寄ったので、これまで気位が高く、決して男になびかなかった女も、「されどせちによばひければあひにけり。」と男を迎え入れたことが簡単に記されている。これに対して「あやの君」では「附載説話」のつぎの二首を贈答歌として挿入することによって、「男との出逢い」を劇的に構成し直すと同時に、あやの君の無意識の心理を掘り起こす役割を負わせている。(10)

人の秋ににはさへ荒れて道もなく
　よもぎ茂れる宿とやは見む
誰が秋にあひてあれたる宿ならむ
　われだに庭のくさは生《おほ》さじ

この二首の歌はさまざまな意味で効果的であると言える。後日、あやの君は「あの日、薄葉にしたためた歌が自分のすることではない、よその女がしたやうにはしたなく悔まれるのだ。『人の秋ににはさへ荒れて道もなく……』と詠まねばならぬほど、自分はそんなに何かさびしさを覚えてゐたのであらうかと、男に強い心でゐる筈であるあやの君は、この日ごろしきりに考へごとに耽るやうになつて行つた。」と不用意な自分の行為を反省している。あやの君は気位の高い女性であるが、彼女の意志とは別に、無意識のところでは男性を求める肉体を持った女性である。犀星は女の中に潜むこの二律背反的衝動を見逃さない。むしろ、創作の経路から言えば、反対に、肌を許した翌日から七日間も訪ねて来ない男に失望した女が、どのような精神と肉体の葛藤を経て、いかなる世界にたどり着くかを検証するために、「天の川」の設定は好個の実験室であったと言えよう。その実験の第一弾として犀星が投げ込んだのが「人の秋ににはさへ荒れて道もなく……」の歌である。これは大胆にも男性を誘っている歌である。あやの君の性格から考えると、不自然なことに思われるが、作品中での違和感はない。なぜならば、あやの君は庭の荒れた日を見られたのが口惜しく、秋の手入もいそがず、荒れた庭を愛する父に物言ひたい気持だつた。落葉に石は埋れても掃かさない父武蔵守は、築地の崩れに草生ひて野菊づれの花をつけるのを妙にそのままにさせてゐた。その代り母屋、孫廂《まごびさし》、簀の子はかがやくばかりに拭き立てたが、秋を親しみ眺める庭の一時《いつとき》はそのまま掃かさなかつた。あやの君の秀れた美しさを秋の庭の中に見るのも父のかたよつた好みのやうなものだつた。自分をつけて来た方の庭を不思議に眺められて物問ひされるのにも、別に不思議はなかつた。

とあるように、この歌によって、荒れた庭に「妙なこだはりを感じ」、「その荒れてゐることを説かねばならぬと思つ」て「男に皮肉な冷たい眼を見せてばかりゐた彼女」が「御達《ごたち》も驚くほどのことを云ひ出した」からである。荒れた庭は、あやの君が男に歌を詠みかけるきっかけを与えた点で効果的である。と同時に、この庭には、物語を展開させる舞台として、多種多様な役割を担わせている。たとえば、

　男が時雨の中に佇みながら悲しい呼吸《いき》をしてゐる。その気はひが雨のあひだに生あたたかく、顫へる低い声さへしてくるのであつた。（中略）あやの君は簀の子に出て、前栽の低い下草を隔てて、池の水がうごいてゐるのを見て、何か身にしみるほど驚いた。（中略）

　あやの君は、日増に心も神経も鋭くなつて行つた。（中略）何といふ物の親しさを感じることであらう、あやの君は一枚の栴檀の葉脈を見つめてゐるあひだに、あまりに優しくて繊《こまか》くて香がよくて、唇にあてゝそのへりのあたりを噛みしめて見るのであつた。子供の時から母に禁じられてゐた木の葉を口にあてることの、いまは何とぢかに栴檀の気高い香気をかぐことであらうと、あやの君は長い葉をなでさすつた。

とあるように、識らずに男に傾いていくあやの君の微妙な心情の変化を、庭の「池の水」や「栴檀の葉」との触れ合いを通して描き出している。「触《さは》り角《つの》」（『抒情小曲集』自序）のように、あまりにも感じやすいあやの君の心の振幅を説明することは困難である。犀星はこうしたあやの君の姿を、説明によって表現する愚を避け、描写によ

る方法をふんだんに用いることによって成功させている。

男が訪ねて来なくなってから、三日目の記述には、
　殊更にはげしい時雨になり、終日落葉の上を打敲く音ばかり続いた。見れば、腹の赤い蜻蛉が幾疋も雨に打落されて、そのままあへなくなつてゐた。午後になり早《は》や日がくれかかつても、貞文は来なかつた。

と記されている。激しい時雨が落ち葉を陰々と打ち敲く音は、もちろんあやの君の男を待つ傷心の描写であろうが、それ以上に「腹の赤い蜻蛉が幾疋も雨に打落されて、そのままあへなくなつてゐ」るさまは、更に激しい女の心痛の描写となっている。こうした描写の妙は「荒れた庭」なくしてはあり得ないことである。また「荒れた庭」との関連で言えば、これもまた犀星の創作である小鳥の描写の部分にも触れなければならない。あやの君が貞文と結ばれた夜、戸外の庭土の上で小鳥の羽ばたきがする。起きて行って見ると、羽根に怪我をした小鳥であった。

　その夜の時雨は小鳥の羽ばたきのやうな音色を折々庭のなかに立てる外は、あまりにひつそりとした細やかなものであつた。枝々にさはる音とてもないのに、依然、小鳥の羽ばたきが土の上でしたかと思ふと、低い枝と葉とがさやかに擦れて音を立てるのであつた。やや打絶えてから、また、羽ばたきがして後はひそひそと時雨するばかりであつた。（中略）

　あやの君は併しこれは何といふ小鳥でせうと、背中は鶯色をしてゐて腹の毛は夕焼のやうに赤い、普通の小鳥よりも大柄な小鳥を見入つた。貞文もかういふ小鳥ははじめて見たのであつた。

「わたくしどもが余りに静かにしてゐるものでございますから、かうやつて救ひをもとめに参つたのかも分りません。」

　あやの君は自分でかう云つて見て、はじめて男と物語ることの静かさ愉しさを、かういふことのあり得ることを不思議に思つた。あまりに幸が多いことも、反対の考へ方で恐い気がして来ないでもなかつた。

小鳥のかそけき羽ばたきは、静かに睦み合う愛の営みの暗喩であるとともに、怪我をした小鳥は二人の出会いの「あまりに幸多いこと」に「恐い気がして」不安に襲われている不吉な予兆の表現ともなっている。

夜深く何度も幽かな、かさこそいふ音がして短い優しい睡りがさまたげられたが、小鳥はまだ生きてゐて籠の底板を踏みしめてゐるのであつた。生きてよ、明日までわが睡りのさめるまで生きも延びてよ、明日はしぐれもあがり匂ひある十月の日ものぼりて、晴れがましきなかに放ちまゐらせる程にと、あやの君はさう心でつぶやきながら嬉しく幾度も寝返りをうつのであつた。

あやの君の「生きてよ」「生きも延びてよ」という願いは、小鳥の生命への優しい思いやりであり、二人の愛の幸せを願う祈りでもある。しかし、翌朝「小鳥は爪を内側に曲げて死んで」しまい、不吉な前兆を裏打ちするかのように「夕暮になり、夜になつても、貞文の訪《おと》なふ声も姿もな」く、それから七日間、男は現れなかった。(11) 犀星は小動物を実に巧みに小説の中に取り入れ、小動物の描写を通して人間の内面を表現している。描写は仮託ではない。描写はそれ自体完結した世界であり、存在を主張している。あやの君の愛や生命の様式が、蜻蛉や小鳥のそれと同じリズムでなければ、これらの蜻蛉や小鳥の描写は成り立たない。あやの君の女性像を考えるとき、蜻蛉や小鳥の生命と交感して生きる側面を見逃してはならないだろう。

さて、「天の川」の女は訪ねて来ない男を待ちわびた末に「死なんと思ふにも死なれず。かくだになりて、行《おこな》ひをだにせむ。」と尼になってしまい、不実を恨む歌一首を男の許に届けさせる。これに対して、男も己の不心得を責めて、女のもとに返歌を書き贈っている。

あまの川空《がはそら》なるものと聞きしかどわが日のまへの涙なりけり
世をわぶる涙ながれてはやくともあまの川にはさやはなるべき

女の歌には失恋の苦悩と同時に、男への怨恨が込められている。また、男の歌にも、悲嘆に暮れつつも女の性急な出家を責めずにはいられない生々しい気持ちが込められている。「天の川」の女は「ことのあるやう、さはりを、つかふ人々にいひて泣くことかぎりなし。『ものをだに聞《きこ》えむ。御声をだにしたまへ』といひけれど、さらにいらへをだにせず。」とあるように、男の弁明に全く耳を貸さず、ついに永久の離別をしてしまっている。「天の川」の女は男性不信のまま出家している。女のなかで、「俗」と「聖」とは交叉することなく、それぞれパラレルなままに受けとめられているのである。

ところが、あやの君の場合は、訪ねて来ない男を待ちわびて恨めしく思う気持ちにおいては大同小異であるが、このような生々しい感情をなんとかして浄化し、男を超えた、つまり肉体にまつわる情念を超えた、精神の高みへと憧れる女性として描かれていて、その点において「天の川」の女とは全く異質である。犀星は「天の川」の女の再現を意図したのではない。また「天の川」の女の姿に解釈や解説を加えたのでもない。犀星の関心は「天の川」の女が訪ねて来ない男を五、六日も待ちわびるという「結構」に注がれている。(12)だから、極端なことを言えば、「天の川」の女などどうあろうと関わりないことなのである。犀星が「歌語り」として「天の川」の中で最も重要な「あまの川空《がはそら》なるものと聞きしかど……」という贈答歌を削除してしまったのも、精神の高みへと憧れるあやの君には、これらの恨みの残った歌は似つかわしくなかったからである。既に述べたように、犀星は肉体と精神の二律背反的衝動を秘めた女が、七日間という閉塞された実験室の中で、どのような葛藤を経て、いかなる世界にたどり着くかを見届けようとしている。それには七日間にわたる女の内面の時間を徹頭徹尾たどることが、至上の課題であったのである。

第一日は「あれはど深い約を踏むあかしを立てた貞文の来ないことは、奇蹟のやうにあり得べからぬこと」であるとして、戸惑いを見せている。常に冷静に現実と向かい合ってきた自信家のあやの君が、初めて不測の現実に直面して当惑している。第二日は「夜更けてからも、若しやと聞耳を立てたが、人の訪なふ気はひとてはなかつた。第二日はかうして過ぎて行つた。」とあるように、第一日に受けた強い衝撃にも慣れて、男を待ちわびつつも、落ち着きを取り戻してきている。第三日になると、激しい時雨に腹の赤い蜻蛉が幾疋も打ち落とされて死んでいるのを発見し、傷心の思いを募らせる。御達の「明日はきつと顔あからめて参られるでございませう。」という慰めの言葉に対して、「顔あからめ参られるとは失礼のこと云はないもの。」と言い返して笑ってみたものの、すぐに「笑うて見ても、いまは笑へないことに気づいて心はつめたく打ち沈んで」しまっている。前日の落ち着きは無残にも破れてしまったが、まだ「笑うてみる」だけの余裕を失くしてはいない。ところが、第四日になると、「だまされたのは遂にわたくし自身であつたか」、「かういふ悲しみを避けられるだけ避けようとしての自分に、いま、それが遣つて来てゐることを本統とは思へなかつた。」と自責の思いはあるものの、「来ても来なくともよい、来ればもつといいといふ、その底にあきらめ切つた一念が早や存在しかけ」、「神経と心とが虫のやうに鳴つてゆくことを感じ」「忘我的な何もいらないやうな状態の固まつた」心境へと変わって来ている。しかし、それでいて「冷却しきつたやうになつてゐるあやの君に、貞文といふ男は二人とない白い山吹のやうに凛として見えてくる」という「まるで見当のちがつた感じ」を体験している。そして第五日、「もう、行き着いて見れば、男の嘘はどこまでも嘘にちがひな」いと思い、「考へあぐんで茫然自失の境にあることの美しさ」を感じ出したあやの君は、ついに「行《ぎやう》をだにせむ」ことを決意する。

食も細り、手足清く、精神はただ気高いもののみに憧れて行つた。非常に賑やかな人のゐる通りから、突然、行く人もない裏町にさまよひ出た、ああいふ寂しさが身にさし迫つてゐた。それでゐて貞文を憎むといふ気が起らないのは、自分として思ひがけない妙な気持ちだつた。貞文でない別な人間がゐて貞文を自分に行かしめないやうな気がして来るのである。何を憎んでいいか分らない、つづめると憎みなどといふものはなくて、ただ、女としてのあやの君一人きりが今此処にのこされてゐるきりであつた。

静かな熱愛、怨恨、諦念、忘我という心の経路をたどってきたあやの君は、逡巡しながらもついに自己愛から他者愛にまで至り、孤高の極みにまで到達してしまっている。もはや男を憎む気になれず「貞文でない別な人間がゐて貞文を自分に行かしめないやうな気がして来るのである。」という気持ちは、立派な他者愛である。ここまでたどり着けば、宗教の世界はもう目と鼻の先の距離にある。第六日は塗籠に参籠するための準備に明け暮れ、あやの君の心境については「虫の声は前庭にも後庭にも打ち絶えて、ただ、物声のない裸の秋が深まさつて行つた。」とのみ記されている。第七日、あやの君は塗籠の中に入り「丈長い黒髪を剃り、尼の体」になって、写経をはじめる。すると、改めて女体であることが「限りなくいやらしいものに思」われ「それを次第に枯らして行くことの清げな思ひばかりが募つて」自己嫌悪を覚えるが、やがて「平静と無我とをとりもどし」「忘我無我のさかひ」の広漠たる「孤独」のなかに遊ぶことができるようになる。御達から事情を聞いて男が駆けつけるが、あやの君は「少しの惑ひのない晴れやかな声音《こゑ》」で対面を拒絶する。しかし、男が「心の潔白のあかしをするため」に下賜された小太刀を預けて誠意を示すと、

　塗籠のなかで御太刀をおしいただいて、あやの君は月余にわたつてはじめて淑《つつ》ましい微笑みをその螢のごとき顔にうかべてゐた。

　この「螢のごとき顔」に浮かべた「淑《つつ》ましい微笑み」は何を意味するのであろうか。男に裏切られたと思い、苦悩し、さまざまな精神的葛藤を経て、ついには剃髪をして宗教的世界に救いを求めて行った女が、再び男が戻って身の証を立てると、思わず微笑みを浮かべてしまう。解脱の後の爽やかな微笑みとするには、「螢のごとき顔」はいかにも嬉しげな輝きをもっている。この微笑みは、心の底からこみ上げて来た極めて自然な喜びの表現であろう。つまり、このことを裏面から言えば、あやの君が男を自ら断つべく塗籠にこもったのも、その男に対する想いがあまりにも強かったからである。「天の川」の女は、男が戻って来てもかたくなに受け入れることをしないが、あやの君の場合は、心の中で素直に男を受け入れている。

　あやの君は理知的で、潔癖でありながら、心のどこかで男性を求めている。犀星は、凛として自らを律する強い精神力を持ちながら、男の愛を素直に受け入れる、そうした女性像を女の心の内側から、憧れとして描いている。女の内面の時間というものが、いかに繊細で変転極まりないものであるか、剛直で脆いものであるか、また、

男なるものがどのようなかたちで心の中に入り込んでいるかを、爽雑物を排除した七日間という密室の中で検証して見せたのである。王朝ものは、犀星の女性学の実験室である。犀星は、精神の高みに憧れながら精神によってのみでは生きられない女性の姿を結果的に描いている。あやの君は「男の心ははじめは温和《おとな》しく控へ目ではあるが、それが永い間にどう変るかはあやの君のいつも病《わづ》らうてゐる、一つの運命的な悲しみであつた。」と自戒しながらも、男性との出会いという「運命的な悲しみ」に身を投ぜずにはいられない女性である。犀星はそこに、美しさと悲しみを見ている。

あやの君にみる女性像として見落としてならないものに自己否定の論理がある。女体を厭い、女体を枯らして行くことで苦しみから解放されようとする発想がある。自己否定を求めつつ、自己を否定しきれない女は、聖女にも娼婦にも容易に変わり得る。あやの君の最後の「淑《つつ》ましい微笑み」は、精神と肉体の危うい均衡の上に立った美しい女性として描かれている。もちろん、こうした女性像の形象が可能になったのは、王朝という非現実的な物語空間の設定があってのことであることは、言うまでもないことである。その上、あやの君は、結果的にではあるが、男性を拒絶することによって牽引し、追慕させている。そこに男を拒絶する女のアイロニーがある。

三　「津の国人」の筒井

「津の国人」は、『伊勢物語』二十四段「梓弓」を下敷きにしているが、女主人公筒井の名は、二十三段「筒井筒」から採用したものであろう。筒井は津の国兎原に住む貧しい夫婦ものの妻である。夫は宮仕えが決まり、筒井と別れて京に上ることになっていた。また、筒井も土地の官人の家で働きながら、夫が京で暮らし向きを建直して迎えに来る日を待つことになった。「荻吹く歌」とは、男女の役回りが逆になる。

筒井は、姿かたちがよいだけでなく、言葉使いも高雅であった。貧窮のあまり「畑物を掠め」た夫を思いやって何も言わず、夫の言い付けに従う女である。こういう細かな思いやりは、夫だけにとどまらず、百姓衆や行きずりの人々にまで及んだ。官人の屋敷でも、よく気の付く筒井はすぐに見いだされ、奥の仕事で大事に使われるようになった。また、そこの娘の和歌の指導もするようになり、一層大切に遇されるようになった。殊にその家の嫡男である青年、貞時は、筒井に心惹かれ、彼女を知りたいという気持ちから、折りを見ては今までのことをいろいろ尋ねるようになった。筒井は、女としての慎ましさから、夫を持っていた身であることは言えなかった。筒井はひとえに夫からの便りが無いのを案じながら暮らしていた。

年が明けて元旦の朝、筒井は、これまでも家族に準じた扱いを受けてはいたが、娘と揃いの青い練絹の襲《かさね》まで与えられるようになった。その夜、貞時の「今宵のお身はまことに美しかつた。」という言葉に筒井は脅えを感じた。それは、夫が迎えに来れば、貞時を傷つけることになる恐れであり、また身近にいる貞時に心が傾いていきはしないかという本能的な恐れからくる脅えであった。筒井は、貞時を諌め、部屋へ引き取らせた。しかし、夫から譲られた黄金のみ仏に「おん肌まもらせたまへ」と念じなければならぬほど、貞時に惹きつけられていた。二年目の正月になっても、夫からは音信不通であった。筒井は、切々と「人はなさけの深みにどうしても蹤いてゆかねばならないやうに出来てゐ」るからこそ、一枚の紙切れでもいいから便りをよこすようにと、心のうちで訴えている。その年の夏の水郷の祭りの宵、貞時の「一生かかつてもそなたを逸らすことは毛毫ござらぬ。筒井どの、覚悟をされい。」という告白に、筒井は「覚悟はとうにいたし居ります。」と応じている。「生死もわからぬ人をあくまで待ち抜くのが女の道であらうか」と思い悩んでいた筒井も心情的には貞時を受け入れてしまっている。しかしながら、三年目の元旦を翌日に控えた日の早朝、夫ある身であることを語らなければならない心苦しさと、相手への苦悩を思いやって、官人の家を抜け出し、かねて知り合った宮腹という村の長の家に行き、そこの仕えの女として働き始める。心情的には貞時を受け入れながら、夫ある身であった我が身を任せる訳にはいかなかったのである。三年目の正月は、貞時に約束した「神仏の誓いをとく日」だったのである。正月になれば、貞時の求めに応じなければならない。しかし、なおかつ夫を案じ、夫を持った身を貞時に委ねることは出来なかった。

筒井はこの宮腹の家でも唖の娘やその弟によく仕え、家族に準じて大切に扱われている。春になり、花が一どきに咲くころ、貞時はついに筒井を探し当てる。筒井は逡巡したが、「逢へよ、逢へよ、逢ひたがつているのは貞時と同じ気持ではないかと、ふしぎなちから」に押されて会い、自分の境遇を隠さずに告げる。夫と別れてから三年四ケ月になること、その間一度も音信がなかったことを説明した後、貞時への思いのほどを、次のように述べている。

「訪ねて見えると思はるるか。」

貞時のこの尋ね方には、行きづまりがあり、筒井にそれをひらいて貰ひたい気持ちがかくされてゐた。

「きつと一度だけは何時の日か見えるやうな気がいたします。」

「そのときは何と仰せられるか。」

「その折はその折にございます。お逢ひできなければそのままで彼の方をおかへし申します。」

筒井のこうした決断には「三年が四年になるか四年が五年になつてゐるやうに遥かな昔におもへた。そしてその頃と何か世界が変つてゐて筒井自身も変つてゐるやうに思はれた。」とあるように、時の流れと人の変化を宿命的なものとして受け入れる考え方がはたらいている。その夜、筒井は、黄金のみ仏を抱いて肌に暖め、夫の許しを乞うように、「嘗てわたくしの中にあつた大きい信仰のやうな人よ」と呼びかけている。「なにとぞ、人間のさだめない宿命の汚れをおいとひ下さいませぬやう」と、かつて唯一の男であった夫から離れていくことに謝罪の祈りを捧げている。

貞時の屋敷に戻り、貞時との婚礼の時を迎えた筒井には、「四年のあひだに女としてまもるものを守」り、「なにか苦行を終へた後のやうな身の軽さ」があった。ところが運命のいたずらというべきか、その日暮れ、別れていた夫がたずねて来たのである。筒井は「悲しい怒りさへかんじ」てためらったが、和歌を一首したためて、「仕への女」に持たせると、男の方からも返歌があった。

あらたまの年の三年を待ちわびて
　ただ今宵こそにひまくらすれ

あづさ弓ま弓つき弓としを経て
　わがせしがどとうるはしみせよ

筒井は「謙遜にもできるだけ広い愛を持ち、その愛情を示すことにより、一層、筒井を愛したやうな迫つたものさへうかがはれ」る男の歌を読んで、男の愛情の変わらぬこと、便りがなかったのは苦労が絶えず、「身を起こすひまさへなかつた」ことを知る。夫の愛に打たれた筒井は、さらに一首詠じて届けさせる。

あづさ弓ひけどひかねど昔より
　こころは君によりにしものを

「仕合せにつくやう仰せられ、こちら向きになり拝して去られました」という「仕への女」の言葉に耐え難い衝動を覚えた筒井は裏戸から外へ走り出たが、夫の姿はすでになかった。筒井は「おすこやかにおはしませ。」と「誰に行ふとなく頭をさげて拝し」「なぜにもつと早くにもどつて来てくださらなかつたのかと」悲しい宿命に対する「ものの終りへささげる言葉」を心の中でつぶやいている。

ところで、原典の「梓弓」の結末部は、「津の国人」と大きく相違している。「梓弓」では、三年間別居して音信のなかった男が、女の再婚の日に帰って来て「この戸をあけたまへ」と叩くが、女は戸を開けずに「あらたまのとしの三年を待ちわびて……」を詠んで差し出している。それに対して、男が「あづさ弓ま弓つき弓年を経て……」の歌を返して立ち去ろうとする。すると、女は男の真情を知って、自分の思いが変わらぬことを「あづさ弓引けど引かねどむかしより……」の歌に託して表し、何とか男を引きとめようとしている。それでも男が去ってしまったので、女は「いとかなくして、しりにたちておひゆけど、えおひつかで、清水のある所にふしにけり。そこなりける岩におよびの血」で、「あひ思はで離《か》れぬる人をとどめかねわが身は今ぞ消えはてぬめる」という辞世の歌を詠んで、その場で死んでしまっている。もとの男の変わらぬ愛を知った女は、去って行った男の後を追って焦がれ死にしてしまっているのである。

これに対して、筒井はもとの男の変わらぬ愛に深く心打たれ、幸いを願いながらも、焦がれ死ぬことなく、新しい男の許に戻っている。犀星は時間と空間を隔てることによって起こる男女間の宿命的な悲劇を描きながら、最後の結末のつけ方は「梓弓」と全く異なった現実的な解決の在り方を提示している。女として「まもるものを守」りながらも、身近にいる男性に心が動いていくという女の性を、犀星は哀切な思いを込めて描いている。そういう意味では、男の影を懸命に消し去ろうとしながら、近づいて来る男性を拒むことができない「あやの君」の女と同形の女性である。

「荻吹く歌」の生絹も、これらと同形の女性であろう。筒井や生絹は夫のある身であるが故に、男の求愛を拒絶している。また、あやの君の場合は独身で筒井や生絹のような制約はないが、男との出会いを「運命的な悲しみ」と見て忌避している点では同様であろう。これらの女性たちは、いずれも男性を退け、「まもるものを守」りながら、最後には男の強い求愛を運命として受け入れている。「萩の帖」の綾野もこの延長線上にある同形の女性像であろう。「山吹」の山吹は、筒井の心情的には男を受け入れながらも、その男を避けるという行為の延長上に存在する女性像である。

このような現実的な解決法は、日中戦争（日華事変）から太平洋戦争（大東亜戦争）中という時代背景も濃厚に影響していると考えられる。女性の生き方として「二夫にまみえず」という昔ながらの儒教的発想には抗うものの、軍人予備軍としての男児を沢山産むことを奨励していた国家の方針から考えれば、いずれの女性も男性を退け、「まもるものを守」りながら、最後には男の強い求愛を運命として受け入れている分においては、許容される生き方であったろう。

また、あらねばならぬものに縛られて生きるより、現実にしなやかに順応していく豊かさを保った女性美に犀星が軍配を上げたとも、あるいは、犀星自身が唯一絶対の女性像を結ぶことが出来なかったが故に、女性像にも唯一絶対の男性像を追い求めて絶命する姿が描けなかったというアイロニーにも思い当たるのである。

注

（1）「荻吹く歌」は、昭和15年11月号の『婦人之友』「あやの君」は、翌12月号の『婦人之友』に発表。後に双方とも『王朝』（昭和16年9月、実業之日本社）に収録。「津の国人」（書き下ろし、昭和17年6月25日『虫寺抄』所収）

（2）犀星は、非凡閣版の全集（昭和11年～12年）においては、「史実小説」と名づけている

（3）「古典について」昭和16年6月（実際の対談は3月）『むらさき』折口信夫との対談

（4）たつみ都志は、「『荻吹く歌』における女性形象——谷崎『蘆刈』との対比において——」『室生犀星研究』第五輯（1988・7）の中で「津の国にあって『変わった身にそわぬ』違和感を感じ、じわじわと傷口に近づいていって、右馬の頭の姿に直面した生絹は、予想していたとはいえ、『悪寒を総身におぼえて震え』るのである。それは、『いみじきさまなれどわがおとこに似たり』という種本の淡々とした調子から、犀星が引きずり出してきた、『成り上がった女』の『零落した男』への蔑視感情、ひいては『過去』への揺曳への自虐をこめた暴露的嗜虐性ではないか。」と述べている

（5）第1章　初期小説を巡る諸問題「結婚生活の幻想と妄想——『結婚者の手記』・『愛猫抄』・『香爐を盗む』——」参照。21～34頁

（6）奥野健男（室生犀星「かげろふの日記遺文」——『国文学解釈と鑑賞』1970・4所収）

（7）本多浩「室生犀星ノート——王朝ものを中心に——」（『徳島大学学芸紀要』人文科学編　18号1969年3月）

（8）本多浩は前掲書のなかで、「あやの君」の原典について「『あやの君』は、一七四段（武田祐吉、水野駒雄『大和物語』

による）によっており、和歌二首が使われている。また一〇三段の話もとり入れられている。」と指摘している

（9）森安理文は「説話文学と現代」（昭和54年9月、明治書院『近代説話文学の構造』所収）のなかで、「説話に登場する人物の言動は「超歴史的、超自然的」「超個性的、超類型的」であり、「民族の共同体的な観念と幻想によって組み立てられ」ているところに特徴があると述べている

（10）（1）で指摘した一七四段は、拾穂抄系統本巻末にのみ付されていて『日本古典文学大系』（岩波書店）においては「附載説話」の一部として載せられている。犀星は「附載説話」のこの部分を、新たに「えにしあらば」（昭和17年3月『中央公論』発表）の下敷きとして用いている。ここで引用されている和歌二首は「附載説話」では「人のあきに庭さへあれて道もなく蓬《よもぎ》しげれる宿《やど》とやは見ぬ」「たがあきにあひて荒（れ）たる宿ならんわれだに庭の草《くさ》は生《お》ふさじ」となっている。犀星は「人の秋ににはさへ荒れて道もなく／よもぎ茂れる宿とやは見む」「誰が秋にあひてあれたる宿ならむ／われだに庭のくさは生《おほ》さじ」というように若干書き変えている

（11）たとえば、「津の国人」の中では「鶴」が使われている。筒井が「土地の官人の家」で迎えた一年日の正月の朝、「庭一面に日があたり、不意に大きな翼の音がして一羽の大鳥がサッと庭ぞらを掠めて渡つて行つた。」という描写がある。「鶴」は筒井と貞時の将来の瑞祥を表すものとして用いられている。「愛猫抄」「蟲寺抄」「蜜のあはれ」など、小動物は犀星文学の中で特異な世界を形づくっている

（12）犀星は、『王朝』序（昭和15年11月、実業之日本社）の中で「素材を平安朝にとつた私の女ら」の「そのいさぎよい美しさは何時かは私の物語の一巻となるやうな日が遠く私に用意せられてあつたことを偶然とは思はないのである。」と述べ、自ら王朝ものは現実の王朝とは無縁の現代小説であることを告白している。しかし、もちろん犀星の王朝ものは「犀星自身どこまで意識あるいは自覚していたかは不明であるとしても、（古典に＝筆者注）通うものを内包していることも事実である。」（上坂信男『室生犀星と王朝文学』平成元年7月、三弥井書店）との指摘もあり、そうした面からの検討も望まれていることは言うまでもない

無償の愛のバラドックス――「春菜野」論――

「春菜野」（昭和一六・二）は、『大和物語』を原典とする三つの説話から構成されている。前半は百四十九段「沖つ白浪」を中心に、百五十七段「馬槽《うまぶね》」の二つの説話を巧みに繋ぎ合わせ、後半は百七十三段「五条の女」を典拠にして展開している。『大和物語』の「沖つ白浪」が、『伊勢物語』二十三段「筒井筒」を典拠にしていることは言うまでもない(1)。

本稿では、出典との異同をとおして、その愛の無償性について考察し、犀星が描こうとした女性像の一端について論じてみたい。

一　無償の愛に生きる女の造形

まず、犀星の創作の意図を探る必要から、『伊勢物語』の「筒井筒」と『大和物語』の「沖つ白浪」に登場する「女」（本妻）と「新しい女」の女性像を比較してみる。

「筒井筒」は、

筒井つの井筒にかけしまろがたけ

過ぎにけらしな妹見ざるまに

くらべこしふりわけ髪も肩すぎぬ

君ならずしてたれかあぐべき

の相聞歌を交わし、幼なじみの男女が結ばれるという前半の部分と、

風吹けば沖つしら浪たつた山

夜半には君がひとりこゆらむ

君があたり見つつ居らむ生駒山

雲なかくしそ雨はふるとも

君来むといひし夜ごとに過ぎぬれは

頼まぬものの恋ひつつぞ経る

という二人の女が歌を詠む後半部とに、話の内容が大きく二つに分けられる。ところが、「沖つ白浪」では、「筒井筒」の前半の「たけくらべ」の部分を削除し、後半部のみで成立している。(2) そこでは、「風吹けば……」という「女」の夫の身を案ずるけなげな思いやりのみ描き、後の二つの歌に描かれている「新しい女」の男に対する思いは完全に省かれ、「男」の不在中の「新しい女」の様子として、

さてかいまめば、われにはよくて見えしかど、いとあやしきさまなる衣着て、大櫛を面櫛にさしかけてをり、手づから飯もりをりける。いといみじと思ひて、来にけるままに、いかずなりにけり。

と描かれ、「新しい女」は表面ばかり粧っている嗜みのない悪女として切り捨てられている。

「沖つ白浪」の意図するところは、夫の身を案じ、「忍ぶ愛」生きる女を美しく描くことにあった。そこで、「女」と相対する例として、夫の眼前だけをとり粧う「新しい女」は落としめられることになったと思われる。また、「沖つ白浪」では、「筒井筒」の「女」の描写にさらに細かい書き込みをおこなっている。たとえば、「女」が「新

しい女」の許へ通う夫を柔順に出してやる描写について、「筒井筒」では「さりけれど、このもとの女、悪しと思へるけしきもなくて、いだしやりければ」とあるところを

　この女、いとわろげにてゐてかくほかにありけど、さらにねたげにも見えずなどあれば、いとあはれと思ひけり。心地にはかぎりなくねたく心憂く思ふをしのぶるになむありける。

とその内面に踏みこんで説明的に描写している。さらに、「女」が出かけた夫を思いやる場面については、「筒井筒」では、夫が見ていると「女」が「いとよう化粧じて、うちながめて」「風吹けば」の和歌を詠んだのを聞いたとのみ述べられているのに対して、「沖つ白浪」では、

　　風吹けば沖つ白浪たつた山
　　　夜半には君がひとりこゆらむ

とよみければ、わがうへを思ふなりけりと思ふに、いと悲しうなりぬ。この今の妻の家は、龍田山こえていく道になむありける。かくてなほ見をりければ、この女うち泣きてふしてかなまりに水を入れて、胸になむすゑたりける。あやし、いかにするにかあらむとて、なほ見る。されば、この水、熱湯にたぎりぬれは、湯ふてつ。また水を入る。見るにいと悲しくて、走りいでて、「いかなる心地したまへば、かくはしたまふぞ」といひて、かき抱きてなむ寝にける。

と、夫への熱愛を心に秘めて、ひたすら受け身に思いやる「忍ぶ愛」に生きる女性の姿を強調して描いている。

　さて、「馬槽《うまぶね》」は、「新しい女」のために「男」が「女」のところからすべての家具調度を持ち出し、最後に残った馬槽までも持ち出すという話である。「男」が馬槽を運んで来た従者の真楫《まかぢ》という童に、妻から何か言づてがあったかどうかと尋ねると「ふねもいぬまかぢも見えじ今日よりはうき世の中をいかでわたらむ」という歌があったことを告げる。「男」はこの歌にこめられた「女」の寂しい心を哀れんで、運んだものをすべて返し、「女」のもとに帰ったという話である。

犀星は、「沖つ白浪」の「忍ぶ愛」に生きる女を描くためにその対極の「新しい女」の姿をより鮮明に思い描く必要があったと思われる。新しい女のもとに馬槽《うまぶね》までも運んでいった男の話を、馬槽までも運ばせた強欲な女へと置き換えることによって、二人の女は両極に対置されることになったのである。

「春菜野」の真葛はこうした『大和物語』の説話を下地にして、次のように造形されている。

お身様がただ愉しげに少時でもわたくしの眼の中にあるうちはわたくしも亦愉しい時を過すことが出来、お身様がお悒《ふさ》ぎの様子をなさればわたくしもまた鬱いでしまはずにゐられませぬ。あの方にわたくしの召物を着せられても、わたくしは此処にゐてもやはり召物の中身にゐることすらございますもの。

ここに描かれた真葛の姿勢は男の喜びを我が喜びとし、男の悲しみを我が悲しみとするというものである。それ故、経透が「新しい女」を愛しても、決して嫉妬することなく、「新しい女」のもとへ出かけた経透をひたすら思いやっている。

同じ物を秘めて着て、同じ時刻に簀の子に出て誰かを迎へるやうな風をするのは、真葛の心が別の女の心にしな《いゝ》変へてさうするのではないか、おのれがその女になり、切《せ》めて心遣りをしてゐるのではなからうか。

そして「おのれがその女にな」って「心遣」る気持ちについて、

わたくしはただ素直に不幸な女の身の上をおもひ、その女にすら、経透様のお心にそむかないやう間接にその女の方におねがひする代りに、品々をお携たせしたのであつた。その心には、皮肉も依怙地も何も潜みはしなかつた。私に代って愛でてくれよう女の方をわたくしは憎いとも悲しとも思はず、却つて身にしみて哀れが深かつたのである。

と悲しいまでに純化された愛の高みに辿り着いてしまっていることが述べられている。

しかし、それでもなお経透が真葛のもとを去ってしまったとき、

わたくしの尽くした心をよく振り返つてお考へくだされば、そこに他人でないわたくしとお身様とがあり

その間柄には恥も羞かみも何もない、ただ、なごやかさがあるばかりでございます。経透様、おわかりになつていただけませうか。女が衣を脱いでお身様に差し上げた云ふに云はれぬいのちの次のものが、どのやう、お身様のお心を温めるであらうと夜も昼も考へ耽つたわたくしであることを、ちらとでもお思ひいただけるでせうか。

とさらに悲痛な無償の愛の叫びとなって現れている。

このように真葛は、経透の喜びや悲しみをそのまま我がものとしたい、男と同化したいとひたすら願っている。経透が新しい女を愛することが喜びなら、その喜びを甘受するために、自分は「新しい女」の喜びを満たさせるためにどんなことも厭わないし、「新しい女」が欲しい物は何でも与えてやりたいと思うのである。のみならず、「新しい女」が喜びそうな物を先回りしてでも与えてやらなければ気が済まないとさえ思うのである。

犀星は『王朝』の序文(3)で、

ことにこの時代の衣裳が女らのいのちのやうに尊ばれてゐただけに、襲や袿《うちぎ》、帯、袴などの金銀縫箔が、折れ重なつた一帯の春草を見るやうに、今朝はことさらに私の眼を惹いてくるのである。殆、色といふものをあつめ尽くしたそれらの衣裳は、やはりその時代にあつても女のからだのどの部分かであつたやうにさへ思はれる。衣裳も古くなると深山幽谷の岩壁に生えた年経た蔓草のやうに、永年色を変へずに自然の白い胸をかがるやうなものであつた。貴い贈物に衣裳がえらばれてゐたことも、いまの時代にもその風習が杳かにつたはつてゐることとでも判るのである。女人に衣を贈るといふことは女人のからだの美しさを褒めたたへる、喜び多い一つの言葉であるとも云へる。

と書いている。真葛が衣裳調度を与えることが、どれほど大きな意味をもっているか、また犀星がどのような哀切な思いを込めて「新しい女」に衣裳を与える真葛の心境を描いたかが、これによっても首肯できる。犀星はいのちの代償である衣裳までも与えて悔いることのない真葛を通して、無償の愛に生きる女の姿を描きたかったのである。

しかし、もちろん「無償の愛」は容易には手に入らない。そこで、自己を納得させるためにさまざまな自問自答の試行錯誤が試みられている。

わたくし斯様に何も彼もあの方にさしあげようと心できめましたのも、みなお身様ゆゑ、お身様にすこしでも悪しく思はれたくないからでございます。

経透に悪く思われたくない、それだけの気持ちから「新しい女」に物を与えようとしたと言っているが、真葛の気持ちは、容易に経透には伝わらない。

こうした真葛の心理的葛藤に対して、中村真一郎は『この百年の小説』の中で、少々風変わりではあるが、「心理小説」という「方法の網でふる」うことができるのではないかと述べている。(4)「春菜野」はいわゆる三角関係の状況の中で一途に男を愛する女の心理的葛藤を描いた心理小説である。

ここで真葛の無償の愛の名のもとに、しだいに追い詰められていく経透の内面の動きを探ってみたい。真葛が平然と「女の許に行けよ」という意味のことを言うので、経透は不審に思い、外に「心を慰める者」でもいるのかも知れないという疑念から、出かけたふりをして隠れて見ていると、真葛は「美しく家をまもり、身だしなみを粧うて」少しも乱れたところがない。経透は今まで一緒に暮らしていながら「知らないことを知つた美しさに打たれ」「新しい女」のもとへ行くことをやめ、真葛のもとへ引き返している。しかし、真葛のあまりに強固な愛に気後れを感ぜずにはいられない。

「若し、帰つて来ぬやうなことがあつたらどうなる。」

経透は何時かはさうなりはせぬかと、何かに掻き寄せられる無理無体なものに慴《おび》やかされてゐた。

といい知れぬ不安に脅え、さらに、真葛が経透の不在の夜に詠んだ「夜々のすさび」を読み、真葛の「聡しい知恵」に経透の心は「しだいに射竦め」られている。たまたま「新しい女」に「何か一物携《も》つて行くしきたり」から真葛の家の物をあらかた搬んでしまった頃でもあり、経透は真葛の物を持ち出すことにいよいよ苦痛を感じ、贈り物を探す真葛をつらい面持ちで眺めている。

ただ、真葛のきほひ立つた無邪気とも、媚びてゐる有様とも、また好意に甘えてゐるとも受けとれる、どうにも分ちがたい悲しい無為な顔を見ると、彼自身もそれと同じ無為な悲しみに惹きこまれた。

どうしたらいいか判断のつかない経透はありとある物を与えずにはやまない真葛の狂的ともいえる熱情に引きずられつつも、

経透はそのやうな真葛の心がなにか恐かつた。何もいらないやうに振る舞ふことが応へた。真葛自身がどういふ淋しいところにでも行き、どういふ虚しいところにでも平気で行かうとする原因《もと》が、経透自身にあるため一層彼は恐れをふやして行つた。

と心苦しさばかりが募るようになった経透は、ついに真葛のもとを去り、「新しい女」のもとに走っていく。ところが、物欲に囚われた「新しい女」は「尊き姫のごとく、浅猿《あさま》しい呼声を立てて時をえらばずに」経透に物をねだることを止めようとはしない。そしてとうとう、家にただひとつだけ残った馬槽《うまぶね》までも、馬もいないのに運ばせるのである。

この場面で、犀星は小道具を非常に効果的に用いている。その一つは「黄金の小櫛」である。経透は、馬槽とともに、真葛から真揖という童女に託された黄金づくりの小櫛だけは、「新しい女」に与えるに忍びなく、いつになく厳しい調子で、取り上げている。これは原典「馬槽」にはない話である。経透には、この「黄金の小櫛」までも与えようとしたことによって、真葛の「強い孤高な沈黙」が「清いものの限」りとし、また、最後の心の証として痛感されるとともに、強欲で、我がままで、欲しいものが手に入らないと「怪しく乱れた着付けもつくろはず、大櫛を面櫛《つらぐし》にさしかけ、手づから飯を盛つてふてて食べ」経透を少しも思いやることのできない「新しい女」との縁を決定的に切るきっかけとなっている。「黄金の小櫛」は、五条の雨宿りの場面をとおして、真葛の愛を感じ、真葛のもとへと回帰していく重要な小道具である。もう一つの小道具は「糸毬」である。「糸毬」はさりげなく童女の真揖《まかぢ》に与えられたものであるが、「新しい女」がその「糸毬」に物欲を募らせることで、与えることを惜しまない真葛と、欲しがることに限りのない「新しい女」を歴然と見せつける効果を持っている。また結末部では、経透が家を出てから、真葛が端然として「糸毬」を編み続けていたことがわかり、真葛の清らかな正しさを象徴する効果も持っている。

馬槽と黄金の小櫛が届けられた翌日から経透は「新しい女」の家も出て、さすらい始める。そのような中、「官の人ら」が真葛を訪ねるが、真葛は、経透は旅に出ており、家具は経透の不在中はしまってあるといい、用件の向きには病気としてもらうよう、家の体面を守りながら暮らしている。その後この「官の人ら」の調査によって「新しい女」のところへ行ったところ、「新しい女」は、真葛から譲られた家財道具一式とともに、どこかへ越した後であったことが語られる。ここでも真葛対「新しい女」は見事に対照的に描かれている。

二　無償の愛のパラドックス

『大和物語』百七十三段「五条の女」の良岑が出会った清貧な女の話を、経透が真葛のもとへ帰るきっかけを得る話としてつくりかえてあるのが、五条の雨宿りの場面である。経透はこの五条の女の若菜を摘む姿に真葛の姿を重ね、五条の女の慎ましいもてなしに「真葛の心をひらき見るやうな思ひ」を味わっている。そして、この五条の母娘に出会えたことを心から喜び、併せて真葛のこころをも激しく慕いはじめる。つまり、経透は真葛と同じ精神世界に生きる母娘に出会ったことによって、己を恥じて死を望んでいた心が安らぎ、再び真葛のもとへ帰って行くきっかけを得たのである。

ところで、「物語」というものは、本来口誦文芸として出発している。何か本になる話があって、それを語り継ぐということを通して、やがて文字に定着したものが、古典の説話である。[5]「筒井筒」の女の愛情が「沖つ白浪」では「忍ぶ愛」となり、犀星の「春菜野」では「無償の愛」となった。「沖つ白浪」の「忍ぶ愛」は、ひたすら耐え忍んで愛し続けている。そこには男を愛し続けてはいるが、そうすることで何とかして男を自分の手元に引き戻そうとする積極性はない。しかし、結果的に「風吹けば沖つ白浪……」の男の身を案ずる歌と煩悶を覗かれることによって、男は引き戻されている。

ところが、「春菜野」の「無償の愛」には、ありとある物を「新しい女」のもとに与えることで、どんなに男を愛しているかを暗示し、ついには、男を引き戻し、男を所有しようとする積極的な意志が働いている。もちろん、真葛自身にそうした邪心はない。しかし、無償の愛に生きようとすればするほど、男を追い詰め、男が女のもとに帰って行かざるを得ないように仕向けたことは確かである。皮肉なことに、「無償の愛」もまた、愛を得るための一つの方法であるということである。

そこで「春菜野」の真葛の生き方、つまり、「無償の愛」を生きる女の生き方というものを犀星は肯定的にとらえているのか、否定的にとらえているのか、考えてみたい。

五条の母娘のもとで真葛のところへ帰ることを決心し、饗応の礼に真葛の黄金の小櫛を与えて辞去した経透は、糸毯をかがりながら、経透の帰りを待っている真葛に「きまり悪げ」に声をかけている。「再び官について励む心で」帰ってきた経透は、突然の帰還に不覚の嬉し涙にくれる真葛と、その苦労を分かち合うために「身じろぎもし」ないで真葛が奥の間から出て来るのを待っている。その間、長台に飾られている着古した経透の狩衣を見、真葛が自分の不在の間にも日々和んでくれていたことに感謝している。そうして、正しく家を守りながら、秘かに編み続けてきた糸毯を床の間に据え、奥から出て来た真葛と語らい合うところで物語は終わっている。[6]

経透は己を恥じてさすらい、死すら望んだにもかかわらず、真葛の「帰つて来ぬやうなことがあつ」ても、「きつと遠からずおかへりになる」と言ったことばどおりに真葛のもとへ帰っている。これは、真葛の愛の無償性が、一方では経透を追い詰めて家出させたものの、もう一方では、最後の愛のあり処として経透に認識させ、引き戻している。経透の蒸発後も経透を思い続けて一心に帰りを待った真葛の姿は真実「無償の愛」に生き続けたことを物語っていて、糸毬を数える経透とそれを晴れがましく見つめる真葛の結末部の姿は、「無償の愛」の完全な勝利宣言の場面でもある。

犀星の「王朝もの」には、さまざまな女性が登場している。犀星はここで女性美のあらゆる可能性を追求している。「春菜野」においては、無償の愛に生きる真葛の経透への純粋な愛情にその動機があったことはすでに述べたとおりである。もちろん、人間はそう容易に無償の愛に辿り着けるものではない。それゆえ、さまざまな心理的葛藤を経ながら、ついに「無償の愛」なるものを獲得するに至る過程を描いたのが、「春菜野」である。

しかし、本来「無償の愛」とは、それが報われないが故に「無償」なのであり、それが報われることになれば、その無償性は成立しないことになる。それ故に真葛が経透を引き戻し、「無償の愛」を獲得したその一瞬に、その「無償」なるものは、脆くも内側から崩壊してしまっていることになる。皮肉なことに、犀星は「無償の愛」をこの上なく賛美して描きながら、その愛の無償性を自ら否定してしまったのである。

佐伯彰一は、芥川龍之介の文学について、次のように述べている(7)。

　芥川の長からぬ作家的生涯をふり返ると、隠された母による復讐という感慨を抑えがたいのである。母を隠し、おし包み、またしめ出した形での物語的世界の構築にいそしみながら、人柱のように地下に埋められた母がいつかじりじりと勢いをもりかえし、ついには土台から食いやぶって、建物全体の崩壊に導いていった、芥川自身によって語られずに終った、もう一つの物語を思い描かずにいられないのである。

「語る」ということは、「隠す」ということでもあるというのである。このことは逆に「隠す」ということは「語る」ということでもあって、文学作品の解釈の要諦もまたここにある。犀星は愛の無償性を語りながら、愛の無償性を否定してしまった。これは、犀星文学における女性像を考える上で、重要な問題を提起しているのではないかと思われる。

犀星にはどこかに女性に対する悪意のごときものがあるのではないか。その悪意なるものは何に起因するのか、「春菜野」にみる限り、「母なるもの」にあるのではないかと思われる。

経透は無理に小櫛を置き、薄色の衣をつけた娘と、その母に見送られて門の辺に出た。雨はなかばあがり母子等の袖がやつと湿るほど細々と余韻のごとく煙つてゐた。この温かい母親を経透はずつと前にも見たことがあると思つたが、それは彼をそだてた母につづいた感じのものであつた。経透は春の草のかをる野に出るまで、何度も振り顧つたが、そのたびに母と娘の笑みが濃やかさを深めてゆくやうであつた。（傍線・筆者）

「温かい母親」が「彼をそだてた母につづいた感じのものであつた」とは、単に作品の展開上の必要性からのものともいえるが、この場合「彼をそだてた母」ではなく、「彼を生んだ母」であっても、少しもおかしくはない。なぜ「そだてた母」なのか。それは恐らく犀星にとって、よくもあしくも母なるものは「そだてた母」以外に感覚する方法がなかったために、条件反射的に筆が滑ってしまったものと思われる。それが、プロットの上からも、テーマの上からもまったく重要ではない箇所で吐露されただけに、不用意にも、母なるものは育ての母以外に感覚する方法がないという犀星の「母なるもの」への意識が突出してしまったものなのであろう。

また、生母に対する意識は、立田山の畔の女、つまり、物欲をつのらせる浅ましい女を造形した、その女の描写に見ることができる。

そして御衣《みぞ》をまとうて春の昼の永いたいくつさに、まだ何か戴くものがあらば戴かしてよ、いかなる物にしても用に立たざるものとてあらざるべし、たとへて申し上ぐれば、古き黄金の櫛もよかるべく、また飯盛《いひも》る器の種種変りたるものあらば運びたまへといふのであつた。いまだ文字も拙ければ君がために手習ひすべければ、よき心がけなりとお褒めたまはれ。されば硯と筆と薄葉とをはこび、君がよき友の文字つたなからんこそ改むるなるべしと、縷々たるせがみ事は日をあたらしくして述べられた。町によき草色の履《はきもの》をはきたる人見ればその草色の履がはきたくなり、苗吹く人の衣の色よければ直ちに笛吹く人の装束を真似、ちやらちやら鳴れる御紙入を見ればそれもまた欲しくなり、終日、ちやらちやらならして扨は埒もない浮身のやつしやうであつた。（傍線・筆者）

と凄まじいばかりに強欲な「新しい女」の描写である。ただし、傍線部は他作品と重複している。

（略）いろいろな噂をとりあつめると、私の母は派手なところがあつて、虚無僧が塗り下駄をはいてお城下さきを尺八をながしてあるくのを見ると、若い母は、その翌日は虚無僧と同じい黒塗りの下駄をひつかけた。（「性に目覚める頃」大正八・一〇）

（略）市中には食えない武家くずれ共が、天童をかむり、袈裟錦の襟飾りを垂れ、白綾の僧帯をしめ、漆塗りの派手な履物をはいて、尺八を吹いて歩いていた。まだわかいお春の眼はそれらの虚無僧姿を見て、その翌日にはすぐ黒塗りのはき物を買つて、はいて嬉しがつた。（「杏つ子」(8) 昭和三二・一〇）

（略）なりの高くない顔いろの蒼白い、記憶によると派手なりかたちをしてゐて着物は柔らかいものを着てゐたやうであつた。（「弄獅子」(9) 昭和一一・六）

意識してか無意識なのか、無償の愛に生きる理想的な女性の対極にある女性の造形に生母を意識した描写が現れることは、注目される。

初期の小説である「結婚者の手記」（大正九・二）でも、夫婦だけの相愛の生活を望みながら、妻の留守に妻の部屋を探索せずにはいられない夫の姿が描かれているし、「愛猫抄」（大正九・五）でも、愛猫の死によって女が感傷的になることが、「直接男の生活にひびいてくることを厭う」ている男を描いている。また、「香爐を盗む」（大正九・九）でも、女の「執拗さと混乱された心」(10) に気が付いていながら、それに関わることを避けて女を追い払おうとする男を描いている。犀星は「女なるもの」もしくは「母なるもの」について、思慕や憧憬の情をもっている一方で、「女なるもの」や「母なるもの」に対する反発も、同時に表裏一体のかたちで持っているのである。

ときに、作家のモチーフと、作品のテーマは皮肉にも対立背離し合うことがある。「春菜野」は「無償の愛」に生きる女性の姿を描きながら、逆に女性の持つ愛の執着の凄絶さを描いてしまってもいる。(11) こうした愛の無償性に生きようとする女性像が「王朝もの」の卒業論文である「かげろふの日記遺文」に至る諸作品の中で、どのように展開していっているのかを考えることは、重要な課題であると思われる。

この「無償の愛」に生きる女性像の系列として、「巴」(昭和一七・九)の巴御前が考えられる。巴は、義仲の最期に立ち会おうと、敵兵を薙ぎ倒しながら、深傷を負って苦戦する義仲のもとへ駆けつけていく。これは文字どおり、命を張って一途に男を思いやる女の好例であろう。「山吹」「玉章」「行春」の三部作(12)の女主人公山吹も、この系列に入る女である。「山吹」では、紀介の妻となり、夫が病に倒れると、薬草や卵、魚などの滋養物を整えるために女の身で山へ入り、木に登り、釣をし、弓をつがえるようになる。夫の命を守るために、自分の苦労を苦労とも思わぬ姿は、夫のねぎらいによって報われてはいるが、生命の限り尽くし抜く姿において、真葛の流れを汲むものである。「玉章」「行春」においては、すでに紀介は死亡しているが、紀介を忘れかね、紀介の遺した言葉に従いながら、思い出の世界を慈しんで暮らしている。紀介は死に際して後事を山吹の幼なじみの保則に託すが、今は亡き紀介という男の存在が、山吹を生かしているのである。「はい墨」(13)の「女」は、必ずしも夫への愛情を積極的に受け止めて生きているとはいえないが、夫から与えられた生活に感謝し、心がけよく家を守るという点において、真葛の流れを汲んでいる。その「心がけ」が、従者を味方とし、夫の気持ちを変えさせる身の助けとなっている。心がけのよろしくなかった先方の姫がはい墨を顔に塗るという思いがけない過ちをしたことにも助けられて、元のように夫との睦まじい暮らしを得ている。女として「まもるものを守る」女性像ともつながるものを持っている。(14)

こうした真葛の流れの上に立って、「かげろふの日記遺文」に描かれた女性像を考えてみると、真葛は紫苑の上と冴野の二人に分割されて表現されているように考えられる。紫苑の上は文学に生きる女としての側面を強く持ち、冴野は何も持たない、男の情愛のみを頼る最下層の女として、対照的に描かれている。冴野は、生身の女を表面に押し出して自然に生きている女である。一方知性的で自負心の強い紫苑の上は、知性で兼家への想いを抑え込んでいるものの、二人の女が「思ひ余つて一人にな」り、「二人の殿に仕へる」という夢幻の姿に、一人の男、経透を思い詰める真葛からの流れがみて取れるのである。

注

（1）平山城児、志村有弘編「古典に取材した近代文学一覧」（『解釈と鑑賞』昭和42・2）には、「大和物語百四十四段『昔大和国』・大和物語百五十二段『大野国』」との指摘がある。114頁。また、本多浩は、「室生犀星ノート―王朝ものを中心に―」（『徳島大学学芸紀要』人文科学編18号　1969・3）のなかで、「『春菜野』は、一四九段（日本古典文学大系による、以下同じ）によっている。一四九段と一五七段とは直接の結びつきはない。一四九段は大和に住む男女の話で、一五七段は下野の国に住む男女の話である。この異なった二つの話から「春菜野」一篇が生まれたのである。なお「大和物語」和歌「ふねも往ぬまかぢもみえじ今日よりはうき世の中をいかでわたらむ」の下句が「春菜野」では「などで蓬のたけをかぞへむ」と改められている。ちなみに言えば、一四九段は「伊勢物語」二三段と関連し、一五七段は「今昔物語」巻三十「住下野国、去妻後返棲語第十」に関連している。」と述べている

（2）上坂信男は『室生犀星と王朝文学』（平成元・7、三弥井書店）の中で『大和物語』が伝える話には、「筒井筒」の幼恋の部分がないことに触れ、『古今集』に採られた立田山の歌を例に引きながら、「要するに、本来はこの立田山の歌を含む部分だけで一まとまりの伝承だったのだろう。ということは、高安の女の詠歌を、別伝の歌から借りて挿入するとき、導入部としての筒井筒の部分も縫合されたと思われる。」と述べている

（3）本来この序文は「物語のなかの春」（『婦人画報』昭和16・5、169―170頁）に掲載された随筆であった。それが『王朝』（昭和一六・九・二四、実業之日本社）にまとめられた際に序文となったものである

（4）『この百年の小説―人生と文学と―』（昭和49・2、新潮社）「心理」の項6章127頁。「杏っ子」を例に引きながら、自問自答の形式を用いた心理小説として掲げている

（5）『古今集』「巻第十八　雑歌下」に「風ふけば沖つ白波」の和歌が採られていて『伊勢物語』二十三段後半部、『大和物語』百四十九段と類似した左注が付されている。奥村恆哉の校注（新潮日本古典文学集成）によれば、『古今和歌六帖』には「三一三一四、三一七三四と重出し」ており、「もと、独立した一つの説話があったのであろう。」との指摘がある

（6）拙稿、上坂信男著『室生犀星と王朝文学』の書評（『室生犀星研究』第6輯所収）において、「春菜野」が「筒井筒」にかかわる物語史に連なることを文学の伝承における伏流水の問題として指摘している。152―153頁

（7）佐伯彰一『物語芸術論』（1978・8、講談社）

（8）初出としては、昭和31年11月19日から32年8月18日まで、「東京新聞夕刊」の六面か八面に連載されたものである

（9）『弄獅子』（昭和11・6、有光堂）は『生ひ立ちの記』（昭和5・5、新潮社）『女の図』（昭和10・6、竹村書房）のそれぞれの所収作品と重複している。初出の時期も昭和二～四年と九～十年の二つに分かれている。また、発表誌も『文芸春秋』『早稲田文学』『新潮』などまちまちである。引用部分は、「ぬばたまの垂乳根」であり、初出は「早稲田文学」（昭和10・1）である。なお、「弄獅子」についての異同は、『室生犀星文学年譜』（昭和57・10、明治書院）に詳しい

（10）第1章初期小説を巡る諸問題「結婚生活の幻想と妄想――『結婚者の手記』・『愛猫抄』・『香爐を盗む』――」（21―34頁）

（11）上坂信男は前掲書において、謡曲「井筒」の主眼が「死後なお此岸に魂魄彷徨して、業平の思い出に浸ろうとする、いわば愛情を越えた愛執の世界に生きるものとして彼女を描くことにある。」と述べている。犀星は「無償の愛」を描きながら、結果として、「無償の愛」に生きる女の愛執の凄絶さを描いたことは、古典に確実に出会っているともいえる

（12）「山吹」は昭和19年2月1日から3月4日まで「中部日本新聞夕刊」に連載されたものと書き下ろしで書き上げられたもので、翌20年10月30日全国書房より刊行された。「玉章」は、初出時の題名を「春御衣《はるおんぞ》」といい、昭和21年3月『婦人画報』に掲載された。「行春」は、昭和21年9月『新女苑』に掲載された

（13）「はい墨」昭和29年2月『婦人之友』

（14）第3章「王朝もの初期作品における女性像の形象をめぐつて――『荻吹く歌』・『あやの君』・『津の国人』――」（101―126頁）

「選びぬいた美しさや善良さ」の世界――「山吹」論――

中村真一郎は「室生さんが王朝物を書きはじめたのは、親友の芥川の刺戟によることは確実」であると述べ、またそれは「抒情的な夢」の世界であるとも書いている。(1) このような「芥川の刺戟」は、大正十年頃から書かれた「史実もの」と呼ばれる作品群において、すでに見られるものである。「宇治拾遺物語」や「今昔物語」などに材を求めるところも芥川の影響であろう。犀星は、その他として「雨月物語」や金沢に伝わる民話なども題材とした。このときの犀星は、詩から小説への転身、発展を果たしながら、そろそろその行き詰まりが見えていて新天地を求めていた。しかし、幼い息子、豹太郎の死の衝撃や長女を生んだばかりの妻の入院中に起こった関東大震災、親友芥川自死の衝撃などにより、彼の作家生命を支えたのは、断腸の思いの中から紡ぎ出される『忘春詩集』に代表されるような詩や、随筆の数々であった。それらを乗り越えるべく努力を重ねた結果、(2) 昭和九年になって、犀星は余人には描くことのできない小説の世界、「あにいもうと」に代表されるような巷に生きる野性的な人々の世界を描出することに成功し、「市井鬼もの」という作品群名が付いたり、「復讐の文学」と呼ばれたりして文壇の注目を集めた。

日中戦争（日華事変）が勃発し、米英を巻き込んだ太平洋戦争（大東亜戦争）へと戦局拡大の道を歩み始めていた昭和十五年、犀星は『此君』所収の随筆「自戒」の中で「かういふ事変下にあつて私自身の文学は、どう變りようがなくてもその文学精神にぴりつとした今までに見られないものをひと筋打徹《うちとほ》したい願ひを持ち、そして私はかういふ際にこそ私らしい作品のなかに、選びぬいた美しさや善良さに辿りつきたいのである。」と述べている。(3)犀星はさらに新たな文学への転換を迫られていた。一方で「甚吉もの」という身辺雑記風の小説群を書き、また、一方で、自叙伝的小説である『泥雀の歌』を書いているが、さらにそのもう一方で、「王朝もの」という日本の古典や王朝世界を舞台にした小説群を書いている。さまざまな作家が、日本の古典へ回顧していくが、犀星の場合は「選びぬいた美しさや善良さに辿りつきたい」望みを持ち、『婦人之友』から機会を与えられ、折口信夫や小谷恒の助力を得て書き始めている。

本稿では、切迫した戦時下である昭和十九年の新聞連載を経て二十年に刊行された「山吹」という王朝ものの作品を中心に、この時期の犀星文学について考えてみたい。

一

「山吹」は、昭和十九年一月二十日から三月四日まで、「中部日本新聞」夕刊に、恩地孝四郎の挿し絵で連載され、夕刊廃刊の後、軽井沢で疎開生活を送りながら継続執筆し、昭和二十年十月三十日という敗戦直後の時期に全国書房から刊行した作品である。(4)

連載に先立つ昭和十九年一月十九日の「中部日本新聞」夕刊には予告文が掲載され、「これは清く美しい物語であるが、そこには所謂平安朝風な惰弱な恋愛は少しもない。むしろ自分の理想の男性を見出した女は如何に頑なまでにその正しい結実を冀《こひねが》つて幸福を取り逃がさんとするほど己を固く持すか、また男は終生の伴侶を獲んがためには進んで危険の中に身を挺し、つひには社会的な大きい仕事を完うするに至るかを見いだすのである」とし、「熾烈なる決戦下に置かれた国民の心情に愬《うつた》へるところ大きいものがあろう。」とその文学の国策的有効性を強調している。また、「作者の言葉」として、犀星は予告文の隣に一文を寄せ、「本編の女主人公である山吹という女性の優しさは、六七百年前の平安時代に生きてゐたに拘らず、その性格にあるいとしさ、こまやかさを、遠く今の時勢に継いでゐて、今日の女性のみなもとを奏でてゐる。」と述べている。象徴的、普遍的な日本女性の「やさしさ」をその女性像の主たる眼目とし、「日本の女性のもつとも高い徳のあらはれの一つ」としての「やさしさ」は「情熱と情熱と名付けられるもののうちで、最も烈しい美しさをつんざくもの」であると規定し、「やさしさ」が即ち「美しさ」に通ずる厳しさを持つこと、そういう女性像を造形することを明かしている。一方、紀介についても、「彼の仕事が底の方にあつて絶えず人生の美しさをもとめるために、一層強固に築かれてゐた」と述べ、「生き方の正しさ」と「それを営むために戦い抜いたことを記録したいため」と、男性像についても、「正しさ」「美しさ」をその眼目としている。また、「山吹」は「卒業論文のやうな有終美」として、この時点での作家の行きついた作品としての認識が示されている。

連載開始時の日本は、緊急学徒勤労動員方策要綱を決定したり、疎開命令が出たり、「竹槍では間に合わぬ」の毎日新聞記事執筆記者が懲罰召集を受けたりしている。そういう中で三月六日に新聞夕刊廃止を迎えている。犀星の連載中断の事情もこのような国の政策と密接に関わり合っている。国はその後インパール作戦に失敗し、人間魚雷「回天」が登場し、サイパンが玉砕し、マリアナ沖海戦に敗北し、東条内閣が倒れた。犀星は、この時期に『佐藤惣之助全集』を編集、刊行し、亡くなった津村信夫を送り、家族を軽井沢に疎開させた。竹村俊郎の死の報に接し、自らも軽井沢に疎開したのは、八月中旬である。国は国民総武装を決定し、レイテ沖海戦に負け、軍艦の主力を喪失し、悲壮な神風が特攻した。

犀星は、軽井沢で病妻をかばいながら隣組などの務めも果たし、「山吹」の連載途中だった六章「虫籠」の後半部から、十三章の「夜半の鶴」までを執筆した。連載が途切れたとき、ストーリーは、紀介が旋風に山吹を見失い、彼女の故郷大和の国で山吹の幼なじみの侍と再会するところまでであった。全体の半分にも満たない作品の続きを発表するには、連載の機会も失った以上、完成させて単行本として出版するより他に方法はなかったであろう。

犀星が「山吹」の中で、紀介と山吹が再会して恋愛が成就した後、病んだ紀介の命を守ろう、とりとめようとする切実な山吹の姿を描いている頃、米軍は硫黄島に上陸し、東京に大空襲があり、沖縄上陸と特攻出撃の大和撃沈、多数の一般国民の犠牲や守備軍全滅があり、ポツダム宣言と首相の黙殺談話に続いて、広島、長崎の原爆、ソ連の対日宣戦布告と多くの生命が奪われていった。

ところが、単行本として刊行する頃には、日本は敗戦を迎えていた。犀星は「序」の前に「序のうた」を置き、その中で「人らみな行きてかへらじ／かへらざる　うるはしさよ」「かへらざる人ら／のこりしひとの胸ふかく住むてふ。」と戦死を遂げた多くの人々へ挽歌を捧げている。また、序文では、紀介に対する視点や男性に向けての視点、言葉は落とされ、山吹像の造形と「艱難な生活の実際をつかんでゐて、何時もその中核のくるしさをなめてゐる日本の婦人」に向けて語りかけられている。また、「もう、平安ものを卒業した私にとつて幾らかの有終美をとどめるものかどうかは分らないが、ふたたび、かかる長篇を執筆するに暇なきことをいまは運命に覚るものである。」と述べていて、ここで王朝ものが終了する予定であった、否、新聞連載との微妙な差異で見るとすでに終了したつもりであったことが理解される。しかし、実際には、王朝ものは断続的に昭和三十四年まで書き継がれるのである。

二

検非違使《けびゐし》ノ尉紀介《じようのりすけ》は、左兵衛ノ佐《すけ》俊光の館の宴で、白綾の袿《うちぎ》の女性に目を留める。この女性は「一重の瞼のきれめがとりわけ親しさうな」「やや小形の鼻はそのままのなだらかな隆さで、両翼にはなびらのやうな濃い、線のほそい二つのうろこを左右の鼻のかざりのやうに見せて」「丈の高い」「長い指」の「平安の代の顔立ちがしだいに立ちかはろうとする歌のやさしさを、そのまま顔にゐがいたやうな」姿をしていた。紀介は、この女性が酌をしにそばに来た折りに名前と生国を尋ね、山吹という大和出身の女性であることを知る。紀介が大和ノ介をしたことがあったと告げると、山吹は橘ノ紀介という名前を記憶しており、大和川の氾濫の折りに干飯を配って功のあった人であることを懐かしげに語り出す。紀介はその姿を見ているうちに宮司《みやつかさ》の姫がこの人ではなかったかとひらめき、そう問いかけると、言葉では否定しながら、それと容易に分かる「みだれ」を見せる。山吹はただの仕えの女であり、この館にも長く仕えるつもりではないと語る。気にかかる紀介は、俊光に山吹を自分が旅から戻るまで館に引き留めて置いて欲しいと頼む。

宴の後、紀介は特に山吹を希望して庭に降り立つ。山吹のこまやかな気遣いで庭に出るが、秋の草花の中で鳴く虫に心を留めて語り合う。「あれらの命をおもふと、遠いところも近く見えるやうだ。」と紀介が言えば、山吹は「命のありがたさがよくわかります。」と答えている。また、鳴く虫の音を聴きながら「このやうにして人は何百年生きるのでございませう。」という山吹の問いかけに、紀介は「何百年も何千年も先の命へつなぐために、われらの命がつながれてゐる。われら一人の命ではない、歴史のなかの命をわれら自身でつくり上げてゆくのです。」と答えている。犀星の虫の命に心を寄せた作品には、昭和十六年の「虫寺抄」を頂点として、多く甚吉ものの作品群に見ることができる。(5) また、王朝ものにおいても「虫の章」「虫姫日記」など虫を好む女性たちが登場し、虫の命にまで心を配ることのできる女性を高く評価した女性像の造形になっている。

紀介の主要な政策の一つは、平時に非常時の蓄えをし、非常時にそれを放出することであった。大和川氾濫の折りもその政策で人々を救い、高く評価された官僚であった。この政策そのものも生命を思いやるものであり、そのことが、出自を隠している山吹に思わず昔を語らせ、紀介への好意を引き出し、引き寄せるきっかけにもなっている。

また、作品の背景にある時代から言えば、敗戦へ向けてどんどん追いつめられた状況にある日本であり、その戦争の初期から「ぜいたくは敵だ」というようなスローガンのもとに、庶民はずいぶんと生活上の我慢や辛抱を強いられ、とうとう食料にも事欠いて苦しむようになった時勢の中で、最低限守られるべき人々の生活や世界を描いていたり、「本土決戦」や「玉砕」というような言葉が虚しい勇ましさに踊る中、紀介の言葉として「歴史のなかの命をわれら自身で作り上げてゆくのです。」と言わしめて、歴史という大きな視点で眺めたときのひとりひとりの命の大切さを問いたりしている[6]。

庭の散策では「白い桔梗」が見られるはずであったが、それは見ることができなかった。紀介は青い帯を解いて与え、山吹はそれを受け取った。そのあとさらに庭を歩き回った二人は、「白い山吹の花」を見つける。この庭歩きは、これからの紀介と山吹のたどる道行きと重なり合っている。犀星文学において、庭は人生と同義であり、文学と同義である[7]。山吹と紀介のたどる恋愛の紆余曲折は、そのまま犀星のつかんだ男女関係における美意識、「選びぬいた美しさ」の世界に通底するものである。

三

山吹は、紀介が旅立った後、俊光の邸を抜け出し、左中弁広成に仕えている。山吹の行き届いた仕え方は主人の目に留まるものであり、山吹が歌をものすという教養が、さらに不思議な仕えの女として映っている。歌に目を通した広成は、「人から好意を持たれすぎる」山吹の人がらを理解する。

山吹は紀介を避けて広成のところへ仕えを変えていながら、紀介を思って、贈られた青い帯を密かに身につけていた。山吹の心は、紀介を受け入れている。しかし現実には、紀介を避けるのである。そこに見られるのは、運命にそのまま従うことへの恐れである。明らかに仕えの身分に甘んじている現在の山吹は、紀介には釣り合わない存在である。しかし、紀介が感づいているように、山吹は実は大和の宮司の姫である。とはいえ、わけあって仕えの女になっている山吹が、思いがけず高貴な男性に想われ、それに応えることが許されることなのか、甘えであるのか見極めがついていない。そこに恐れも生ずる。与えられた好意を受け取るには、その好意があまりに大きいのである。しかし、広成は、「仕へを変へてはその事があたらしく繰り返されるばかり」ではないのかと問い返している。山吹は、広成の言葉が的を射ていると思い、また、務めが行き届く上にやさしい山吹は、広成の邸でも破格の好意を受けることになっていく。そういう山吹の受ける待遇は、他の仕えの女たちの嫉妬を誘発することになる。

　ある日、山吹が密かに締めていた帯が他の仕えの女の目に留まり、分不相応な帯を所持していることに嫌疑をかけられ、帯は広成のところへ届けられた。広成は、帯を見て山吹が誰の想い人であるかを知る。山吹の人となりを見抜いている広成には、紀介が相手であることに不思議を感じない。広成は、密かに帯を締める山吹に、「かげながら人を労《いたは》るために、よくも帯を締められたな。」と誉める。また、心が通じていながら紀介を避ける山吹に、「お身は紀介に思ひを持つてゐられることを自分で消して終ふのに、妙な愉しさを感じられてゐるのではないか。」という女心の内奥に踏み込んだ発言をする。病妻を抱えて仕えの女を多く使う広成の役どころは、背後にいる作家自身と大変よく似通っている。中村真一郎によれば、犀星は「君、直接に書けない題材は、大納言は、とやればいいんだよ」と語ったという証言がある[8]。そういう意味では、この作家は王朝世界の中に巧みに隠れ住んで、女性像、男性像を隈なく観察し、見極めようとしたと考えることが可能である。古典の世界のみに逍遙するのではなく、現実社会との通路を絶えず行き来しながら、普遍的な人間像の美を描こうとする作者の姿勢がうかがえる。女心における男への思いを消す「妙な愉しさ」というものは、恋愛が成就する過程における女性側の至福の時間である。相手の気持ちを嬉しく受け取りながら、繰り返し思い起こしては吟味して味わい、確認し、また、自分の気持ちをも確認するという受身の性を持つ側としてのあらゆる手続きが含まれている。女性の心の中で、男性への思いを消そうと努めてもどうしても消せないこと、唯一絶対の存在であることを確認することに女性側の喜びもある。

山吹は、広成を父のように感ずるが、日々他の仕えの女たちの目にさらされ、仕え辛さを感じる。山吹は、虫の音に自分の行き先を賭けることにする。紀介のところへ行くことも考え、虫の音が止まなければ紀介のところへ行くと自らで自らに賭けたが、虫の音は止んでしまい、とうとう広成が予言した通り、邸も去り、紀介の許へも名乗っていく勇気はない。

山吹は、幼馴染の侍の住む「二軒を一軒につくり上げたやうな家」を訪ねた。ここの虫たちは、広成の邸の虫と異なり、鳴き止まずに山吹とともにいる。この侍の住む家は、故郷につながるもの、家につながるものとして設定されている。この不思議な美貌の侍との関係は、それぞれの人柄の美しさにより精神性によって支えられている。赤の他人でありながら、あたかも兄と妹のような設定が可能なのは、血のつながらない兄弟姉妹の中で育った作家の体験から来るものであるが、山吹は、この不思議な友人に守られて一夜を過ごし、翌日から次なる邸へ仕えにあがろうと考えている。

このような出入りの激しい仕えの女としての設定は、当時の作家自身の家庭環境と関わりが深い(9)。しかも、犀星は、女中の子という劣等感に悩まされ続けてきた。同時期の『泥雀の歌』には「不幸な女によって生れた赤ん坊」とのみ記されるが、大正八年の「幼年時代」で美化された生母像や家庭の様が、昭和二年の「生ひ立ちの記」や十年の「女の図」を経て、十一年に『弄獅子』にまとめられた作品では、娘や息子が女中にものを言いつける「高びしやな調子」に舌を巻きながら自身の出自と生母の問題を正面から語っている。そのような生母にまつわる身分の問題は、女性像の設定に影響を与えている。王朝ものにおいては、人に使われる階級の女性像に引き継がれる。社会の底辺で暮らしていたり、大きな邸に仕える女性像として造形され、最終的には「かげろふの日記遺文」の冴野像に結実していく。

四

紀介は旅から帰ると、すぐに俊光の邸に駆けつけたが、とうに山吹は去った後であった。ここでは、庭の自然も一体となって山吹の不在を告げている。庭では山吹の花が終わっていた。そこから紀介の山吹探しが始まる。大切な一人の女性を捜し求めるために、紀介は、日ごろの様子を打ち捨てて、野人のように都のさまざまな貴族の邸に車を乗り入れて、山吹らしい仕えの女がいないかを探し求める。広成の邸にも車を乗り入れた。すべての事情を知る広成は、山吹が密かに紀介の帯を身につけていたことを告げ、山吹が忘れたと思われる「香ひ袋」を紀介に渡した。その香りを嗅ぎ、袋地のきれに「藤原ノ妙山吹《たへやまぶき》」と記されているのを発見して、紀介は山吹の素性に確信を持ち、広成に大和の宮司の姫であることを明かす。広成の邸で手がかりがつかめたことに紀介はひとまず安心して、母や姉の待つ自邸へ引き上げていく。

ある日、紀介は、街中で輿に乗る山吹を見つけて後を追おうとするが、そのときに旋風が起こり、再び見失う。その旋風は、暴風を呼び、火を呼んだ。紀介は、直ちに検非違使の尉としての行動を開始する。火の手の防ぎようがない状況を感知した紀介は、食料の確保と婦女子の安全を徹底的に行った。公人として私心を抑えながら、それでもその胸のうちに去来する人は母と山吹であった。紀介の母や山吹を守りたいという内奥にしまわれた私人としての切なる情が、公人としての治安の確保に役立っている。

人間というものが、抽象的なものより、具体的なもので動くこと、建前より本音で動くことをこの一件はよく示している。また、この作家自身が決して観念的ではなく、むしろ具象的な作家であるという、その資質をも見せている。[10]

母は無事であることがまもなくわかるが、山吹の行方は依然として知れない。紀介は被災者やけが人の見回りも怠らない。その仕事ぶりは罹災者や別当《かみ》にも高く評価されるが、山吹の存在そのものが紀介にそれだけの仕事をさせるのである。広成は、立場上個人的な人捜しのできない紀介の気持ちを察して、山吹探索の助力を申し出る。

そういうある日、一人の侍に声をかけられ、それが山吹の幼なじみと知る。紀介は一瞬嫉妬を感ずるが、相手の乱れのない態度に好感を持つ。その侍は、山吹の「生きるめあて」が紀介にあり、紀介を避けながらも一層受け身に深く入っていく人だと告げ、紀介より他の男につくことは絶対にないだろうと語る。そしてまた、侍は紀介に「女のひとには大名がいる、仕事がいる。あの人にはことにそれがいる。あなたはそれらの悉くを持つてゐられるのだ。持つてゐられないのは厚顔《あつかま》しさだけだ。」と言う。女にとって、男は業績があること、生き甲斐のある仕事を持っていることが大切であることを告げている。殊に一般より一段上の教養を身につけている山吹には、それに勝る業績が必要であり、その点で紀介は適した人物であると見ている。一方で侍は、高貴な紀介がその品の良さのあまり、山吹に向かって踏み込む力が欠けていることも指摘する。山吹はこういう災害の最中にあっても紀介に守られていると感じ、どこかで紀介が自分を見つけ出してくれることに待ち草臥れすら感じているはずだと告げる。山吹には、その優しさ故に身をやつして暮らしている関係から、とても紀介の許へ名乗って出るような厚かましい真似ができる人ではないと見ているからである。紀介はこの侍の言葉に素直に耳を傾け、山吹の素性を確かめる。侍は、現宮司から追われて都をさすらうようになった「不倖と落魄」を持つ女性[11]であることを明かして去る。

五

山吹の素性と都を仕えの女としてさすらう理由を知った紀介は、山吹の故郷、大和の国を訪ねる。その自然の景色に山吹の面影を見、白砂の道に山吹の清らかな美しさを感じながら宮司の家を訪れ、山吹の財産保全のために一人で取り調べを行う。山吹のために、現職を追ったり、守《かみ》へ通報したりはせず、山吹の両親や自身の所有のものを旧に復するだけに留めている。紀介は細かく山吹の所有に戻るべきものを点検するうちに、さまざまな衣装や調度によって彼女の半生を垣間見ることになる。特に、柱の木目に記された背丈の線は生い立ちの様子を具体的に知らせ、虫籠は彼女が虫愛《め》づる姫君であったことを知らせている。虫を飼い、その命のありかを声に見ようとする姿勢は、人間世界の詩や歌をものす姿にも通じ、自分の命のありかを思うことに通ずる。(12)そういう点で虫を飼って育った山吹と、その山吹に詩と歌を教えられた幼なじみの侍と山吹の虫籠に目を留めた紀介とは、ともに「命のありか」に耳を澄ますことを知る「やさしさ」を共有する者たちであると言うことができる。取り調べを終えて宮司の家を出た紀介は、釣りをする男に目を留めた。それは都で山吹を探しあぐねた幼なじみの侍であった。彼の家も一目でそれと分かる豪農の邸だが、古い因習にとらわれた家に紀介を招こうとはしない。王朝世界に描かれているこの侍は、家を避けて個人を大切に暮らしている。また、山吹も仕えの女になってさすらっていることを運命として受け止め、決してそのことを蔑んではいない。また、仕えの女として現れた山吹に心惹かれ、その幼なじみの侍とも気楽に話す姿勢を持つ紀介も、身分階級にとらわれた人物ではない。これらの登場人物はそういう点で近代性を備えている。

紀介はこの侍の中にある山吹への思いを読みとるが、侍は「歳月がみな決めてくれる」ことと言い、「あなた様のその勁《つよ》いちからと地位と叡知には、我らはもはや退《の》くことより外の手だてがない」と言っている。侍は、山吹のことを良く知っており、山吹にふさわしい男として判断したとき、生得のものも含めた度量において自分の負けを認めている。しかし、負けを認めつつ、一歩引きながら山吹の安否を気遣い、紀介に近寄るところにこの侍の徳が読みとれる。戦後の続編的作品「玉章」(13)「行春」(14)への着想がいつからなされたかは不明だが、おそらく紀介の病を描くあたりには発想があったものと考えられる。紀介亡き後の山吹の相手として、この侍に光が当たり、戦後の多くの戦争未亡人へ新しい生き方のメッセージを示すことが可能になったのは、引くことによって紀介に引けを取らないこの侍の人物造形による。

二人の男は、山吹が町方に助けられて下婢にまで身を落としているのではないかと推測し、それならば冬のうちに体力的な限界からどちらかのところへ現れるのではないかと予想を下している。

山吹は、旋風の折り、紀介が山吹を呼び続ける声を聞いている。また罹災後、干飯を配られたとき、役人から妙山吹という人ではないかと尋ねられており、役人ははっきりと検非違使ノ尉の尋ね人であると明かしている。しかし、山吹は嘘をついてまで名乗り出なかった。なぜならば、「髪も、顔、衣装も、まるでよごれに、よごれ裂けて」いたからであった。そのうちに町方の商家に助けられ、そこで翌日から使われていた。焼け出されたままのよごれた姿で花《はなご》と呼ばれていた。山吹は決して表へは出ていかなかった。目立たぬように使われていた。冬に向かうにつれ、疲労が蓄積していった。しかし紀介を訪ねて一切の生活を解決する「厚顔に似た、どことなくづうづうしい女のするしぐさ」はしたくなかった。そういう中でさらに疲労は蓄積し、山吹は仕事を辞めることを思いながら働き続ける。

正月に入って雪が薄く積もったある日、紀介の車が加茂のみ社に参詣するのを見かける。とっさに山吹は、紀介に助けてもらおうと考え、参詣の帰りに間に合うよう、裏の小川で髪や顔を丹念に洗い、着物も取り替えた。あわてた商家の人々がなんと言おうと、すでに止められない勢いを持ち、汚れを濯いだ顔は光を放っていた。これらの山吹の姿勢は、いかなる状況下でも身だしなみを整えてでなければ、男の前には姿を現さないこと、そのためには酷寒の水をも厭わないこと、また、旋風の折りにも紀介に守護されていたと感ずることのできた山吹は、真に困憊すれば紀介はいつでも自分を救済してくれるという信頼感を心の内に培っていたことがわかる。このことは、「美しさ」というものを保持するためには「厳しさ」を伴うこと、山吹が紀介を避けながらも「深く受け身に入っていく人」であることを象徴的に示している。

山吹の姿を見た紀介は、自分の前に姿を現してくれたことに感謝し、「命に替へても生涯をともに致す」と誓いの言葉を発する。その「がつしりした声」は山吹の心の内奥へ沁みていくが、紀介はさらに、汚名の前に自害した山吹の父の潔白を知り、山吹の財産返還と保全の手続きをとったことを知らせる。山吹は、その紀介の大きな心遣いに、感謝しながら素直に従っていく。

六

夕映えが消え失せる頃、「白い道路」を都から紀介が訪れてくる。山吹の姿が見えると紀介は「愉しげに」なり、山吹は「むねの動悸を感じて、僅かのものにも躓づき、こまかい用事や、今まで考へてゐたことを咄嗟《とつさ》のあひだに忘れたりする、妙な心のしまりを失ふこと」が多くなって、そわそわ、いそいそと「生き甲斐のある時間」の始まりである紀介を出迎えている。山吹は大和から送らせた調度と紀介に与えられた絢爛な衣装の数々で自室に「都」を作り出していく。

落ち着いて生活するようになると、山吹は紀介の笛の袋を縫い、紀介は幼なじみの侍を招待するように勧める。紀介の山吹を思いやる「おほらかさ」に山吹は真面目に礼を述べている。犀星文学に描かれる男性像は、大正九年の「結婚者の手記」等、女の過去にまで遡って嫉妬し、苦しむものが目立った。場合によっては、女の飼う犬や猫にまで嫉妬して遠ざけたり、逆にそういった存在が介在しなければ、男女の関係を保てないという作品すら存在した(15)。しかし、王朝ものになって、外からの運命の変化に翻弄されながら生きる女性像が造形されるようになると、男性像もそういう女性の過去をそのまま受け止める男性像に変化している。初期は原典として用いられた「大和物語」等との関係も考えられるが、「津の国人」あたりからは明らかに男性像の度量が拡大している。

山吹は、紀介との幸福な感動を後世にどうやって伝えたものかと考えてみる幸福なときもあると同時に、紀介が来られなかったり、遅れたりしたときの気持ちの鬱ぎに日を送るときも生ずるようになる。文や歌でなく、「息を吹きかけるやうに」「心のあるだけを」紀介に伝えたいと思うようになり、紀介の座るところに座って彼の様子を真似てみたり、笛を吹いてみたり、往還に出て石の菩薩に祈ったりしている。一方、通ってくる紀介の方も山吹からの離れがたさを感じている。別れる前のひとときをことのほか大切にいとおしんでもまだ離れがたい山吹は、紀介の扇を不在の慰めに所望する。紀介の方は、かつて山吹が広成の邸に忘れていった「香ひ袋」をそのまま自分が持っていることを希望する。常にともにいることのできない愛情の深まった男女が、お互いの代わりに本人につながる形代《かたしろ》を求める。人間というものは忘却する生き物であるだけに、相手の心が常にそこにあると視覚的に確認できる物を古来から求めてきた。紀介の真似をしてみる山吹の姿は、相手への同化を望む姿であり、相手の愛用している品を得ることが、相手とともにあることと近似の安心感を与えるのである。ここにもそういう普遍的な男女の姿を見ることができる。

ある時、外の巷に出て店で酒を飲むことを試みるが、紀介は山吹という美女を連れていることであちらこちらから難題をかけられる。紀介は黄金をはずんでみたり、山吹は黙礼をして通ってみたりする。このような王朝世界では考えがたい現代の試みを作家は大胆に行っている。それは、恵まれた階級の男が、一人の美女を連れて歩くということに大衆がどのような反応を示すかということの物語の世界における一つの実験である。美しい一人の女を得ているということは、そこからはずれた者たちの羨望の代償としてそれなりの代価を支払わねばならないこと、また、女は、周囲の者に礼という形でその美を分け与え、その心を慰めるやさしさを持たなければならないことを示している。王朝世界を実験室として用いた手法は、芥川の歴史小説における認識者の文学に通ずる。もちろん、芥川のそれとは違って犀星流であるが、犀星の王朝ものを「芥川の刺戟によることは確実」と言い得るものがある。

七

十章では、康平三年に大和の国の山奥の神社に居を移している。紀介が、結核をイメージさせるような胸の病に冒されたからであった。山吹は、恐れずに山歩きをし、紀介のために薬草を掘る毎日を送る。山吹は「減つてゆくやうに近く見える命」が「毎日あたらしく削り取るやうに」見える紀介の命を何とかとりとめようとその一念で祈るように山に入るために、山の寂しさも恐ろしさも眼中にない。自分の探してくるものが紀介の命を守っているのだという充実感に支えられている。良質の薬草を求めて渓谷すら歩き、五感、第六感を全開にして山中を歩き回り、遅くに紀介のところに戻っていた。

一方、病床に伏しながら山吹の帰りを待つ立場になった紀介は、山吹を案じて、そばにいてくれる方が落ち着くし、自分には効き目があると言う。山吹は長い一日を山で過ごしても寂しくはないと答える。それは紀介とのさまざまな思い出が「ゆめ」となって彼女の胸の内にあり、常に紀介とともにあるような気分でいられるからだと答えている。そしてその「ゆめ」は紀介が生きている限り続くものだと言う。紀介の愛情に全幅の信頼を置いて満ち足りている山吹の姿がある。

しかし、紀介は、自分が死ねば山吹の「ゆめ」も消え失せてしまうと言い、自分の死後は、侍とともに歩むよう遺言をする。命の残りを知る立場として、後に残る者の不幸を取り除こうとする紀介側からの最大限の思いやりである。山吹はそういう紀介の心の意味を理解しながらも「命に換へてもお看護する」と言い切って紀介の言葉を封じようとする。さらに、山吹は「山鳩の卵《わいご》」を取って来るつもりだと言い出す。山吹は効き目のあるものが手に入れば治ると信じ、力づけるつもりで言うのだが、紀介はそれほど危険なことに山吹を出すのを案じて禁止する。ただ、かつて自分の前に姿を現したときと同様の山吹の気合いを見て、薬草を掘ることはそのまま認めている。

紀介は、山吹に自分の病んだ「命」を信頼して預け、看護されることに幸福を感ずる一方で、外に出る山吹の「命」を慈しみ、いたわり、案じている。また、紀介の「命」を守ることに生き甲斐を見いだしている山吹の「命」の健気さに紀介は止めることのできない切なさを感じている。自分の「命」に見極めがついている紀介は、自分の「命」が消えた後の山吹の「命」の心配もしないではいられない。お互いにそれぞれの「命」を必死にいたわり、守り合う哀切な美が描かれている。

八

翌日から山吹は、山鳩の卵を探し、木登りも練習してついに卵を手に入れる。紀介に禁じられたからと言って止められるものではなかった。母鳥が暖めている卵のうちから目立たぬところにあるのを一つだけ取る。母鳥からの攻撃を受けても山吹は「ゆるしてたもれ」という謝罪の言葉を口にする。山鳩は卵に籠められた命を守り、暖めて育むのであり、山吹には紀介の命を守るために是非にも必要なものである。山鳩の卵の命を一つ受け取ることによって紀介の命の糧になる。人間は、自分たちが生き延びる以上、食料として他の生き物の命を奪わずにはいられない存在である。犀星は、人間のそのような原罪的行為にも謝罪と感謝の姿勢を忘れてはいない(16)。

山吹の献身的な看護の甲斐あって、紀介の病が小康を得る。散歩に出られるようになった紀介のために、山吹は荊を切り開いて小径を作る。山吹が切り開いていくと、径は明るく「白く仄《ほの》めき出し」て「山吹自身のもの」のようにいとしく思われ、その径を紀介の身体を支えながら幸せなひとときを過ごす。紀介は小枝の切り口を見て、それらが山吹の仕事であることを見抜き、傷ついた手をいたわる。また渓流の清らかな水を飲み、時雨にあわてて木陰で雨宿りをしたりする。そのような紀介には、山吹とは違った景色が見えている。紀介は死を悟っている。もういくらも現世の風景を見ることがかなわないという目には、平凡な光景すらが「美しい以上」のものとして捉えられている。時雨も奇跡のような出来事として感じられ、生きている生命そのものに新鮮な美を感じる世界である。このような紀介の目は「末期の眼」の世界である。そしてそのどの景色にも山吹を見ている。犀星の「はるぜみ」という作品には、大東亜戦争が始まってからの彼のものを見る姿勢について書かれているが、その世界にも通底している[17]。

虫の美しさに心惹かれて紀介は虫狩に興ずる。山吹はかつて紀介が大和で目に留めた虫籠を持ち出す。山吹は、虫の種類、鳴き声、扱い方に長けていて、上手に虫を籠に納めている。また、虫の世界にも都があって宮中のような宴の世界に見立てている。

翌日から紀介の病状は、一転悪化するが、二人は「野のもの」を愛し、「野のもの」の声に慰められながら過ごす[18]。紀介は、虫の世話をする山吹の横顔を永く記憶に留めるために見つめながら、彼女の行く末に思いを馳せている。

病状の悪化する紀介に、山吹は釣りを覚えて魚を釣り、木の実を集め、百合根を掘った。山吹は「大きな凄みのある渓川にある命の秘密を分けて貰つたやうなもの」が紀介に効かないことはないという信念を持って紀介の許に帰ってくる。紀介は、たびたび山吹の持ち帰るものに驚かされながら、あまりに真剣になる山吹を押しとどめている。山吹は、そういう紀介にかまわずにその魚を見せる。紀介が「渓川にある水の層によく似た色をしてゐる。」と言うと「山がゆめを見ましたらきつとかういふおさかなが生れて来るのでございませう。」と答えている。このような答えを咄嗟に用意している山吹の優れた性格に、紀介は今更ながら感心し、得難い人を得ていることを感じ、野や川などの自然にすっかり馴染んでいる山吹に、それらの秘密が蓄えられているような感じさえ受けている。

秋も終わりになり、虫たちは次々に命を終えていった。山吹は弓を背負って山へ行き、小鳥を射るようになる。落ちた小鳥に謝りながら、それらから祈るように命をもらってきては、紀介の命を守るのである。そのように山で鍛えられた山吹の眼は、冴えた気高い美しさを見せるようになる。紀介もそういう山吹の変化に気づいて鳥を射ていたことを知る。紀介は、最早そういう山吹を押しとどめようとはせず、却ってその美しさを長く見つめて記憶に留めようとするようになった。そうして紀介はその命を終えた。

山吹は、病んだ紀介を看護するようになってから、自然に親しみ、あらゆることを自発的に工夫しながら学び取っていった。その根底にあったのは、なんとしても夫に回復してほしいという思いであり、夫の命を守るという愛情から発した一念であった。その一念が山歩きに耐え、木に登り、魚を釣り、鳥を射た。そういう厳しさに耐えた山吹は、それ故の美を身につけた。夫の命を長らえるためには、多くの生き物の命を殺めた。山吹の優しさは、そういう厳しさの中で研ぎ澄まされている。

九

紀介が亡くなって七日が経過してから、山吹は紀介が健康であった頃通っていた往還を歩くようになる。そこにはさまざまな紀介の息吹が生きている。山吹の心に生きているのは、「和歌をものするところの」「女の心をそこからくみ上げてそつのない」紀介の姿である。紀介がさまざまに語った言葉が山吹を包み、暖めている。紀介は山吹の「仕合せさうな意気込み」を喜び、山吹に憩い、山吹のなかに「身を置く自分を祝ぎ歌《ことほ》につづりたい」くらいに満足していた。それらの言葉、気配、面影が満ちた往還を山吹は、夕方に身を清めて化粧をし、衣装を換えて出かけるのである。山吹にとって紀介は、死んで存在しない者ではなく、「人のある感じ」がするのである。紀介の死を受容していないといえばそれまでのことだが、紀介との充実した愛の日々が、死してなお一人の女の「命」を生かしているのであると考えることが可能であるし、また、山吹の心の内に、紀介はなお「命」を保っていることになる。

「山吹」には、主に三本の道が描かれている。いずれも白のイメージを持つ。一本は山吹の故郷、大和の国の白砂の道である。二本目が紀介が山吹の許へ通った白い道路、三本目は山吹が荊を払って歩けるようにした径である。道はそれに絡む人々の人生や生き方を示していると考えられる。山吹の故郷の道は、山吹の清らかな女性像を中心に、侍の人間性や汚名に耐えきれず自害した山吹の父の正しさをも含んでいると考えられる。白いまっすぐな道路である大きな往還は、紀介の通った道であるので、彼の清潔一途な人柄の象徴であり、度量の大きさの象徴である。また、山吹の許へ通った愛の道であるので、二人の絆も象徴していよう。三本目の径は、紀介のために山吹によって開かれた道である。小康を得た紀介の健康や、つかの間の二人の幸福や山道ゆえの厳しさや山吹の気高さを象徴するものとして考えることができるだろう。

「山吹」という作品は、虫の命にすら、その「命のありか」を徹底して見据えた犀星が、戦時という行き詰まった時代の中で、人間の「命のありか」を見据えようとした作品であると捉えることができる。その「選びぬいた美しさや善良さ」の世界とは、自然とともに共存しながら、命をいたわり合って生きる世界ではなかったか。そういう意味で「山吹」という物語の世界は、王朝世界の時間と空間を越え、描かれた当時の、命が大義名分のもとに蔑ろにされた時代をも越えた、普遍的な愛と命のテーマが込められている。

犀星は、決して反戦思想や戦争批判に基づいてこの作品を書いたのではない。作品の周辺に書かれた随想類には、いかに自分らしくて国家のためにもなるような作品を書いたものかという苦悩がみられる。犀星の中に『抒情小曲集』の世界に見られたような草木魚鳥や虫に親しみながら、再度それらに込められた命の美を見つめる資質を持っていたこと、戦争や病気によって人の死がきわめて身近になったとき、日常的になった死というものに麻痺することなく、その「命のありか」に深く入って美を求め、また、王朝世界という、現実とは別の物語世界でそれらを描くことが可能であったことによる。

「山吹」は大変好評であったと小谷恒が述べているが[19]、敗戦直後の十月、奪われるだけの命が奪われ、疲弊しきった国の状況の中で、死してなお心に生き続ける紀介に生かされる山吹像は、愛と命を奪われた多くの国民にとって、癒しの一つとなったことであろう。

注

（1） 中村真一郎「室生さんと王朝物について」（『室生犀星全王朝物語』月報上　1982・5）

（2） これら努力の道行きについては、第5章　犀星襍記「芸術家の友情と孤独――芥川龍之介と犀星、そして朔太郎など――」を参照

（3） 甚吉ものに分類される作品については、第3章「甚吉もの――生命への慈しみ――」に19作品を紹介している。また、船登芳雄は、『評伝　室生犀星』（1997・6、三弥井書店）の中で、甚吉ものは「戦時下の状況悪化の観察記録の役割をも果たす作品群であった。」と述べている

（4） 室生朝子は、「『山吹』について」（『室生犀星全王朝物語』月報上　1982・5）の中に新聞と初版本との照合結果が述べられているが、残りの各章は「昭和二十年の夏までの間に」「書き足したのである。」と述べている

（5）犀星の虫をはじめとした小動物を愛する姿勢は、甚吉ものとしては「虫寺抄」「草山水」「故山」「雛子《ひよつこ》」に見ることができる
（6）「歴史の祭典」という詩では自分の生涯に引き寄せながら「歴史」にたどり着き、「祖先のいのちのありかが／我々のいのちの窓の中から見える」という自己の存在確認のような詠い方をしている
（7）昭和十六年九月に発表した「庭」という作品では、庭は「詩とか俳句とか随筆とか、あるいは書かない小説の幾篇かが層を」成している重要な世界だと述べている
（8）前掲書、中村真一郎「室生さんと王朝物について」（『室生犀星全王朝物語』月報上　1982・5）
（9）昭和十七年六月の「我家の記」では、その当時の「私」の家庭に現れたさまざまな家政婦についての描写がある
（10）中野重治は「戦争の五年間」（『室生犀星全集』第八巻「人と作品」1967・5）の中で、「もともと犀星はもっとも観念的な場合にも根源的には具象派であった。」と述べている
（11）「虫寺抄」（昭和十七年六月）の最後に王朝ものに関わる記述があるが、甚吉の描く「物語の女」は「不幸と落魄」を持っていると書かれている。紀介と結ばれるまでの山吹の身分もそれに該当する
（12）前掲の「虫寺抄」では、虫の「遠い命のありか」に目を凝らし感動する一方で、「自分のいのちのありか」にも考え及び、「結局、詩であり文学にあらはれたものであらねばならな」いと考え及んでいる
（13）「玉章」昭和二十一年三月『婦人画報』4巻13号。原題「春御衣《はるおんぞ》」
（14）「行春」昭和二十一年九月『新女苑』10巻9号
（15）「愛猫抄」（大正九年五月『解放』2巻5号）を指す
（16）「信濃日記」（初出未詳）において、「あらゆるものを食ふ人間は食はれた命にたいしていつも新しい感謝と」「それぞれの分野でそれらの命をいつも考へやることによつて許されるところがあるように思へた。」ある
（17）「はるぜみ」には「その命、その忘れることのない花実を結ぶ心、そんなすれすれに行つてそれを褒め、それによつて吻として暫らく自分をとどめるといふ状態が、許すかぎりの時間の中でつづいた。」「分けて這入つた奥の方に現世に見ることのできない、整へられた美のかぎり幽かさのかぎりをつくしてゐるからであつた。」と書かれている
（18）前掲の「虫寺抄」では、「野のものを見守ること」と「物語の女」を描くことは、同様の意味を持つことが明かされて

いる。「物語の女」は、「命を分け合う人びとのため」に書かれるというのである。「山吹」は、まさしくそういう作品であり、生命を慈しむ姿勢を持った甚吉ものとは根を同じくしている

（19） 小谷恒「心残りの記」（『室生犀星全王朝物語』月報上 1982・5）

第4章

犀星の戦後小説

作家の宿業と養母への鎮魂――「字をぬすむ男」――

一人称で書かれている犀星自身らしい作家のぢぢいと小学生のガキが、四十女をめぐつて展開する「字をぬすむ男」は、昭和三十五年『別冊小説新潮』に発表された。

本稿では、犀星にとっての「字をぬすむ」という行為と、作家が作品を創るという行為とが、いかなる意義をもっているかを、作品論の立場からと、犀星の生い立ちにからんだ個人史的視点の両面から考えてみたい。

一

作家としての日課となった原稿を一区切り書き終わった「私」は、散歩に出掛け、その中からさまざまな小説のネタをつかまえてくる。原稿を書き、創作するという行為は、他人が胸底深くしまいこんでいる内面の真実を盗んでくることであり、そうした意味で、作家とは「字をぬすむ」商売なのである。

そのような「私」の「字をぬすむ」方法には二通りあるように思われる。一つは、上野の動物園に行ったときに感得した方法である。「私」は、ニシキ蛇や象に心を奪われ、「物に見とれることはその瞬間には相手に考へを奪《と》られて何も頭にないものだといふことを感じ」それらの動物をイメージとしてとらえて家に戻って机の前に座ると、「始めて象は動き、ニシキ蛇はどたりどたりと歩き出し」はじめる。イメージの世界に遊ぶ「私」は、「それら二匹の動物に連れられ其処らを珍しく眺め」「庭にもゐるこの動物」が「英語で吼え、印度語で喋《しゃべ》りはじめ」るのを楽しんでいる。また、「一匹の長虫をつつじの大株の間に見つけた時」の蛇もこの方法によってとらえられている。蛇の「くノ字型にごつんと折れたぐあひが眼につ」き、気になって仕方がない。日ごろ、病気をしそうもないと思っている蛇が「酷《ひど》く患うてゐ」るように見えてくる。「私」は日頃のイメージに反するそのような蛇を「発見《みっ》け」たことについて、手柄を取ったように喜んでいる。日常性を超えて迫ってくる「もの」から、予期せぬイメージを創り出して、それを楽しんでいるのである。

もう一つの方法は、日常の人々の暮らしの中から、盗み取ってくる方法である。「私」は、散歩の途中で道路の角の境界標の石の上に「髪のそそけたうそ寒い四十女が地下足袋の足を揃えた膝の上に、紙をひろげ鉛筆で何か俯向いて熱心に書いてゐ」るのを見つける。この四十女が「文字を書くことを心得てゐる」ことが気になり、「私」は「こんな道路脇でこの四十女が何を一体書くことがあるのか」と「その文字の幾つでもよい、素早く読み取りたいといふ気を起」こす。その「読み取りたい」という「料簡」の背後には「やはり何時も原稿を書いてゐるといふ下心があつてそれが見たいらしい」という作家の業が働いている。そこで、その四十女の「眼をすゑながら「道端で読まねばならない手紙といふもの」が気になりながら、「あの中にはあの女の運命に関係してゐる混み入った事情が書かれてゐて、出掛けに一度読み通してから途中でもういちど読み直して返事を書かうといふ気で、手紙を持つて仕事に出たものらしい」と考え、「家の人達の眼から遠い処で、あんたはそれを熟読したうへ急ぐ返事をかくために、鉛筆と洋紙と状袋まで用意して出掛けて来たのであらう」とその女の生活に想像をめぐらし、無関心を偽装しながら、近寄って行く。好奇心を無関心の仮面の下に隠しつつ、相手を安心させるような柔和な顔を作りながら近寄って行って、手紙の中の字を盗もうとするのである。

一方、字を盗み取られようとしている四十女は、「字はわたし達にも要《い》るものだ、それを何処でどんなふうに使つたり読んだりして居ようが、何もこの爺から笑はれたりする訣《ママ》はない」と思い、「他人の物を読まうとしたつて誰が見せるもんか、何処のどいつだか知らないが、人の手紙が何故さう覗きたいんだ」と凄い声で怒鳴り出す。「私」は、その怒鳴り声に閉口し、「妙にさびし」い気分にとらわれ、「うつかり他人の手紙なぞに気を奪《と》られないやうにしろ」と自戒したりしながら、しぶとく「あの怒つて少しも世間体や人が聞いてゐても構つてゐられないやけくそ気味も、みな彼の手紙の中からぱちぱち弾いたやつが彼女を燃《も》しつけてゐるのだ」「或ひはこの四十女の相手といふのは彼女のいふくそぢぢいの、金柑頭《きんかんあたま》のぢいさんであつたのかも判らぬ」と「遂々《とうとう》一つの文字も読みとれなかつた」にもかかわらず、想像を働かせて四十女の背後にある生活を執拗に読みとろうとする。一方、四十女の方は、もう一度気を静めて、改めて手紙を読み直そうとするが、「文面が読み分けられない程の頭のいらつきが邪魔をし、先刻のやうに返事を書かうとする余裕と落着き」とを失くしてしまう。四十女は「ぢぢいを見かけない以前にあつた好いあんばいなもの、よい都合になる筈のもの」をぢぢいに素早く盗まれてしまったと思い、「手紙にぎつしりと詰つてゐた文字は空《から》になり、まるで白い書かないところばかりになつた。字が盗まうとした奴に対《むか》つて自分から飛び出して行つ」てしまったように思われ、「いままであつた沢山の字が抜き取られて了ひ、手紙はただ白いところだけが残つてゐ」るのを、悔しく感じている。

　作家は、「気を奪《と》られ」たり、「物に見とれ」たりしながら、対象に接近していく。そして、心を奪われ、「無心」になることによってその「もの」のイメージをつかみとるか、あるいは相手の「生活」をさまざまに想像することによって、生存の秘部を盗み取ってくる。相手は、不当に踏み込まれることに怒りを覚えるが、気がついたときには、それまで確固としてあったはずのものが奪われてしまっている。字を盗む者と盗まれる者との間にはこのような因果図が存在しているのである。

二

四十女は、作家のぢぢいに会い、字を盗まれた後で「まだ学課がある筈」の小学生と出会う。その小学生は「よごれた服と埃をあびた靴」を身につけている。四十女はそれが不快で「顔を顰《しか》めて」「ぷう、と卑下した口つき」をして見せる。するとその小学生も女の口元を見て、彼自身も「口もとを歪めてぷうとや」り返す。女はそれを見て、「ちええ」という言葉とともに「顔付つたらまるで五十くらゐのぢぢいみたいに、ませつ子」であるとか、「そんな子供の顔なんて何処にあるものか、鼻はぺちやんこ、眼は鮒みたいに動くやうすもない」とか「人の顔をぢつと見詰めて何か書いてあるとでも言ふのか」とか「もつと、しやんとした足つきで歩いたらどうだ」とか言って毒づく。怒った小学生は、「とげとげしく無言で睨みつけ」るが、女は構わず「他人を睨みつける時はそれほどの偉さを持たなきや、睨んだ甲斐がないのだ」と言い、さらに「可愛げも素気《そつけ》もないガキだ」と「口を膨らがしてぷうと息を吐きつけ」る。すると、怒った小学生も「ぷうと唾を吹つ飛ばし」突然砂利を女の顔に投げつけて逃げていく。四十女は「このガキめと呶鳴つて立ち上がつ」て追いかけるが、もちろん小学生のガキの逃げ足には及ばない。

けふは碌な人間にしか会わなかつた、死に損ひのぢぢいが一疋、末恐ろしい手業《てわざ》の利いたガキ一人、ぢぢいの悄《しよ》ぼついた眼が盗んだ手紙の早業、ガキの砂利投げ眼潰しの一席、そのガキのむんづりしたとこは、ぢぢいの年が十二歳まで逆転して舞い戻つたやうなものぢやないか、あのぢぢいが打倒れたらそのままガキになり、ぶらりぶらり歩いて来たやうなものだ、二人は半分づつになり入れ替つて現はれて来たのではないか、あああいふガキが大きくなり年を老《と》ると、ああいふ質のよくないぢぢいになり人の手紙でも、誰彼の区別もなく金銭出し入れの帳面まで暇に委せて覗いて歩くのである。

作家のぢぢいは、言うまでもなく犀星自身であり、この喧嘩早い小学生のガキは、幼少期の照道少年である。するとこの口の悪い四十女は、養母のハツが対置されているとみて間違いなさそうである。ちなみに『弄獅子』（昭11・6、有光堂）には「母」（養母）のことを「四十女」と言い換えている。

小学生のガキと照道少年が符合する点としては、例えば、小学生の砂利投げのうまさとか、喧嘩の素早さについてみると、「幼年時代」（大8・8『中央公論』）の、

私は飛礫《つぶて》を打つことが好きであつた。非常に高い樹のてつぺんには、ことに杏などは、立派に大きなやつがあるかぎりの日光に驕り太つて、こがね色によく輝いてゐた。そんなときは、飛礫を打つて、不意に梢に非常な振動を与へた途端《はずみ》にその杏をおとすより外に方法はなかつた。（中略）

「もう一度言へ。」

と、かう私は言つておいて、いきなり得意の組打ちをやつた。私はかれの背を両手でしつかり抱いて、くるりと、腰にかけて雪の上に投げつけた。そして私は馬乗りになつて自分でどれだけ撲つたか覚えないほど撲つた。私は喧嘩は早かつた。そして非常に敏活な稲妻のやうにやつて了ふのが得意であつた。（中略）

学校の便所で昨日の仲間の一人に会つた。私は声をもかけずに其上級生をうしろから撲《は》りつけておいて、漆喰《しつくい》の上へ投げ飛ばした。

かへりに例の上級生が五六間さきへ行くのを呼びとめるとかれは逃げ出した。私はすぐさま手頃な小石を拾つた。飛礫はかれの踝にあたつた。かれは倒れた。私はかれをそのさきの日のやうに撲つた。

といった箇所に見い出すことができるし、また、四十女と小学生の罵しり合いについては、一連の自伝的小説群の次のような箇所にも符合する。

おのれもかと言ふ声を観念して何時も習慣的に聞くべきであつた。さうしてそのやうに飛び込んで行く僕はしたたか殴られても、唇の方で哀れな反抗をあらはし、ぷう！　とか何とかいふのであつた。ふふん！　と

か何とか、痛いもんか！　いくらでも殴れたら殴れ！　とか何とか、
（『弄獅子』「かりそめの母」）

ただ此の碌でなしの尻尾《しっぽ》にゐる平四郎が、うまく叩きのめされないのが、おかつにはくやしかつた。眼はくらく肩は怒り、逃げ足の早いこの小わつぱは、飯も食はずに裏の提防の上にゐるか、河原にしやがんでゐるか、それを捜し出すのに手がかかつた。
（「杏っ子」）

おかつは平四郎が石垣に這い上るのを見て、平四郎に飛びかかつて折檻《せっかん》すると、ふたたび此の小わつぱは濁波に飛び込みさうに身構へた。何て空恐ろしいがきだらうと、おかつは飛びかかることを控へた。
（「杏っ子」）

「平四郎、お前が事ごとにあたしに食つてかからうとしてゐるが、おかつはな、まだお前のやうな、ひね餓鬼に騙されはしない、餓鬼も餓鬼の、ひね餓鬼だ。」
（「杏っ子」）

こうして見ると、「字をぬすむ男」は、作家が作品の種になるものを日常生活の中から盗み取ってくることを書いただけの作品ではない。少年照道が、養母ハツからどのようにして文学的滋養を盗み取ってきたか、その手の内を明らかにした告白小説と見ることもできるからである。犀星は『弄獅子』の中で、養母ハツと自分との関係について、

恐るべき市井の悪婦でも母があつたら私に盗みを教へたとしても、私は叱られたくない願望のもとで、人々の時計や指輪や靴や蟇口などを巧みに掻つ払ふことを、辞《いな》まなかつたのであらう。既に私は盗むことの細かい心づかひを会得してゐたし、それを実行することが何時でも準備されてゐたからだつた。ただ四十女はさういふ悪い事件を教へ込まなかつた代りに、小さい子供を同等な大人なみに取扱ふことで遠慮のない人物で

あった。そして私はきのふも今日も絶望して町々を善くない子供がふらつくやうに、のろのろと長い時間を歩きつづけるのであつた。（「完結」）

とかなり客観的な分析を試みている。さらに、幼少期の自分と文学とのつながりについても、次のように述べている。

私は教育されざる人間であつたが、人間に取つて必要なるべき自然な教育を私は犬が犬自身で育つやうに、いつも命令を行き亘らした私自身の中に施したのであつた。私は勉強とか奮励とか努力とかいふ数々のものを敢て選ぶ機会なしに、人生からぶらりと出て行つて文学の中に投じたのであつた。たとへば俳句とか詩とかいふものから私は私の悪才を応用され試験されるやうになつてから、この小ぽけな文学精神が盗みをするやうな心を何時の間にか滅びさせ、その代り面白い文字の遊びを与へてくれたのであつた。悪い魂はそのままであつたけれどそれは文学のなかでは、反対にじつくりした執拗な考へ深いしろ物に変つて了つたのであつた。人間は使ひやうに拠つては可成り重要な役割を演じるものであるらしく、そして私に文学の神様がちよつとの間お足をお滞《と》めになつたばかりに、私は刑務所へ行かなくてもよかつたし、一生涯を滅茶苦茶に揉み散らさなくて済んだのであつた。（「完結」）

ここには、犀星の「字をぬすむ」という作家としての行為の原風景が、養母ハツの下で幼少期を過ごした生活の中から盗みとることを至上命令として生きていた姿にあることを明らかにしている。犀星は、このようにしてこだわり続けた「母親もの」（厳密には養母ものというべきだが）について、「書いても書いても書き切れない素材でありながら、書けば書くほどきらひになる作品」であり、「いつも書かなければ宜かつたのにと思ひながら書いて終ふ」といい、「小説の運命といふもの」もそういう中から「廻転して来」るために、父や母を題材に選ぶのは、その人間が「あまりに確実な、無尽蔵な細部に富んで」いて、「彼女を貫いて見た人生に少しの危気や迷ひや空想がなかつたから」であると述べている。犀星は、養母の生活から「字をぬすむ」ことによって、作家のぢぢいへと成長を遂げることができたのである。

そこで、このような観点から、文学的素材としての養母の姿を自伝的小説の中から考えてみたい。まず、『弄獅子』の「母への覚書」（昭3・6『文芸春秋』「第二の母」）では、養母が「どういふ場合にも叱責しないことが無」く、「自分は母を恐れる為に生き」ていて、「どうして母の叱る声から遁れることができるか」が「何時も朝毎に起る最初の考へ」であったと述べ、「自分は母の顔容を想像しながら何か抵抗的な凄じい気合から、小さな自分の存在を意識するような状態」であったと告発している。同様の告発は『泥雀の歌』においても、

何度も何度も、私は私の継母のことを悪く書くやうであるが、いくら書いても書き尽くせないほど、継母は実に夥しい辛辣な言葉と、冷酷残忍な鞭を持つて逃げ場もなく、また逃げ足の弱い私の前に立ちはだかつて罵つて云つた。

「お前は多分いまに見てゐるがいい。きつと碌な人間にならないから。」

と繰り返し述べている。ところが、「母を思ふの記」（「報知新聞」昭4・1・1）には、

母のことは様々に描き尽くし、もう何物をも残さずに彼女を虐待してしまうた。母は恥と酷い侮蔑の中に寒々と裸になり、その瘡躯を何時も自分の行手に跼蹐《きよくせき》させてゐた。（中略）

自分は母親小説を企てる時に不思議な苛酷をも辞さなかつたのは、彼女がかういふ悪童の小説の中にゐてさへ、その事を許してくれるところの慈愛を示してゐたからであつた。

とまったく違った一面が記されている。「自分の小説」の内容について「何等知ることはなく」作家の「悪童を讃美し」てくれた養母の姿に「母親であつたための慈愛」を感じて、感謝さえしている。犀星は、徹底して母親を書き尽くした後に、養母の姿がそれまでとは異なって「何か新鮮な愛情と接触を感じさせる母親」であり、「自分がまだ書いたことのない、それ自身新しい人生をもつ」ような母親であり、「精神的な感じが強」い母親であるという新しい養母像を獲得している。

養母赤井ハツが亡くなったのは、昭和三年四月二十八日のことであり、「第二の母」が執筆されたのは、養母の死の前後であることを考え合わせると、犀星には複雑な愛憎が去来し、絡まりあって、折々の言葉を語らせているように思われる。幼少期から不遇の時代を素材にして、詩人・作家として認められてきた犀星も、養母と折り合いがついてくる時期になると、その思いはまた変わってきたものと思われる。「小説も生きもの」（昭14・1『新潮』）にも、

「私の母は亡くなっているのでいくら悪くかいてもいいやうな気がするんです。実は継母なんですけれど、……つまり母親だからわるく書いてもゆるして貰へるし、また、ああいふ母親はわるく書かれる悪さをたくさん持つてゐるから何も不思議なことはない筈です。」

と依然として、愛憎相半ばする心情が吐露されているが、晩年の「字をぬすむ男」になると「母を思ふの記」にあるような「その骨まで舐り尽くしてなほ彼女が自分を信じてゐた」ことが、何だか「悪い事をしたやうにも思はれ、また鳥渡《ちよつと》感謝しなければならぬ」気持ちが強くなってきたのではないかと思われる。つまり、「悪童」「ガキ」であった照道少年は、養母にさんざん迷惑をかけ、長じては養母を小説の恰好の題材として「母の上に尖つたペンを刺し透」し、「骨まで舐《しやぶ》り尽く」すように彼女の生活や人生を盗んでは書いて来た。養母は生涯自分がいかに書かれたかを知らなかったが、もし、それを四十女としての養母が知ったとしたらどういう反応を示しただろうか。犀星はそこに着眼して、小説を書くときの材の採り方の種明かしをすると同時に、作家犀星をも育て上げた真の母親ハツへの謝罪と鎮魂をも試みたくなったのではないだろうか。「字をぬすむ男」が発表された昭和三十五年は、ハツの死から三十二年を経ている。息子の犀星がすでに七十歳、二年後の昭和三十七年の三月二十六日には、彼もこの世を去っている。「字をぬすむ男」は、晩年の養母への鎮魂歌であったのである。

魚のモチーフに見る犀星の性意識――「蜜のあはれ」から「鮠の子」へ――

犀星は、魚のモチーフを終生大切にした作家である。初期の詩編から散文詩のような小説[1]を経て、晩年に至るまで数多くの作品がある。[2]金沢市街を流れる犀川の水に親しんで育ったことが、彼の内界に絶えず魚が泳ぐきっかけとなったことは否めない。それらのうち、初期の魚については多くの論考がある。これらは主に「青き魚」と呼ばれる魚のモチーフで構成されている。また、中村真一郎が、ブルトン、クノー、ブランショ、ランドー等[3]を引き合いに出しながら絶賛する[4]「蜜のあはれ」についても、その作品の特異性からさまざまな分析が行われている。これは全編会話体で構成された老境の作家と金魚の恋愛譚である。さらに、その後の小説として「鮠の子」[5]という作品がある。

本稿では、昭和三十四年に金魚を用いて絢爛たる大輪の花を咲かせ切ったように見えた「蜜のあはれ」から、死の前年である昭和三十六年、すでに肺癌にかなり冒されていると思われる時期に「鮠の子」でさらに追究したと考えられる問題を、魚のモチーフの中に籠められた性の意識の中から探ってみたい。

一

犀星の場合、魚のモチーフは二系統に分けて考えるべきである。一方は「青き魚」の系統であり、他方は金魚の系統である。この二つに対する犀星の好みは、同じ魚族でありながらまったく異なっている。その差異の根本には、流線型で水と同化した色彩の「青き魚」と卵形で水に映える赤を中心とする色彩の金魚との形状の相違が挙げられる。

「青き魚」の系統は、詩人自身と同化するもの、親しきもの、詩人の欲する女性と同化するものとして詠われている。たとえば、処女詩「さくら石斑魚に添えて」[6]（明治40・7）では、「水苔青き」中に「唐紅き小鰭を掻きたて、／さくら石斑魚も歌あらむ。」と、心ならずも捕らえられ、妹かもしくは妻、恋人の「白き腕」にかかって夕食の菜になろうとしている繁殖期の石斑魚に向けて、魚にも歌があったことだろうにと共感を示している。歌があることこそが、生きることだからである。「青き魚を釣る人」（明治45・10）では、「ほのかなるなやみのうちに」過ごす釣り人である詩人と「かたみに青き眼をあげ」る魚が対応し、「藍のうろこ」と「つりうどの眼」の「痛み」が共有されるかのごとくに詠まれている。[7]「魚とその哀歓」（大正2・2）では、「蒼き魚」が詩人の心に住みつき、肉体の一部と同化しながら、想念として泳ぐようになる。その魚は聖書の影響を受け、[8]「愛魚詩篇」（大正2・9）では、「わがひたひに魚きざまれ」るようになり、「わが肌に魚まつはれ」るようになる。キリスト教では、魚はキリストを示す。「われ、いま人の世の山頂／ただしく魚をいだきて佇てり。」のように、以後、魚は清澄な水のイメージとともに聖性をも獲得して、祈りとともに自己救済の側面も持つ。「感想」（大正3・6）の断片のように、「蛇を寸断して水に投げ入れる。／ことごとく泳いでゆく。魚になる。蛇を握るとつめたくなる。魚を握ると熱くなる。」と、蛇＝原罪、魚＝キリストという典型的な図像学の構図で読みが可能なものも存在する。しかし同時に、その魚は熱く燃え始め、「深更に佇ちて」（大正2・11）のように、「まことにそなたを慕ひて／こころは青き魚となる」という愛と性に苦悩する詩人そのものの姿にもなるのである。「愛人野菊に贈る詩」（大正3・9）では、「はる子よ／ただ聞け／われは真念一つなり、／感謝しつつ／威嚇しつつ／君の足を大拝し／あるひは侮辱し／頬と頬とを合掌す。」と詠い、「愛々うつつとなり／人と魚との半ばに位ゐす／真念凝気の煙を生め。／まことに昨日／叫びて抱き／股を割り／股を割りつつ生み落したるは純白の犬。／純白の魚。／天にはづることなく／天に捧ぐるのわれの愛児なり。」と熱唱し、そのような悶えを象徴している。そこに表現された愛と性の苦悶は、一人の健全な男性として自ら見出した女性とのかかわりを熱望し、その結末として「純白の犬」であり、「純白の魚」であるところの天に恥じることのない「愛児」の形をとることを切望している。

魚のモチーフを技法という観点から捉え直してみると、犀星のリズム論を知る上で重要な評論である「金属種子」（大正3・2）では、「彼女の肉体に手指を触る時程明らかにリズムを感ずるときはない。」と言い、「夏、ふるさとへ帰つて水盤にいろいろの魚を泳がせて其ればかり眺めて暮らした。かれらの生命の余りに強くぴちぴちしてゐるのに呆れた。」と述べていて、女の肉体にも魚の生命にもリズムを感じている。[9]「おほいなる魚らんらんと輝きつつ肌を裂かれ空に血を走らす。私は肩さきから斬られ、世界の果までを一さんに走つている。」「私は走りながら叫びながら太陽が狂気するのを見た。」と、私と魚は同化しながら「ゴーホの炎」にも呼応している。「をんなよ、／そなたの魂を噛み潰して私は出発しなければならない。そなただちは大切な塩豚よりも甘美い常食である。」と語りかける詩人の姿勢は、女や魚の身体に生命の律動を感じ、それらに烈しく心を寄せ、それを詩人自身の内在律として「命がけで」詩篇を創作するというものである。[10]「祈祷」（大正3・4）においても外界の魚が内界の魚となり、詩人の律動と呼応する経緯が述べられている。

曽て私はある沼のほとりに群を離れた寂しげな魚を見たことがある。小さな玻璃のやうな鰭をふりながら深い静止のなかに、この奇怪な生きものが帰つてゐた。私はむらむらと愛をおぼえたのである。白日しんたるなかに柔和と幽遠とをかんじたのである。語らざるものの荘重は神以上の荘重である。そののち私の愛は無益なさまよひに耽けることはなく、悲しき水中の生きものに及んだのである。
　私の肌の上にはいつも魚が泳いでゐる。劇《はげ》しく思慕するとき、空にみなぎり地上に泳ぎあふれるのも此の魚の姿である。私の後に私の魚は生きない。

内界に住む魚は、詩人自身の律動とも一体化した存在である。そういう詩人は「深夜しんに深夜、私のソオルはえんえんとして燃え上がる。ただいちにんの私を思慕する彼女の上に燃え上がる。」と言い、「私のソオル」とともに燃え上がる魚もまた「彼女の上に燃え上がる」ことが知られるのである。魚は、詩人と同化するだけでなく、女と律動を分け合うモチーフとして成長していく。

また、「魚と公園」（大正9・5）のように「象徴的なふしぎな歴史」を考えさせる、「無心」で「深い動機によつた物悲しげなすなおさ」をもつ姿を描き、「悲しげに水のない世界を見上げ、口を開けたまま水と空気とを半分ずつ、はかなげに小さい呟きをやりながら吸つてゐ」る姿に眼を留めている。[11] そういう魚の一面は、「魚」（大正9・7）や「寂しき魚」[12]（大正9・12）の作品世界では、魚界のみには満足しきれない都会や月や星の「ひかり」に憧れ続ける魚の孤独な姿となって物語性を獲得し、背景に「どうかして偉くならなければ」[13]という作者自身の上昇志向を背負う形で同化している。そのような中で、史実ものの作品として「魚になつた興義」[14]（大正11・1）を執筆することによって、より自由に人と魚が行き来できる幻想的な物語世界（fantasy）を体得することになる。

一方、金魚のモチーフは、犀星にとってあまり好ましい存在ではない。「或る少女の死まで」（大正8・11）では、ふぢ子と「魚のぞき」に出かける話がある。ふぢ子は「心からの愛をもつて、そのお友達のやうな美しい阿蘭陀《おらんだ》金魚の紅い尾や鰭《ひれ》ふるさまを眺めてゐた」のに対し、「私はこの金魚といふものの、どこか病的な、虚偽な色彩のやうなものを好まなかつた。その娼婦のやうに長い尾や鰭に何かしら人間と共通な、わけても娼婦などと一しょなもののあるのが嫌ひであつた。ときには、汚くさへ感じた。」と感想が書かれている。ふぢ子の問いに対し、「黒い鯉の方がすき」と答える「私」の理由は、「鯉はぢつと水中に澄んで、落ちつき払つて尾とひれを震はせた。あのぴかぴかした金魚よりは、その立派さが際立つて、静かさ寂しさをさへ私の胸につたへ」るからであり、「ことに私たち人間から見れば、どことなく寂しい気がする魚族の幽邃さは、この健康な生きものの上にも充分に読まれた。その不動《うごかな》い目はちやうど重い牛の眼を思はせるほど、あやしい神秘的な、しかも思慮深さうに蒼蒼と澄んでゐた」からである。もちろん、この場面では、ふぢ子をかわいく思い、ふぢ子も「をぢさん」である「私」に慣れ親しんでいるのだが、お互いの好みが嚙み合わない寂しさが描かれている。その中の一つが、金魚を美しいと思うふぢ子と黒い鯉に心惹かれる「私」のすれ違いである。金魚を描いたものは、「青き魚」系のものと比べると数も少ないが、「金魚」（大正15・9）には、「おれがかうして仰向きになつて／あぶくを吸つたり吐いたりしてゐる間に／おれの神経衰弱さへ慢性になつて了つた。」と、「慢性」の「神経衰弱」と「金魚」が重なり合う関係として詠われている。また、「金魚のうた」[15]（昭和17・11）では、金魚の「うんこ」が詠まれている。金魚そのものより、金魚が「ぼくのかげ」に「びつくりしてうんこをした」ことと、その「うんこ」が「かなしげにういてしづんだ」ことに小さな生命へのいたわりが見られる。「いのちを狙ふ」（昭和17・12）では、「金魚はあんまり美しいので／むしろ　汚なく見えるくらゐです。」と締めくくっている。金魚は、絢爛たる美しさの反面に不潔感を伴うものとして捉えられていることに共通性があるが、「舞」[16]（昭和18・12）の金魚は、多少趣を異にしている。「金魚が身をひるがへしてゐる／黄金撫子の／やけに売れることよ、／飢ゑる色の／燈に栄え／誰も彼も／子供ばかりぢやない／大人まで金魚を買ふのだ。／どれだけ持つて出ても／すぐ売れるといふ、／身をひるがへせば金襴の舞。」「金魚なんぞは／生きものではない、／あれはただの紙屑にすぎない、／そんな自説を枉げたことのない僕も／金魚の舞には／眼を瞠るのだ、／うらうらと晴れ亘る緑金紅爛。」

当時、昭和十二年の日中戦争（支那事変）勃発を経て、国民精神総動員実施要項が決定され、「尽忠報国」「挙国一致」「堅忍持久」のスローガンの下、太平洋戦争（大東亜戦争）に突入する以前に、すでに米・味噌・醤油・塩・砂糖等の切符制が決定されており、月二回は肉不買の日があって生活必需物資は厳しく統制されていた。[17] それ故「青き魚」系の詩である「魚」（昭和18・8）でもそのような世相が反映した詩句になっている。「我らの命をささへるに／日本の四囲は悉くさかなで盛られ／どれだけ戦つてゐても／饑ゑを知らない、」と食糧としての魚がモチーフとなり、「饑ゑを知らない」という詩句の背景に、実は「饑ゑ」という現実が存在することを知らせている。「我々の戦ひの糧になるために／青いかがやきを増してゐることには／些かの嘘はない、／海は天につながる日本の岸辺に／寄せては返す挨拶のなかに／魚の歌ばかりが夜ごとに聞える」と詠われ、食糧として「挙国一致」で「尽忠報国」する日本近海の魚と詩人の思いは同化するのである。「魚の歌」を聞きとる詩人の姿勢には、食糧になる魚たちの命に対する贖罪の思いが籠められている。[18] 国防服や婦人会の服装にまで規制が入り、厳しく統制された世相の一方で「うらうらと」舞うように泳ぐ金魚は、あでやかな美を振りまいたことだろう。それを素直に認めた詩である。しかし、「行春」[19]（昭和19・3）では、「色は雑つたよごれを見せ／そのなかにも清冽さはある。／生気のない金魚が／水にうかび上つた弱々しさも見える」とやはり金魚には手厳しい。ただ、金魚の「美」の中に「汚」を見出していた詩人が、「よごれ」の中に「清冽」なものを見いだしているところに変化がある。

二

昭和三十四年、犀星は前年末に「我が愛する詩人の伝記」の連載を終え、「かげろふの日記遺文」の連載を続行していた。そういう中で一月から四月にかけて「蜜のあはれ」が[20]『新潮』に連載される。犀星は、ここで「燃える魚」のイメージを追究している。七月十日と十四日の二つの俳句も魚拓の金魚を材にして「海を」「燃えなが渡つてゆく」イメージを詠んでいて、十月の「火の魚」、詩の「燃えるさかな」へと続いていく。このイメージを獲得する上で一役買っているのが、「後記　炎の金魚」の中で明かされている映画「赤い風船」[21]である。しかし、それは初期に犀星の用いた詩のイメージ「血」「火」「炎」「太陽」「舞踏」「狂気」などからの流れの上に成り立つものである。[22]また、風船の形状が赤くて丸いことから、魚としては金魚が選ばれる。犀星の金魚のモチーフに対する姿勢の変化が、太平洋戦争中に見られることは前述の通りだが、「青き魚」の方も「釣る人」に釣られる「魚」と悪所通いでの「女」との関わりが重なり合い、娼婦等の性的な女体描写の中に「青き魚」のイメージが確立していくにつれ、[23]その境界が溶解し、その形状からイメージとしてのバリエーションには乏しいものの「娼婦性」を中心とした「魚」のモチーフの一つに成り得たと考えられる。

この空想的小説（fantasy）の主人公は、おそらく琉金と思われる金魚[24]である。この金魚は、老境にある作家の「上山」という「をぢさま」から金銭を引き出すのがうまく、勝手気ままで贅沢だが、無邪気で愛嬌のある存在である。常に井戸水を持ち歩き、歯医者に行き、赧くなったり青ざめたり顔色が変わり、赤色を見ると睡気がし、誰のことでもすぐ好きになる人なつっこい三年子の金魚である。かつ、「をぢさま」の辛辣な批評家でもある「生意気」な金魚でもある。この金魚と「をぢさま」との関係の進展を追ってみよう。

この金魚は友人の書いている手紙の中から「人を好くといふことは愉しいことでございます」という言葉をつかまえてきて、無理矢理「をぢさま」にせがんで言わせてしまう。次に「をぢさま」の気配りの「好き」な彼女は、その礼に「尾のところをお触《さは》りになつてもいいわ、」と言い、「尾にのめのめのものがあるでせう、あれをお舐めになると、あんまりあまくはないけど、とてもおいしいわよ」と勧めている。また「のめのめの沢山湧いてゐる日が一等うれしい日なのよ、」と魚（女）体の秘部について無邪気な告白を行っている。そこから「お臀」談義が始まる。金魚は「お腹が派手だから、お臀のかはりになる」と言うのに対し、「をぢさま」は「人間では一等お臀といふものが美しいんだよ」と力説をはじめ、「死場所」だの「ゴクラク」だの言うに至って金魚にたしなめられる。それでも「をぢさま」は、「夕栄え」のあたった「お臀」は「言語に絶する美しさだ」と言って憚らない。そこから話は「性慾」に移行し、「一生持てあました」ものとして「をぢさま」の告白が始まる。性慾の「附き纏うたところ」では、「人間の美しさばかり」が眼につき、そこから疎外されていた「をぢさま」は、それが故に小説を書くようになったと述懐している。金魚は、そこで「をぢさんとあたいのことをね、こい人同士にして見たらどうかしら、」という大胆な提案を行う。提案は受け容れられ、人並みに赤井赤子という名前をもらった金魚は、恋人として「頸飾《ネックレス》だの、時計だの、」「指環もいるけど靴だの洋服だの、……」を「買つていただけるの。」と言い、それが決まると「一等肝腎なこと」として「毎月小遣どれくらゐ貰えるの、」と次には賃金交渉に入っている。「千円」と「五万円」から歩み寄って「一万円」で妥結しているが、立派な抱え主を持った高級娼婦である。自分で「縁日の金魚盥」に出て行って稼ぐと言う赤子は、そのまま「金魚屋」という置屋を渡り歩く阿漕な娼婦であり、自分の値段が「三百円もする」ことを知ってそれを逆手にとる「あばずれ」で「ちんぴら」な金魚である。「今夜はあたいの初夜だから大事にして頂戴。」と言う赤子に対し、「をぢさんも人間の女たちがもう相手にしてくれないので、たうとう金魚と寝ることになつたが、おもへばハカナイ世の中に変つたものだ、トシヲトルといふことは謙遜なこと夥しいね、」と老年の性を嘆いている。同衾しながら尾の愛撫の仕方を赤子に教わり、その感触を楽しむが、寝物語の中で赤子に「七十歳でもう百歳の人、あるだけを書き、あるだけを叩き売つた心のぼろを提げてゐる踵のヤブれた人、そんなひとがさ、あたいのやうな若いのと一緒に寝るのは、百歳にして恋を得たと矜《ほこり》がましく仰有つても、いいくらゐよ、」と言われてしまう。それでも老作家は素直に金魚の面倒を見てキスをして寝むのである。この赤子は木々の間を泳ぐようになり、軽井沢行きをねだるようになるが、「をぢさま」は「もつと美しい女になつて、見せてほしい」と言う。赤子は「他の者には女に見え、金魚屋には金魚に見える」金魚だが、作家として金魚に女としての命を吹き込んだ「をぢさま」には、その両方が見えるのである。赤子から、

「をぢさまのやうな、お年になつても、まだ、そんなに女が好きだなんていふのは、少し異常ぢやないかしら。」とか「おぢいちやんが若い人を好くといふのは、ちょつと、いやあね。見苦しいわ。」と言われることに対して、「をぢさま」は丁寧に「人間は七十になつても、生きてゐるあひだ、性慾も、感覚も豊富にあるもんなんだよ、」と諭し、「心臓も性器もおなじくらゐ大事なんだ。なにも羞かしいことなんかないさ、そりや、をぢさんだつて性器といふものには、こいつが失くなつてしまへば、どんなに爽やかになるかも知れないと、ひそかに考へたこともあつたけれどね、やはりあつた方がいいし、あることは、どこかで何事かが行へる望みがあるといふもんだ。」と真面目に男性の性について赤子に教えている。

「をぢさま」の講演に出かけて行った赤子は、そこで「死女」の一人である「田村ゆり子」と会う。そこで会話しているうちに人間界で言う「関係」があるということの内容をめぐって、金魚と人間のずれが露呈してくる。赤子は、「をぢさまはたんと愉しいことを知つていながら、あたいに、してくださらない事になるわね、ずるいわ、あたい、をぢさまに言つてやるわ、愉しいことを抜きにしちや厭だつて。」という性の不満に気づくことになる。以後、赤子自身は「大きい海のうへに金魚が一尾、反りかへつて燃えながら渡つていく景色」のイメージを獲得しながら、「をぢさま」の周囲に入れ替わり現れる「死女」である「をばさま達」と「をぢさま」の過去に注意を怠らない。「死女」という異界の女のそれぞれと関わるのは、常に「金魚」という魚界の女である赤子である。もちろん、「死女」たちを呼び出している張本人は、作家である「をぢさま」なのだが、そこを赤子が秘書のように仕切るのである。

赤子も「女」になって成長し、会話に進展が見られる。「女も男と同じくらゐに、五対五の比率でいち日男の事ばかり考へてゐるのよ、」と言い、「女が男について或る考へに、突然、取り憑かれてしまつて手が動かなくなるのよ、」「どうにも、身うごきの出来ないくらゐに考へ事が、心も身もしばりつけて来る瞬間があるのよ、あんな怖い鋭い時間ないわ、予感なぞがないくせに突然やつてくるのよ、前後の考へに関係なく、不幸とか幸福のどちら側にゐても、そいつがやつて来たら動けなくなるわ、内容は種々《いろいろ》あるけど、はつきり分けて見ることは出来ないけど、それがやつて来たら見事にしばらくその物が往つてしまうまで、睨んでゐても、見過ごすよりほかはないのよ。」と言い、男を求めずにはいられない女としての業のようなものを「をぢさま」の前に告白する。「をぢさま」も「男にもその茫然自失の時がある、厠の中なんかでそいつに、取つ憑かれると放してくれない奴がゐる。」と答える。お互いの性の中に住まう「名状とまでゆかない生々《なまなま》したもの」を認め合い、赤子は、それが「生きてゐる証拠なんでせう。」と問うている。

そのように互いの性慾を見つめながら、作家としての「をぢさま」は、「金魚と揉み合つてのたれ死《じに》にか。」と言い、赤子は評して「誰もほかの女に持つてゆくには、あまりにお年をとりすぎてゐるから、けんそんしてあたいを口説いて見たわけなのよ、そしたら金魚のくせに神通自在で、」「書くことの狙ひが外れちやつた訳でせう。」などと言い返している。王朝ものにおいて犀星は、中村真一郎に「君、直接書けない題材は、大納言は、とやればいいんだよ……」と「秘密めいて教へてくれた(25)」と言う。まさしく、この小説は、作家の創作の秘部をわざわざ覗き見させながら、性慾に関する題材を「金魚は……」とやった実験小説であり、狙いは外れてはいない。

さて、この金魚は巣作りをして「子を生むまね」をはじめ、そのうち「をぢさまの子を生んでみたいわね、」と言い出すのである。赤子は、「よその金魚の子」を「をぢさまの子として育てればいい」と言い、「をぢさま」が「毎日大きくなつたあたいのお腹を、撫でたりこすつたり」する中で「あたい一生懸命をぢさまの子だといふことを、心で決めてしまふのよ、」とその算段を話す。円地文子の「女面」という作品では、自分の恋人との間に出来た子供を自分の夫の子供として生み、夫とその家に復讐する話があるが、犀星においても、子の父親は、女の心持ち一つで決まるという女という性の持つ恐ろしさを無邪気に語っている。

「をぢさま」は「大変なことを考へ出したね。」と言いながらもこの計画の共犯者となり、「燃えてゐる逞しいやつを一尾、つかまへ」て「夕焼の中で燃えて取りくんで来る」という赤子に「しくじるな」と激励の声をかけている。実際、「眼のでかい、ぶちの帽子をかむつてゐる子」と交尾してお腹を「卵で一杯」にして戻ってくる。「をぢさま」は、男特有の無責任さで「そんな覚えはないよ、きみが余処から仕入れて来たんぢやないか。」と言うが、赤子に「お約束では、をぢさまの子ということになつてゐる筈なのよ。」と言われて受け容れている。ところが、あっけらかんとしている赤子は、相手にも真相を告げてしまったために「尾つぽ」を食われている。赤子は「をぢさまの唾で、今夜継いでいただきたいわ。」と頼む。金魚の身体に実感の籠もらない「をぢさま」は「セメダインではだめか。」などと言うが、「すじ」に「うまく唾を塗つてぺとぺとにして、継」ぐよう頼まれ、「老眼鏡」をかけて金魚の尾を継ごうとする。そこで金魚が羞じらうのが「性器」の問題である。しかし、「をぢさま」は、人間同士では羞かしいものが、金魚のでは「まるでそんな物があるかないかないかも、誰も昔から考へて見たこともないんだ。」と答える。赤子は「キスはしてゐるぢやないの。」と言うが、「キスだか何だか判つたものぢやない。」と言われ、「ぢや、永い間、あたいを騙してゐたのね、をぢさまは。」と怒る。そのうち、「人間がほかの動物に情愛を感じないなんて、いくら考へても、本当と思へないくらゐ変だナ。」と述懐するに至る。しかし、性とは、遺伝子組みかえを作り出す生物の仕組みであるという認識[26]に立てば、同種間以外の「性器」も羞恥も意味をなさない。また、「キス」も唇が性器の擬態[27]と考えるならば、金魚とのキスは、「をぢさま」の言うように「まア型ばかりのキスだつたんだね。」ということになるのである。

　結局、この話は、確たる結末を見ないまま「後記　炎の金魚[28]」で作者自身の口上によって改めて「一尾のさかなが水平線に落下しながらも燃え、燃えながら死を遂げることを詳しく書いて見たかつた。」ことが知らされる。しかし、「燃えてゐる逞しいやつを一尾、つかまへ」て「夕焼の中で燃えて取りくんで来」た交尾から引き継がれるはずの金魚の出産は描かれない。男女間に横たわる性の問題を題材として採り入れるに際し、「女」に金魚を選んで造形したことで、その滑稽さや無邪気さに救われ、淫靡で重苦しい小説に堕ちずに済むどころか、日本近代文学史上も稀にみる軽快でシュールな作品となった。しかし、まさにその同じ理由で、性の燃焼＝生の燃焼のドラマは行きづまったものと思われる。そういう意味で「書くことの狙ひが外れちやつた訳」で、幕を引いて作者が自らその心境を語らざるを得なくなったと考える。

　しかし、作家というものは一度つかまえた作品のテーマやモチーフやイメージをむざむざ手放したりはしない。釣りをする鳥居という男に付き添う「あかい色をして」いる女の子が登場する「山女魚」(29)を経て、「鮠の子」で再度、魚のモチーフによる「燃える魚」のイメージの完全燃焼に挑戦する。

三

「鮠の子」の書き出しは、さかな自身の知覚することのない「浮きぶくろ」の話から始まる。この挿話は「私の履歴書」(30)で兄が魚を調理しながら、浮きぶくろを潰して見せる挿話に引き継がれる。「浮きぶくろ」の挿話が作家の幼少期に端を発するものであるように、その舞台も作家の故郷の川、犀川が選ばれている。作家のよく知る地理と川の状況を描きながら、その視線は河川中の魚社会に向けられていく。

　魚洞《うろ》にいる「白爺《しろぢぢい》といはれる七年子」の鮠、鮠一、鮠吉、鮠太などの不良が上流から食糧や美魚などが上流の堰から「すべり落ちて」くるのを眺めて生活している。そこへ上流から鮠子が落ちてきた。その「美しい臀に眼をつけた」「むらがり」の中から、鮠一が美魚に迫って「うろ」に誘おうとする。鮠子は、「もとのところに戻る」と拒否するのだが、「おれ達でさへ登れない速いせぎ」だと言い、鮠吉、鮠太の姿を示して自分とともに来るよう強要する。鮠一は「此処では情実も哀憐もない世界だ、女なら女のままで受け取り、後にはなさけとか贔屓《ひいき》とかいふせせこましい気を持たないことになつてゐるんだ。」と魚界の市井を説明する。鮠子は「あたいに好かれようといふ気をちつとも持つてゐないわね。あたいは男はみんなやつぱり女に好かれようといふ気を持つてゐるとばかり考へてゐた。それなのに何よ、あたいを捩《ね》ぢふせて、雑魚《ざこ》のやうに粗末に扱つてゐるぢやないの。」と男というものへの失望と不満を露わにする。鮠一は「することはしてしまつてから可愛がつても遅くはない、だが、することをして了つたらどんな美魚でも、もうこちとらは用はない。」と言う。この世界は、純粋に性慾と性行為のみで構成されている愛や情の介在しない世界である。それを以て鮠子は「非情酷薄の心ね。」と言うのである。男どもの「することをして了つたら」次の無垢な美魚を求めていく「非情酷薄の心」の下に「卵はひとりで生め」という次なる「非情」を理解した鮠子は、「生み放しといふのね。」と非難するが、鮠一は、「一そう大きな気になつてそこらのやくざ共を片つ端から引つかけ、そいつらの卵も一しよくたに生みつけてやるのだ。」「何処のどいつの子だかも判らないところに、あやふやの尋ねやうもない混沌と紛糾があるのだ、」と言う。「蜜のあはれ」と同様に、女が子を生むこと自体に意味があって、その父が誰であるのかは、さしたる意味をもたない。魚の習性を知らないはずのない犀星が、鮠の世界を作品世界として設定した理由も「そこらのやくざ共を片つ端から引つかけ、そいつらの卵も一しよくたに生みつけてやる」ところにあるはずである。、その遠因を犀星自身の出生の問題に求めることは容易であるが、ここでは、性慾と性行為の結果が、女が子を生むというところに集約されることに注目しておきたい。

　性行為の終わった鮠一を見た鮠子は、「あんたはだんだん鰯みたいな品のない顔つきをして来たわね。」「口で立派なことを言つたつてあたいひとりを扱ふのに、からだの色も変つてゐるぢやないの。しまひにお臀から黄いろくくさりはじめて、尾つぽも、帚《ほうき》のやうに裂けてばさばさになるわよ。」と生気が失われた様子を嘲笑っている。鮠一は、それに対し、「からだの精気はたつたおまへにかかつただけで、一どきに、ふん奪《だ》くられるのだ。恐ろしいのはおれや鮠吉や鮠太ではなくて、可愛いいおまへの反り身のお臀のせゐなのだ。」と消耗を認めつつ、「可愛いいおまへの反り身のお臀」に性慾を感じ、それを満たそうとすると精気を「ふん奪くられ」て死に向かうしかないことが語られる。つまり、性慾に始まり、性行為に終わる一見非情な男から女への行為は、その一つ一つがそれなりに命がけであることを告げている。さらに鮠一は鮠子に「だが、気をつけな、おまへだつて卵をひり出したらきりきり舞ひをして、大川の流れの果てもなく下つてゆかなければならなくなるのだ。」と忠告している。「ふん奪くられ」た精気は卵となって女体の中に蓄積されるが、その卵を生みつけるときに女も消耗して死に向かう命がけの行為であることが示される。そこに、性慾や性行為が「非情酷薄」にして哀切なものという認識が提示される。

　鮠子は、鮠一と罵り合って別れるが、次には鮠吉が現れる。鮠子は、「羞らひ」を保ちつつも「沈着」な慣れた態度で相手をじらすようになり、性行為という「同じ事」の繰り返しに「冷笑《わら》ひ」さえ浮かべるようになる。鮠子の「衰へも疲れも見せてゐない」姿に鮠吉は幻惑され、自制心を失って再度挑もうとする。鮠子は、白爺の後ろに隠れるが、その白爺が、助ける代わりに言うことを聞くかと問うてくる。白爺は七年子の老魚であるので、鮠子は、騙せるものなら騙しても切り抜けようと考えて返事をする。「白爺は突然口から嬉しさうに泥を吐」き、鮠吉は、白爺に挑んでいく。「白爺はやつとからだを動かしたかに見え、見えたかと思ふと、空も裂けるやうな大口をあいて、顔にぶつかる鮠吉をがくんと一息に呑み込んでしま」う。男は、女をめぐっては、年齢に関わらず、生死をかけた争いをするものであることが描かれている。争いに勝った白爺は、当然鮠子に性行為を挑む。男の性が年齢に関係せず、生命の続く限り性慾に支配される姿である。行為の終わった白爺は、「喘ぎながら」「おれはしてはならぬことをしたので、いま崩れかかつてゐるのだ。」と鮠子に言い、「あふ向きに倒れて」死んでいく。

　鮠子は「柔らかいからだは疼き出」すが、それでも生きようとする。そこへ「ずつと先刻から眼を光らせてゐた」鮠太が現れる。「ああ、四度めの男。」と呟きつつも「媚と威嚇」を籠めて旋回しながら鮠子を追いつめる鮠太から逃れられない。鮠子は「あたらしい分泌物の補ひがなくな」っているが、「その衰へがうひうひしく魅力をさそひ、」「つかれたからだに、妙に先にさかつた鮠一、鮠吉、白爺の声とも臭気ともつかないもの」が、鮠太を刺激するのである。つまり、男の性慾にとって、無垢で男を知らない女体にはそういう魅力があり、男というものや性交渉を知った女体には、またそういう魅力があり、さらにまた、性に疲労して退廃した肉体にはそれ故の魅力があるということを象徴的に描いている。

鮎子は、水面に出て、「婆あ緋鯉」に会う。この緋鯉は、生まれながらに「火の鱗」に覆われており、どのように生きているのか分からない不思議な魚であるが、長命であり、彼女の周囲は「燃えはじめた焚火のやうに明る」い。この緋鯉は「燃える魚」の一形態であり、生命力の象徴である。鮎子は、緋鯉の腹に尾と鰭をこすりつけながら「生色を取り戻」す。この緋鯉は、このままここにいることは、性交渉に一生をすり減らして死ぬだけであることを告げる。鮎子は、大堰を越えて卵を生みたい希望を話す。鮎子と関わった男どもは、「卵を預けて」死んでいる。「生まなかつたら生きられないぢやないの」という鮎子の言葉は、自分一人の「生」のみを指してはいない。生むことによって鮎子も鮎一も鮎吉も白爺も鮎太も「生きられる」のである。鮎子は、殆ど使命として「生むためにお腹に入つてゐる卵をこの儘にして置くわけに行かない」と困難な大堰を上ることを決意しているのである。

一見無謀な鮎子の挑戦に、若い鮎達は「気狂女め」とはやし立てるが、鮎子は次のように叫び返す。「来年のいま頃になつて見るがよい、新米の阿呆面《あほうづら》がそこらにお前達のやうにずらりと列んで、お前達と同じ吼え方で一疋の母親をやつけることで、日も夜もないのだ。そん時に今日あたいの言分をおもひ出して、せめてその阿呆面を少時でも神妙に片づけて見るがいい。」ここにおける鮎子の意識は、「女」のものではなく「母」のものである。

視線は、ここで少年達のいる河原に引き上げられ、一匹の鮎が堰を上る様子を映し出す。下からは緋鯉が「大きいうちはのやうな尾つぽで、水面をたたいて」激励する。鮎子は無事に堰を上って本流に泳ぎ出ている。そして「腹部と背中にある赤い走線《そうせん》を小石に擦り寄せて光らせ」て「懸命に生みつけること」が「鮎子の願ひ」となり、その産卵シーンを以て作品は完結する。

四

純粋に性慾と性行為のみで構成された「鮠の子」の世界は、女体への性慾に引きずられずにはいられない「非情酷薄」な、しかし命がけの哀切な世界である。その世界の果てには、産卵期を迎えて「腹部と背中にある赤い走線」の出ている内側から「燃える魚」となった「母」なる魚の産卵行動によって、性行為の果てに命を落とした男どもの命も救済される。そうしてその「母」なる魚も産卵行動の先には死が待っている。しかし、その生命は、卵によって確実に引き継がれていく。

初期の「愛人野菊に贈る詩」に表現された愛と性の苦悶は、男性として女性との性行為を熱望し、その結末として「純白の犬」であり、「純白の魚」であるところの天に恥じることのない「愛児」を切望するものであった。「蜜のあはれ」も、「をぢさま」と金魚の恋愛が、素直に互いの性慾について語り合った先にあったのは、「をぢさまの子を生む」ことであった。しかし、種の違いに阻まれてそれ以上の話に進展させることができなかった。そういう意味での「鮠の子」は、「青き魚」のモチーフで再度「燃える魚」のイメージを再構築するものであった。

ところで、「鮠の子」は魚界の話なのか、それとも実は人間界の寓話なのか。「鮠の子」に描かれた鮠の世界は、犀星の巧みな騙し絵である。魚のモチーフに書き直した市井鬼ものである。なぜならば、鮠は、一尾の雌の産卵に合わせて複数の雄が射精するという産卵行動をとるからである。鮠の産卵行動の中に人間の性行為を巧みに織り込んで作品を構成している。してみれば、鮠子の落ち込んだ魚洞の世界は、市井の苦界であり、鮠子は日々そこにうろつく男どもに性をひさぎながら、そこからの離脱をはかっていった不幸な女の象徴として読むことができる。そこにうろつく男どもの中には、若い日の犀星の投影も、白翁に老年の犀星の投影も見ることができる。

作家はそれぞれに特徴的な性の意識を持っている。たとえば、谷崎潤一郎は「刺青」においては、美しい足の裏に恋して五年待ち、その娘に女郎蜘蛛の刺青を施すが、刺青を掘り終えると、心は空虚になり、真っ先に女の肥料になった清吉という男を描き、「瘋癲老人日記」では、督助老人が自分の嫁の颯子に心牽かれ、挙げ句の果てには死んでも颯子の足の裏に踏まれていたくて拓本をとろうとする女性拝跪の姿勢が見られる。川端康成は、「青い海黒い海」の中で死の世界に魅力を感ずるとともに、「私」は「りか子」との完全な合一を目指して心中するが、刺した「りか子」の体温を感じた途端に、叫び声を挙げて飛び上がってしまったり、「眠れる美女」でも完全に深く眠っている美女とかかわり、相手から反応があると身を退いてしまうという疑似死体愛玩（necrophilia）の傾向が見られる。そのような例から考えると犀星の場合、性慾や性行為が子を生むことと結びつくところにその特徴がある。また、谷崎の場合は「瘋癲老人日記」では、母の回想が絡み、川端の「眠れる美女」の場合も十七の冬に死んだ母の連想が絡んでくるが、犀星の場合も「鮠の子」の不幸な「女」が「母」として生きるところに男達への救済が用意されていることを考え合わせると、人間の性意識の核《コア》には、母なるものが介在するものなのかもしれない。

注

（1）「魚と公園」を指す。大正9年5月『太陽』

（2）魚をモチーフとするものは、俳句で「青き魚」系が約66句、金魚系が4句、うち昭和34年の2句は、「蜜のあはれ」や「火の魚」と関わりがある。詩では、「さくら石斑魚にそへて」「小景異情　その1」「旅途」「祇園」「魚とその哀歓」「夏の国」「秋」「愛魚詩篇」「寂しき魚介」「凍えたる魚」「七つの魚」「地上炎炎」「冬草」「君の名を」「海べ」「寂しき天国」「鮎のかげ」「盗心」「魚」（大正9年）「燃えるさかな」など。小説では、「魚と公園」「禁断の魚」「寂しき魚」「鯉」「魚

になった興義」「妙齢失はず」「蜜のあはれ」「火の魚」「山女魚」「鮠の子」などがある

（3）ブルトン（André Breton）は、フランスの詩人、思想家。シュールレアリスム（英：surrealism／仏：surréalisme）を興す。『溶ける魚』という1924年に発表した「自動記述」がある。ランドー（Walter Savage Landor）は、イギリスの詩人で作家。イタリア滞在中に執筆した150編に及ぶ『空想対話』は代表作であり、ディケンズの『荒涼館』に登場するボイソーン氏のモデルと言われている。クノー（Raymond Queneau）は、フランスの作家、詩人。シュールレアリスム運動に参加するが、1929年にブルトンと袂を分かつ。『地下鉄のザジ』『百兆の詩篇』『文体練習』など洒落たユーモア感覚、言葉の錬金術、あくなき実験精神の持ち主と言われる。中村は、このほかにもコルターサル（Julio Cortázar）シクスース（Héléne Cixous）と並ぶ作家として「蜜のあはれ」における犀星を評価している

（4）中村真一郎は、「犀星と今日」（『室生犀星文学アルバム』1992・10、大田区郷土博物館）や「再読　日本文学」（1995・11、集英社）の中で犀星の変幻自在な文学の魅力と海外前衛文学と匹敵する作品が「蜜のあはれ」であることを指摘している

（5）「鮠の子」昭和36年7月『小説中央公論』発表、昭和37年2月『はるあはれ』所収

（6）「さくら石斑魚にそえて」明治40年7月『新声』発表。昭和8年「さくらうぐひにそへて」とタイトル表記を改めたほか、詩句を推敲して1月の『椎の木』に再掲。2月『十九春詩集』所収

（7）「青き魚を釣る人」と同様のイメージに『性に目覚める頃』の作中詩が挙げられる。澤正宏は、「詩集『青き魚を釣る人』論」（『室生犀星研究』7輯　1991・10）の中で「魚の感覚器官である鱗を『痛く』と感じているのは、作者が実存感覚を魚へ移入しているからに他ならない（即ち、魚にとっても痛いとされているからである）が、眼や、魚の全表面を覆っている鱗が、それぞれ青色や藍色とされていることから、作品の題名の『青』という感覚的な表現は、かなしみが鋭く静かに深められた色という意味合いをもっていると解せる。」と述べている

（8）『室生犀星文学年譜』1982・10、明治書院）によれば、明治45年「本郷の縁日で五銭で『聖書』を求め、他に読むべき本がないので明けても暮れても読んでいたらしい。」とある

（9）「祈祷」（大正3年4月『詩歌』・「一九一四、三月利根川の畔にて」の副題有り）では、リズムについて次のように述べている。「すべてはリズムなり。リズムの層にして光の収乱なり。きんぎん奈落《ならく》なり。眺むるに亘り聴けるに及び若し

くは嗅げるにもとづけるものの其のことごとくリズムによりて生き育てるなり。彼女もへんぺんたる雑誌も総てはリズムなり。恐るべき燐寸のレッテルも——いはむや、われら水をかんじ火をかんずるの一心不乱境はリズムの唯唯集乱なり。然れど感ぜざるものは在るところの動けるリズムをも恒に逸す。」

(10)「金属種子」(大正3年2月『詩歌』)では、「リズムはつねに炎である。」と言い、「血」とともに赤の色彩的イメージが強い。そのような中から生まれた詩が「地上炎炎」(大正3年3月『音楽』)であろう。「火はいま紅き魚を曳く。」「火はいま紅き魚を盛る。」という詩句は、「鐘のひびき」や「樹」、「われの住家」、「なでしこ」などの「われの生活」を「しんじつ」に保つものであり、そのリズムが「火」であり、「魚」のイメージを所有するものである

(11)今野哲は、『「魚と公園」論（上）』(『室生犀星研究』第15輯　1997・6)の中で、「或る少女の死まで」「美しき氷河」「夏葱」「幻影の都市」「猫簇」における「魚」のイメージで描かれた女性の描写について具体例を挙げ、「取りあえずこの時期（大正8〜10年＝筆者注）の犀星の小説作品の世界において、『魚』のイメージに具体的に女性という形が与えられてきていると見てよかろう。」と述べている。また、「魚と公園」の「第四段に描かれる『私』の過去の買春行為の記憶も、魚釣りの記憶と基本的に同質」と指摘の上、「『恥辱よりも屈辱よりも、もつと烈しい憎悪』あるいは『全世界がどうなつてもいいという烈しい悩ましさ』といった痛烈な感情とともに回想された娼婦は、『魚』に準えられて『私』に押さえ付けられているのである。」と魚のイメージが女体描写として確立していく様を詳細に論じている。ここにも犀星の性意識を見ることができる

(12)「寂しき魚」は、大正9年12月「赤い鳥」発表の童話である。しかし、内容的には同年7月『婦人之友』に発表された詩である「魚」と同様である。このほかにも、「魚になつた興義」や「火の魚」に対応する詩が存在する

(13)犀星の上昇志向は、劣等意識の逆転によるものであることは、船登芳雄の『室生犀星論』(昭和56年9月、三弥井書店)などですでに指摘されている。女中の子、私生児、顔面コンプレックスという生来のものに加え、劣悪な成績と操行の疎略さなど幾重にも折り重なった疎外感と劣等意識に苦しんでいた。しかし、犀星は、野人であることを逆手にとって、旺盛な文学活動に結びつけていく。詩では「小景異情　その六」のように「あんずよ花着け／あんずよ燃えよ」という祈祷の形をとるが、詩から小説への移行の動機を綴った「泥雀の歌」や「文学的自叙伝」、初期三部作には、「偉くなる」ことを切望した、かなりあけすけな文学的功名心にはやる姿が描かれている

（14）「魚になつた興義」（大正11年1月『中央公論』）は、大正10年5月「九谷庄三」に始まる史実ものに分類される作品。『雨月物語』「夢応の鯉魚」を原典とする

（15）「金魚のうた」（昭和17年11月『文芸』）昭和18年『動物詩集』収録。初出題名は、「金魚」

（16）「舞」初出未詳作品。昭和18年12月『日本美論』収録

（17）『岩波歴史文化年表』昭和12年～18年の項による

（18）第3章「甚吉ものの頃――生命への慈しみ――」（86―100頁）で「信濃日記」（昭和17年6月『筑紫日記』所収）の「あらゆるものを食ふ人間は食はれた命にたいしていつも新しい感謝と、そしてその命を文学者の場合はそれを記号することで許され」るという部分に対し、食糧になる生き物たちの「生きる権利を認めながら、そういう命を食べて生きる人間の、命へのいたわりと贖罪の姿勢を明確にしている。」とこの時期の犀星の生命に対する姿勢を述べている

（19）「行春」初出未詳作品。昭和19年3月『余花』所収

（20）『室生犀星句集　魚眠洞全句』（昭和52年、北国新聞社）によれば、昭和34年7月10日小島喜久江宛絵葉書に「魚拓『金魚』に題す／炎となりたまゆらの海に消えにけり」とあり、7月14日笠原三津子宛絵葉書に「魚拓吟／燃えきりてたまゆらの海に消えにけり」とある

（21）戸塚（安元）隆子は、「室生犀星『蜜のあはれ』論」（『室生犀星研究』第15輯　1996）の中で、「『赤い風船』が少年と風船の一体化を示し、現実からの離脱を示唆するのに対し、『蜜のあはれ』において、金魚が死に向かう姿を見つめる上山の視線には、現実を見つめる犀星の透徹なまなざしが潜んでいる」と述べている

（22）戸塚（安元）隆子は、前掲書で北川透の論を踏まえながら、「新詩創造への苦闘を、犀星は「血」さらに「火」「炎」「太陽」「舞踏」「狂気」「死」のイメージを用いながら自らの詩に表現していることは注目すべきだ。そして、創作のメカニズム自体を詩にするという方法、これはメタ・フィクションの「小説の物語創造の物語」の部分に匹敵すると言えるだろう。」と述べている

（23）今野哲は、前掲書で「結末から振り返るならば、この少年（『商店の小僧らしい』＝筆者注）の姿は、魚釣りをする少年時の『私』の姿であり、娼婦とのむごたらしい一夜を過ごした『私』の姿であり、また、浅草公園に集まる群衆の姿でもあるといったシンボリックな機能を発揮しているのだと見做し得る。」と述べている

（24）久保忠夫は、解説（講談社文芸文庫「蜜のあはれ・われはうたえどもやぶれかぶれ」1993・5）のなかで、作品中の悪口の応酬を根拠にこの金魚を「出目金とみられる。」と定義づけているが、これは普通の金魚でも人間の眼に比べると角膜に当たる部分が盛り上がっているからであって、「出目金」であるからではない。しかも、「出目金」であるものに向かって「出目金」という悪口を投げることになるとそれは、ほほえましい悪口ではなく、身体的特徴に対する「攻撃」と化す。尾鰭が優美で赤を主とする金魚には、琉金や阿蘭陀獅子頭が考えられるが、阿蘭陀獅子頭は頭部の瘤に特徴があり、琉金よりはるかに高価であるし、縁日では見ることのできない高級金魚でもある。金魚の「魚拓」が実際に琉金を用いていることも考え合わせると、琉金と見なすのが妥当だと考える

（25）中村真一郎「室生さんと王朝物について」（『室生犀星全王朝物語』月報　1982・5）

（26）樋渡宏一「ゾウリムシは恋をするか？」（『imago』1993・12）114頁

（27）赤池学「司るものと恋するもの――生物として見る客観主義な恋愛――」（『imago』1993・12）65頁

（28）戸塚（安元）隆子は、前掲書で中村三春の額縁小説理論を踏まえて「蜜のあはれ」作品本体に対し、「後記　炎の金魚」は「額縁に当たると認識してもよいのではなかろうか。」と述べている

（29）「山女魚」昭和35年7月『別冊小説新潮』

（30）「私の履歴書」昭和36年11月13日～12月7日「日本経済新聞」

老境における芸術と性――「切ない人」――

犀星は、晩年においても創作意欲の衰えなかった作家である。「切ない人」は、昭和三十六年一月『週刊朝日』に発表された。同じ月には、小説を他に三本、随筆五本、詩を一編発表していて、その旺盛な創作意欲がうかがえる。また前年の六月末から、軽井沢の矢ケ崎川二手橋畔に文学碑を建立する計画を進め、その碑文には『鶴』所収の詩「切なき思ひぞ知る」を選んでいる。

本稿では、宮城という画家とまり子のかかわりを通して、芸術と女なるものについて考えていくと同時に、鹿島という作家やチンピラの少年とのかかわりから、晩年の犀星が追求していたものについても考えていきたい。


宮城譲は、老人に近い放浪画家である。絵を一枚千円で売りながら、街々をさすらってその日暮らしをしている男である。ある日、まり子の住む街まで流れてきた。宮城はまり子の家にも絵を売りに来た。まり子は二十二、三歳の良家の娘である。まり子は絵が気に入り、母親に追い出された宮城を追って絵を買い、宮城の滞在先にまで訪ねて行く。宮城の滞在中まり子は菓子類を旅館に差し入れて、さらに親密になり、とうとう家を出て、宮城とともにさすらうようになった。

この二人の出会いを決定的にしたのは、絵という芸術である。宮城は「僕のもつとも驚いたことは君が僕の画を見るあひだの、時間の永さ」であり、まり子が「僕の画いてゐる筆づかひのあとぐりをして、心で画いてゐるそれを発見」することのできる女性であることに気付く。宮城は「たいへんな人が現はれたと思」い、「有名も金もない僕の絵の前で、眼といつたら一杯に開いて見せて僕に笑ひかけるなんて、一度も経験したことのない場面に打つかつたんだもの、僕は褒められたこともあつたが、眼で褒めた女なんて始めてだつたのだ、だから、僕はすぐ君にその絵をあげた」と出会いを回想している。一方、まり子にとっても、宮城との出会いは意味あるものであった。宮城から与えられた「わたしは乞食です。なにかください。」という表題の絵を見て、「乞食はほんとは花や食べ物なんかがいらないのだ、女だからここまで来て正直に男がほしいといひ、お椀をさし出してゐるのだと思ふとたまらない気がして来たんです。たくさん小説など読んでゐても、此処までは、突き抜けられなかつた物がいきなり言ひ現はせたやうに、わたし、あの女の子を自分の中に引きいれてしまつたのです」とまり子は、その絵を読み解き、吸い寄せられている。そして「いまから考へるとあれは実は女の子でも何でもなくて、先生ご自身だつたのね、そのことをも知らないで先生に近づいていつたわたしは、先生の仰言《おつしや》りたいことを解くことが出来たわけなのね」と述べている。つまり「女だからここまで来て正直に男がほしい」という絵の中の少女の訴えは、とりもなおさず、「男だからここまで来て正直に女がほしい」という宮城自身の訴えであり、それを読み解いてしまったまり子は、絵という芸術に吸い寄せられる形で、それを創作した宮城という男に引き寄せられたのである。まり子は「どんな人間でも、すぐにお乞食《こも》さんに見えてくる原因があの絵にあること」を知り、芸術の中に人間の本性が表現されていることを見てとると同時に、「いままでわたしは自分の発見があれほど嬉しさうに、ふつくりと相手の方に受けとられた試《ため》しは一度もなかつたわ。」と女として受けとめられたことを素直に喜んでいる。

まり子は、宮城の許へ通って行くようになり、「今まで滅多《めつた》に、わたしといふ女に似たやうな人さへ、先生の眼の前に現はれなかつたことを見抜くことが出来たわ」と宮城の女としての存在を自覚し、「もうお帰りなさいと仰《おつ》言《しや》りながら、その反対にもつとゐてほしいといふ気合があつたわ。急に画きはじめたりして絵で引き停《と》めようとなさつた」と一人の男として女を引き留めるだけの何物をも持たない宮城が、絵を書くという芸術の力によって、女であるまり子を引き留め、引き寄せようとしていることを見破りながらそれに従っている。一方、宮城は「物の言い方にぎくつと来るものがあつて、この女のどこかが変つてゐるが、自分でも変つてゐるところを知らないでゐながら、僕といふ者に打《ぶ》つかつてそれを知らずに釈《と》かうとしてゐるのではないか」「君といふ人の解釈がぴたつと当る時には何時も僕は、君に接近することを警戒してゐなければならない気がしてゐた」とその芸術に対する批評眼に恐れを感じている。

そのとき話題になった絵は、「さむらひの東」という題の「白いお骨が丘のやうに積みかさなつた辺りに、紫紅色の菫が一杯に咲いてゐ」て「それがみな少女の顔のやうに東に向いてゐる」絵である。まり子は、その絵に成仏できない孤独な男の世界を見、「先生の孤独が憤りになつて現はれてゐる」と評している。こうして、絵という芸術によって引き寄せられたまり子は、母親の眼を盗んで蒸菓子、カステラ、巻卵、お煎餅などを宮城のところへ持ち出し「お部屋でそれをならべると、こんな些《ちひ》さい事がわたしといふ人間をこんなに喜ばせるのか」と「わたし自身で眼がうるんで来るくらゐ」男に奉仕することの楽しさ、恥ずかしさを見いだすようになっていく。宮城の側から見れば「一人は老いぼけた画家、一人は男といふ者をまだ知らない女」のつながりであって、「その底にあるものはその日が食ふや食はずにゐる一疋の人間が、君を惹き寄せたやうに思はれ」、「貧窮」という女にとって「めづらしい」世界にいる男であることが、まり子を女としても引き寄せる原因になったと考えている。

まり子にとって宮城は、「先生のお画《か》きになるものが毎日見てゐたいんです。それがわたしがまだ画けない間ぢゆう必要なのよ」と言っているように、絵という芸術の世界に導いてくれる師である。その上に「お画きになるものがとても好きだつたといふことは大したものなのね、何でもしてあげたいといふところまで心が固まつて来たんですもの」という男としての存在を自覚するようになり、結局、「先生によつて女といふものを知つた」後には、その背景として「先生がやはり男だつたといふことが、いまになると主な役割になつてゐるわ」と思い至っている。さらに、ともにさすらうようになってからは、「どんなにお願ひしても絵を買つて貰」い、「障子を閉め切つてこのお部屋で無事に一週間でも、二週間でもおくりたいわ、先生は絵をおかきになる。わたしはそれをぢつと見てゐる、そんな時間がうまく来ますやうに願ふだけだわ」と芸術で結ばれた男女の二人だけの世界に籠もり切ることの幸福を見いだしている。

宮城の方も関係が深まるにつれて、「君と一緒になつてから僕は確かに摑まへるものに、時間をかけて見るやうになつた。枯木だつて枯草だつて永い問見るやうになつた、その色はもはや色ではない、君なのだ、君といふ女のなにかが枯木になり枯草になり、それが君の名によつて呼び戻されてくるのだ」と絵という芸術の根本にまり子が存在していることを語っている。絵の素材はどれもまり子という女であり、絵を画くということは、まり子という女を画くということに他ならない。つまり、女によって芸術が立ち現れてくるものであるということ、また、宮城にとってまり子は芸術そのものであることを示している。その一方で、まり子には「平常の確《しつ》かりしたものとは正反対の」「慧知の全然欠けた少女がまたべつに棲んでゐる」と女としての無邪気な魅力について語り、「こんな酷《ひど》い生活をたすけてくれる女なんて何処にもゐないんだ、君くらゐなものだ、君を放さないでゐたいのだ」と女としてのまり子に執着している。ともに芸術を媒介としてかかわりながら、そこには抜き難い男女の愛執が絡まりあっている。

ところが、このような男女の年齢差や貧窮という問題は、絵という芸術によって結ばれた関係には無縁であるように見えながら、実はやはり不安なものを孕んでいる。それは、「老人に近い」宮城の側にあるのではなく、まだ若く、未来のあるまり子の側に存在している。まり子は「わたしには終《しま》ひには先生だけが見えてゐて、あとの人は皆何時も消えてしまつて見えなくなるんです。」と言いながら、一方では、「何処かでわたしを待ち伏せにし、わたしがその人に出会つたら一遍に好きになつてしまふ危険な人のことが、気になるの」と言っている。それは

「先生の中から分れて出て見えてくる、もう一人の先生みたいな人なのかも知れないの」と言っているが、おそらく宮城以上の芸術をもっている者に出会ったとき、まり子が別れていくであろうという予感を提示している。

「稲葉の町」で、まり子は宮城の絵を町長のところへ売り込みに行く途中、鹿島という作家の家を見かけ、なぜか鹿島のところへ売りに行こうという「咄嗟《とつさ》の考へに確実さ」を抱いて、大胆に訪ねて行く。鹿島は、「禿山と二人の食を失つた人」という題の「禿山のふもとに、すげがさを冠つたひとくみの男女の旅してゐるすがた」が描かれた絵を見、その「枯れ草の北なびきして雨のやうに描かれてゐる異色の間に、とぼついて往く」男女の旅人の姿に惹き入れられる。「鹿島の眼が突然絵から外されると、まり子の顔をさつと掠め」て、間髪を入れずに「幾らご入用です」と尋ねている。鹿島は、この絵から画家とそれを売りに来た女の背景に存在する生活を瞬時に読み取ったのである。作家とは、人々の生活の中から、生存の秘部を盗み取る職業である。

次に、鹿島は「かけおちの靴あと」という「蟻の長い行列の果に、河がみなぎつて描かれ、河の向うにやはり禿山があつて、小禿山が六宝石の鋭鋒を見せて突つ立つてゐ」る作品を見て「こんな絵は誰も飛びついては、買つてくれないでせうね」と感想を述べる。この絵の中には、「かけおちの男女の靴は描かれてゐな」いが、長く歩いていった果てに、河を渡ることができず、またその先には不毛な禿山が鋭くそびえていて、行き止まりのぎりぎりのところを歩いている画家の孤独な心象風景が描かれている。それが「内容はまるで小説といふものの中心をつらぬいて趨《はし》つてゐる」という鹿島の批評となって、宮城の芸術の本質を突いている。この絵の救いのない画面は、坂口安吾の「文学のふるさと」につながっている。かけおちの男女の「宝石の冷めたさのような」救いのない救いが「生存の孤独」となって立ち現れている。そういう意味において、この絵は「小説といふものの中心をつらぬいて趨《はし》つてゐる」のである。まり子は「作家といふもの」の「鬼のやうな眼」の力に「慄《ぞつ》乎とし」ながらも「此の人をたづねて宜かつた」と鹿島の芸術を理解する眼に安心感を覚えている。

三枚目の絵は、「拘置所の裏庭」という題の「数人のならんで抱膝をして日向《ひなた》ぼつこをしてゐ」る中に「女が一人まじつて蚤をとつてゐ」て、「窓の外に街があつて赤い旗がひるがへつてゐる」絵である。鹿島は、まり子と画家の関係を画中の蚤を取る女のなかに見いだして、男のために苦労して絵を売るまり子を慮り「失礼ですが、先生はあなたのご主人のやうな方ですか」と尋ねている。宮城に興味を覚えた鹿島は、まり子にデッサンがあったら見せてほしいと告げ、二枚の絵を破格の値段で買い上げる。まり子は「絵の内容に鹿島が眼をそそいでゐたことは疑はれな」いことと、鹿島がまり子に対して、次第に「近づいて心を傾けてゐる」のを感じたことをその与えられた金額と同様に暖かく感じながら帰路に就く。

宮城の待つ宿屋まで帰る途中、土手の下流の水門のところで十六、七歳くらいの少年に出会う話が挿入されている。この少年はまり子に「食ふ物持つてゐないか」と声をかけ、水門の上に「なまなましい顔」を出して、まり子の取り出したパンを食べ、梨を「じやりじやり舐《しやぶ》」った後、「お姐ちゃん、キスさせてくれないか」と言い出す。少年は始めのうち「うつ向き加減になつて、おどおどして」いたが、まり子に相手にされないと分かると顔色を変え「唇をひんまげて」「眼はひん剥《む》かれて怒つ」たようになって、「キスさせなかつたら殺すぜ」とナイフで腹のあたりに狙いをつけながら迫る。まり子は緊張しながらも、年長者らしい応揚な態度で頬にキスをさせてから叱りつけ、ナイフを取り上げて捨ててしまう。爆発する性を持てあます背伸びをした少年は、まり子を脅しながらもナイフの先が「慄へてゐ」たり、不器用に頬に「吸ひついて」みたり、煙草をふかしてみたり、突っ張って見せるが、結果的には、人懐っこい孤独な少年の正体を見せて、翌日も会ってくれるように哀願するようになる。まり子は、振り切って道路に出るが、ひとつの事件が「無事にをさまつたこと」と、お金に「何の禍ひもな」かったことを喜び、少年とのやりとりに「不愉快でないものがある」ことに「咎めを覚え」ながら戻ってくる。この少年の挿話は、まり子をめぐつて宮城という「老人に近い」男の性と対照的な少年の性を描いているようにも考えられるし、鹿島に出会ったことによって、まり子の中に兆し始めた心の揺れに入り込む観念的なシャドウのようなものとして考えることも可能であろう。まり子は戻って宮城に「わたしの何処かに変つたところがあるか知ら？」と問いかける。宮城はまり子の異常を看破してさりげなく「暴漢に襲はれたとでも、言ふのかな」「そして無事だつたのだな」と言っている。宮城はそれ以上問おうとしなかったが、まり子はすべてを話して宮城の心持ちを楽にしてあげようと思いやっている。そこに性的に結びついた男女の機微を見ることができる。

　まり子は町長に絵を売りに出かけたが不首尾に終わり、「拒絶の慣習に対する自信の放棄をしたたか味は」って、醤油会社に回る気力が出ないままに二週間を過ごしてしまう。そこには、宮城の絵のよき理解者であるはずのまり子の姿はない。ただ絵を売り歩く画家の女の姿があるばかりである。宮城は「鹿島に写生帳を見せることを厭がり、まり子が再度《にど》と訪ねることを好まな」い。その様子は、「すねてゐるのか判らないが」鹿島が宮城の「絵によせる好意のやうなものには、やはりまり子といふ女が売りに行つた」という要素が大きいと思い、「他の人間が行つても、あんなにすらすらと買つてくれまいと言」う。そこにまり子は「宮城の嫉妬を感じ、その妬みのもとが」宮城の絵にまり子という「女らしい物」を「絵につけ加えて」鹿島に売ったという「説明しにくい」ところまで宮城が感情をこじらせているということに思い至っている。しかし、再び「困窮」している今、「この土地を出発するための用意に」費用を工面しなければならず、まり子は「まり子自身が女性としての標緻《きりよう》が絵に抱き合せになつたつてどうにもなるものではない。わたし自身に若し女としての魅力といふ物があつて、それに惹かれて鹿島が買つてくれる絵があつたとしたら、売つたたつていいではないかといふ気にな」る。宮城には、男として鹿島への嫉妬があると同時に、日ごろ日銭を稼ぐための絵を書いているということもあって、決して迎合はしていないという自負があるにせよ、自分の芸術に対してその域に達していないという思いもある。デッサンを見られたくない気持ちの裏側には、そういう宮城自身の創作態度や絵の未熟さをあからさまに見抜かれることに恐れを感じているためだと考えられる。そうであるからこそ、まり子という女が「絵につけ加え」た「女らしい物」へのこだわりも強いのである。それに対して、まり子にもかつてのような宮城の芸術に対する絶対的な信頼は見られない。まり子は自分が「絵を売りに出かけるといふ裏側に」自分の「肉体とか微笑とか哀願とかが何かの形で」相手に絵を買わせるきっかけになっていることを承知している。まり子は、絵の分からない醤油会社を相手に、微笑みを武器として売り込もうとするが、うまくはいかず、鹿島のところへ再度売りにいくことを決意する。宮城は「絵の事の解るあの男に再度も買はせるのは、僕としても君といふ女をむだづかいにするやうな気がする。君の美しさまで役立てようとする僕自身の卑屈さが、隙見されるやうで心苦しい」と素直に真情を吐露するが、まり子が最後に行けるところは鹿島しかなかった。

行き所のないまり子は、鹿島を訪ねて宮城のデッサンを見せる。デッサンを見ることで、宮城という画家が「得《え》体《たい》の判らぬ絵を売」るという「いかに難《むづか》しい生き方を」しているかを察知し、その芸術性を見抜いた鹿島は、「妬みのやうなものが憐《いぢ》らしさと交互になつて」「あびせかける」ような「烈しい視線」をまり子に注いだ。それは「たかの知れた」画家に「うつつを抜かして」いる女の「莫迦々々しい正体を見た」というものであった。その気分はまり子にも通じ、鹿島に「あなたは宮城さんの絵の何処が気に入つてゐるんですか」と尋ねられて「絵になつてゐないところ、絵といふものの入口でもがいていらつしやるところが、好きになつたんでせうか」と答えている。これに対して、鹿島は「あなたは半端《はんぱ》な人間を認めたことになりますね」と言い、さらに「あなた自身はその実力の欠乏されてゐる時にさへ、愛情を感じるといふことになりますね」と言葉を強め、「あなたは騙されてゐるといふ気を持つたことが一度だつてあるかどうか、自分自身を騙してまで宮城さんを生かす手伝ひをするやうな……」と詰問して、まり子の怒りを買う。鹿島は、宮城とまり子の関係を純粋に芸術のみがとり結ぶ仲として考えたとき、画家として自分の芸術を持たない男に、まり子がなぜ追従するのか理解できないのである。宮城が絵のわかる鹿島のような人には絵を売りたがらないことや、食べていければ絵が公に出ていかなくてもいいという考えに、鹿島は自棄的な生き方しか見いだせない。これに対して、まり子は憤り、

「絵に現はさうとする物をわたし達は何時も二人で眺めて、それに栄誉だとか有名だとかをのぞんでゐるのではございません。やけくそなぞは、一度も思つたことがないんです。わたし達は生きるだけのお金さへ、

絵から与へられて居ればそれで充分なんです。やけくそだといふ見方をなさるあなたこそ、わたし達の奥の方を見ることが出来ないでいらつしやるんです。」

と言い放つ。この言葉の背後にあるものは、もはや芸術による結びつきではない。どこまでも「男と女の肉体」による「情事のこまやかさ」で「なれあ」っている姿である。それを目の当たりに見せつけられた鹿島は「うしろに押し返されたような気が」するとともに宮城との「年齢の距《へだ》たりの深さを怖れず、生家を飛び出して流浪《るろう》してゐるまり子という女」の存在の真の意味をはじめて理解する。

まり子は意地を張って鹿島の家を飛び出すが、鹿島はまり子の貧窮を理解してさりげなく後を追う。まり子は「女の身が浴びる憐憫《れんびん》といふもの」が「一人の人間の精紳をくぐり抜けて到達したとき」の美しさを感じ、素直な気持ちになって鹿島の前に頭を下げ、絵を買ってもらう。そこでまり子は、「何時かはお手紙を差し上げる時があるやうな気がいたしますけれど」と言い出し、鹿島に手紙を出すときがあれは、宮城と別れるときであることを暗示する。まり子は「何時まで続けられる旅だか判らないが」とにかく「明日はこの地を発《た》つことが出来る」ということを心の張りにして、宮城の待つ町中へと戻っていく。

さて、この作品の題名になっている「切ない人」とはだれのことを指すのであろうか。まり子は、確かに芸術の力によって惹きつけられて宮城とともにさすらっているが、絶えず別れる予感や不安がつきまとっていて、安定感がないところにその切なさが感じられるし、水門の少年も孤独な生活の中で性を持て余している切なさがある。また、鹿島にも作家の業として関心を寄せたものを追求して止まない切なさがある。しかし、一番大きなウエイトを占めているのは、宮城という画家であろう。宮城にとって、芸術はまり子が姿を変えて現れてくるものである。そういう意味でまり子は、現実の女であると同時に芸術上の女でもあって、二重の意味で欠くべからざる存在である。ところが、宮城自身はいまだ芸術の真髄をつかむに至らず、自分の芸術に確信がもてない状況のまま、模索を続けている。そういう芸術の入口で苦悶している状況を鹿島に見抜かれて指摘されてしまった。また、せっかくつかんだ現実の女であり、芸術上の女神であるまり子も、いつ自分から去っていってしまうかもしれない不安を持っている。本物の芸術さえつかむことが出来れば、逃げていくことはないのだが、中途半端であるところから、別れの予感に脅かされている。加えて女と自分の間にはかなりの年齢差がある。そういう宮城の老境に近づいてもいまだ道遠しの感がある芸術への不安と緊張が描かれている。それは、確かに切ない世界だが、一方では、老境に至ってもなお自分を追いつめて生きている生き方であって、逆に充実した豊かな世界だとも言うことができよう。

この作品に登場する三人の男たち、宮城も鹿島も少年も、もとは犀星一人から別れた分身たちであるように思われる。それが、行為者である宮城と、その批判者である鹿島と、老年の性を抱える宮城に対する思春期の爆発する性を抱えた少年と三極分化し、自由自在に語られている。「切ない人」は犀星の晩年における芸術と性に対する心境の告白小説としてとらえることができるであろう。事実、犀星は大丸の時計売場に勤めていた十九歳の少女と昭和三十四年ごろから知り合い、銀座界隈を連れ歩いたり、軽井沢に伴ったりして交際している。

文学碑の碑文に選んだ詩「切なき思ひぞ知る」も、犀星の芸術に対する姿勢に見合うものであった。

我は張り詰めたる氷を愛す。
斯る切なき思ひを愛す。
我はその虹のごとく輝けるを見たり。
斯る花にあらざる花を愛す。
我は氷の奥にあるものに同感す、
その剣のごときものの中にある熱情を感ず、
我はつねに狭小なる人生に住めり、
その人生の荒涼の中に呻吟せり、

されればこそ張り詰めたる氷を愛す。
斯る切なき思ひを愛す。

この詩が発表されたのは、昭和三年二月である。「虹」のような「輝き」をもち、「剣」のような鋭い冷たさの中に「熱情」をもつ「張り詰めたる氷」のような「切なさ」を愛するという、そこに謳われている世界は、この「切ない人」に描かれている世界と通底している。

犀星は老成とか円熟という言葉と無縁であった。昭和三年に書かれた「切なき思ひぞ知る」を三十三年後に碑文に選び、さらに「切ない人」を発表したことは、犀星が死ぬまで挑戦的な作家であったことを雄弁に物語っている。それでいて、私小説的な心境小説のスタイルではなく、五枚の絵を中心にした見事な構成力と表現力は、円熟の域に達した妙味というべきであろう。

第5章

犀星襍記

犀星文学における植物——「抒情小曲集」から——

犀星にとって植物とはどのようなものであったろう。それを特に『抒情小曲集』[1]から求め、それぞれの植物がどのように詩《うた》われているかという点から、論じてみたい。

先ず、『抒情小曲集』で素材となった植物に関する表を作成してみた。植物に関する語とその語の使用回数、及びその語のとりあげられた詩の数をもって項目とする。尚、植物と関わりの深い色彩語として「みどり」を項目に加えた。

植物名	単語数	詩の数			
うめ	1	1	木の芽	4	2
すもも	3	1	石蕗の花	1	1
あんず	4	1	草木	1	1
麦	5	5	草	6	4
木	2	1	いそ草むら	1	1
木ぬれ	1	1	草草	3	2
木木	1	1	さくら	11	6
			芝	1	1

枯れ芝	1	1	樹	4	3
芝草	5	3	松	6	2
菜種	2	2	みぞ萩	1	1
土筆	2	2	たで	1	1
小柴	1	1	枯木	3	2
嫁菜	1	1	冬木	1	1
どくだみ	1	1	並木	1	1
垂り穂	1	1	朱き葉	4	2
葱	2	2	苔	1	1
球根	1	1	林檎	1	1
ときなし草	2	1	パインアップル	1	1
竹	1	1	苗	3	1
月草	1	1	ザボン	2	1
青草	1	1	みどり	11	10

表を参考に、個々の詩について、萩原朔太郎や北原白秋との影響関係も視野に納めながら詳述したい。

小景異情　その五(2)

なににこがれて書くうたぞ
一時にひらくうめすもも

すももの蒼さ身にあびて
田舎暮しのやすらかさ
けふも母ぢやに叱られて
すももの下に身をよせぬ

金沢の春はひとときに来て、うめやすすももがほぼ同時に花開く。そのすももの青々とした姿に包まれて、田舎の暮しの、平和で都会でのように追われることのない、やすらかさを感じるが、その中でもやはり、無為徒食を義母に叱られ、唯一の心のなぐさめとして、すももの下に身を寄せている。

ここでのすももは、犀星の田舎暮らしの中での精神的支えといった感がある。どこにも安住の地のない犀星にとって、わずかに身をよせてなぐさめられる相手となっている。

萩原朔太郎の『郷土望景詩』「公園の椅子」(3)に「いかなれば故郷《こきやう》のひとのわれに辛《つら》く／かなしきすももの核《たね》を噛まむとするぞ」という部分がある。表面的には、犀星が、北国《ほつこく》の春らしく花をうたっているのに対し、朔太郎は実の方をうたっている。さらに内容面では、犀星の方が、すももの木そのものが気持ちの安らぐ対象としてとらえられているのに村し、朔太郎の方は、「すももの核《たね》」を「かなしみ」と同格にとらえることによって、その「かなしみ」に具体的なイメージを与えるのに使われている。このすももへの対し方において、身の置きどころのない境遇は似ていたであろうが、犀星の方が親しみ深い、独特の対し方をしている。

季節こそ「小景異情のその五」と違うが、内容的に近いのが「秋思」であろう。

秋思(4)

わがこのごろのうれひは
ふるさとの公園のくれがたを歩む
芝草はあつきびろうど

いろふかぶかと空もまがへり
われこの芝草に坐すときは
ひとの上のことをおもはず
まれに時計をこぬれにうちかけて
すいすい伸ぶる芝草に
ひとりごとしつつ秋をまつなり

「公園のくれがた」は、北原白秋の「公園の薄暮」という詩を連想させ、「びろうど」という語は『思い出』の中でたびたび使用されているため、かなり白秋の影響を受けた詩だと思われる。また、先にあげた朔太郎の「公園の椅子」とも設定が似ている詩である。「秋思」は、秋近い公園の暮れ方、静かに孤独に浸っている姿がうたわれている。日頃、（芝草に坐していないとき）は「ひとの上のこと」つまり、「うれひ」が多い中で、時を忘れて芝草にすわり、孤独に浸るという、沈静した詩であり、また、芝草との親密さは、犀星独自のものである。「小景異情その五」で「母ぢやに叱られ」た自分を「すもの下に身をよせ」ることで慰めたように、ここも「すいすい伸ぶる芝草に」日頃の憂いを慰めているのであろう。

　さて、季節はずれに芽吹いた草を「時無草[5]」と名付けて詠《よ》まれた詩は、今までに挙げた二つの詩と雰囲気的には似ているが、内容面で少し異なっている。

時無草

秋のひかりにみどりぐむ
ときなし草は摘みもたまふな
やさしく日南にのびてゆくみどり
そのゆめもつめたく

ひかりは水のほとりにしづみたり
ともよ　ひそかにみどりぐむ
ときなし草はあはれ深ければ
そのしろき指もふれたまふな

犀星は、ときなし草は不憫な生いたちだから、手でふれたりしないで、そっとしておいてあげようと詩っている。この詩の中に、犀星の境遇と心境も見え隠れする。望まれて生まれず、また、異母兄と親子ほども年が離れて生まれてきた生いたちと、東京へ出て食い詰めては金沢にもどっている犀星が、定職もなくぶらぶらしているのを養母になじられるつらさ、行くところなく居る犀星こそ、ときなし草であり、そっとしておいてほしいという心境がうかがえる。

朔太郎の詩に、同じように「時無草」という語を使った『純情小曲集』愛憐詩篇の「浜辺」(6)がある。この詩は、犀星の影響を濃厚に受けた作品として有名である。その中の一点「なにゆゑの若さぞや／この身の影に咲きいづる時無草もうちふるへ／若き日の嘆きは貝殻もてすくふよしもなし。」という部分は、内容的にも類似した点がある。しかし、朔太郎は「嘆き」を強調する為に、時無草を用い、犀星は、時無草の存在そのものの中に、彼自身の当時の様子が見え隠れしている。そこに根本的な違いがあるといえるだろう。

「寺の庭」(7)という詩もそういう観点からいえば、「時無草」に類似している。

寺の庭

つち澄みうるほひ
石蕗《つわ》の花咲き
あはれ知るわが育ちに
鐘の鳴る寺の庭

秋、寺の庭の土が澄んだ空気に冷んやりと湿っているという情景が、澄んだ静寂さを漂わせている。そこにひっそりと石蕗の花が咲いている。犀星のつらい生いたちに寺の鐘が鳴ってさらに哀感が漂う。ここでの石蕗の花の姿は、当時の犀星が、雨宝院で孤独に詩を詠みながら暮している姿を投影しているようである。前の時無草が、ここでの石蕗の花のように感じられる。

「小景異情　その六[8]」は、六行の一つの詩の中に、あんずが四回もくり返されていて、今までにとりあげた詩と異った感じになっている。

　　小景異情　その六

あんずよ
花着け
地ぞ早やに輝やけ
あんずよ花着け
あんずよ燃えよ
ああ　あんずよ花着け

あんずよ、花を着けよ、燃えよ、とうたうこの詩は、単に春が来た喜びをうたったにしては力強さが異なる。初出には、「萩原朔太郎君とともに祈れることばなり」と詞書きがあるので、詩人としての大成をも祈願したのであろうが、それを踏まえるまでもなく、「あんずよ」をくり返し、しかも、感動を高め、もどかしそうに終わるこの詩は、生への激しい祈りをうたったものであろう。さらに、先のただし書きによってこの詩は金沢の作ではないかもしれぬ。しかし、杏の木は、犀星にとって故郷に関わる特別の樹木である。それを示す例を、『幼年時代[9]』から拾ってみよう。

畠は広かつたが、林檎、柿、すもも等が、あちこちに作つてあつた。ことに、杏の若木が多かつた。若葉のかげによく熟れた美しい茜と紅とを交ぜたこの果実が、葉漏れの日光《ひかり》の影に柔らかくおいしさうに輝いてゐた。あまり熟れすぎたのは、ひとりで温かい音を立てて地上におちるのであつた。

「おとうさん。僕あんずがほしいの。採つてもいいの。」

「あ。いいとも。」

私は、まるで猿のやうに高い木に上つた。若葉はたえず風にさらさら鳴つて、あの美しいこがね色の果實は私の懐中にも手にも一杯に握られた。

犀星自身の幼年時代の実態はともかく、成人後、自身の生いたちのイメージとして、杏に対するなみなみならぬ思い入れ、または、郷愁といったものがあることは確かである。

また、「幼年時代」の中で「一体の地蔵見つけ」ている。「それは一尺ほどもある、かなり重い石の蒼く水苔の生えた地蔵であつた。私はそれを庭に運んだ。そして杏の木の蔭に、よく町端れの路傍で見るやうな小石の台座を拵へて其上に鎮座させた。」（傍点筆者）というのだが、これの続篇の性格をもつ「性に眼覚める頃」(10)の地蔵尊の描写のところに次の一文がある。


母を祈る心と自分の永い生涯を祈る心とをとりまぜていのることは、何故かしら川から拾つた地蔵さんに通じるやうな変な迷信を私はもつてゐたのである。


この一連のものが、事実か虚構かは別として、よく祈りを捧げたという地蔵尊を杏の木の蔭に置いたということも、「小景異情　その六」の祈りと通底ずるものがある。

「さくら」は、六つの詩にわたたって十一回使用されているが、そのうち、金沢での作品は少なく、福井や東京、あるいは、朔太郎のいる前橋の作が多い。

桜と雲雀(11)
雲雀ひねもす

うつらうつらと啼けり
うららかに声は桜にむすびつき
桜すんすん伸びゆけり
桜よ
我《わ》がしんじつを感ぜよ
らんまんとそそぐ日光にひろがれ
あたたかく楽しき春の
春の世界にひろがれ

あるいは、「前橋公園」[12]にも、「すゐすゐたる桜なり／伸びて四月をゆめむ桜なり」とある。「すんすん」とか「すゐすゐ」といったことばに、春の芽吹く頃の桜の伸び伸びとした生命を感じる。これを朔太郎の『純情小曲集』愛憐詩篇の「桜」[13]と比べてみよう。

桜

桜のしたに人あまたつどひ居ぬ
なにをして遊ぶならむ
われも桜の木の下に立ちてみたれども
わがこころはつめたくして
花びらの散りておつるにも涙こぼるるのみ。
いとほしや
いま春のまひるどき
あながちに悲しきものをみつめたる我にしもあらぬを。

犀星の詩が、まだ、桜の花の開く前の、春の気配の中で、それを感じとって伸びてゆく桜をうたっているのに対し、朔太郎の桜は満開である。しかも、犀星の伸びようとする桜は、犀星になじむものであるが、朔太郎の満開の桜は彼になじむものではない。

ここに、北国《ほっこく》に育ち、野に遊び、木々に親しんできた犀星と、群馬の良家で大切に育てられてきた朔太郎の違いがみられる。

また、「室生犀星氏[14]」に「されどもすでにああ四月となり／さくらしんじつに燃えれうらんたれど／れうらんの賑ひに交はらず」と、あるいは「坂[15]」に「すでに桜はしんじつを感じて／坂のふた側に佇ちつくせども／ひざんなる室ぬちにかへらねばならず」とあるように、犀星の「桜」には「しんじつ」という言葉がよく結びつく。犀星にとって「しんじつ」は、単に芽吹きはじめる頃の桜の生命感を意味しているわけではない。犀星自身の生命の希求、あるいは、詩人としての芽生えの願望も内包しているのである。そして、桜が、その「しんじつ」を感じる一番のイメージの植物であるということができよう。

「しんじつ」という言葉が使われている植物の詩が、他に一例ある。「植物園にて[16]」に出てくるザボンである。

植物園にて

とらへがたきザボンの輝き
玻璃のうちより
匂はしき霧を吹きあぐる
ザボンよ
あをき梢にむすべ
はなるることはなく
ふかくしんじつに

なみだもて
葉の上に梢にむすべ
　しかして真にかがやけ

全体的に、「小景異情　その六」とよく似た調子の詩である。植物園の香気高いザボンに立派な実をその梢につけよと祈るような、ザボンを励ますような詠み方である。

北原白秋の『思ひ出』に「隣の屋根」[17]というのがあるが、これにザボンが出てくる。

　夕まぐれ、たれこめて珈琲《コーヒー》のにほひに噎び、
　古ぼけし阿蘭陀自鳴鐘《オランダとけい》取りおろし拭きつつあれば
　黄に光るザボンの実ぽつかりと夕日に浮び、
黒猫はひそやかにそのかげをゆく……
（後略）

「珈琲《コーヒー》のにほひ」や「阿蘭陀自鳴鐘《オランダとけい》」の語は、白秋らしいハイカラさがある。また、ザボンについては、植物としてのザボンではなくて、静物としてのザボンを扱ったような、色とその形が夕日のイメージと合致するから使われたのであって、犀星のように、生きているザボンの木へ向かっての呼びかけではない。犀星の面と向かって植物に対するところからくる詩の力強さは、白秋にもみられない彼独特のものである。

　詩われ方こそ違うが、求めようとするところが内容的に同じであろうと思われるのに、土筆を扱ったものがある。

　土筆[18]
旅人なればこそ
小柴がくれに茜さす

いとしき嫁菜つくつくし
摘まんとしつつ
吐息つく
まだ春浅くして
あたま哀しきつくつくし
指はいためど一心に土を掘る

この詩の中に、やはり生命感を求める犀星の姿がみられる。初春で、せっかく見つけたつくしも、まだ、頭の部分が堅くて春の息吹、すなわち、生命感が十分に感じられない。そこで、どこかに生命の力が感じられはしないかと指が痛むのもかまわず、土を掘っているのである。あの「しんじつ」と通じる詩である。詩のリズムも良く、声に出すといっそう春の気配が伝わってくる詩である。「利根の砂山」の中にも「ひゆうたる風のなかなれば／土筆は土の中に伸ぶ」とあって、まだ、十分に芽吹けずにじっと地中で力を蓄えている姿であり、どこか、当時の犀星の境遇に通じるところもある。

春のいまにも芽吹かんとする植物は、みな、純粋に伸びよう、芽吹こうとする。生いたちや境遇に屈折してきた犀星も、それ故に一層、厳しい冬を越して伸びていこうとする植物の生命感に共感し、リズムを感じ、そのイメージを追い求めたのではなかろうか。

他に重要な植物として、麦がある。表に示した通り、五詩にわたって五例、つまり、詩われている詩の中で、一回ずつ顔を出しているわけで、「小景異情　その六」のあんずの詩のように連呼はされてはいない。しかし、五例の中でも、「みどり」と一緒に出てくる麦のイメージは、特に注目すべきものがある。「旅途」[19]の「ふるさとにあれど／安きを得ず／ながるるごとく旅に出づ／麦は雪のなかより萌え出で／そのみどりは磨げるがごとし」は、ふるさとも安住の地でなく、旅に出た。そのとき見た麦は雪の中から芽吹いて、その緑は、非常に澄んでいるというのである。前後の関係から、この緑には、詩情がかりたてられていることをも表わしているようだが、雪を割って萌える麦の鮮やかな生命感を感じさせる部分である。また、「木の芽[20]」という詩もこれに類似している。

木の芽

麦のみどりをついと出て
ついともどれば雪がふり
冬のながさの草雲雀
あくびをすれば
木の芽吹く

これはやはり、行きつもどりつしながら、春の気配がして麦が雪を割って出はじめた頃の北陸ならではの様子である。影響関係にある白秋の詩にも朔太郎の詩にも、この季節の麦の詩は見当らず、この季節の麦は犀星独特ものだといえるだろう。犀星の麦の詩には、もう一つ注目したい「永日[21]」がある。

永日

野にあるときもわれひとり
ひとり、たましひふかく抱きしめ
こごゑにいのり燃えたちぬ
けふのはげしき身のふるへ
麦もみどりを震はせおそるるか

われはやさしくありぬれど
わがこしかたのくらさより

さいわひどもの遁がれゆく
のがるるものを趁ふなかれ
ひたひを割られ
血みどろにをののけど
たふとや、われの生けること
なみだしんしん涌くごとし

この詩の季節は「時無草」「永日」「秋の日」という前後の関係から秋と考えられる。秋は、一般的に植物が色づく季節であるので、六月頃色づく「麦」は、「みどりを震はせおそるる」とその内容を掛けているとも考えられる。この詩は、孤独、不幸な生いたちと現在の不遇の嘆きが中心になっている。

「小景異情　その五」でとりあげたが、朔太郎の『郷土望景詩』「公園の椅子」に「永日」とよく似た感じの「麦」がある。「遠き越後の山に雪の光りて／麦もまた怒りにふるへをののくか／われを嘲けりわらふ聲は野山にみち／苦しみの叫びは心臓を破裂せり」の部分がそうである。自分の苦悶と「ひとの怒り」の違いはあるが、麦が、それぞれを反映している点において同じである。朔太郎の方が、他の部分から見ても、犀星の影響を強く受けているようである。また、「永日」の麦は、そのみどりの生命力さえ震わせ恐れさせるのかとうたっており、麦のみどりに生命感を求めていることにおいて「旅途」及び「木の芽」と共通している。

犀星の緑のイメージも特徴がある。植物であっても「朱き葉」のように、朱は犀星になじまない。尤も朱き葉は、そのうち枯葉となるばかりで、生命感がないからとも言える。

小景異情　その四(22)

わが霊のなかより
緑もえいで

なにごとしなけれど
懺悔の涙せきあぐる
しづかに土を掘りいでて
ざんげの涙せきあぐる

旅上(23)

旅にいづらば
はろばろと心うれしきもの
旅にいづらば
都のつかれ、めざめ行かむと
緑を見つむるごとく唯信ず
よしや趁はれて旅すこころなりとも
知らぬ地上に印す
あらたなる草木とゆめと唯信ず
神とけものと
人間の道かぎりなければ
ただ深く信じていそぐなりけり

合掌　その三(24)

かうべ垂れ

いまは緑を合掌す
きびしき心となり
みづからを責むる心となり
主よ山のふもとにわれ住みて
すこし衰ろへ
いまは緑の大木に
その高きあたひに
かうべ垂れ合掌す

「小景異情　その四」は、萩原朔太郎の「浄罪詩篇」に多大な影響を与えた。この緑は心の中の植物、内面の緑である。また、「旅上」の緑は、落ちつきどころのない犀星にとって心を満たす唯一のもの、そして、「合掌　その三」では、緑は高貴なものである。緑のイメージは、草木を代表するものである。

犀星にとっての緑を含めた植物のイメージは、それぞれの植物への思い入れの多寡はあっても、心なじむものである。それも、心慰まるもの、犀星自身と同等のもの、あるいは、自身を投影するもの、そのときどきの、植物の生命力に自己をぶつけるような激しい祈り、謙虚で真摯な静かな祈り、これらが主であった。犀星の草木類との親しさ、他の詩人にはみられないこの一体感は、生いたちの不幸と養家での不幸の中で培われたものである。

近所にある実家から、捨て子同様に養子に出され、赤井ハツのような厳母に育てられ、学校社会に馴染みきれない粗暴な劣等生であった照道少年の心安らぐ場所が、これら犀川の河原を中心とした「植物のあるところ」であった。照道少年には、これら自然と親しむより他なかったのであるが、それらの自然が少年の荒ぶる心をなだめ、悲しみの心を聞き取ることにより、詩人室生犀星を育てたということができるだろう。

注

（1）大正7年9月10日、感情詩社。明治45年10月から大正5年ぐらいまでに発表された詩で構成される。『感情』誌上にまとめられた後、単行本化された
（2）『朱欒』大正2年5月、初出では、「小景異情　その三」『感情』大正5年7月誌上では「小景異情　その二」
（3）「上州新報」大正13年1月1日「郷土望景詩篇（モト篇）――公園の椅子」、『日本詩人』大正14年6月に再掲され、第四詩集『純情詩集』（大正14年8月、新潮社）に収録
（4）『スバル』大正2年9月、『感情』大正5年7月再掲
（5）『朱欒』大正2年1月、『感情』大正5年7月再掲
（6）『創作』大正2年11月
（7）初出未詳作品
（8）『創作』大正3年5月、初出タイトル「光耀」。『感情』大正5年7月誌上では「あんず」と改題再掲
（9）『中央公論』大正8年8月発表。滝田樗陰に認められ、掲載。大正9年1月『性に眼覚める頃』（新潮社）、昭和5年5月『生ひ立ちの記』（新潮社）所収。この作品は大きく言えば、白秋『思ひ出』の影響が考えられる
（10）『中央公論』大正8年10月発表。8月に樗陰から原稿依頼を受けている。大正9年1月『性に眼覚める頃』（新潮社）、昭和5年5月『生ひ立ちの記』（新潮社）所収。『文芸』昭和31年12月に再掲
（11）「上毛新聞」一面、大正3年3月4日、初出タイトル「桜と雲雀と」
（12）「上毛新聞」一面、大正3年3月9日
（13）『朱欒』大正2年5月、初出には標題なし
（14）『詩歌』大正3年5月、『感情』大正5年8月再掲
（15）『詩歌』大正3年3月、『感情』大正5年8月再掲
（16）『創作』大正3年1月、初出タイトル「植物園小景」。『感情』大正5年8月再掲後、『短歌雑誌』大正7年7月に「植物園」と改題再掲。『抒情小曲集』では、「植物園にて」と改題収録
（17）『創作』明治44年2月、総タイトル「過ぎし日」の中の一篇

(18)「上毛新聞」一面、大正3年3月4日、『感情』大正5年8月再掲
(19)『朱欒』大正2年2月、『感情』大正5年7月再掲
(20)『スバル』大正2年4月、『感情』大正5年7月再掲
(21)『スバル』大正2年8月、『感情』大正5年7月再掲
(22)『朱欒』大正2年5月、初出では、「小景異情　その五」『感情』大正5年7月誌上では「小景異情　その三」
(23)『アララギ』大正3年4月、『感情』大正5年7月再掲。さらに『日本詩人』大正14年8月再掲
(24)『詩歌』大正3年6月、初出では、「合掌　その四」。『感情』大正5年7月再掲

犀星と刀剣

犀星の小説を読んでいくとよく刀剣に関する描写に出会う。

晩年の「私の履歴書」[1]には「足軽組頭でも瓦葺き門構へと、欅四枚戸の玄関式台に二本の長槍をらんまに架けた手前、女中さんのお腹の子を正式にはこの屋敷では生んで育てるわけにはゆかなかつたのである。」と実家の格式を示すものとして「長槍」が紹介されている。

また、初期の自伝的小説である「幼年時代」[2]にも、刀剣は実父とのかかわりを示すものとして描写されている。

　父の居間には、その襖の奥や戸棚には、驚くべき沢山の刀剣が納められてあつた。私はめつたに見たことがなかつたが、ぴかぴかと漆塗の光つた鞘や、手柄《つか》の鮫のぼつぼつした表面や、×《かけじるし》に結んだ柄糸《つかいと》の強い紺の高まりなどを、よく父の顔を見てゐると、なにかしら關聯されて思ひ浮ぶのであつた。

刀剣類は、かつて加賀藩士であった実父とそれにつらなる実子の「私」に、士族としての血統を意識させるものとして用いられている。この後、実父が亡くなり、生母が実父の弟に追われて行方知れずになる話が続いている。このモチーフは、犀星自身の生母失踪事件をもとにして度々繰り返されるが、自伝小説「弄獅子」[3]には、これに刀剣がからんで、次のように述べられている。

　父の死後に伏木浦の義兄が生家を相続したが、その前に母はこの家を出て行かなければならなかつた。母は三十七八くらゐになつてゐたであらうか。（中略）何だか赤門寺といふ寺のひと間をかりてゐたさうであつたが、噂によれば飢死《きし》同様に陥つて死んだのださうであつた。もつと悪い噂によれば母が僕の生家を出てゆく際に金になるやうな掛物や陶器、刀剣類を持ち出し、それを売り減らしにして食べてゐたさうであつた。

実母は、女中、下女という身分で追われ、刀剣類を売り減らしたという惨憺たる噂だけが、息子の財産となって残った。犀星は、この部分を「杏っ子」[4]の前半部分「お刀」に受け継がせている。

　彌左衛門はお春に目ぼしい金になる物、たとへば揃つた膳部に夜具類と茶器、衣類なぞも、いまの内に搬べるだけ搬んだ方がいいと言ひ、お春はなるべく人手を借りずに小物の皿小鉢から、寺町裏通りにある赤門寺という寺に、一部屋借りて其処に搬んで行つた。（中略）お春は藪畳のまん中で、こんな盗みをするみたいな荷物搬びは、いやだといつて、だだをこねた。（略）

彼女はなりの高い彌左衛門の胸のところで、甘えて言つた。

「わたくしお刀がもつとほしい……」

実母のお春はさまざまな品物を勝手に持ち出したのではない。搬《はこ》び出した品物は、晩年の実父、彌左衛門の愛情を一身に受けた一人の女への愛の証しとして与えられているのである。お春もそういう彌左衛門を知り抜いて、だだをこねたり甘えたりしている。それ故、刀を搬び出すお春を見送る彌左衛門の視線も、若い一人の女を眩しげに眺める男のそれになっている。

　お春は翌晩、自分で抱へきれない大刀を風呂敷につつみ、彌左衛門に見送られて搬んだ。一たいに長身の彌左衛門は二尺五寸以上の長刀ばかりを佩《は》いてゐて、お春がそれを抱へて出かけるのに、鞘にひそむ刀身のきらきらしたものまで感じて、彌左衛門はお春のすがたをかひがひしく、なまめいて眺めた。実際、すぐ、まとまつた金になるものは、値は下がつてゐても、刀ばかりだつた。

犀星は生母についての不幸な噂を逆手にとって、母の最も幸福な一時期の話として描きだした。実父彌左衛門のお春への視線は、実子である作者、犀星の視線でもある。そこに重要な役割を果したのが刀であった。

つまり、犀星が刀剣にこだわる理由の第一は、実父から流れる士族の血統につながろうとすることであり、第二には、刀を持ち出して売食いした揚げ句、飢え死に同様に死んだと噂される生母への実子としての思い入れであった。

ところで、犀星は自伝的作品でのみ刀剣にこだわったのではない。例えば、市井鬼ものの一つである「続あにいもうと[5]」にも、川師の赤座平右衛門が実は「加賀藩の処刑場」の左槍役の刑師あったという因縁話が語られている。赤座の葬式の後に、彼の過去を示す書類と「夥しい刀剣の槍の穂の錆」が残されているのを見てりきは慄然とする。

> 赤座の妻りきは神経病みのやうになつて永い間だまされてゐたといひ、ああいふ恐ろしい人間の子供まで生んだことを怖がつた。薄ぐらい納戸の刀簞笥にぎつしりと重々しく詰め込まれた白ざやの刀身に、いつのまにか錆がついて夜啼きでもするやうにりきの襟あしをつめたくした。

りきの娘もんはこの家系にまつわる因縁とその証拠とも言える刀剣類にこだわり、父赤座が刑師であった秘密を、三男の正がつかんでいるらしいことを知って逆上する。争いは一家全体に波及し、もんはそれが原因で気弱い夫、唐澤やもんの味方をしてきた二男、裕にまで見放される。

もちろん、これら刀剣類は家というものの歴史や秘密と密接に結びついている。その点においては、自伝的小説の実父からの流れと逢接点をもっている。作品の設定を考えるとき、「赤座」は実家「小畠」の家系を養家「赤井」の家庭環境において構築し直しているため、虚構でありなが結果的に士族の血統につながろうとする側面を残している。ただ、ここで指摘しておきたいのは、刀剣類にこだわっているのが、りきであり、もんであるということである。犀星の分身らしき正ではなく、女であるりきともんがこだわっているところに、生母と刀剣の結びつきからの流れも混入しているのではなかろうか。

最晩年の未完の作品「好色」[6]にも「刀」「錆」という章がある。

元徳家の本屋の入口の鴨居には、二本の長槍が架けられてゐたが、廃藩後には別に咎めはなかった。それを無理に飾らせたおせんはこれは私の物ではない、ご先祖様の槍だと言つて、おせんはお鍼医でも懐剣はゆるされてゐたと、がらくたの古懐剣や鍔の箱をひろげて元之介やまだ子供のお綾に見せびらかし自慢してゐたが、（中略）これらの古脇差はおせん自身が買ひいれた物ではなく、文平がお城の出入中に仲間小者からかたに取つて小金を貸してやつたのが質《かた》ながれしてゐたのだ。（中略）町人ですら愛刀のさかんな大藩くづれの凡俗は、光つた刀物をかたにするより外に金目の品物はなかつた。

槍が鴨居に架けてあるという描写は「私の履歴書」にも、また、刀剣が金目のある物であるということについては「杏っ子」にも、それぞれ内容の重なる箇所が見られるが、ここでは家の歴史や血統に直接つながろうとするだけのものではないことに注目したい。

まだ夕刻に間のあるこの家の、うす暗い茶の間で反りを打つた刀身の錆をあらためる元徳おせんは刀気狂《きちが》ひといはれてゐるだけあつて刃がしらを見詰める眼くばりには、女だてらにちよつと凄みのあるものだつた。文平がこの女を見つけた娼家もずつと下の方の、川べりの家ではじめて裸になつたおせんを見た時、かういふ女には男は永い間には、しまひに殺されるといふ土地の諺《ことわざ》さへ思ひ出された。

文平を丸呑みにしたおせんは、馴染《なじ》みを重ねると自分で朝早くからやつて来て、掃除万端の手筈を決め、ときには別に雇ひ女も入れて家の中をみがき上げた。その折、刀簞笥に一杯詰つてゐる刀剣類を見ると、おせんは逆上して叫んだ。

「あんたのご先祖様がわたしを引き合せたのだ。この刀類はご先祖様の差料だつたのだ。鞘は袴下のきぬずれでみな見事なつやを吐いてゐる。」

おせんは調べるだけしらべあげると、一さい、刀簞笥には文平にも手をふれさせなかつた。其処に先祖といふ家系を作り上げるために納戸は暗く、ふだんから締め切つて置く必要があつた。

おせんの刀剣類に対する異常なまでの執心は、家系のないものが家というものを作り上げようとする執着を示している。このことは、実家に捨てられ、養家で「不義密通の餓鬼ども」の寄せ集め家族の中で育った犀星が、一旦は実家「小畠」の血統につながろうとしたが、それを果たすことができず、結局は自分で「家」を作り上げようとするよりなかったその生涯の軌跡を物語っているように思われる。

「好色」においても刀剣類に固執するのは、女のおせんだけである。犀星の作品の中で、刀剣類にこだわりを示すのが女に限られているということは、どのような意味をもつのだろうか。

折口信夫によれば、(7)刀の鞘は割って蔓を巻いたもので、笛や弓も作りは同じだという。笛に用いた木は「うつぎ」であったというが、「うつぎ」とは、神霊の宿った空洞のある木である。そのような「うつぎ」や「竹」を用いて笛や鞘を作ったという。鞘も笛も弓も蔓を巻いた中は「うつ」である。「うつ」は「物が充ちた」もしくは「籠つてゐる」状態、または「その容れ物」であり、そこに宿るものは神霊、または精霊であるという。また、弓は「まじつく」的な意味を持ち、「弦返りにより、音を発する様になつてゐ」て、「鞆の中に居る魂を呼び起す」といっているが、さらにその延長線上に刀についての記述がある。

刀に転じて考えてみると、鞘の中の身は、一種の霊魂であつたに違いありません。度々申した様に、刀の精霊は蛇で、蛇は又、雷でもあるが、つまり、蛇が這入つてゐるのと同じ事だと思ひます。蛇を斎ひ込めてある。其を出さない様に蔓で巻き付けてあるのです。

この刀の精霊が蛇であり、また雷でもあるということについては、高崎正秀が「神奈備《かむなび》山考」において、山霊が蛇体と信じられていたこと、雨水に関する神霊が蛇体と信じられていたこと、風神もこれに相伴うことなどを通して、雷と蛇の関連を明らかにしている。また、柳田國男も「木思石語」(8)の中の浦島子の例のなかで、さまざまの「うつぼ」なるものの中に鮑や蛇が住まっていたという伝承例を挙げている。

刀が蛇と同じであることは、犀星に蛇を扱っている作品が多くあることと共に注目される。フロイトの「精神分析入門」[9]によれば、メス、あいくち、槍、サーベルといった尖った武器は、男子の生殖器を象徴するものとして、体内に侵入して損傷を与える性質があることを挙げ、それらは陰茎に代置されるものであると述べている。また、男子の性的象徴に属するものとして、蛇を筆頭に爬虫類や魚類を挙げている。

一方、ジェームズ・A・ホールは「ユング派の夢解釈」[10]の中で、蛇の男根的意味は解釈のほんの一部であり、脳研究に照らせば、ユングが自律神経系を象徴すると考えていたことに注目している。また、秋山さと子も「夢診断」[11]において、ユング派精神分析学では、蛇は変容の象徴であったり、太母（グレート・マザー）的なものであったりと、フロイトの精神分析学に比べて広範な解釈がなされていることを紹介している。例えば、漱石の「夢十夜」第四話に現れる蛇は、深く結ばれた父子関係を表すものだと述べている。もっとも、この場合、手拭いは蛇になることなく、爺さんは河の中に消えてしまうのでこの父子関係は解体していると見られるだろう。ただし、刀については、ユング派においても男性の性の象徴とされていることに変わりはない。

こうした視点から犀星の刀剣類へのこだわりを考えてみると、「杏っ子」においてお春がもっと刀が欲しいと彌左衛門にねだっていることは、彌左衛門という男そのものを求めていると解釈できる。この場合の刀は、家の格式や伝統を象徴するよりも、その刀が男の身体に合わせて作ってあることを通して、彌左衛門という男自身の身体を象徴していると考える。お春がその長刀を抱えて出かける姿に彌左衛門は「鞘にひそむ刀身のきらきらしたものまで感じで」いるが、これは刀身が男性の性の象徴なら、それを収むべき鞘は女性の性の象徴であり、刀身のきらめきは充実した男女の愛の姿を象徴してはいないだろうか。そのお春の姿を「なまめいて眺めた」ということは、性的なメタファーであるといえよう。

「続あにいもうと」では、赤座の死によって過去を知ったりきが「白ざやの刀身に、いつのまにか錆がついて夜啼きでもするやうに」心を寒くしている。この刀は処刑場で多くの罪人の血を浴びた忌まわしいそれであると同時に、そうした男との交わりによって「ああいふ恐ろしい人間の子供まで生んだ」という忌まわしい思いを感じないではいられないそれである。もんはそのような実家の秘密を守り、父を敬愛する娘の立場から、刀剣類にこだわっている。それ故、息子の正が祖父の過去を知っているかもしれないということか捨てておけなかったのである。

「好色」のおせんは、盲目的な刀狂いとして描かれている「昔は刀が人間より上位にあつたものだ。」とか、刀の錆を削り取ると「中から拝みたいくらゐの、刀身が光りかがやいて出て来る、」と言うおせんは、娼家で出会った文平を「丸呑み」にしてしまい、文平をして「かういふ女には男は永い間には、しまいに殺される」と思わせるほど、性的にも達者な女性である。文平の刀剣類を見て「鞆は袴下のきぬずれでみな見事なつやを吐いてゐる」というおせんの言葉には、当然のことながら、その鞘の中にある刀身も含まれており、それらを独り占めにしようとする姿勢に、貪欲な性的欲求を感じ取ることができるのである。

王朝ものの第二作目にあたる「あやの君」[12]でも、刀が重要な役割を果たしている。気位の高いあやの君がようやくのことで肌を許した男貞文が、翌日から訪ねて来ないばかりか、後朝の和歌すらも持って来ない。信じながら待ちわびつつも、ついには裏切られたと思い、孤高の精神に憧れて出家を志し、塗籠にこもってしまう。多忙であった男が、事情を知ってあわてて訪れ、潔白の印として、下賜された小太刀をあやの君に預けて懇切な詫びを入れると、あやの君はその太刀をおしいただいてはじめて「淑ましい微笑み」を浮かべている。このあやの君も精神性を重んじて出家をしながらも、その意識下のところでは肉体を持った男性を求めている女であることを物語っている。

犀星にとって刀剣類は、生母失踪事件へのこだわりをもちながら、士族である実父の家系へのつながりを求め、それが不成功に終わると、最後には自らを始祖とする新しい家系を作り出そうとする意欲を伝えるものであったと思われる。と同時に、それは、女なるものが男の肉体を求める性的なメタファーとしても重要な役割を果たしている。こうした犀星文学における性的表現のからくりについては、作品中の蛇や魚の扱い方を追究することによって、さらに明らかにされるであろう。

注

（1）室生犀星「私の履歴書」昭和36年11月13日～12月7日「日本経済新聞」連載

（2）室生犀星「幼年時代」大正8年8月『中央公論』

（3）室生犀星「弄獅子」昭和11年6月有光社刊。成立は複雑で、主に昭和3年頃と、昭和10年頃に書かれたものが合わせられている

（4）室生犀星「杏っ子」昭和31年11月19日～翌32年8月18日「東京新聞」夕刊連載。昭和32年10月、新潮社

（5）室生犀星「続あにいもうと」原タイトル「神々のへど」昭和9年11月『文芸春秋』

（6）室生犀星「好色」昭和37年5月『小説中央公論』「北国新聞」他地方紙7紙に連載予定であった作品

（7）折口信夫「石に出で入るもの」昭和7年6月「郷土」、「霊魂の話」昭和4年9月『民俗学』

（8）柳田國男「木思石語」昭和18年

（9）フロイト「精神分析入門」１９１７年

（10）ジェームズ・A・ホール「ユング派の夢解釈」氏原寛、片岡康訳　昭和60年11月、創元社

（11）秋山さと子「夢診断」昭和56年4月、講談社現代新書

（12）室生犀星「あやの君」昭和15年12月『婦人之友』

愛の詩人の異同について――千家元麿と犀星――

犀星の「千家元麿の詩集(1)」には、「武者小路君の選で千家元麿の詩集を読んで、天下にただ一人の詩人かと思うた。この詩集はべらべらの藁洋紙の印刷で、赤本のやうに小型で、定価が二十銭であつた。それも日向の新しき村から武者小路君の好意で出版されたものらしい。」とある。この詩集とは『桜』を指すものと思われる(2)。その後もその天才肌の詩人の詩に素直に感動を寄せ、武者小路が『自分は見た(3)』に寄せた序文の、

よし議論で千家の詩をつまらないと云ひ切れる人があつても、千家の詩は生きてそして読者の心にひゞき、そして深かき愛をよびさます事実を否定することは出来ない。自分は真価の前には頭をさげる。議論の前には頭をさげない。千家の詩は少くも今の日本で最も人間の心にひゞく詩だ。そして千家は今の日本に於て最も有望な詩人だ。自分はかう安心して云ひ切る。

という強い賛美の言葉を引き継いだように犀星は『我が愛する詩人の伝記』の中で、

千家の詩に口をきはめて褒めるのは、千家の詩の急所がさうさせるのである。読者よ、かういふよい詩をいまから二十年ももつと以前に、あまり沢山の人の眼にもふれずに印刷のままで、紙の間にぴかぴか光つてゐることを想ふと、誰かがそれを後年に眼を瞠《みは》つて読み、人に、沢山の金を貰つたやうに讃めるのも、美しい千家の贈物ではないか。

と述べ、高い評価を与えている。こうした親愛の情は、千家の詩の中に自分の詩と同質のものを嗅ぎとっているからである。

犀星は「我が愛する詩人の伝記」を昭和三十三年一月から「婦人公論」に連載した。そこには毎月一人ずつ合計十二人の詩人が描かれ、「千家元麿」は十二月号に、連載最後を飾る十二番目の詩人の伝記として発表された。もちろん、全体の構成については、単行本収録に際し「佐藤惣之助」が省かれ、「島崎藤村」が最後にまわるという経緯があるが、本稿では、昭和三十三年十二月十五日、中央公論社発行の単行本『我が愛する詩人の伝記』に収録されている「千家元麿」をテキストに、犀星の語る千家像や千家の詩を通して、犀星が千家の詩と人となりをどのようにとらえていたか、また、その背後にどのような二人の詩人の詩魂と詩法が交錯していたかを考えてみたい。

一

犀星は、『我が愛する詩人の伝記』において「千家の詩の急所」という言葉を用い、「急所」を突いた作品として「桜」(4)を挙げている。

桜

冬枯の空に桜は彼女の飾りの無い髪を編んで
すらりと気高く立つてゐる
何と云ふ精緻極まる小枝の群
千も万もの愛らしい紳秘な小枝が
優しく縺れて

平和に空の下に彼女の美を
意気揚々と示してゐる

この詩について犀星は、「千家元麿の詩集」において、

この詩の組立と推敲とは乱暴である。しかし冬枯れの空に「桜はかの女の飾りの無い髪をあんで……」の狙ひと心づかひとは二十年詩界に遊んでゐる私には、惻々として迫るものを感じるのである。

と評し、さらに『我が愛する詩人の伝記』では、『彼女の飾りの無い髪を』編んだあたりに、その重い一行のきめから一篇を為すに至つたものに思へる。」と言い、練り上げられた「重い一行」に「千家の詩の急所」が見られると指摘している。そして詩人というものは「いつも一行をさがすために何ヶ月かかかり、また何ヶ年もかかつて見つけるまで、眼と頭の世界をさまようてゐる者である。」と詩人たる者の宿業をそこに見ている。千家も、犀星のこの指摘に呼応するかのように、「創作家の喜び(5)」という詩の中で、「見えて来る時の喜び、／それを知らない奴は創作家では無い／平常は生きてゐても、本当ではない」と言っている。さらに、犀星は続けて「この世界にもまた少しも装飾音のある言葉をならべてゐない、思ふままに彼が辿らうとしてゐる処に、行きついた感が深い。」と技巧によらない自然体の良さを指摘している。

そういう千家の詩の表現に関わる「急所」もしくは「重い一行」ということから言えば、「美事な、まるで別人の作品のおもむき」と犀星が評している「若き囚人(6)」も、「急所」の効いた詩であろう。「二十二三の若い囚人」が外の世界に憧れる姿をさりげなく、しかも的確にとらえている。犀星は千家の詩の形については長詩よりも短い詩や断章に「表現にも尖鋭なつつ走り」があると評価している。「若い囚人」はその一例として掲げられているが、犀星は千家の全体の詩の印象を述べた部分においても、千家の「すぐれた作品には澄んだものがあつた。その耳の澄み方、心の澄み方といふものが、彼の詩の蔭に沈み切つてゐる。(中略)作品のすぐれた界《さかい》では図抜けてすぐれたものが生れ、書きながした物はそのままに散文とかはりないものになつてゐた」と、推敲したり、技巧

に走ったりすることなく、どこまでも素直で純粋な短い詩のほうにすぐれたものがあることを繰り返し指摘している。

冬の夕暮

夕暮の澄んだ微光の中に
静まり返つた原の中に
枯木が安らかに五六木立つてゐる
幹と枝とが実にやさしく
少しも動かずい、姿勢で
暮色の中に溶け入りさうに立つてゐる
その気品！

この「冬の夕暮」[7]について山室静は「室生式に言えば、みごとに『急所』をおさえた作ということになろう。集中屈指の名作としていい。[8]」と述べている。夕暮れの清浄な空気の中に立っている木立の「気品」を純粋にさりげなく表出している。また、一行詩的な断章の例としては、「河」[9]を挙げることができるだろう。

河は遊んでゐるやうに流れてゐる春

犀星は「千家は物を見つめるよりも、いつも、さつと通りすぎる視界で捉へる物を捉へてゐた」と述べている。「河」についてはは山室静が「俳句の閑寂境を慕うようでいて、心をのびのびと解き放って自由に遊ばせている。」と解説している。千家は短歌を窪田空穂に俳句を佐藤紅緑に詩を河井酔茗に学んだというが、これらの指摘によれば、千家の詩は多分に俳句的であり、その点で俳句を出発点とした犀星と千家は逢接点をもっているということができる。

犀星の詩の中で、千家と同じような「急所」あるいは「一行の重み」をもつものとして、「切なき思ひぞ知る」[10]

を挙げてみたい。

我は張り詰めたる氷を愛す。
斯る切なき思ひを愛す。
我はその虹のごとく輝けるを見たり。
斯る花にあらざる花を愛す。
我は氷の奥にあるものに同感す、
その剣のごときものの中ある熱情を感ず、
我はつねに狭小なる人生に住めり、
その人生の荒涼の中に呻吟せり、
さればこそ張り詰めたる氷を愛す。
斯る切なき思ひを愛す。

「切なき思ひぞ知る」は犀星自身が軽井沢の文学碑に選んだほど愛着を見せているが、この詩は第一行目が一つの「急所」となっていて、その一行の凝縮した「重み」がその後の展開を導き出している。「虹」「花」「剣」という語を用い、緊密に張り詰めた氷の内奥にある鋭く澄んだ光の美に、詩人の緊迫した精神が向けられている。

また、「小景異情　その三」[11]の

銀の時計をうしなへる
こころかなしや
ちよろちよろ川の橋の上
橋にもたれて泣いてをり

という詩も「銀の時計」という何か大切なものを失った喪失感とその悲しみを一切の爽雑物を排して単刀直入

千家の詩の「桜」や「若い囚人」と通底するものをもっている。
に表現している。「急所」はもちろん「銀の時計」にある。その素直な表現といい、その「急所」の具合といい、

二

題材とそのとらえ方にも千家と犀星の共通点を見出すことができる。
犀星は、千家の「蛇」[12]を引用し、

蛇

蛇が死んでゐる
むごたらしく殺されて
道端に捨てられてゐる
死体の傍には
石ころや棒切れなぞの兇器がちらかつて居る
王冠を戴いた紳秘的な頭は砕かれ
華奢で高貴な青白い首には縄が結へてある
美しく生々した蛇は今はもう灰色に変つてゐる
宛ら呪はれた悲劇の人物のやうに
地上に葬られもしないで棄てられてゐる
哀れないたづらだ。

「この詩に対する千家自身のあはれみは、一つのみにくい動物の死に対するそれではなく、この詩人の周囲にむ

かふ予言のやうに耳をつんざいてゐる。これはまた人類への彼がひそかにしてゐた予言でもあつた。」と述べている。蛇は手足がなく、その身体の長いことから、日常性から遠い異質な存在である。人間はそのような日常生活の世界からはずれたもの、異質なものに対して、排除、抹殺をしようとする傾向があるが、千家はそのようなはずれものに対する排除、抹殺を警告し、生きとし生けるものに対する愛情を表現している。蛇を異端者としてとらえるのではなく、「王冠を戴いた神秘的な頭」「華奢で高貴な青白い首」というように、神秘的なもの高貴なものとしてとらえようとしているのである。犀星にも「樹をのぼる蛇[13]」という詩がある。

　われは見たり
　木をよぢのぼりゆく蛇を見たり
　世にさびしき姿を見たり
　空にかもいたらんとする蛇なるか

　木は微かにうごき
　風もなき白昼

この詩には直接的に「神秘」や「高貴」を表現する語は用いられていないが、「風もなき白昼」に「空にかもいたらんとする」ような「さびしき姿」の「樹をのぼる蛇」に、犀星は、天に向かって登りつめようとする孤高な姿を見出している。したがってイメージ的には、千家の「蛇」と同じように蛇を一種の神聖なるものとしてとらえている点で共通している。それと同時に犀星の「樹にのぼる蛇」においても、その蛇なる「生きもの」に対する深い愛情がある。犀星は、犬や猫から、魚や虫や路傍の草花にいたるまで、さまざまな作品において、愛情と共感を寄せているが、これはまた、千家の詩の中にも見い出すことができるものである。

　白犬よ

白犬よ、
御前がものを乞ひに来る時
自分の心は騒々しくなる。
御前のものをねだる声、呼ぶ声を聞いてゐると、
落ち着いてゐられ無くなる。心の内が生々して来る。
大事件でも起つたやうになる。
戸の外で御前の俺を呼ぶ声は
不思議な生命を俺の心に燃え上らせる。
大波が胸に溢れて来るやうに感じる。（後略）

「白犬よ」という題名の詩は『自分は見た』の中に二つあり、引用したものは前のものである。どちらにも野良犬の「白犬」に平静でいられないほどの共感と慈しみが溢れ、生命あるものへの激励がある。また「臆病な魂」(14)も犬の詩だが、生命への深い共感が見られる。
俺の飼犬が捕つたと知らせに来てくれたので
飛んで行つて犬殺しの箱車を覗いた時
毛臭い、暗い匂ひがプンとした。
兵隊が沢山通つたあとの獣の皮の匂ひのやうに
然うしてサラ〱サラ〱と毛の戦く音がした。
臆病な、早くも死を嗅ぎつけた魂の顫へる音だ。
大小、七八匹の犬が赤や黒や白いのが一つ隅つこにかたまつて
サラ〱サラ〱と毛の音を黙つてふるはして居た。

淋しい日の目もくらい音だ。
別れの音だ。（後略）

この詩は、弱いものを殺すことを何とも思わないような「犬殺し」や「兵隊」への不快感と「隅つこにかたまつて」魂を「ふるはして」いる弱者であるところの犬たちへの「臆病な魂」を慈しむ思いが表されている。

このような生命を慈しんで見守る視線は、家族詩のなかにも見ることができる。犀星は本文中でいくつか千家の家族を取り上げた詩を引用している。

どんな女が
どんな女が
どんな子供を抱いてゐるのを見ても
俺は聖母マリヤを思ひ出して
神聖な愛に打たれてしまふ
賤しい下品な顔をした母親が
赤ん坊を抱いてゐるのを町でよく見るが
矢張り美くしい。母の喜びが露骨に見える
赤ん坊は本当に光つてゐる
此世のものとは思へない浄い顔をしてゐる。

「どんな女が」は、庶民の中にあって、母なるものの美しさ、母が子の生命を慈しむ美しさをうたっている。犀星は「これはよく見かける古い版画、それは何時までも或る一定の古色と、真実と、そして貧乏たらしいために、したしめる情景である。この中にゐる女といふものの大きな激流が、しづまり切つて大河の眩さを見せてゐる。これは千家元麿の愛しても愛しきれない光景でもある。」と述べ、さらに続けて「千家には家族詩が沢山あつて、一旦家庭のことをうたふと、妻を讃へ、子供を讃へ、生きることを褒め、喜びはしやいでゐる。この人の性情がどんなに何時でも邪気なく、仕合せをもとめてゐたかが判る。」とその家族愛に共感を寄せている。

若い母(15)

若い娘がこの頃生れた許りの
赤ん坊を背負つて
買い物に沢山出た女の中に交つて歩いて居る
彼女はこの新らしい経験を恥かし相に顔に現はす程
喜んで居る
彼女の笑ひには得意と羞恥があらはれて居る
彼女は木綿の小さつぱりした娘々しい着物を着て
赤ん坊にも贅沢にならら無い愛の籠つた新しい着物を着せて居る。
(中略)
涙ぐみたい程愛の激情に彼女は迫られて居るのだ、
見るものが何も彼も新しく見えるのだ、
見よ若き母が隠し得無い喜びに輝きつゝ、
赤ん坊を背負つて買物に歩むのを
その素直の姿の娘らしいつゝましさを
その質素な姿の美くしさを。

千家はこの詩の中で、赤ん坊を背負った嬉しげな「若い母」と同化したかのように、一緒になって「喜びはしやいで」いる。その純粋な詩人の魂に、犀星は叶わないものを感じている。家庭にある女を取り上げたもので、犀星の世界に近い千家の作品に「女」[16]という詩がある。

　女は大抵家に居て遠く離れない
女は住居を守り、家の中を整頓し居心地よくし
愛の巣を美しくすることに熱心で
静かな家の中で日々の日課を慎しく暮らす
彼女は外の嵐を知らない、彼女は平穏に暮らす
彼女は愛の巣と、慰撫の寝床と厨の仕事に暮らす
夜になると彼女は夫の側にゐる
私は厨の女を見る。部屋へ締る女、縫物をする女
又その暇には
庭の花に水を遣る女
彼女は独りで、静かな花と子供らと暮らす。
彼女らは恭謙な心を抱き
忠実《まめ》〱しく柔順に仕へる
家事を神聖にする
家事は彼女にとつて神聖なつとめである
骨の折れるつとめ
彼女は家に仕へ自分の本能の務めを果たしに仕へるのである
どこの家にもかうした神聖に仕える女がゐる
おゝ母、偉大な心霊

愛にすぐれよ、女、勇しくもあり、正しい心を抱く女たち

当時の平均的な庶民の生活を抒情的に神聖化して詠んでいる。この詩に対応する犀星の詩に、「女人に対する言葉[17]」がある。「愛してやれ／接吻をしてやれ／できるだけ大切にしてやれ／掃除を好きになれ／家を美しく清め／うまいものを焚き／いつも困難に勝ち／心を温かに持ち／又一切を優柔に／極めて極めて女らしく本質的なるやう／決しておこらないやう／よき母親になるやう／近所の子供がなづくやう／乞食には少しづつ与へるやう／朝夕の所りを忘れぬやう／決して偉い女人にならうとするな／（中略）／自分の夫を神のやうに思へよ／（中略）／机をきよめ／火鉢に火をおこし／鉄瓶には湯気を立たし／茶と茶器とたばこを供へるやう／おお　その全てに君の温かさを満たし／倦むことなく／つらい涙を見せず／ああ　いそしめ　いそしめ／そして君たちはどんなに喜び多い／家族の中心となれることか！」という詩には、女人を「愛」し「接吻」もしたいし、「大切」にもしたいのであるが、まだそうした女人に出会ってはいない、まだ見ぬ夢が描かれている。その夢はその一人の女性によってしか叶えられない切実さを含んでいる。制作当時のそれぞれの状況があるとはいえ、千家の詩が家庭一般の女性の姿を穏やかに謳っているのに対し、犀星の方の詩は、かくありたいという切実な己の夢を一般化させたところに成り立っている。

このような家族詩の中で、千家は父親として子供を見つめる詩も書き綴っている。犀星はそのことについて「自分の子供の育ちをいつも、ゆだんなく見詰め、これは何篇にも書き現はしてゐるが、そこにも素材の行き詰まりが見られるけれど、行き詰まりが却つてよい詩をものがたつてゐる。行き詰まりは驚くに足りない、書かねばならないことは何度書いてゐても、そこに命があればそれを読み分ける方にも、よろこびがあるといふものだ。[18]」と評し、『我が愛する詩人の伝記』の本文中では「わが児は歩む」「初めて子供を」の二つの詩を引用している。

わが児は歩む

吾が児は歩む

大地の上に下ろされて
翅を切られた鳥のやうに
危く走り逃げて行く
道の向ふには
地球を包んだ空が蒼々として、（後略）

犀星は、「千家元麿の詩集」で「この話をここまで押しひろげ、蒼茫の空気をかもしたところに、わざとらしい森厳めいたものを用ひずに、淡々としてうたうてゐる。何ともいへずよい。」と感想を述べているが、『我が愛する詩人の伝記』では「この詩は八十行からの長詩であるが、最初の六行の美しさをうすく後の詩でうめたやうで、この六行のすばらしさには及ばない。『地球を包んだ空が蒼々として、』の表現には、無限といふ言葉がしっとりと包まれてゐる。彼がたまに見せる詩の奥は、所謂《いはゆる》かがやくばかりだと言ってよい。」と具体的に評している。子供が歩いていくときのしぐさの瞬間瞬間を的確にとらえて飽くことがなく、後ろから内心はらはらしながら我が子を追っていく父たる詩人の愛情をほほえましくも感ずる詩である。題材も表現も無造作で平易でありながら、感動的な詩になっているところは、犀星が言うところの「かがやくばかり」の父性愛が息づいているからなのであろう。

初めて子供を
初めて子供を
草原で地の上に下ろして立たした時
子供は下許り向いて、
立つたり、しやがんだりして
一歩も動かず

笑つて笑つて笑ひぬいた。（後略）

この詩について、犀星は『子供は下許り向いて』歩いてゐる状態には、子供自身も危ながる心づかひがうかがわれ、そこに着眼した愛情の眼づかひが、こまかく、さすがに生きた逞しいものを摑まへてゐる。千家は物を見つめるよりも、いつも、さつと通りすぎる視界で捉へる物を捉へてゐたが、ここでは、時間的にくい込んでゐる眼があるのだ。」と述べているが、この詩も子供の視点に立って、子供とともに大地を歩む喜びを描いている。これらの子供にまつわる詩は数多くあるが、おしなべて生命の誕生とその成長を喜ぶモチーフによって貫かれている。しかしその一方で、千家は生命の誕生の歓びと孤独をも詠んでいる。

道端で

道端にベニ色の衣服を着た赤ん坊を抱いた老婆が休んで居る。
母の胎内ですつかりのびた子供の頭の髪はところぐ\から長くのびて前へ垂れ
大きなつむりを下げて黙々と地上を見詰めて動いて居る。
（中略）
頭がだんだん垂れて行く、地上に向つて。
その深い姿は日の目の見えぬ他界の蔭に育つものを思はせる。
（中略）
黙々として孤独で、つくられたまゝである。
誰もそれを見るものは無い
その異様な姿を見ると、自ら涙が湧いて来る
その孤独が自分の胸に触れて来る。

この詩を読むと、千家という詩人が生命の孤独をよく知っているがために、なおいっそう生命の誕生とその成

長を喜んでいることが理解される。詩人の喜びは単に我が子の誕生と成長を喜ぶそれとは違い、生命に対する深い慈しみに裏づけられていることがわかるのである。犀星の子供にまつわる詩としてほ、「子供は自然の中に居る」[19]「ちちはは」[20]などがある。

子供は自然の中に居る

（一連略）

出来るだけ優しくならうとして
自分はおづおづ子供らに近づく
その魂に温められて行く
子供らは自分を見てにつと微笑する
あの開け放した親密さに
じりじりと自分はつめよる
その正しさを感じたさに
神のあどけない瞬間を見たさに
きたない自分をふり落とす為に
あ！　思うても心は善良になる

（中略）

子供は自分に触れることを厭ふ
その清さが厭ふ
お！　子供は自然の中にゐる
立派に美しく

彫り込んだやうにしつかりして
　そして神の瞬間にゐるのだ

この詩では、子供の「清さ」と自分の「きたな」さが対比される形で詠まれている。詩人は子供の清らかさに救済を求めているのに、彼らはそれを厭うている。子供の純粋さが謳われているところでは、千家のものと通ずるが、千家が子供と一体化しているのに対し、犀星は子供を求めていながら、子供から疎外されている。これは、「幼年時代」などの作品にも他者から理解を阻まれた「私」の姿が描かれている(21)がそうした孤独感と通ずるものがある。

ちちはは

われとわが子を愛づるとき
老いたる母をおもひいでて
その心に手をふれしここちするなり、
誰か人の世の父たることを否むものぞ
げに　かれら　われらのごとく
そだちがたきものを育てしごとく
われもこの弱き子をそだてん。

「ちちはは」では、体の弱いわが子を持った詩人が、かつての母の苦労を思い起こしながら、改めて父として生きることを決意している。子供の健康の問題もあって、千家のような明るさはないが、脈々と受け継がれてきた親なるものの愛情をもって生きようとする決意が謳われている。なお、ここでの「老いたる母」は、犀星を実際に育てた養母赤井ハツを指しているものと思われる。犀星が生母に思いを馳せながらも、実感し得る母なるものは養母以外にほかなかったことを示す好例(22)でもあろう。

母と子の関わりを謳った千家の作品に「秘密」[23]という詩がある。

子供は眠る時
裸になつた嬉しさに
籠を飛び出した小鳥か
魔法の箱を飛び出した王子のやうに
家の中を非常な勢ひでかけ廻る。
襖でも壁でも何にでも頭でも手でも尻でもぶつけて
冷たい空気にぢかに触れた嬉しさにかけ廻る
（中略）
母は秘密を見せない様に
子供をつかまへるとすばやく着物で包んでしまふ。

犀星はこの詩を本文の中で引用し、「ここまで来ると聖書の一枚が眼にうかぶ。『秘密を見せない様に』の境はこの三篇（「わが児は歩む」「初めて子供を」「秘密」注：筆者）のうちでもなかんづく優れ、柔らかいきびしさもある。むだごとも書いてゐるが、それが何かの実感に打つかると、勢ひこんだ光線を帯びて来るやうである。」と批評している。また、分銅惇作も最後の二行について、「最後に見てはならないものを見たように緊張する。『子供をつかまへるとすばやく着物で包んでしまふ』母親の一瞬の動作のうちに、あやしくまぶしいものを見てとっている。それは母性愛の深さ・美しさというよりももっと神秘的な光、母と子の生命をつなぐ秘密の片鱗をちらりとのぞき見たという感動である。」と述べている。[24] このような母子の関わりについては「子供の動作」の前半部に「子供は不思議な動作に富んで居る／子守唄をうたへば／必ず何事を捨てゝも母の元へ飛んで行つて非常に落着いて膝を跪き／静かに念を入れてその頭を母の肩の辺に押し当て、顔を隠し」と母子の絆の深さを子供の側から見た感動を通して謳っている。
千家の短い詩や断章を主に評価した犀星が、比較的長い詩であるにもかかわらず、「白鳥の悲しみ(25)」については一行も省略せずに引用し、深い共感を寄せている。

白鳥の悲しみ

美しく晴れた日、
動物園の雑鳥の大きな金網の中へ
園丁が忍び入り、
白鳥の大きな白い玉子を二つ奪つて戸口から出ようとする時、
気がついた白鳥の母は細長い首を延ばして朱色の嘴で
園丁の黒い靴をねらつてついて行つた。
卑しい園丁は玉子を洋服のポケットに入れて
どん／＼行つてしまつた。
白鳥の母は玉子の置いてあつた木の堂へ黙つて引返へし
それから入口に出て来て立止まつて悲しい声で鳴いた。
二三羽の白鳥がそれの側へ首を延ばして近寄り
彼女をとりまいて慰めた。
白鳥の母は悲しく大きな声で二つ三つ啼いた。
大粒の涙がこぼれる様に
滑らかな純白な張り切つた円い胸は
内部から一杯に揺れ動き、

血が溢れ出はしまいかと思はれる程
動悸を打つて悶えるのが外からありく見えた。

啼かなくなつてもその胸は痙攣を起して居た。

その悲しみは深くその失望は長くつゞいた。

然しやがて白鳥の母は水の中に躍り込んだ。

然うして涙を洗ふやうに、悲しみを紛らすやうに
その純白の胸も首も水の中にひたし、水煙をあげて悶えた。

然しそれはとり乱したやうには見えなかつた。

然うして晴々した日の中で悲しみを空に発散した。

その単純な悲しみは美しく痛切で偉大な感じがした
その滑らかな純白な胸のふくらみのゆれ動くのは実に立派であつた。

まことにあんな美くしいものを見た事はない気がした。

威厳のある感じがした。

金網の周囲には多くの女や吾々が立つて見てゐた。

自分達は均しく感動した。

自分はその悲しみを見るのが白鳥にすまない気がした。

吾々の誤つてゐる事を卑しめられた
白鳥に知らせてやれないのを悲しく思つた。

自分はその悲しみを早く忘れてくれるやうに願つた。

母が子供を求めて呼ぶ姿が「白鳥の悲しみ」の悲壮な美であるとすれば、その裏返しにあたるのが「赤ん坊(26)」

という詩であろう。「赤ん坊は泣いて母を呼ぶ／自分の眼覚めたのを知らせるために／苦しい力強い声で／母を呼ぶ。母を呼ぶ／深いところから世界が呼ぶやうに／此の世の母を呼ぶ、母を呼ぶ。」という詩で、母と子は呼び合い、求め合う存在としてとらえられている。とくに「白鳥の悲しみ」のような愛するものを奪われた喪失感のモチーフは、犀星が『我が愛する詩人の伝記』の締めくくりに引用した「三月」にも、また「自画像」にも見ることができる。(27)

「ビルマで長男が戦死して此の世を悲しんで／病を得た妻は日々に床の中で栄養も足らずに痩せ細つていつた／葬の日、山腹の墓の畔には／痩せた白梅が繽紛と咲いて／哀れを添へてゐたが／今年ももうその梅は寂しく咲いてゐるだらう。」という「三月」は、妻子を失った救い難い千家自身の喪失感と、長男の戦死に打ちひしがれて白梅になったような妻の、母としての悲壮な喪失感を謳っている。また、「あゝ我が心は荒み果てるかな／我は孤独なるかな／（中略）／無一文で友も無く妻子もなく／不自由なく暮らした遠い昔を遥かに偲び／幼き我に心温かかりし両親や祖母や／妻も長男も冷たい世に／孤独に生き存らへて志を得ず／破れたる胸から断腸の詩をつづつて／生存の不安に戦きつゝ魂を彷徊せしめむ」という「自画像」では、敗戦後の貧苦の中で愛する家族を亡くして、孤独な生を影のごとくひきずって生存している沈痛な詩人の喪失感と虚無感を謳っている。

犀星は「白鳥の悲しみ」について「千家の世界で眺めた生きものの姿が、粗雑と稚拙の表現にも拘はらず思ふままに、こまかい効果をもたらしてゐる。これらの作品構成は余りに純粋な考へ方であつて、今日これを読むと、もつと適当な彫りのある、洗練とか時間を経た作品であれば、もつと効果があつたのにと思はれるくらゐだが、千家元麿の場合はこれだけの盛り方で沢山ではないかと思はれるのである。その最後の一章で立ち直つて自分の考へを述べてゐるのも、かへつて宜い。」と評しているが、このテーマは、犀星の心にも深く食い込むものであったに違いない。生活年譜的な問題にひきつけて考えれば、生後まもなく赤井ハツのところへひきとられていった幼少時代の生い立ちと重なり合ってくる。「幼年時代(28)」の作中では、生母に「おつかさんはなぜ僕を今のおうちにやつたの。」と問いかけ、『杏っ子』[29]の「赤ん坊」の章では、「だれが人手に渡したりなんかするものですか。」と言う実母お春に、実父が刀を振り上げて、士族としての体裁のために、子供を手放すことを強要する描写がある。また、「不義密通の餓鬼ども」という章では、お春の子供を奪われた虚脱感が描写されている。犀星の中には、引き離される母子に対する深いこだわりがある。さらに自分が父となり、初めての子供の豹太郎を失ったことにより、子を追慕する情のほかに、子供を失った親の悲痛な喪失感を表した作品が登場する。「夜半」「靴下」などの作品[30]がそれである。

夜半

みな花をもて飾りしひつぎをばとりまき
あめふる夜半《よは》をすごしぬ。
人の世のちひさき魂をなぐさめんと
けぶる長き青い草のやうなるせん香を
たえまなくささげたりけり。
その座にわれもありまづしき父おやとして
そだちがたきものをそだてんと
日夜のつかれさびしき我もつらなりぬ。

靴下

毛糸にて編める靴下をもはかせ
好めるおもちやをも入れ
あみがさ、わらぢのたぐひをもをさめ

石もてひつぎを打ち
かくて野に出でゆかしめぬ。

おのれ父たるゆゑに
野辺の送りをすべきものあらずと
われひとり留まり
庭などながめあるほどに
耐へがたくなり
煙草を噛みしめて泣きけり。

「夜半」は通夜の晩を謳っている。ここには看病に疲れ、しかも報われることなく子供の死に遭遇した虚脱感がある。それは静かな疲れた悲しみが、魂を慰めるために線香をたむけ続ける父の哀しい愛情となって現れている。「靴下」では、葬儀の一団が家を出て行った後に、一人残った父親の耐え難い断腸の思いが「煙草を噛みしめて」という表現に凝縮されている。その姿は「白鳥の悲しみ」の第一連の「血が溢れ出はしまいかと思はれる程」悶え悲しんでいる玉子を奪われた白鳥の母の、やり切れない悲しみと通底している。

千家の「小動物への共感」「生命の誕生と成長の歓び」「生命の誕生の歓びと孤独」「母子の強い絆」「奪われた生命の喪失感」などの延長線上に、抽象的な「生命そのものに対する詩人の優しい視線」を感じとることのできる一連の作品がある。

闇と光(31)

暗夜の中に光りはめぐる
暖に、気丈夫に

生命の火は勢いよく燃える。
地を撲つ雨の烈しい時に、
（中略）
烈しき雨とめぐる火と
明滅する刹那
闇の中に美しく濡れて立つ何本の木を見る。
静かな光りが梢に蛇のやうにまつはつて居る。
（中略）
雨よ降れ、火よ燃えよ
光りを生む為め永却衰へるな。

「生命」は「火」として「光」として象徴的にとらえられている。「朝、／清浄な火の颪はよろづのもの、上に吹き渡り／人も木も鳥も凡てのものが皆默つて戦きを感じる／（中略）／天の一方がにはかに爆発して／血管が破れたやうに空に光りが潮して来る。／自ら歓喜が人の身に生じる。／にはかに一斉のものに暖い活気が生じて来る／か丶る時初めて見上げた空の感じは忘られない／人は空の頂天から地の底まで。／火の通じてゐるのを感じる。」という「朝」[32]の中では、「生命」という語は使われていないが、「火の颪」が「吹き渡」ると人や木や鳥のような命あるものが「戦きを感じ」やがて、「光」がさしてきて、「暖い活気」が生じて来るというように、朝の湧き上がる生命感を謳っている。千家にとって「火」や「光」という語は「生命」に直接かかわりを持った語であることに注目しておきたい。

一方、犀星における生命感は『抒情小曲集』の随所に見られる「緑」の色彩によって表されている。「旅途」における「麦」の「雪のなかより萌え出で」た「磨けるがごと」き「みどり」という詩人の希望に対する新芽の生命感や、「足羽川」の「あすは川みどりこよなく濃ゆし／をさなかりし桜ものびあがり／うれしやわが手にそひきたる」という心和む木々の新芽の「緑」の生命感、「時無草」のように、「秋のひかりにみどりぐむ／ときなし草は摘みもたまふな／（中略）／ともよ　ひそかにみどりぐむ／ときなし草はあはれ深ければ／そのしろき指もふれたまふな」という「触《さは》り角」を「ひりひり」とさせるような「緑」に象徴される生命への慈しみ[33]が見られる詩もある。しかし、千家の詩の「妻[34]」にも、「白い肌は緑を帯びて／豊かな胴と乳の豊かさは／眩きばかり」と妻の肉体の息遣いを「緑」でとらえたものもあり、男性的な生命力の表現には、「火」や「光」が用いられている一方で、纖細な生命の表現には「緑」を用いていることも注目されるであろう。

　このように千家と犀星の生命をとらえた詩は、それぞれ個性的な特徴をもちながらも、極めて類似した面があると言える。

三

　千家の詩には庶民的で貧しいものたちへの暖かな視線があると言われる。犀星は千家の苦しい生活に根差した詩を何篇か取り上げている。

　一物もなし
夕ぐれ、輪形の星、きらめきいづる時
吾が心は呼べり
吾は人々を拒みたれば、今一物もなし
オヽ吾が拒みしものよ
吾に来れ

吾が拒みし同胞よ、吾に来れ
オヽ吾、今一物もなし、憐れ一物もなし
吾は無なり、吾は空なり

貧乏
又月末が来た
折角買い溜めた本を
又売る時が来た
いつになつても僕は貧乏だ（後略）

これらの詩を引用した後に、犀星は「千家は父君の仕送りだけで生活してゐたし、生活の指揮もしない人であつたから、いつも学生のやうに謙虚に暮らしてゐた、貧乏といふものに食い込まれても大して驚かなかつたであらうが、苦しさは人からも私は聞いてゐて、その貧乏が反対に光線を帯びて来たものに思へた。貧乏してゐる間に仕事の出来る人は、仕事に栄えがあつた。」と述べている。犀星が本文中に千家の短い詩を評価して引用している中に「貧乏が反対に光線を帯びて来たもの」として、次の二篇を挙げている。

私は
私は本を売りにゆく
屈辱に思つて眼に涙が浮ぶ
本屋の主人にそれを見られるのが辛いので
入りにくゝなる。努めて元気になり
自分を装つて入つてゆく、涙をぐつと飲み込んで

私にも
私にも妻子がある
私にも家庭がある
夕暮の天地に満ちる
大安息の中で私はかく思ひ涙ぐむ

「私」では「貧乏」と同じ題材が扱われており、「私にも」[35]のほうは家族詩にも通ずるものがある。犀星は「この二篇にある善良な性格は、全く詩を書く人でなかつたら、何のわざにも従《つ》けなかつたであらう、ふつうの人間はこんなに正直にものを言ふことは出来ない、詩人の中でも千家のやうに、大上段の純朴を少しの顧慮なく表わし得る人は、まず、彼一人と言つてよいであらう。」と千家の無技巧の率直な善良さに脱帽している。

千家は「小さき金魚」[36]という詩で、主人が発狂して田舎に帰り、残された母と娘もどこかへ間借りして生活をする運命になったが、その家で飼われていた金魚が千家の家に譲られた。それを詩人は「三羽の鶏を売るのは哀れだと云ふので親類に預け／一匹の金魚を俺の金魚の中に残して行つた。」「金魚の群の中で、瓶の隅を一匹でチヨピチヨピと動き廻つてゐる哀れさ。／今生れた許りのやうなフヨ〳〵した眼にも余る小さな金魚、／あの娘のやうなあの顔色の悪い、眼の大きい、／気違いの遺伝でもあり相な、あの哀れの娘のやうな／生きたものはどんなものでも殺す事が嫌ひだと云ふあの娘のやうな、」「思ひが残つてゐるのではないか」と謳い、最後に「俺は忘れないだらう／あの淋しい人達……幸福でつゝがなくあれ。」と締めくくっている。散文的な詩であるが、この詩の世界は、犀星の「或る少女の死まで」[37]のS酒場にいる少女の「睡りながら酌をする」「白痴のやうに」思われるほど「ぼうつとしたところに」「大変清純なものがあるやうに」思われる少女の世界と繋がっている。いつも謹ましく、しかもどこか悲しげな微笑みをする少女、厳しい社会の底辺の中で、運命に従順に生きている娘を作品にしたところに、共通したヒューマニズムがある。[38]また、千家の「夜」[39]という長詩では、一日の仕事を終わった人々が、「その工場から、役所から一日の仕事から／解放されて／わが家に帰つて来る喜びと／一日の終わりの疲れと悲しみが町の上に交り合ふ。」「赤ん坊を抱いて夫を迎へに行く妻が幾組も通る／酒を買ひに行く女が通る。ざるや皿を持つた女が通る／魚屋の前にはそれぞれ特色のある異様な一杯の人がたかり」と家路につくありさまが描かれているが、これは、犀星の「桃色の電車《でんしゃ》[40]」の「ともあれ、いちいちに改札でチケットをわたすと、長い白い坂みちを登つてゆくのである。坂をすつかり登りつくすには三分乃至四分はかかるのだ。その間に二三十人ばかりの人は皆くたびれ、皆すこし俯向き、皆すこし呼吸切れをかんじ、皆とつとつと急いで他人の歩く分まで歩いてゆくのである。」という部分や「魚と公園[41]」の「うそ寒い街裏の暮れ方、誰があの鰯《いわし》や鮒や鯛や鮪や、色白くやさしい鰈や、しやこや、それらを選《よ》り分けながら群《む》れてゐるお内儀さんだちを、うそ寒くさびしく、また卑しく、しかもいたいたしい心をもつて眺めないものがあらう。」という部分と見事に重なり合っている。庶民の生活の中に入り込み、庶民と共生感を得ていることがわかる。

　千家の「野球[42]」という詩にも、職工の姿を見据える視線に庶民への愛情を見出すことができる。職工たちは昼休みに野球をしている。「十五人余りのそれ等の職工は／一人々々に美くしい特色がある／脂色に染つたヅックのズボンに青いジャケツの蜻蛉のやうなものもあれば／鉛色の職工服そのまゝのもある。／彼らの衣服は汚れて居るが変に美しい／泥がついても美くしさを失はない動物のやうに」「息づまる工場から出て来て／青空の輝く下にちらばり／心から讃め合つたりうまく冷やかしたり、／一つの球で遊んでゐる。／雑り気の無い快活なわざとらしくなく飛び出し出た声は／清い空気の中にそのまゝ無難に消えて行き／その姿はまるで星のやうに美くしい」とわずかな昼休みを楽しんでいる。ここには、日ごろは痛めつけられて身体も蝕まれていそうな職工たちの一挙手一投足を見守っている千家の優しい眼差しがある。

　大晦日の晩に餅を母子三人で買いに来て、十三銭という値段に母親が「聞こえないほどの吐息」をついて、買わずに静かに三人で歩み去っていった姿を聖なるものとしてとらえた「三人の親子[43]」という詩も貧乏が材となっているが、詩人自身も、貧乏であることを哀しく思いながら、どこかでそこに甘んじて、貧乏な生活の温かさを享楽している姿勢が見られる。「三人の親子」の中でも、新年を迎えるに当たって餅も買えないほどの貧乏な母子の姿を、「神のおつかはしになつた女と小供」とか「気高く美くしい母と二人のおとなしい天使」というように、聖母に幼児イエスとヨハネを配した「聖画」にしてしまっている。千家は貧しいことの悲惨さを黙殺し、母子が寄り添って生きる姿に神聖な美しさを見出している。それは犀星の言う千家の「無頓着」さにも通じている。ここには、実家から仕送りをしてもらっていた良家の出の千家と、生きるために幼少時から働かなければならなかった犀星との差異がある。

そして、千家のこうした現実肯定的な楽観主義は、人間は何ものかによって生かされている存在なのだという認識にも繋がって行く。「自分は見た」には「自分は一つの目的、一つの正しい法則が／此世を支配して居るやうに思ふ／人は皆んな美くしく人形のやうに／他界の力で支配されて居るのだ。／狂いは無いのだ。つくられたまゝの気がする。」とあり、千家の詩もそうした与えられた運命の中から生まれるものであるとしている。また、「幸福」(44)という詩には千家のそのような人生哲学的なものが吐露されている。

幸福は
鳥のやうに飛ぶ。
自分の内から羽根を生やして飛んで居る。
それをとらへよ。
空中にそれをとらへよ。
暖にそれをとらへよ。
手の内でも囁くやうに。
幸福はとらへるのが難しい

とらへても手の中で暖みを失ひ
だんだん啼かなくなつて死んでしまふ。

幸福は追ふな、とらへようとするな
そのまゝにしておけ。
人間の冷たい手をそれに触れるな。
人間の息をそれに当てるな、
清浄な空気にそれを離してやれ。
それを追ふな。
遠く消えて行つても心配するな、

幸福のみは
神の手にあれ、
生き暖き神の手にあれ
よみがへし給ふ神の息のみ
清浄な風と火の業にあれ。

この詩から、幸福というものは、人智を越えた神の領域に属するものであるという彼岸思想を読み取ることができる。千家の「謙虚」な生活態度も「無頓着」さも、また、自分自身と巷の人々の貧しさに対する、現実肯定的な「楽観主義」も、底流にこうした彼岸思想が流れているからなのであろう。

四

犀星が「重々しい物」という言葉で表現し、引用しているのが「月の光[45]」という詩である。

天地も人も寝鎮まる
底無しの闇の中に
どこからか音も無く
ボンヤリ月の光が落ちて来た。
巨人の衣の裾から天上からうつかりずつてゐる様に
貧しい家の屋根の上に
皺をつくつてだらりと垂れて居た

この詩について、犀星は「千家元麿の詩集」の方では、「この詩の不用意な作意をのぞいただけでも、千家は何時でもぼんやりと手帳に何か書きつけてゐることが想像される。その何かが千家には幽遠無類のものになつて現はれてくるらしい。故俳人の道も誠にこの境致の何ものかであつた。千家はこの何物かを知らぬ間に心得てゐる。」と評し、『我が愛する詩人の伝記』では「全く千家の思惟がここまでとどいてゐる遠さを思はせるくらゐだ。ここまでは入つて行けないものだが、彼は懐中手をしてぶらりと入つて出て、また入りこんでゐる美事さを見せてゐる。」と評している。月の光が天上と下界を優しく結んでいる。月の光は貧しい家の上に垂れ、同様にして恐らくは裕福な家の上にも垂れ、貧富に関わりなく人間の営みを等質化してしまっている。『わたしは見た』の中の「雨」では「雨が降る、安らかに恙なく／天から地に届く／人通りはまるで無い。自分一人だ。／（中略）／濛々とした薄闇の世界へ音も無く消えて行く。安らかだ。／ゴトゝと荷馬車が一台向ふ側を通る。／実に静かだ。

音も無く雨は降る。」と、雨が天と地を結ぶ役割を果たしている。千家は静かにぼんやりと孤独に浸りながら、天上界に心を通わせて「安らかな」ひとときを過ごしている。『夏草』の「雨」にも天と地の交流を見ることができる。「しかし樹木は静かに美しく立つてゐた／広大な樹木／仏陀のやうな樹木だ／見上げると高い葉に／雨の音が天上で静かにきこえた／雨はやがてこの樹をも濡らし初めた／雫は垂れ、幹も根も濡れ／美しい天の水の中に仏陀のやうに／広大な樹木は厳かに浴み初めた」という後半部分は、一本の大きな樹木に降りかかる雨をまるで天からの聖水であるかのように感じつつ、雨の音に耳を澄ましながら、天上界に心を通わせている。「広大な樹木」さえも濡らしていくところに天上界の力を感じていると同時に、雨が地上のありとあらゆるものの上に平等に降るということは、天上界が分け隔てのない愛情を注いでいるということでもある。千家はこうした天上界の平等な無辺の愛情に信頼と安堵を感じているのである。犀星の詩にもこれらに相通ずる世界がある。「天の虫」[46]では、

松はしんたり
松のしん葉しんたり
すがたを見せぬ日ぐらしの
こゑを求めば
あらぬ方より
かなかなかなと寂しきものを
松のむら立つ
寺の松
梢をながめかなかなと求むれは
かなかな虫は天の虫
啼くとし見れば天上に

かなかなかなと寂しきものを

と謳っている。「かなかなかな」という日ぐらしの音色は天の声を伝えており、それによって詩人の寂しい気持ちは天に繋がりを持つことができている。また、天上界に気持ちが繋がっていると感じることで、安堵感も覚えている。天上と地上を結ぶものは、千家にあっては「月の光」や「雨」であるが、犀星の場合には「かなかなかな」という日ぐらしの「音」なのである。

犀星は「罪業」(47)という詩の中で「自分はいつも室に燈明をつけてゐる／自分は罪業で身動きが出来ない気がするのだ。／自分の上にはいつも大きな／正しい空があるのだ／ああ　しまひには空がずり落ちてくるのだ」と燈明をともしつつ、日々の罪業を天に向かって懺悔し、罪の深さにうち震えている姿を描いている。萩原朔太郎は大正四年五月の白秋宛の手紙の中で「今後室生の行くべき路は『罪業』の路であり、私の行く路はそれとは正反対の路であります。室生は『愛』によって成長し、私は『嫌悪』によって成長するでしょう。」と書き送っているが、犀星の目を通して見ると「千家といふ人はその顔を誰の前にでも突き出してあははと無邪気に笑つて、少しも濁り気を感じさせないのである。萩原も実にそんな気取りのない調子を続けて、人に接してゐた。」とあるように、気取りのない純粋さにおいて、千家と朔太郎は共通して受け取られている。犀星が「愛の詩人」であるなら、千家はもっと純粋な、犀星の言葉を借りれば「実に稀なほど生一本」な「愛の詩人」であったと言えるだろう。

犀星は、「千家元麿の詩集」で千家の「夜汽車」を挙げ、

今停車場を出たばかりの
夜汽車が走つてゆく
燈火が輝いて
いろいろの乗客が未だ起きてゐるのか
美しく淡く見える

星の中の人達のやうに
無言の美しさに満ちて

「千家といふひとの或る美しさは、『夜汽車』の中にあかりを点じたやうに見える。」と締めくくっているが、これも純粋な「愛の詩人」の印象を語ったものととらえることができよう。

さて、これまで見てきたように千家と犀星は詩魂や詩法の上で多くの類似点が認められるが、決定的な相違点もある。それは「純粋さ」の質にかかわる部分であろう。千家は妾腹とはいえ、代々出雲大社の宮司をつとめる旧男爵家に生まれており、千家自身の内部葛藤を別に考えれば、一般的には恵まれた家庭の出身者である。一方、犀星は旧加賀藩の士族の家に生まれたが、生後すぐに望まれざる子として、赤井ハツのもとに捨て子同然に貰われている。一方は上流階級の出身であり、他方は社会の底辺に育っている。家（血統）も財産も学歴もなく、階級意識の強い金沢の風土の中で人々から蔑まれてきた犀星にとって、上昇志向だけが自分自身を鼓舞する手段であった。誤解を恐れずに言えば、千家は「愛」と同化できる「愛の詩人」であり、犀星は「愛」から疎外された「愛の詩人」であるということができるだろう。犀星は千家の詩の創作態度が無造作であり、およそ推敲なるものを行わなかった詩人であると言っているが、犀星自身は作品が世に認められ、金にしていくことができるならばと、推敲に推敲を重ねてのし上がって行った。晩年に至るまで過去の作品にこだわりを持ち続けた詩人である。「所得人犀星」と呼ばれる所以も宜なるかなである。

千家について、犀星は散歩する詩人というとらえかたをしている。「彼の詩に東京北郊の庶民生活がよくうたわれ、そんな町を何時もぶらぶらしてゐる姿の見えるのは、賑やかさも愛するが一種の厭人風な散歩が、生涯をつらぬいてゐる。他人に莫迦々々《ばかばか》しい失敗も、いかにも千家らしいといふ特別な見方と解釈は、やはり千家の生活に尾《つ》いて廻つてゐた。誰でも彼を許し、これを愛さずにゐられない風であり、そして柔《やさ》しくしたいといふ好奇を対手方《あいて》に、そつと生みつけるやうな男である。」と千家の人間性に共感している。伊豆に旅行した折の散歩のエピソードも二人の相違点を浮き彫りにしている。この伊豆旅行のエピソードは、大正十五年四月二十二日から二十五日まで詩話会同人との旅行中のものと考えられる。(48) 千家も犀星も「山越えの自動車の動揺」で疲れていて、他の詩人たちと共に散歩に出ることなく部屋に残ったが、そのうちに千家の方は「じれじれし出し」て「もう一刻もぢつとしてゐられないふうで」犀星を置き去りにして「せかせかと出掛けて」しまった。翌日、千家は犀星に昨夜の散歩の満足を語ったというが、千家の詩は多く散歩の中から生まれており、散歩こそは千家の詩を創る源であったのである。それゆえ、千家の「散歩に出る出ないといふ僅か三十分間くらゐの」姿は、詩人としての宿業を見るような本質的な光景であったのであり、また、そういう千家の心の動きの「生きた瞬間」を見据えた犀星も、詩魂に魅入られた詩人であったと言えるだろう。近親愛憎の詩人たちの凄絶な一瞬の出会いに慄然たるものを覚えずにはいられない。

注

(1) 大正15年4月 「日本詩人」に発表された「二つの詩集」より。後に「千家元麿氏の詩集」と改題され、「百田宗治氏の詩集」とともに昭和2年6月刊の『庭を造る人』に収録される
(2) 大正14年11月 日向「新しき村」出版部『桜』のこと
(3) 大正7月5月 玄文社『自分は見た』所収。第一詩集
(4) 大正11年7月 曠野社『夜の河』所収
(5) 前掲書、『自分は見た』所収
(6) 大正8年9月 新潮社『虹』所収。第二詩集
(7) 大正15年7月 平凡社『夏草』所収
(8) 昭和50年12月 中公文庫『日本の詩歌 13』鑑賞より

（9）前掲書、『夏草』所収
（10）昭和3年9月　素人社屋『鶴』所収
（11）大正7年9月　感情詩社『抒情小曲集』所収
（12）大正10年4月　新潮社『野天の光り』所収
（13）前掲書、『抒情小曲集』所収
（14）前掲書、『自分は見た』所収
（15）前掲書、『自分は見た』所収
（16）昭和11年8月　文学案内社『蒼海詩集』所収
（17）大正7年1月　感情詩社『愛の詩集』所収
（18）前掲書、『自分は見た』所収
（19）前掲書、『愛の詩集』所収
（20）大正11年12月　京文社『忘春詩集』所収
（21）大森盛和は「『幼年時代』から『愛猫抄』へ—自意識の変容について1」（『室生犀星研究』第9輯、1993・2）において、「『幼年時代』は他者から理解を阻まれた『私』の孤児としての孤独感を確定することになった小説である。」と述べている
（22）大森盛和は「女性を核にした文学—谷崎・川端と比較して犀星の場合—」（『歌子』創刊号、1993・3）において、「生母を知らない犀星にとって、女なるものは、そして、母なるものは、よくも悪くも養母以外にはなかったのである。」と、犀星の女人像は養母が核となっていることを指摘している
（23）前掲書、『自分は見た』所収
（24）分銅惇作は、（吉田精一・分銅惇作編著『近代詩鑑賞辞典』1969・9）の「千家元麿」の項の中で、「秘密」について「『冷たい空気にぢかに触れた嬉しさにかけ廻る』子供、その『裸でも壁でも何でも頭でも手でも尻でもぶつけて』かけまわる活気に満ちた姿が、いきいきととらえられているが、ことに後半の『裸になると子供は妖精のやうに痩せてゐる』『追ひつめられて壁の隅に息が絶えたやうにひつついてゐる』のあたりの描写は、的確で生彩に富んでいる。」と

鑑賞している。本文への引用はそれに続く部分である
(25) 前掲書、『自分は見た』所収
(26) 前掲書、『自分は見た』所収
(27) 『燦花詩集』所収。遺稿集
(28) 大正8年8月『中央公論』
(29) 昭和31年11月19日〜32年8月18日「東京新聞夕刊」連載。32年10月、新潮社
(30) 前掲書、『忘春詩集』所収
(31) 前掲書、『自分は見た』所収
(32) 前掲書、『自分は見た』所収
(33) 犀星は『抒情小曲集』の自序のなかで「少年時代に感じた季節の変移《うつりかはり》の鋭い記憶とその感覚の敏活とは、ほんとに何にたとへて言つていいか解らない。まるで『触《さは》り角』のある虫のやうにいつもひりひりとさとり深い魂を有つてゐるものだ。」と述べている
(34) 前掲書、『蒼海詩集』所収
(35) 前掲書、『夜の河』所収
(36) 前掲書、『自分は見た』所収
(37) 大正8年11月『中央公論』
(38) 伊藤信吉は『現代詩の鑑賞』(昭和27・9)の中で「『白樺』派にあらわれた人道的感情は、このグループに属する千家元麿の作品に代表されるが、それとは異るところから室生犀星も人道的な詩をつくった。(中略)犀星におけるこの人道的感情は、千家元麿が『自分は見た』『虹』『野天の光』などで、素朴な感動のままに、存在するあらゆる現象を肯定的にうたったのと違い、かすかではあるが社会的矛盾に触れている。そこにこの詩人における社会的感傷と抒情の社会的陶冶などの問題をみることができる。」と述べている
(39) 前掲書、『自分は見た』所収
(40) 大正9年8月『文章世界』

(41) 大正9年5月『太陽』
(42) 前掲書、『自分は見た』所収
(43) 前掲書、『自分は見た』所収
(44) 前掲書、『自分は見た』所収
(45) 前掲書、『自分は見た』所収
(46) 前掲書、『抒情小曲集』所収
(47) 前掲書、『愛の詩集』所収
(48) 『室生犀星文学年譜』によれば、詩話会同人との伊豆旅行は、大正十四年五月初旬と翌十五年四月二十二日に行われたとの記事が見える。白鳥省吾の「下田ゆき」に大正十五年四月二十四日のこととして「天城越えに揺られてはみな軽い船酔ひのごときものを感じ」たとあり、修善寺・下田間の自動車越えに徼りた記述部分が、犀星の『我が愛する詩人の伝記』の記述内容と一致することから、千家の散歩のエピソードもこのときのものと考えられる

芸術家の友情と孤独——芥川龍之介と犀星、そして朔太郎など——

今、自分は疲れてゐて、何も云ふことはない。もつと落着いてから色々考へることを考へたいと思つてゐる。唯一つこんどのことでは芥川龍之介の生涯に、最後の清浄なものを自分は感じた。この感じは永く自分は忘れないと思ふてゐる。

これは、昭和二年七月二十七日、芥川の死についての犀星のコメント記事である。[1] 二十七日は芥川の葬儀の日であった。

芥川が自殺した時、犀星は軽井沢に、萩原朔太郎は湯が島温泉にいた。犀星の受けた衝撃は激しかった。この他の『文藝春秋』『文章倶楽部』『改造』『中央公論』などからの追悼文を断り、『新潮』の追悼座談会にも欠席している。[2] 芥川の死は、確かに文壇のみに留まらない大事件であったが、犀星は、なぜしばらく絶句したのであろうか。

犀星が初めて芥川龍之介に会ったのは、大正七年一月十三日、[3] メゾン鴻の巣において開かれた日夏耿之介の『転身の頌』出版記念会においてであるが、そこから芥川の自殺の日までの彼らの友情を跡繰りするところから、そこに見える文学的風景をつかみ、さらに、この二人の友情を考える上で、二人の共通の友人である萩原朔太郎[4]や共通の弟子であった堀辰雄などからの視点などを採り入れて論じてみたい。

一　大正八年

芥川の書簡やその他の犀星について述べた文章を調べてみると、資料上、本格的な交流が見られるのは、大正八年からである。五月二十二日付けで長崎の永見徳太郎に送った「長崎条約書餓鬼国提案」[5]という書簡では、仙厓の「鍾馗之図」を欲して、四項目の交換を申し出ているが、項目一の谷崎の原稿、項目二の高浜虚子の原稿、項目四の「漱石先生の短尺」に交ざって、項目三に、菊池寛とともに犀星の原稿が入っている。同じ田端に住んでいるので、震災後に犀星が金沢に引き上げるまでは、二人の交流が見えにくいのであるが、このあたりから友人の一端に加わったと考えていいようである。その月の末日の夕刻には、万世橋ミカドで行われた「ホイットマン生誕百年祭」[6]に出かけ、帰途は雷雨の中、多田不二と犀星とともに帰っている。その翌朝、六月一日、犀星は芥川宅を訪問し、『第二愛の詩集』を手渡している。芥川の方は、長崎で買った阿蘭陀茶碗を犀星に見せている。陶器などの趣味では、お互いに話が合ったものと思われる。芥川は、来客に悩まされがちであったが、日曜日を面会日と決めていた。

犀星は、おそらく芥川と「三四回会った」この頃、初めての小説「幼年時代」の出来が不安で、「見てくれるかどうかという意味を」芥川に話してみたが、「一寸慌てたやうにいや僕の如きは何とか言ひ、すぐその話は素早くよそに逸れてしまつた」[7]という経験をしている。五月下旬頃脱稿していた「幼年時代」を実際に『中央公論』の滝田樗陰の所に送るまでに、十日ほどの空白があるのは、推敲期間とも、逡巡の期間とも考えられる。芥川は、犀星が小説を書き始めてから、余り話題にならなかった小品までかなり丹念に読んだ作家であるが、ここでは、お互いにまだ躊躇がみられる。

六月十日の『愛の詩集』の会には、初めて出席した十日会（神田のミカド）から回ってきた芥川が、ちょうど会のお開き（本郷の燕楽軒）に間に合って、白秋らと「平民食堂百万石」で二次会をやり、「餓鬼窟日録」によれば、白秋が酔って「小笠原島の歌を歌ふ。甚怪しげな歌也。」とある。二十九日には、犀星が「餓鬼窟百鬼会」という芥川邸の句会に出かけている。犀星と芥川を結ぶもう一つの線は、この俳句であったろう。

十月三日には、芥川から『愛の詩集』の礼状が出されている。それは儀礼的なものではない。芥川は、「私が今まで拝見した詩集の中でも一番私を動かしました」と書き、刺激されてか「私の詩を贈ります私が一生に一つの詩になるかも知れない詩です下手でも笑つちやいけません」と断って、芥川らしい詩が一篇添えられている。『愛の詩集』を刊行した大正七年一月、実際の出来上がりはその前年末頃だが、まだ芥川との面識がなかったので、親しくなってから届けられたものと思われる。犀星は、この芥川の詩を大正九年八月の聚英閣版での再版時に、巻頭に掲げている。おそらく畏敬の念を持って接していた犀星だけに、芥川のこの礼状には喜んだことであろう。この時点では、芥川に詩を書かせるだけの詩集であったことは確かである。芥川は、ちょうどこのころ「大正八年度の文芸界」(8)を執筆していて、佐佐木茂索宛て書簡で「糞を食ふやうな心もち」と愚痴っているが、犀星に関しては、小説の項で「室生犀星の詩名は既に天下に定評があるが、その処女作「幼年時代」「性に目覚める頃」の二篇の佳所も、亦氏の詩に於けると同じやうに、真情流露の美しさにあると云つて差支へない。」と評し、詩の方では、「予は本年度に出版された詩集中、最も特色あるものとして西条八十氏の『砂金』千家元麿氏の『虹』室生犀星氏の『第二愛の詩集』を挙げたいと思ふ。『虹』と『第二愛の詩集』との中に、聞えるものは、大河の如きウォルト・ホイットマンのリズムである。」と評している。千家と犀星の詩作態度は、「人生の為の芸術」と見なされている。

二　大正九年

前年少し進展した犀星と芥川の交際は、一月十日に、芥川が犀星を十日会に誘うことでまた少し前進する。芥川は、「大正九年四月の文壇」(9)「大正九年度の文芸界」(10)を書いているが、犀星については、「蒼ざめたる人と車」と「一本の毒草」を採り上げ、前者の方は「愉快に読んだ。雪の外景も、貧乏な詩人も、しんみりと快く描いてある。氏の作品は概して云ふと、何処までも詩人の書いた小説で小説家の書いた小説ではない。其処が一方では僕等を感服させる。同時に他所では食ひ足りない気がしないでもない。もし氏の眼がこの上に一層の鋭さを加へたら、――と思ふのは果たして望蜀《ぼうしょく》の嘆のみであらうか。」と述べ、後者の方は、「愛すべき小品である。室生氏の感覚描写は、佐藤春夫氏のそれと共に、殆どユニイクだと云つて差支へない。この作品の中でも三階の古家、美しい猿のやうな不良少年、それから金縁の眼鏡をかけた、餅肌の三十女などが、水水しく器用に描かれてゐる。が、時時氏がその感覚描写に沈湎すると、返つて折角の印象が全体の鮮かさを失つてしまふ。上記女の描写の如きは、幾分さう云ふ気味がないでもない。」と述べている。「大正九年度の文芸界」の方では、「新進作家の輩出」として、そのトップに犀星の名が挙げられている。また、「文芸の多様化」という項では、徳田秋声、武者小路実篤、菊池寛、有島武郎、宇野浩二などの中に交ざって「犀星氏の如き感覚の鋭さに生きる作家もある。」と書かれている。芥川は犀星の「感覚」を評価し、詩人としての感性が小説の中で光ることは認めているが、いわゆる作家としては、まだまだと見ていることが分かる。

三　大正十年

大正十年は、芥川が中国旅行に出かけるので慌ただしい。一月二十五日、犀星から送られた『蒼白き巣窟』に対して礼状が出されている。三月九日には、芥川の中国行き送別会が上野精養軒であって、犀星も出席している。十九日に芥川は、中根駒十郎宛に諸先生へ自分の著書『夜来の花』を送ってくれと言い、その二十二名のリストの中に犀星の名も入っている。このころ犀星は、田端の中で引っ越し、五月に長男も生まれたが、虚弱児で苦労する。一方、犀星の出た家の方に滝井孝作が入り、上海で体調を崩した芥川は、長沙から滝井へ絵はがきを出して嘆いている。六月に入っておそらく十四日頃北京へ着いている。二十一日に北京から犀星へも絵はがきを出しているが、犀星には北京に惚れ込んだ様子が書かれている。芥川は、七月二十日頃帰京している。その後も体調不良に悩まされている。十月には、湯河原から南部修太郎と共に寄せ書きを犀星宛に送っているが、その頃犀星は塩原に出かけている。

四　大正十一年

大正十一年、芥川は、三月末に書斎の額を「我鬼窟」から「澄江堂」に改めている。以後、犀星は芥川のことを「澄江堂」と書くことが多くなる。芥川は、四五月は、京都や奈良、長崎に旅行に出ている。犀星は、長男豹太郎を六月二十四日に失っている。芥川からの六月二十九日付書簡は、お寺での法要に間に合いそうにないので、後刻、お線香をあげにご自宅へうかがうという詫び状(11)である。また、七月一日付の真野友二郎宛の芥川書簡には、犀星が子どもを亡くしたことが書かれていて、前日に会った時の犀星の心情なども書かれ、相手の親としての気持ちを思いやりながら、自分も「女の子を持ちたい」などと書いている。芥川には、大正九年生まれの長男比呂志がいて、二歳の子の父であり、次の子の誕生を控えている状況にある。九月九日には、『沙羅の花』を犀星に送っている。

犀星の『忘春詩集』が刊行されたのは、十二月だが、芥川は、「詩と音楽」[12]の十一月号に「わが散文詩」という表題の、小題「秋夜」の中で「古い朱塗りの机の上には室生犀星《むろふさいせい》の詩集が一冊、仮綴《かりとぢ》の頁を開いてゐる。『われ筆とることを憂しとなす』――これはこの詩人の歎きばかりではない。今夜もひとり茶を飲んでゐると、しみじみと心に沁《し》みるものはやはり同じ寂しさである。」と詩っている。この引用部は、「筆硯に」という詩の冒頭の一行である。犀星の詩の全体からは、息子を失って気持ちが抜け殻になり、何も手につかない嘆きのようなものが伝わってくる。芥川は、冒頭の一行から自分の事情に鑑みて共感している。『芥川龍之介全集』の「注解」では、「芥川の机上にあるのは、刊行前に著者から贈られたものであろう。」とあるが、犀星の『忘春詩集』を届ける龍之介宛書簡[13]には、「十二月十日」の日付があり、推定の部分があるにしても、十一月号の原稿に間に合うように本が届けられたとは考え難い。しかも、芥川は作家である。それも、きわめて虚構性の高い作品を書く作家である。生活をそのまま書いたりはしないであろう。芥川は、五月の『新潮』に「忘春」というタイトルで発表された犀星の詩群を読んでいたであろうし、また、日頃の犀星との交流の中で、犀星の家ででも編集中の『忘春詩集』の「仮綴の」草稿を見る機会があったのではないだろうか。とにかく芥川は、「筆硯に」の一行目にグサリと来て、自分の作品に用いたのであろう。犀星と芥川の交流の中で、年を追って明確になることは、芥川が時折、犀星の表現にすこぶる感心、感動、共感する場面のあることである。犀星のきらりと光る表現に、芥川は敏感に反応した節がある。ここもそういったものの一例として考えることができよう。

初出未詳だが、おそらく大正十年か十一年の十二月に発表されたと考えられる芥川のものに「東京田端」がある。田端の風景の中に六軒の家がコンパクトに紹介されている。外の鶏と芥川の見ている小穴の描いた鶏の絵の間に配された六軒の紹介文、その五番目に「踏石に小笹をあしらつたのは、詩人室生犀星の家。」とある。その前が「俳人滝井折柴の家」なので、続く犀星につけるのは、「詩人」がふさわしいのだろうが、ここに芥川の視点も当然生かされているだろうと考えられる。「踏石に小笹をあしらつた」というのも、犀星のごつさと繊細さの交ざった人柄を表しているように思われる。

五　関東大震災と犀星の帰郷

芥川は、すでに大正十二年頃から神経衰弱の治療のために下島勲の病院へちょくちょく通っている。[14]下島勲の日記によれば、四月十六日には、芥川宅に往診した後に犀星宅に寄った下島が、犀星に「活動見物不履行を詫び」ている。家庭医でもあり、ご近所づきあいもある下島との関係を考えると、おそらくついでに湯河原から戻った芥川の様子なども、医者としての守秘義務に関わらないところは伝えるだろう。この頃、滝井孝作は京都移住を決意し、三十日にその送別会が、自笑軒において芥川と菊池寛の世話で催された。芥川とその親しい人々の中に混ざって、犀星も出席している。下島勲の「芥川君の日常」によれば、[15]五月の春陽会の第一回展覧会に、芥川、犀星、渡辺庫輔、下島の四人で出かけている。

大正十二年は、犀星と芥川の間に堀辰雄が出入りを始める年でもある。堀は、五月に犀星隣家の府立三中の校長、広瀬雄宅から紹介されて、犀星を訪ねている。

「澄江堂日録」によれば、芥川は、六月十日に多加志を宇津野病院に入院させているが、自分の子の一周忌に近い犀星が訪ねている。七月八日には、有島武郎と波多野秋子の軽井沢情死発見の記事で衝撃が走っている。犀星の方は、八月二十七日に長女が誕生した。しかし、関東大震災に見舞われ、犀星は大変な思いをしている。犀星の「日録」[16]に基づいて状況を記すと、地震のあった九月一日には、非常線が張られているために妻子を捜すことができず、引き返している。ポプラ倶楽部に避難するが、そこへ芥川が、渡辺庫輔を従えて見舞いに来ている。「憶芥川龍之介君」[17]によれば、「震災当日午後四時頃、彼は反り返つて背後に渡辺庫輔君を随へて悠々然として僕のところに見舞ひに来た。僕も今夜から自警団に出なければならんよ、火事は全市に起つているらしいと云つて戻つて行つた。」という。また、『芥川龍之介全集』の「年譜」によれば、「渡辺庫輔を連れて染井の青物市場へ行き、大八車に馬鈴薯、南瓜などの食糧を買い込んだ（この日その一部を持って室生犀星を見舞った）」とある。芥川の方は、親族に焼け出された者が多く、その見舞いや世話にも追われている。市内は火災が収まらず、犀星の妻子の入院していた病院は焼失したらしく避難先不明と聞かされ、犀星は、上野の火を眺めながら不安で堪らない一夜を過ごしている。翌朝、妻子を数名で捜しに出かけ、無事に行き合う。混乱が激しく、犀星は妻子を金沢へ帰そうとするが果たせず、見知らぬ人々の好意も受けて、何とか田端へ戻る。ただ、谷崎が関西に移住したように、犀星の金沢行きへの想いは強まっていく。また、十日ぐらいまでの間にさまざまな人々との無事を喜び合う再会が続く。その中で、七日に堀辰雄が訪ねてくる。隅田川で母を亡くした堀の老けた感じを哀れに思っている。八日に芥川宅を訪ね、一緒に動坂に出て買い物をしている。

「杏っ子」[18]では、地震の瞬間をオムレツの動くさまで表現しているが、オムレツも芥川につながる食べ物ではないだろうか。[19]六日目に「医師から聞いたといつて芥川龍之介がひよつこり現はれた。」といって、妻にも声をかけ、ねぎらったり、一緒に買い物をしている様子を描いている。小説であるので、虚構があるのは当然だが、食糧難であったり、缶詰が勲章のように輝いて見えたり、東京の相が変わったなどと話をするところなどは、当時の体験に取材していると考えられる。芥川は、「大地震後の東京は、よし復興するにせよ、さしあたり殺風景をきはめるだらう。そのために我々は在来のやうに、外界に興味を求めがたい。すると我々自身の内部に、何か楽しみを求めるだらう。すくなくとも、さういふ傾向の人は更にそれを強めるであらう。つまり、乱世に出合つた支那の詩人などの隠栖の風流を楽しんだと似たことが起りさうに思ふのである。」と述べている。[20]

関東大震災は、単なる地震という自然災害に留まらなかった。その衝撃波は、日本経済の恐慌化にともなって大杉栄や労働者たちへの虐殺行為という軍隊の暴挙となり、その反作用としてのテロ行為の頻発となった。関口安義は、「芥川は自警団員としてしばしば朝鮮人迫害の現場に立ったにちがいない。」と述べている。[21] そういう騒然とした雰囲気の中で、安心して東京には住んでいられないというのが、金沢人である犀星の感覚であったろう。

九月下旬、犀星は、堀を芥川に紹介し、十月、一家で金沢に引き上げる。その後には、芥川の世話で震災後立ち退きを迫られていた菊池寛が入居して二ヶ月ほど住み、さらにその後には酒井真人が入った。

十一月十八日付の芥川から堀宛の書簡には、堀の詩二篇を読んで「わたしは安心してあなたと芸術の話の出来る気がしました」と書き、かつて、芥川が漱石に励まされたような調子で、堀を励まし、芥川所有の本で「読みたい本があれば御使ひなさい　その外遠慮しちやいけません」と堀を優遇し、大切に扱っている。

一方、金沢の方では、十一月頃中野重治が、とみ子の元同僚の子息である高柳真三に連れられて犀星宅を訪れ、翌十三年の二月頃になると、今度は、窪川鶴次郎が、中野に連れられて犀星宅を訪れている。『驢馬』への予兆が見られる。

六　犀星不在

芥川の方は、犀星が身近にいなくなることで、犀星のことを多く書くようになる。大正十三年一月には、「野人生計事」(22)を発表するが、「二、室生犀星」と題して、これまでの交流の一端を紹介している。

室生犀星が金沢に帰つたのは、二月ばかり前のことである。

「どうも国へ帰りたくてね、丁度脚気になつたやつが国の土を踏まないと、癒らんと云ふやうなものだらうかね。」

さう言つて帰つてしまつたのである。

という書き始まりで、犀星の陶器の趣味について語っている。ある日犀星がくれた九谷の鉢のエピソードを紹介し、熱心に細やかに注意しないではいられない犀星の凝る性格の一端を披露している。また、ある日、「団子坂の或骨董屋に青磁の硯屏」の出ているのを見かけてとっておいてもらい、芥川のところに来て「二三日中にとつて来なさい」と言ったという。かなり押しつけがましいとも受け取られかねないエピソードであるが、芥川が、それをその通りに購入して後悔しないほどの趣味の共通性を述べた結果になっている。また、犀星の庭の趣味についても「借家の庭に入らざる数寄を凝らしてゐる」と述べ、「或夜お茶に呼ばれた僕」は、聞き慣れない水音について質問をしたら、竹の中へバケツを仕込んで水をつくばいへ落とす装置を作り、水音を演出していたエピソードも語っている。犀星の庭は、その文学を語ることに等しい部分を持つが、視覚的なものだけでなく、聴覚的なところにまで工夫を凝らす犀星がいる一方で、そのようなことにまで気がつき、驚く芥川だからこそ、その「つくばひ」は、引き上げる際に犀星から芥川に進呈されている。

僕は室生に別れた後、全然さういふ風流と縁のない暮らしをつづけてゐる。あの庭は少しも変つてゐない。庭の隅の枇杷の木は丁度今寂しい花をつけてゐる。室生はいつ金沢からもう一度東京へ出て来るのかしら。

と締めくくっている。「枇杷の花」にこと寄せて、犀星の不在を惜しむ芥川の姿がある。

また、「春の日のさした往来をぶらぶら一人歩いてゐる」[23]でも、芥川は、意識の流れのような心境小説的スケッチを描いているが、その散歩の途中で立ち寄った道具屋で、陶器の皿の中の世界に入り込んで「藍色の人」を「金沢にゐる室生犀星」に見立てている。

七　芥川の来澤

いろんな人々が金沢に来て犀星と会っているが、芥川が、十三年五月十五日から十九日まで、犀星を訪ねるために金沢に来ている。犀星は、十三日に芥川から電報を受け取り、十四日に芥川は、下島勲の見送りで汽車に乗って金沢へ出発している。犀星の日記によれば、「十五日／芥川君を迎へに行く。／同行の上自宅に来る。」とある。この時の模様は、犀星の書いた「芥川龍之介と萩原朔太郎[24]」「金沢に於ける芥川龍之介氏[25]」また、自伝的小説では、「泥雀の歌」「杏っ子」等に詳しいが、宿泊先は、兼六園内の三芳庵で、日記によると、十五日は「後、岡氏宅に行く。夜町を歩く。」とあり、十六日は、共に「鍔甚[26]」で食事をし、この年初めての鮎を食べている。十七日は、犀星が芥川、未翁、南圃、小畠貞一の四人を「北間楼[27]」に招いて句題を課している。十八日は、前日の四人と野田山[28]を散歩。「望月」という茶屋で食事。十九日の夜、芥川が金沢を発って、大阪、京都方面へ回っている。見送りは、「南圃、貞一、朝日記者、義種、三芳〔庵〕の女中など」とある。犀星は、二十一日の日記に次のように書いている。「芥川君におくる／花桐や遠来の友去りて雨／野田山／春蟬に龍之うつとりしてゐる[29]／三芳庵／山房は灯れずなり若葉老ゆ」と。また、『芥川龍之介全集』の「年譜」によると、十五日には、「岡栄一郎の親族と会」っている。また、「鍔甚」では「寿司を食べる」とあるが、根拠とされている『室生犀星全集』の「日記」には、そのような記述はない。

　犀星の書いた「芥川龍之介と萩原朔太郎」によれば、「暫くすると、昨夜ね、上野を出るときに金沢の方へ足を向けて寝てゐたんだが、目がさめると何時の間にか上野の方へ足が向いてゐるんでちよつと吃驚《びつくり》したと（芥川が）言つたから、いやあれは柏原辺で（柏崎の誤り）汽車道がひつくり返つてゐるんだと、よく分らないがさう言つて置いた（括弧内注＝筆者）。」とあって、金沢に行くそのひとつひとつに物珍しさを感じている様子が現れている。また、三日目あたりの芥川の発言として、「昨夜ね、風呂桶につかつてゐると、ふいにうしろの方のくらがりから、旦那さまと呼ぶものがあるんだ。よく見ると別荘番のおばあさんなんだ。そのだんなさまが恐《こは》かつたよ。何でもよいからこのばあばあにもおかたみに一枚短冊をかいてくれと言つてね。」などというエピソード[30]も紹介されている。「金沢に於ける芥川龍之介氏」によれば、芥川は、「金沢の方言をおぼえ、却つて僕も忘れてゐる土地の言葉を質問したりした。彼はえんぞ（溝）、あをくさや（八百屋）、さうやさかえ（左様です）、しよむない（塩気のない）、だら（馬鹿）、あんちやん（兄さん）、すもしこ（簀戸）、などを覚えてゐた」という。ここには、言葉を楽しむ芥川の姿がある。芥川の書簡を見ると五月十六日の消印で小穴隆一へ四通続きで絵はがきを送っているが、そこに三芳庵の間取りや風流な様子を書き伝えている。また、同日、葛巻義敏には、絵はがきを金沢弁で書き、「説明は帰京の後」と、クイズでも出したように楽しんでいる。下島勲には、十八日消印の二枚続きの絵はがきに、やはり三芳庵の間取りを書き、「紅殼塗りの欄干によれば、滝あり、」等と様子を書いている。その後、旅疲れで寝込んだようだが、二十五日には、京都から犀星へ、落雁「長生殿」に絡むトラブル処理を依頼している。また、大阪から「陶書」を送ったという確認も念のために入れている。芥川の几帳面で細やかな性格の一端が見える。また「早く東京へ来給へ。」と犀星の再上京を促している。

芥川は帰京し、二十八日、未翁に礼状を出し、同日犀星にも落雁トラブルの件や、干物等の礼を述べている。干物は、「お裾分け」をしたり、「下の子どもがあの干ものを生のままかじりたがつて仕方がない」など、家族みんなで楽しんだ感じが出ている。小畠や未翁、南圃などへよろしくという一方、手紙の中盤に「君はいつ東京へ来る？」とあり、最後に「この手紙の行きちがひになるほど、君の上京が早いと好いと思つてゐる」とあり、二十五日の手紙と合わせても、芥川が本心から犀星の上京を期待している様子が分かる。犀星は『百艸』の礼を述べる一方、別便で、未翁、南圃老人の消息を伝え、「この二老人は全く金沢の名物です。」といい、「十二三日ころに出京してみようと思ひます。一夕お訪ねします。」と返している。その日も過ぎた六月十四日、芥川は電報を打ち、再びいつ上京するかを尋ねている。犀星は日記から察するに、しげしげと養母が訪ねてきたり、「越中の姉」が来るなど慌ただしく、「月末のこと手紙にて返事」し、実際には二十六日に上京している。七月一日までの滞在中の行動は、「文化社から『肉の記録』が無断出版されたので交渉のため」(31)上京した以外に詳細が分からないが、次の芥川の誘いが軽井沢からなので、おそらく訪問したものと思われる。

八　襖合わせの軽井沢

七月二十二日は、堀が田嶋碩通《ひろみち》を連れて金沢の犀星のもとへ来る。犀星は事前に旅費を送るなどして心遣いを示している。金沢で日々水泳などをして過ごしていた二十四日、二十三日に芥川が軽井沢から出した絵葉書が届いている。

　鶴屋にゐます君も来ればよいと思つてゐます来月十日頃迄ゐて、少し仕事をするつもり小畠君やなにかによろしく、堀君ももう行つてゐるでせう俳句などを弄すると、小説を作る気がなくなる故、我慢して何も作らずにゐます

犀星はこの葉書を見て三日から行こうと思っている。堀辰雄の動向を双方で知っていて、大切にしていることも察せられる。芥川は、七月二十七日と二十八日にも犀星に絵葉書を出している。

八月一日に赤飯で三十五歳の誕生日を祝った犀星は、翌日、寝台車で軽井沢へ向かう。犀星の日記によれば、二日は「寝台に眠れず、ビイルをあふり醒めてなほ眠れず。」とあり、三日「朝四時半軽井沢に着く、番頭迎へに出てゐる。離れの部屋にて床に入れども遂に眠れず。」とある。芥川の「軽井沢日記[32]」によれば、「八月三日。晴。室生犀星来る。午前四時軽井沢に着せし由。『汽車の中で眠られなくつてね。麦酒を一本飲んだけれども、やつぱりちよつこしも眠られなくつてね』と言ふ。今日より旧館の階下の部屋を去り、犀星と共に『離れ』に移る。窓前の池に噴水あり。鬼ぜんまい、荵《しのぶ》などの簇《むらが》れる岩に一条の白を吐けるを見る。縁側に巻煙草を吸ひ居たる犀星、倏《たちま》ち歎を発して曰、『噴水と云ふものは小便によく似てゐるものだね。』又曰、『あんなに出続けに出てゐると腹か何か痛くなりさうだね。』」などと書かれている。芥川は、犀星の用いる言葉の「ちよつこし」という語感や、噴水を生理感覚で捉える犀星の感性を楽しんでいる。お互いに痩身で胃腸が弱いからこそ、一方は思いつき、一方

は共感するのであろう。犀星が生理感覚でものごとを捉えているところをつかまえた芥川は、犀星文学の本質の一端をつかんだとも考えることができる。だが、これが、犀星の「碓氷山上之月」(33)の記述になると少し様子が変わる。

　澄江堂はとなりの襖を隔てた部屋で、予は入口の方に室を撰んだ。窓の前に小さい池があつて噴水がのぼつてゐる。筧に穴をうがつてあるところから一間くらゐの水が輪のやうに池の面を敲いてゐる。まるで誰か小便をしてゐるやうで、見てゐるのが呼吸苦しくなる。……

　澄江堂と襖一重ではあとになつてお互い窮屈にならぬかと思ふ。澄江堂は君さへよければ関《かま》はぬといふ。しかし君はどうかといふ。なるべく隣室でない方がよいけれど、室がないからお互ひにがまんすることに仕ようといふことになつた。

「碓氷山上之月」の記述によると、なにやら、「呼吸苦し」さは、芥川と隣室になったことが絡んでいるようにも読み取れる。「芥川龍之介と萩原朔太郎」でも、芥川に対して「ゆだんのならぬ男」という意識がしばらく続いたようであるし、「芥川龍之介氏を憶ふ」(34)でも「自分は芥川君に会ふ毎に最初の五分間は毎時も圧迫を感じてゐた。」といい、「全く同君は自分に取つて苦しい友人」であると述べている。芥川と犀星のこの意識の差は、犀星の学歴コンプレックスに起因するように思われる。実際気を遣う犀星なればこそ、最初はかなり窮屈だったのではあるまいか。

四日、犀星「碓氷山上之月」では、朝、犀星は六時に起きて散歩している。「澄江堂はパンとミルクの朝飯だが、予はあたり前の朝のおぜんである。」「パンとミルクで朝飯を食べると茶がうまく飲めない。も一つはパンとミルクで朝飯をすますと朝飯のかんじがしない。あれは、朝寝坊のたべものだらうと考へた。」とこだわっている。午前中の会話にもう一つエピソードが入っている。「『けふたつちやんこが来るが、別の部屋をたのんで置いた。』『たつこちやんが来たらホテルへ行つて飯を食はう。』たつちやんこを聞きちがへてたつこちやんと澄江堂はいふ。たつこちやんは少しをかしい。」とある。午前中に俳句をひねって、『風蘭や暑さいざよふ石の肌はどうぢや』澄江堂はいつの間にか予の田舎訛を覚えてしまつた。」「澄江堂は七へんばかり上の句をなほし、たばこをすぱすぱ喫つてゐる。『日盛りや暑さいざよふ……これもいかん。』と言つた。かれはいかんいかんを続けなりに言つた。」という。「どうぢや」という犀星の田舎言葉の真似と「いかん」を連発する芥川の苦吟中の口癖、創作時にもうもうと煙草を吸う芥川の様子、おもしろい言葉は、積極的に使おうとする芥川の姿勢が犀星の文章からも窺える。午後、「たつちやんこ」こと堀辰雄が、犀星の後を追って到着する。三人で軽井沢ホテルに行き、芥川によれば、「久しぶりに西洋風の晩餐を喫す。」とある。犀星日記によれば、昨年よりも「落莫とせる」周囲の様子を感じていると同時に、堀辰雄から、出がけに犀星の長女の具合が悪かったという報告を聞いて案じている。芥川「軽井沢日記」の方は、「独逸人《ドイツ》」が多いことと、「隣卓」の「禿頭の独逸人」が、四合入りの牛乳一瓶を、英字新聞を読みながら五分とかからずに飲み干したことに驚嘆している。「碓氷山上之月」では、朝子の体調不良に対し、芥川が「『消化不良だね、よく注意しないといけない。葉書でも出しときたまへ。そばにゐるやうに力になるものだよ。』澄江堂は湿布その他の手当の話などをした。」とあって、犀星の心配にアドバイスを出している。軽井沢ホテルでの話も芥川の文章と呼応する部分が出てくる。「すぐ脇隣りに岩谷天狗のやうな西洋人がゐて、四合入の牛乳の瓶を控へビイルのやうにどくどく飲んでゐた。『あれをみんな飲むつもりか？――』予は尠なからず恐怖した。『君、ちやんと聞いてゐるよ、あつち向いてゐてもね。』澄江堂はしつしつといふやうな顔をする。……なるほど、田舎へ行つてから声が大きくなつた矢先きだし、あわてて予は緘黙した。西洋人は予らが食卓を離れるまでに完全に牛乳四合入りを一滴あまさずに飲んでしまつた。予はいまさらに世界地図に一覧を与えたやうな悠大な気がした。」とある。双方で同様に驚いていているのに、犀星のマナーが田舎臭かったので、驚きはそれぞれに表現されたのであろう。

五日は、芥川「軽井沢日記」に「辰雄、二時の汽車にて東京に帰る。」とあり、犀星側は日記、「碓氷山上之月」

共に記述は最後の一行「堀君帰京」「辰ちゃん子帰京」と素っ気ない。二人のこのような文章に向かう姿勢の違いであろう。田端の下島のところには、軽井沢の様子を知らせる犀星からの手紙が届いている。

この日の描写でおもしろいのは、万平ホテルに出かけたときの様子である。芥川は、「散歩の途次、犀星と共に万平ホテルに至り、一杯のレモナアデに渇を癒す。」と書き、犀星はやはり双方とも最初の一行に「マンペイホテルへ茶をのみに行つた。」というような気取りのない文章がある。芥川は、そこの客のアメリカ人や、日本の有閑マダムの様子を皮肉っぽく記しているが、犀星の眼は、芥川とのちょっとした出来事に注がれている。日記では、「途中芥川君木の茂みに怕がる。予が何か突然言ひしとき也。驚きしにあらず怕かりしなりと頻りにそれを言ふ。驚くと怕がることの区別を混同することを繰り返して言へり。」とあり、「碓氷山上之月」では、「暗い木の茂みが橋の上をつつんでゐるところで、予は突然右の人差指がこの冬ぢゆう痺《しび》れてゐて、温かくなつて癒ってゐたが二三日中に急にそのしびれが冷気のために来てゐるのに気づいた。『これが君、またしびれ出して……』さう言つて人差し指をさし出すと、澄江堂はわつと言って吃驚《びつくり》した。『ああびつくりした。こりや――』葉のこまかい枝が夜ぞらに恩地君の版画のやうに浮き出してゐる『怕《こは》かつた――』と言つて吃驚したのぢやないと言つた。」と更に詳しく書いている。犀星が芥川の驚きと恐怖の混同に注目して観察している。芥川サイドには一切記述のない出来事である。夜は、松村みね子が来て、犀星の部屋で三人でしばらく話している。日記では、「いつか二人で晩食に呼ばうよと芥川君言ふ。」とあるが、芥川の方は、「夜、オオニイルの『水平線の彼方』を読」んだ記事だけである。犀星はみね子にお菓子を持たせてやっている。片方にだけ記述されているものは、もう一方に興味のないことか、公にしたくないことかのどちらかであろう。

六日、芥川「軽井沢日記」には、「晴。感興頓《とみ》に尽き、終日文を草する能はず。或は書を読み、或は庭を歩し、犀星の憫笑する所となる。」と書いている。この時のことかと思われるが、「離れの部屋の前に、大きな楓の木があつた。それを登ると松村みね子さんのお部屋が見えるといふ話が出て芥川君は攀《のぼ》らうかと云って早や脚をかけようとしてゐた。私はのぼれ、のぼれと嗾しかけると、君、登れるかと言つたから、登れないといふと、よし登つて遣らうと脚の長い男だけにするすると登つて行つた。悪い時は悪いもので松村みね子さんが廊下へ突然出て来て、ちよいと驚いたふうで見て居た。かれは下りると失敗つた、見られたと言つてゐた。」というエピソード(35)がある。これは、犀星も木には登れるのに、芥川を担いだのではないかと思われる。やんちやな少年のような行動である。「軽井沢日記」は、その後は、庭にある植物のことと、昼頃訪ねてきた田中純のことに触れている。それからすると犀星側の記録は、日記はコンスタント、「碓氷山上之月」の方は、ずいぶん饒舌になってくる。合わせ見ると犀星は、二人隣り合わせの生活について、「澄江堂は仕事をしてゐる。あるだけの戸を閉めきつてゐる。予は開けてゐるが反対である。それから予は晩は、九時には床にはいるが、澄江堂は、たいがい一時ごろ寝るらしく、起きてゐるのか寝てゐるのか分らないほど静かである。」とその正反対の生活振りを書いている。日中の出来事については、「松村さんから大きな栗饅頭六つ、紙に包んで女中にもたせて来る。」その饅頭は手のひらくらいの大きさのもので、「澄江堂は、その大きさなのを一つ昼飯後にたべる。一たい食後にすぐ菓子をたべるのは胃によくないと言つたが、いつの間にか食べるようになつた。予が国から持つて来た金玉糖を一つづつ食べるやうになつたのは、甘好きの澄江堂の風習がうつつてしまつたのらしい。」と書いていて、共に自分のペースで暮らしながら、犀星は、芥川に影響されている自分を見出している。他には、アサヒグラフ等の写真撮影があって、顔面コンプレックスで写真嫌いの犀星は、あまり機嫌がよくない。昼下がりに芥川が昼寝をしている。「昨夜二時に起きて小用を達《た》しに行つたら、かれの部屋のひらきが縁側の方へ二尺ばかり開いて、濛濛たる煙草のけむりの中に端然と坐つて仕事をしてゐた。」と述べ、「それゆゑ睡いのであらう。――」と労っている。そして、約二時間後、「洗面したやうにさつぱりした眼つきをして、『ああよく寝た。』と言つた。昼寝のできない予はこのああよくねたには羨ましかつた。睡たいときにはほろりと睡れるらしいからである。」とぼやいている。夜は二人でマンペイホテルに夕食を食べに行っている。そこにいる西洋美人を観察して「『谷崎君が好きかも知れない。』澄江堂はかう言つたが、予は、春夫はどうだらうと言つた。」などと楽しんでいる。

七日、芥川の「軽井沢日記」は、この日からの記述がない。「碓氷山上之月」のこの日の記述に、芥川は、「午後、部屋にこもつて苦吟してゐるらしかつた。それが二三日前から烈しくなつたやうな気がした。」という犀星の見立てがあり、それが中絶の理由であろうと思われる。犀星は「冷たい雨を見た。縁さきの山百合が雨垂を含んでうなだれてゐる。」のを見ている。この景色と犀星の気持ちは通じていて、金沢の自宅から子どもたちの様子を知らせる手紙が届いたのだが、その内容が芳しくないのである。「心鬱」の犀星に対し、「澄江堂起きてくる。『夏に子供をあづかるのは考へものだ。』さう言つた。なるほど考へものであると思つた。」とある。そして観察する犀星の作家魂も芥川の観察を怠らない。「予はまだ澄江堂が洗面をせずにゐることに注意を払つた。が、かれは平然と箸の先きで木つつき鳥のやうに半熟の卵のからをこくめいに叩いて、その破れたところから剥ぎはじめた。」とあり、「飯が終つた。『据風呂に犀星のゐる夜さむかな、はどうぢや。』『ひととほりはいいな。』かれの背中は形よい小ぢんまりした肉をもつてゐる。ちよつと鮎の感じがあるなと思つた。かれは湯をあびながら、『けさ顔を洗ふのを忘れてしまつたよ。』さう言つて洗面した。」とある。日記にも「午食後自ら気付き洗面せり。賢人にして此事あり、」と書いているので、犀星には、よほど気になったものと思われる。犀星は少年の頃から銭湯慣れしているが、銭湯嫌いで行ったことのない芥川が、犀星と共に湯を浴びているので、相当気を許していると考えられる。

八日、芥川は、金沢の小畠に鮎の礼状を書きながら、そのなかに前日に詠んだ据ゑ風呂の句を挿入している。この日は、雷雨がひどく、「……いままで静まり返つてゐた澄江子は何か叫びながら、玄関さきの応接間へ飛んで行つた。予は折柄、あんまをとつてゐたが、療治はもう終りかかつてゐたけれど、澄江堂が馳け出してから少し怕《こは》くなつた。」と言い、とうとうあんまを切り上げて「応接間へ行くために庭の雨の中を走つ」ている。「応接間には、松村さん、そのお嬢さんが、もう避難してゐた。澄江堂も神妙に椅子によりながら、酷いかみなりだなあと言つて、気がついたやうに『君、あんまはどうした。』『置いて来た。』予は縁側に泰然と坐つてゐた先刻のあんまさんの姿を、勇勇しく思ひ返した。『置いて来たは驚いた。……』」と芥川に言われるなどというエピソードがある。芥川から引き出された恐怖心が、犀星を応接間に走らせた。あんまのおっとりした対応に置いて走らずにはいられないほど、切羽詰まった感じであったのだろう。なのに、応接間で人心地のついた芥川に「置いて来たは驚いた。……」と言われてしまう滑稽がある。夜はみんなで散歩をし、松村みね子と犀星の間に風月論が出、芥川も議論を吹きかけたようである。

九日、この日は、日記と「碓氷山上之月」の記述が重ならない。芥川との襖あわせ滞在の感想が、「はじめ澄江堂と襖合せではおたがひに仕事の都合がわるくないかと思つたが、一しよにゐると澄江堂といふひとはよくできた人物だと思つた。却つて襖どなりでお茶にしようかとこちらで言ふと、又向うから少し歩かうかと言ひ、少しも気が置けなかつた。」と述べられている。芥川への親密の度が増している。「晩、予は予の規則をまもるために九時半には床に這入つたが、澄江堂は応接室へ行つてかへつてくるのにも、静かに雨戸をあけて帰つた。」とある。これらは、芥川が養家で育ったために気を遣うことが身につき、しつけの届いている面であろう。「玄鶴山房」などの作品世界でもこの傾向は読み取れる。

日記では、犀星もそろそろ子供が気になり、里心がつきながら、仕事を始めている。金沢から鮎が届いたが腐っていたという記事もある。この日はマンペイホテルにお茶に出かけている。芥川には夜まで客が多いと犀星は書いている。「澄江堂は間もなく仕事を始める。……予はねむるのである。」と生活振りはお互いに反対であるが、夜中にこんなことも起こっている。

予が厠へ縁側づたひにゆくと、澄江堂が縁側にあるお湯を取りに出るのと一しよであつた。両方でびつくりした。

「わあ――」

「ああびつくりした。」

十日、芥川は、「十五日位に仕事すむ故そちらの仕事に差し支へなければ御来遊如何」と小穴隆一に絵葉書を出している。又、自宅へは、「改造と中央公論に攻められて弱つてゐます」と書いている。犀星は、自宅へ磯部煎餅を送っている。松村みね子が段梯子を踏み外して足の指を傷めたと聞き及び、芥川が一首と犀星が一句をしためて見舞い、晩、二人で松村の部屋へ遊びに行っている。

十一日、犀星は、朝の散歩で美しい西洋人の姉妹を見ている。また、金沢帰宅の日取りを十四日と決め、連絡している。「夕方、澄江堂と散歩しに出て射的をした。」とあり、共に二つずつ的を射たようである。

十二日、犀星は、娘へ土産の品を誂えている。「室へはひると澄江子はすぐに起きて出て、『ああよく寝た。』と又言った。そして、『今夜は徹夜ぢや、すこし痩せたかな。』と、その頬へ手を持つて行つた。予が来てからも少し痩せたやうに思われた。」とある。芥川の仕事の激しさがうかがえる。また、この二人の気にしている女中がいてその女中がこの日も泣いていた。二人とも庭に出、「澄江子はそこにある高い楓の木の枝移りにするすると木登りをはじめた。何か腹が立つたやうにである。」という。晩にマンペイホテルへ茶を飲みに行くが、いつもより派手で賑やかで上流階級のダンスもあるということで「不調和な空気」を感じた二人は、外に出ている。芥川が「軽井沢では星が少しだけ大きく見えるよ。」と言い、「さう言えば星が大きく見えた。これまで気がつかなかつた。」と犀星は書いている。

十三日、犀星によると「二三日上らなかつた」噴水が上がり、「刈つた芝が美し」く、「百合はみんな凋れて了つた。」と庭の様子を語り、「秋の半ばのやうな涼風が吹いた。」とその季節が変わりつつあることを感じている。芥川は、この日の塚本八洲宛絵葉書で、「僕は冷えすぎて腹を下しました　但しもう癒りました　ここは夜になるとしんしんと冷えるのです　朝夕郭公が啼きます　同宿は室生犀星、」と書き送っている。この日は「夕方から碓氷峠の上へ月を見に行かうといふことにな」って、松村母子、旅館の主人、芥川と犀星が自動車で出かけている。

「月遅れのうら盆の日」で「古風な切子燈籠を軒ごとに吊してあ」り、芥川は、「あの燈籠はいいなあ。――」「頼んだら呉れないかね。」などと言っている。日記によれば、実は犀星も欲しかったらしい。熊野権現に参詣し、「妙義山一帯の山脈が煤まみれのむら雲の中に、月の片曇りをあびながらどんより重畳してゐ」て「茫茫たる歳月を封じ込んでゐるやうで、むしろ騒騒しい挑んだ荒涼たる景色」だと述べている。「二三人の西洋人が七輪に炭火を起して、お茶をあたためながら、ベンチに同勢らしい二三の若い娘さんたちと何か話してゐた。こんな景色は絵よりも文章よりも音楽に近いかなあと澄江子が言」う。犀星は家のことなど思い出している。浅間山も見、茶屋で力餅を食べ、お茶を飲んで帰っている。

十四日、犀星は子どものことが気になる一方で、名残惜しさも味わいながら過ごす。どうやら芥川と犀星のこの襖合わせの滞在は、二人の友情にとって、とても有意義だったように思われる。一つには、犀星が仕事をしている午前中は、芥川がまだ起きておらず、芥川が仕事をする夜中は、犀星が眠っているという全く生活スタイルからタイプの違う作家同士であったことが幸いしたと思われる。晩食後『鯛の骨たたみにひろふ夜さむかなはどうぢや』予はさう言って澄江堂に示した。『なるほど、それはうまい!』というようなやりとりがあった。「松村さん一族がお別れに散歩いたしませう、来年までおあひできませんからと言つた。澄江子を加へ五人づれであつた。町の中をひと廻りした。」日記には「月おぼろなり」とある。犀星、夜行で金沢へ帰る。

九　犀星帰宅後の交流

どうやら犀星は、翌朝帰宅してみると朝子がはいはいをするようになっていて感動したらしく、すぐに、芥川へ手紙を送ったらしい。十九日付の芥川から犀星への浅間山風景の写真の裏面にそれと分かる返信がある。同日芥川は、小穴へ軽井沢へ来ないことの失望を書き、二十日消印の葛巻義敏宛の絵葉書には、「おばあさんたちの来ないうちはかへらない、これから炬燵と蒲団とを買つて冬ごもりの用意をする、少くとも十月一ぱいはゐる　レムブラントの画などは勿論やらない　蒲原など来ても逐ひ返してしまふ、」と散々にすねた内容である。犀星へは、「廿日か廿一日頃かへるつもり」と言っているので、明らかなからかいも含まれている。その最後に「鯛の骨畳に拾ふ夜寒かな　これは犀星作、」と締めくくっている。このあたりの一連の書簡から、どこか寂しがっている芥川の様子がほの見える。

二十六日、二十三日に帰京した芥川は、犀星に「中央公論はとう〱出来ず改造のは全然失敗し不愉快に消光いたし居り候『鯛の骨』の句は今もなほ精彩を減ぜず大兄一代の名什と存候追分の近く仮宿《カリヤド》と云ふ所に坪一円五十銭の地所あり林間の地にて、もしよければ山梔子夫人も買ふよし僕も買ふ気なり君は如何　つくばひの句、藻もふる郷は僕の句也大兄の句を添削した次第にあらずたとへば、室生犀星、金沢より『つくばひの藻も青黒き暑さ哉』と言ひ洩らしければ返す文につくばひの藻もふる郷の暑さかな／と云う句になるのに候」と書いていて、軽井沢以来の友情が発揮されている。そばにいて仕事の詳細を知っていた犀星だけにこのような仕事の出来具合についても書けたのだろう。最後に「なにやらわからぬ愁心のみ」と書いている。『芥川龍之介全集』の「注解」を辿っていくと芥川の「山梔子夫人（みね子：注筆者）」への想いであることが示されている。犀星に伝わったかどうかはともかく、たいへんに気を許した発言であることは、証明されるであろう。芥川は、同様の気持ちを「もう一度廿五歳になったやう」として、小穴隆一、佐佐木茂策などにも書き送っている。犀星の「高麗の花」が近々出来上がる言伝も書き足されている。同日、犀星も芥川に封書を送っていて、軽井沢の生活を懐かしんでいる。「暗澹としたああいふ寂しい光景は大兄のことばを借りると茫々たる百年の歳月を封じてゐるやう、」と書いていて、実は九月三日から五日にまでに執筆した「碓氷山上之月」の叙述に、芥川の感性が影響を与えていることがうかがえる。また、この時の芥川からの手紙の返信と思われる九月推定の封書[36]がある。そこでは、「水上君からの手紙で軽井沢の日記のようなものを呉れとのことで、いま書きつつあるが、一応検閲の必要があつたら水上君に言つて下さい、同君にもその由つたへます、事実を間違つてゐたら困るからといふ懸念があるさかえ——この原稿は大兄から水上君へ言つたのでせう。」などと「碓氷山上之月」成立までの気遣いが見える。犀星は、一円五十銭の土地の話に賛意を示し、京都の見所を教えてくれるよう依頼している。[37] これに対する芥川の返事と思われるものが、九月十二日付のもので、芥川版京都案内になっている。宿、茶代、食事、回るべき神社仏閣、博物館、また土産物にまで筆が及び、名刺も二枚同封してあって、芥川の紹介で手配可能なところへは、その名刺を使うよう配慮されている。

　九月十八日に出来上がった『高麗の花』を一部芥川に送り、その後片山津に出かけた犀星は、絵葉書で「波のない潟が暮れるよかいつぶり」と句を詠んで送っている。受け取った芥川は、「高麗の花難有く存じ候装幀は大兄の詩集中一番よろしきのみならず劉生の装幀中にても一番よろしかる可く候」と礼と批評を書き、「鉄線の花さきこむや窓の穴」と詠んでいる。その芥川は、十月六日「東京日日新聞」の「ブックレヴィユー」欄に「詩集　高麗の花」を発表している。「抒情小曲集」「愛の詩集」「忘春詩集」「高麗の花」を四本柱として、その変化を追いながら、「成程詩中の景情は東洋的色彩に富んでゐるであらう。が、何処までも遊戯に堕せず、生生しい魂の肌身に感じた独特の表現を失はないのは、天下の断腸亭と比較してもなほおのづから孤峰頂上に草庵を構へたかと思ふ位である。」と褒めている。丁寧な批評に基づいている上に、荷風まで引き合いに出しての讃辞に犀星は感激する。後年、佐藤春夫が、「文芸ザックバラン」[38]において犀星の悪文文学の化物ぶりを、やはり荷風先生を引き合いに出してやっつけようとするが、奇しくも荷風を引き合いに出される犀星にとっては、名誉なことではあるまいか。犀星は、八日付で芥川に書簡を送り、「日々新聞で高麗の花の紹介を読み最近になく理解ある言葉だと鳴謝に耐へず、知己は百萬より一人なりと感じました。むしろさきにあれを序文に貰ひたかつたと思つたほどです。筆硯多端の時、僕のために半夜を割かれたこと又感謝に耐へず。あと二三日中で京都へ行きます。」とある。犀星は、二伸にもたっぷりと備前の水指のことなどしたためていて楽しげである。

十　犀星が再び田端住人になるまで

一方、犀星は、この頃から再度東京で暮らそうかと考えはじめている。十月二十二日付の芥川からの書簡は、そのことを裏付けている。「けふ平木君下島さんへ来り、君が東京へ出る事を話したよし、酒井に家を明けさせる件ならば下島さんと僕とで引き受けてもよい又渡辺町辺へ家を探がす事も引き受けてもよい御命令を待つてゐるから遠慮なしに言つてくれ給へ」とたいへんに親身である。そういう芥川は、「胃病になつたり食道癌の叔父に死なれたり、蕭条と暮らしてゐる」のである。朝子の体調が折々心配なものの、養母や中野が遊びに来たり、未翁老人や小畠貞一、平木などとの行き来、方々から鮎を入手して楽しんだり、温泉に行ったりして平和に過ごしている犀星の方が客観的には幸福そうに見える。しかし、おそらく上昇志向の強い犀星から見れば、金沢でうかうか暮らしていることへの不安もあったものと思われる。二十五日付け犀星の書簡には、「さきの家は、酒井氏が明けてくれそうですが、聞けば当地は大演習で貨物停滞で年内は私事はうごかぬらしいのです。も一つは酒井氏のところは地震《ぢしん》当時からの家が弱つてゐて畳替へ垣根、庭の手入、その他屋根の雨漏り（これは家主が私のゐるころから直さぬものらしい。）等を例によつて全部私がして入れば金百五十金くらゐいるだらうと思ひますが、それはいいとして此頃さきの家へいまの子供をつれて行くのが気になり、[39]あのままにして別に家をかりようかと思ひます。その方がさつぱりすることと思ひますが奈何、いづれ上京確定のせつは参上します。」などと書き送っている。他には大演習の話題で、「心がさもしくなるので引込んで居る。」とある。その実十一月二十日付の田端からの犀星書簡があり、どうやらその頃に上京したようである。二十五日付犀星の書簡には、「こんどやはり田端の家へ移ることにしました、他の家を見ましたが思はしいところもないまま、永年住みなれた家へと思ひ、酒井氏家主との快諾も得て十二月十五日ころにはかへらうと思ひます。二三日上京してゐましたが仕事多忙ならんと思ひ、そうかうとしてかへりました。」とある。この時は、気遣って芥川には会わずに帰ったことがわかる。十二月二十日頃、犀星は、再び上京していることが、小畠貞一宛の書簡等からわかるが、笠舞の土地などを注意して見ておくように書き送っている。どうやら、金沢には草庵を作り、隔月に金沢と東京の双方で暮らす計画であるらしい。書簡資料を見る限り、犀星は、二十五日まで田端に滞在している。しかし、この時も芥川には会わなかったものと見られる。それは二十六日付、芥川の犀星宛書簡が証明する。「原稿用紙で失礼（原稿用紙で手紙を書く時はかう断らなくちやいかん。罫のある紙へ手紙を書くのは失礼だからね。）」と前書きした次には、「君のまだ来ないのに少し癇癪を起してゐる。下島先生と僕とにまかせれば、××へかけ合つても好い。××はわかつてゐても××の親父がわからないらしいから。まかすのならまかすと言ふ手紙を一本くれないか？」と書き、「外にも家があるさうだが、成可く田端に住まないか。我等一同何かに気強く感じるから。」とある。「××」は前出の「酒井」だと思われるが、多忙な芥川が、どれだけ犀星の再上京に熱心であるかがわかる。しかも、予定の時期に上京できないということは、それなりのトラブルが予想されるにもかかわらず、引き受けると言っているのであるから、その思いたるや真摯なものであることがわかる。それだけ「田端」という近所にいて欲しい気持ちも出ている。他には、「未翁南圃両氏の句集を出すのは、結構この上なし。序文いつ誰へ送れば好いか知らせてくれ給へ、出版費も少しならば奉加帳に加はつても好い」と言う。これも金沢に行って知己になった二人だが、快くできる援助をしようという姿勢である。犀星が間にいればこそと思われる。この書簡の返信にあたるのが、二十七日付の犀星、芥川宛封書であろう。「原稿紙に手紙をかくのは僕としては心もちの乗り工合がなだらかなため、便宜さうしてゐるが大兄の罫ある紙に失礼といふふうになると一考させる。」と始まっている。芥川からの手紙に完全に呼応しており、今まで失礼と断らずに芥川にも「原稿紙」で出して、芥川から注意を促されたものと思われる。続いて「酒井氏はあける約束であつたが、まだ小生と年齢の上の相違や温和らしい人らしいから急《いそ》がさぬ事にし、もう一度こちらで越年をすることにし、けふは荷造りをといて」「家は、正月八日すぎに上京し、どこかに決めるつもりなり。まかして気に入らぬと気の毒なれば、自分で撰ぶつもり。」とある。未翁南圃句集についても「二月ころ序文おたのみいたし候。」とある。犀星の姿勢は、芥川の好意に甘えて、芥川の負担になることを避けようとするものである。軽井沢で刻苦して作品を練り上げる芥川の創作姿勢を端から見ていた犀星は、それを妨げることを潔しとしなかったであろうし、書簡にあるように、家の問題を他人任せにしたくなかったのも本心であろう。また、現在の住人である酒井氏への思いやりもあり、金沢に草庵を結ぶ構想をも持っていた犀星は、それとの兼ね合いも考えなければならなかったのではないだろうか。

大正十四年一月、犀星は単身上京し、小畠貞一への書簡から考えるに、二十七日頃手頃な家を見つけている。その最中にも新しい題材を求めて、貞一から講談本を送ってもらったりしている。(40) 二月八日、芥川は、犀星の仮寓先に行き、水上滝太郎や堀辰雄に会っている。十四日頃から芥川は、流行性感冒により熱を出して伏せっていて、それでもあちこち書簡を出している。犀星は見舞いに「烏賊の黒作り」などを送っている。十七日、犀星、芥川宅を訪ねる。また、少し後には、二人して滝田樗陰の見舞いにも出かけている。犀星は、田端にとりあえず二月二十三日に引っ越している。元の家に戻れるのは四月になる。その同じ四月上旬頃、大井町の借家にいた朔太郎が、犀星の世話で田端に越してくるのである。

十一　この頃の芥川による犀星評

芥川は、犀星に再度田端に戻ってくるよう勧める一方、大正十四年一月の『日本詩人』に「詩人の印象（その五）――室生犀星氏」の大見出しのもとに「室生犀星氏」の一文を寄せている。「出来上がつた人」のタイトルで知られているものだが、「室生犀星はちやんと出来上がつた人である。」「日月星辰前にあり、室生犀星茲にありと魚眠洞の洞天に尻を据ゑてゐる。僕は、室生と親しんだ後この点に最も感心したのみならずこの点に感心したことを少なからず幸福に思つてゐる。」と人物評を行い、「高麗の花」の評で詩人としての業績には触れたので、あえて人となりを記したと断っている。最後には、「これも室生の為に『こりや』と叱られるかも知れない」と結び、その親しさを示している。

また、芥川は、新潮合評会[41]に参加している。その内容は、大正十四年一月発行の『新潮』に掲載されている。参加者は、徳田秋声、加能作次郎、水守亀之助、千葉亀雄、山本有三、久保田万太郎、広津和郎、田山花袋、芥川龍之介と中村武羅夫である。全体的に、芥川はこの合評会を実質リードしているように思えるほど、よく意見を述べている。その中で「新しき機運に就て語る」という中の、新感覚派を話題にした中に、中村が発言して犀星のことが話題になっている。

中村　室生氏のものなぞは、感覚的ぢやないですか。――この頃馬場孤蝶氏が、悪文だと云つてるやうですが。

芥川　馬場さんの云ふことも半分は本当だ。語格を全然無視するのはいけないと思ふ。只馬場さんの引いた例の中にはちやんと意味のわかるのもある。

これに続いて、千葉、山本、水守などが犀星を認める方向で発言をしている。

千葉　室生氏の表現は、室生氏にとつて必然なものだ。あれをこれまでの文章の標準から、悪文といふやうな論拠で一掃されてはたまらぬ。

芥川　室生まで行くのは大変だ。室生位独特になるのはなまやさしい仕事ぢやない。

このあとに花袋が発言し、芥川が「新時代と云つても、全部みとめるわけにはいかない。」と発言してこの話題は終わっている。芥川の評価を見ると、犀星の悪文と呼ばれる根源をきちんと把握しながらも、その独特の感性や表現法を高く評価し、認めていることが分かる。「洞天に尻を据ゑてゐる」という表現もその点を問題にしているのではないだろうか。なんと言われようと自分の独特の感覚的表現世界で勝負している姿を評価しているように思われる。芥川は、犀星文学の貴重な理解者であり、芥川の発言によって、結果的に犀星が保護されていた面があったのではないかと思われる。

十二　友情観と芥川評・犀星評

犀星の「芥川龍之介と萩原朔太郎」が発表されるのは、大正十四年の二月だが、そこに友情を持つことに用心深い犀星の振り返りがある。芥川に対して「ゆだんのならぬ男だとなぜかさう思うた。」「地震前二年くらゐから私は却つてゆだんしてもいい男だと思つた。ゆだんしてぼろを出してゐても、いいところはちやんと見てゐる、もう心をゆるしてもいいと、友をこさへることに疑い深い私はさう思ふやうになつた。」「萩原君と交際《つきあ》つた初めにも、やはりどこまで気を許してゐるのか、また、どこまで往つていい友情だかが分りかねた。」「やはり、ゆだんのならぬものが底の方に嗤つてゐるやうで、気をゆるせずにゐた。こちらでさういふと、僕はそんな気なんか一向しないんだがね、さう言つて、『君はどうかすると仲仲うたぐり深いからね。』と萩原君が言つた。」とある。犀星が芥川に気を許しはじめたのが、大正十年以降の時期からであることが分かる。犀星がわずかに通った学校というものに馴染まなかったのは、事実であるし、望まれない子として養家で育ち、家庭にも世間にも反抗しながら育った犀星は、学校でも勤務先でも素行不良なところがあった。そういう犀星が、人付き合いを警戒するのは当然であった。しかし、逆に愛情不足の中で育っているだけに、相手の心根が分かれば、その相手を大切にするのもまた当然であったろう。

軽井沢での思い出をもとに、犀星は「芥川は帽子をかぶらないで散歩に出た」ときのエピソードを紹介している。「私は、高原の日光が強烈だからいけないと言つても聞かないで『紫外線はからだにいいんだよ。』と昂然と歩いてゐたが、かへりに低いこゑで、『眼がふらふらする。……』さう言つて木かげに寄つた。『だから先刻毒だといつたぢやないか。』といふと、『あやまる、あやまる。』と言つた。ひ弱いところがあつた。一ぺんは強情を言つても自分にわかれば、訳なく強情を撤回した。」という。それを以て「佐藤春夫君の印象記に『芥川君はぬけたところが一つもない。』と書いてあつたが、私はそれと反対に芥川君くらゐぬけたところのある人はないと思つた。よくつき合ふと味のあるぬけ方をした。」と言い、「ときとすると文学者らしい垢をも持つてゐないところを人は知らず私は床しく感じた。」と芥川の人間的魅力を語っている。

　一方、芥川の方は、「田端人[42]」の中で「室生犀星」の項を起こし、「これは何度も書いたことあれば、今更言を加へずともよし。只僕を僕とも思はずして、『ほら、芥川龍之介、もう好い加減に猿股[43]をはきかへなさい』とか『そのステッキはよしなさい』とか入らざる世話を焼く男は余り外にあらざらん乎。但し僕をその小言の前に降参するものと思ふべからず。僕には室生の苦手なる議論を吹つかける妙計あり。」と結んでいる。「只僕を僕とも思はずして、」というところに、朔太郎の言う「芥川君の態度は、どこか自分を高い所にお」いた姿勢を見ることができる。犀星は、理詰めにからきし弱い人間として描かれている。また、犀星はかなりなお世話焼きに書かれているが、大切な友人たちには、親身であったようだ。朔太郎には、食事時にこぼすのをその都度注意し、余りにこぼすので閉口したという話も伝わっている。芥川のような寂しがり屋には、このようなお世話焼きは、その時にはうるさくてもなかなかいいものだったのではなかろうか。また、注目すべきは、次の久保田万太郎の項で、議論嫌いを犀星との比較で述べ、括弧書きで「室生を呼ぶ時は呼び捨てにすれども、久保田君は未だ呼び捨てに出来ず。」とある。また、「烏賊の黒作り」も出てくるが、これは、書簡等資料と合わせると、犀星が芥川への見舞いに贈ったもののことである。結局、久保田万太郎には気の毒にも、万太郎のことよりも、犀星といかに親しいかが見えてくる文章になってしまっている。

　ところで、犀星は、「芥川龍之介と萩原朔太郎」の中で興味深い証言をしている。それは、芥川と朔太郎それぞれの友人に対する見方である。

「僕は誰とでも友人になれるが、ある一ところへゆくと、そこから滅多に通さないんだよ。」と、芥川君がいつか僕は友人ができなくてこまると言つた答へを答へてさう言つた。なるほどさうかなと思つた。いつか萩原君も同じいやうな意味で、僕は誰とでも話をする方だし友人になれるが、ずつと続いていかないんだよ、向うでも、こつちでもたいくつしてしまふんだ、やはり気心を知り合はないで表《うは》べばかりの友達なんだからだね、と言つた。

ここで興味深いのは、良家の子弟として育ち、友人の多い芥川と朔太郎が、それぞれに友人を選んでいて、しかも、そのそれぞれからこのような言葉を聞き出している犀星は、そのどちらからも選ばれているということである。芥川と犀星は、軽井沢での生活を見るように反対の気質の作家同士であったが、朔太郎と犀星も「二人の気質や趣味や性情が、全然正反対にできてゐるので、逢へば必ず意見がちがひ、それでゐてどつちが居なくも寂しくなる」[44]関係である。犀星と反対の気質を持つ小説家である芥川と、やはり反対の気質を持つ詩人の萩原朔太郎が出会うとどうなるのか。そういった意味で、芥川と犀星の友情にも新たな変化が予想される。

十三　朔太郎を交えて

また田端の住人になった犀星と、芥川の関係は、書簡ではわかりにくくなり、片方が東京を離れると書簡のやりとりがあるか、第三者に出した書簡の中に、もう一方の名前が記される場合があるといった形になる。四月十七日付で修善寺に療養に出た芥川から書簡が届いている。「潤声の中に起伏いたし居候。ここに来ても電報ぜめにて閉口なり。」と書き起こし、「君に見せれば存外交際家でないと褒められる事うけ合なり。又詩の如きものを二三篇作り候間お目にかけ候。よければ遠慮なくおほめ下され度候。」として、詩を一篇挿入している。「但し誰にも見せぬやうに願上候（きまり悪ければ）尤も君の奥さんにだけはちよつと見てもらひたい気もあり。」などと書き、とみ子や朝子にまで目配りをした文面になっている。また二伸として、「例の文芸読本の件につき萩原君から手紙を貰つた。東京へ帰つたら是非あひたい。」「それから僕の小説を萩原君にも読んで貰らひ、出来るだけ啓発をうけたい。何だか田端が賑になつたやうで甚だ愉快だ。僕は月末か来月の初旬にはかへるから、さうしたら萩原君の所へつれていつてくれ給へ。僕はちよつと大がかりなものを計画してゐる。但し例によつて未完成に終るかも知れない。」と書き送っている。全体としては、家族ぐるみの交際に発展しており、作品への意欲も見られる。また、朔太郎が田端に来たことをとても喜んでいる。おそらく今までの手紙のやりとりの中で朔太郎の中に相通ずるものを見出していて、期待する気持ちの強いことを示しているのであろう。

二伸で話題になっている『近代日本文芸読本』[45]は、「縁起」によって、初め文部省の検定をうけて学校用の副読本にする予定であったが、大正十一年から事実上の離婚騒動で忌避されていた武者小路と、十二年に軽井沢で情死した有島両名の作品を入れるという芥川の決断によってそれを断念したという経緯を持つ。芥川の作家としての良心を貫いた編集で、犀星作品は、第一集に「笛を合はす人」第二集に「つれづれに」が収録されている。

犀星は、この頃の手紙で原稿用紙を用いる時は「原稿紙で失礼」と書くようになっていて、芥川からの教育効果と思われる。その犀星、堀辰雄の病に対し見舞い状を出し、二十日付で芥川の先の書簡に返事をしたためている。「おん詩、沙羅のみづ枝の二行、よしと思ひ、女房曰くうまいもんぢやと言い居り候。昨日下島先生見えられ、消息なきを心にかけ居られ候。」他、小穴隆一、堀辰雄の消息を伝え、「萩原君風流を談ぜず、友誼にあつけれどここにも時代の風吹き過ぎたる如く寂しくぞんぢ候。」とぼやいている。

大正十三年八月に発表された犀星の「萩原と私」[46]によれば、朔太郎は「煩いことのきらひな男である。客がきらひで我儘者の癖に、余り面と向って慍《おこ》らないでぷんとしてくるとそれを自分のからだに内訌《ないこう》させておくやうな人である。」と言っている。「萩原はしつこく繰り返して滅多に譲歩しない。軽井沢で壺を買ったときもひどく罵倒した。とにかく分からないくせに自分の意見だけは言ふひとである。」とも言っている。どうやら、芥川とは話の合う陶器類も朔太郎とは相容れないことが分かる。また、犀星は、「君が大阪からかへりに寄つてくれなかつたから、僕も前橋へは寄らないとハガキに書いてやつた、腹立たしい男である。それほど愉快なところがある。」と書き、犀星自体の性格も暴露している。「芥川龍之介と萩原朔太郎」では、「一昨年の夏に赤倉温泉に二人で旅行して、[47]一浴の後に老鶯の声を霧罩める谿間にききながら、むかし話にふけつてゐると、『むかしの室生犀星がよかつた。』と萩原君は山の方を向きながら嘆息と好意を交ぜた、ひとつの歓談としてぽつりと言ひ出した。私は何となく物悲しく往時を想ひめぐらした。が、なぜ萩原君が左う言つたか、分つたやうな解らないやうな気がした。」と述べている。芥川との親交が発展していく中で、それより古くからの朔太郎との交流が、毎日のように会っているにもかかわらず、なぜかぎこちなくなっていることを示すものである。

朔太郎の不満や嘆きはどこにあるのか。朔太郎は、「室生犀星に与ふ」[48]という長文の文章の中で、各話題の冒頭に「室生君！」と呼びかけながら、切々とした想いを背景にした室生犀星論を展開している。「どんなに長い間、君が君自身を征服すべく、自己叛逆の長い苦闘を続けて来たか。僕はそれを知つてる。」と言い、「丁度その時、君の求める理想の人物が、君の友人として発見された。芥川龍之介氏である。僕はどんな宇宙の対照からも、君と芥川君とにおける如き、それほど鮮明なコントラストを見たことがない。一方は『自然人』の代表であり、一方は『都会人』の代表である。一方は『本能派』の親玉で一方は『理智派』の象徴だ。」「君はその新しき友について、先づ僕にかう語つた。『教養あり、礼節あり、学識あり、先づ彼れの如きは、当代稀れに見る人物だらう。』と。それからまた僕に向つて、或る時次のやうな非難をした。『君の如き、少しも人物が出来て居らんぞ。』」「君は完成した。人物として完成した。」「しかしながら僕は、さうした君の完成を寂しく思ふ。なぜならば、僕の『英雄』は、君の自ら羞恥して克服した所の、昔天馬空を行く自然性にあつたのだから。」「だが、僕等二人は、何といふ寂しい友人だらう。君の小説の中では、僕はいつも『世間慣れない、物事に無頓着な、おとなしく人の好いお坊ちゃん。』として、型で押したやうに書かれて居る。さうだ。君は君の『いぢらしき心根』に映る所の、その部分だけを僕の生活に見て居るのだ。そして単にそれだけをだ。」と語っている。この文章は、昭和三年に出されたとはいえ、長期間考えながら書かれたものであり、おそらく芥川の影響を色濃く受けているこの頃の犀星に、既にこの傾向は十分見られたであろう。

芥川と朔太郎の初対面は、犀星の仲立ちによって行われる約束だったようだが、犀星が渋ったのか、芥川が突然訪ねてみたくなったのか、不思議にも芥川が突然朔太郎を訪ねている。朔太郎は、後にその時の様子や感想を次のように書いている。(49)

私が田端に住んでいるとき、或る日突然長髪痩躯の人が訪ねて来た。

「僕は芥川です。始めまして。」

さういつて丁寧にお辞儀をされた。自分は前から、室生君と共に氏を訪ねる約束になつてゐたので、この突然の訪問に対し、いささか恐縮して丁寧に礼を返した。しかし一層恐縮したことには、自分が頭をあげた時に、尚依然として訪問者の頭が畳についてゐた。自分はあわててお辞儀のツギ足しをした。

朔太郎から見た芥川は、相手を見てそつなく対応する名人のように見えながら、一方でそういう態度に不満を持つ朔太郎は、反抗的気分を募らせている。犀星が圧迫と感じたものを、朔太郎は払い除けようとして反抗心となっている。初めの頃に朔太郎が芥川に対して感じた「芥川君の態度は、どこか自分を高い所におき、単なる知的聡明さを以て人を見てゐる。」という批評は、犀星のそれとほぼ同様である。

ところが、『日本詩人』の六月号が出た頃のある朝、起き抜けに床の中でそれを読んでいた芥川が、朔太郎の「郷土望景詩」を読んで感激し、その余り、寝間着姿のまま家を飛び出して、朔太郎が「珍らしく早起きして床を片づけてゐる所へ、思ひがけなく芥川君が跳び込んできた。」という次第になった。「やみがたい悲痛の感動」のなせる業であったわけである。朔太郎は、「感激して悦んだ」上で、芥川に対する見解に「動揺」が生ずる。

朔太郎は、文壇で「自由詩」が分かる人間は、犀星と春夫と芥川だと見ていたが、芥川だけは、「聡明なる『詩の鑑賞家』」「批評家」に過ぎないと、他の二人とは区別して考えてきた。ところが眼前に「真の『詩に溺れてゐる詩人』」である芥川を見、「彼の眼の中に、かつて知らない詩人的の情熱を見」るに及んで、朔太郎は、「或る恐ろしい意味をもった『神秘の謎』」を抱えることになる。芥川にとっては、おそらく犀星を越える詩人に遭遇した面持ちだったのではないだろうか。少なくとも、朔太郎の詩に詠み込まれた苦悩に感じ入り、気質において通い合うものを認めたと考えられる。

この頃に出された「澄江堂雑詠」[50]では、「金沢なる室生犀星におくる」として一首ある。「遠つ峯《を》にかがよふ雪の幽《かす》かにも命を守《も》ると君につげなむ。」と。また、五月十七日付で芥川は、春夫に書簡を出し、作家十二人に短尺を書かせる企画に加わってくれという依頼をしている。そうそうたるメンバーが並べられている中で、「然れども君にはひつて貰へば啻に下山霜山の喜びのみにあらず、僕や室生犀星も同じ地獄に君を相見する歓喜あらん。」と特に名前を掲げている。五月二十六日、芥川は、伯母フキの診察に訪れた下島勲とともに犀星宅を訪ね、俳談などを交わしている。また、下島勲の日記に拠れば、翌六月二十六日にも秀しげ子を含む三人同道で犀星を訪ね、「俳談などして」いる。

芥川は、「俳壇文芸」の六月号に「わが俳句修業」という一文を寄せ、「作家時代」においては、「愈鵺《ぬえ》の如しと言はざるべからず」と述べた上で、「今日は唯一游亭、魚眠洞と閑に俳諧を愛するのみ。」と述べている。芥川が終始親しんでいた小穴と犀星が、俳友としても名前を挙げられている。また、「旅のおもひで」[51]では、最後に「ずつと以前の東京はなほよかつたですね。」と言い、その締めくくりに次のように犀星の言葉を使っている。

こなひだも室生犀星とあるいてゐたら、新築の松屋の建物を見あげて室生のいふことに『性こりもなく、よくまたこんなものを建てやがつたもんだな』ですと――。

日常の様子を示す資料は少ないものの、やはり犀星と芥川の間には、変わらぬ友情と頻繁な往来があったものと思われる。

十四　妙義山と根生姜

犀星は、七月下旬、堀からの書簡に返事をして、軽井沢の宿についてアドバイスをしている。どうやら、堀の滞在費を犀星が負担している様子が分かる。犀星は、その当時書いていた「妻が里」を脱稿して、翌日の八月十三日に軽井沢に行っている。堀辰雄が迎えに来ており、つるやの一番奥の離れに滞在する。翌日、松村みね子たちが来る。滞在中、剪燈新話や芭蕉七部集、一茶全集、一茶旅日記などと共に、八月十二日に新潮社から刊行されたばかりの朔太郎詩集『純情小曲集』を読み、堀とあちこち散歩している。犀星は、『純情小曲集』に「珍しいものをかくしてゐる人への序文」を寄せている。

二十一日、芥川が軽井沢に到着。芥川も昨年と同様つるやに滞在する。お互いやはり仕事も抱えているようだが、二十三日、芥川、堀、犀星は、ともに碓氷峠に行く。犀星の日記では、「源泉の水美しく湧く。」とあるが、芥川は、どうやら別のところに感服したらしい。これについてはあとで詳述する。犀星は、翌二十四日に帰京しようと思っていたが、折から朔太郎が、美人姉妹のユキとアイを連れて軽井沢にやってきたので、出発を見合わせ、芥川や堀も交えて楽しい一時を過ごしている。(52)二十五日に犀星は帰京している。

さて、二十三日の碓氷峠行きの話に戻る。八月二十五日付の芥川から小穴隆一宛書簡を見ると、「二三日前、室生と碓氷峠へ上りし所、室生、妙義山を眺めて感歎して曰、『あの山はシャウガのやうだね。』」と伝えている。この犀星発言は、よほど芥川には印象深かったようで、「病状雑記」(53)にも項目の九に「室生犀星、碓氷山上よりつらなる妙義の崔嵬《さいくわい》たるを望んで曰、『妙義山と言ふ山は生姜《しやうが》に似てゐるね。』」とある。それだけではない。昭和二年、芥川最晩年の「文芸的な、余りに文芸的な」にもこのエピソードは用いられている。「三十三　新感覚派」の章である。千葉亀雄によって「新感覚派」が命名されたとき(54)にその先駆的存在のように書かれた犀星について、芥川は次のように述べている。

しかし「新感覚派」の作家たちの作品を見れば、僕等の作品よりも或意味では「新理智派」に近いと言はなければならぬ。では、或意味とは何かと言へば、彼等の所謂感覚の理智の光を帯びてゐることである。僕は室生犀星氏と一しょに碓氷《うすい》山上の月を見た時、突然室生氏の妙義《めうぎ》山を「生姜《しやうが》のやうだね」と云つたのを聞き、如何にも妙義山は一塊の根生姜そつくりであることを発見した。この所謂感覚は理智の光を帯びてゐない。が、彼等の所謂感覚は、――たとへば横光利一氏は僕の為に藤沢桓夫《ふじさはたけを》氏の「馬は褐色の思想のやうに走つて行つた」（?）と云う言葉を引き、そこに彼等の所謂感覚の飛躍のあることを説明した。かう云ふ飛躍は僕にも亦全然わからない訣ではない。がこの一行は明らかに理智的な聯想の上に成り立つてゐる。彼等は彼等の所謂感覚の上にも理智の光を加へずには措かなかつた。彼等の近代的特色は、或はそこにあるのであらう。けれども若し所謂感覚のそれ自身新しいことを目標とすれば、僕はやはり妙義山に一塊の根生姜を感じるのをより新しいとしなければならぬ。恐らくは江戸の昔からあつた一塊の根生姜を感じるのを。

犀星の独自な言語感覚に対して、しかもおそらく犀星にしてみれば、日常的に感覚に響いてきたことを、友人である芥川に素直に発言しただけであろうのに、ここまで大事に温めて論ずる作家がいるだろうか。逆に言えば、「理智」の側にいる芥川にとっては、それほどこの素朴な見立てに、あるいは感覚に、ハッとさせられたことになる。また、おそらくそのような犀星の感性に敏感に反応する芥川だからこそ、このように論じながらも、犀星が自覚せずに持っている素朴なこの感性が羨ましくもあったろう。そして、コンプレックスの塊である犀星にとっては、憧れの人である芥川が、刻苦する人であることは知っていても、犀星の生来のものにそれほどの価値を見出しているとは、気がつかなかったのではあるまいか。論理や理知の限界や無力さを知る中で生まれてきたヨーロッパ前衛芸術の影響を受けている新感覚派の出現だけでも、芥川には考えるところが多かったと思うが、それと犀星との「所謂感覚」の差異に気がついた時、理知に支配されない犀星の強さのようなもの、「洞天に尻を据ゑているﾞ」姿勢が、さらにははっきりと理解されていたに違いない。

十五　大正十四年後半

日記によると犀星は、九月の中頃から俳句を書き留めるようになっている。芥川は、「隣の笛」[55]の中で、「室生犀星金沢の蟹を贈る」として一句収録されている。「秋風や甲羅をあます膳の蟹」と。その後、軽井沢に滞在している芥川や堀は、松村母子とドライブに出かけたり、小穴隆一や佐佐木茂索夫妻と月見に出かけたりしている。九月一日付で犀星に書簡を送り、芥川が犀星からの言伝のもとに、代行をした件の報告や、犀星のあと軽井沢にきた小穴などの消息を伝え、軽井沢も残暑が厳しいので、朔太郎の「純情小曲集」の会の開催を「少し延ばしてはどうか?」などと書いている。この中で、看過できないのが、犀星作品「妻が里」についての芥川の感想である。「君はやはり予想したやうに僕の失敗する所を如何にも楽々と成功してゐる。」という一文である。かつて「幼年時代」の批評を頼まれて口ごもり、断った当時の芥川は、こういう一文を書くことを予想したであろうか。ここでいう芥川の「失敗」と犀星の「楽々と成功」が何を意味するのかは、それぞれの作品分析をしなければならないので別稿に譲るが、やはり芥川は、犀星文学に、自分にはないある実力を見出していたことは確かである。その返事と思われるのが、(推定)九月二日付の芥川宛犀星の手紙である。異様なことに文面は「あの件内所内所、」から始まる。前述の芥川書簡から推測するに、犀星が癇癪を起こした何らかの出来事があり、その関係者であるらしい「三好さん」に「四十銭」返すように芥川に言付けたことであるらしい。そのことは芥川を大変嬉しい心もちにしている。また、犀星も堂々と作品評を書くようになっている。ここには、「死後」と「海水浴」の評がある。また、滝井孝作の「ゲテモノ」について「近ごろ感心した。」と書いていて、芥川と同じように他者の作品をよく読んでいることが分かる。芥川は、この九月初旬に風邪を引いて病床に伏しているが、小穴や堀に看病され、七日に帰京したものの、再度伏せっている。しかし、十六日、伏せったまま滝井孝作に手紙を出していて、「ゲテモノ」について「九月小説中の白眉なり」と褒めているが、そこに「室生なども大分感心してゐた。」と加えている。犀星評に信頼をおいている姿が見え、作家同士の交際としても対等なものになっていることの証左と言えるだろう。犀星からは、この間にも芥川を見舞う書簡が出されている。

九月十七日、犀星は、朔太郎の「純情小曲集」の出版記念会に発起人の一人として出席する。十月三日には、一家で借家を借りて金沢に帰省している。金沢に着いてすぐ芥川に書簡を送っている。重ねて十七日付犀星からの書簡で近況と帰京予定について知らせている。その返事にあたる十八日付芥川からの書簡で、芥川の子供たちが引き続き病気がちな様子、滝田樗陰の病状を知らせ、犀星の庭にある芭蕉の心配までしている。二十二日犀星から芥川への書簡では、まず、芥川の子供の病気にお見舞いの気持ちを述べ、「妻の父死去いたし本日中陰[56]」と知らせ、家の中がゴタゴタで小説が書けないことを嘆いている。帰京時期の目安を「二十六七日」とし、芥川が興味を示した紙（和紙）について、持参すると返事をしている。また、犀星は、硯に興味を持ち始めている。二十四日付芥川からの書簡には、お悔やみが冒頭に書かれ、とみ子宛にも一筆添える心遣いを見せている。犀星留守宅の芭蕉の見張りもしているようで、家族ぐるみのご近所づきあいであることがよく分かる。また、子供の病気の経過と、仕事の進捗状況、やはり何も書いてないけれど、どうやら私小説に関わる「論文一篇」を書く予告をして「君は議論嫌ひなれども御一覧下さらば幸甚なり」と書いている。

犀星は二十六日に帰京したらしい[57]。二十七日午後、犀星は芥川を訪ね、滝田の病状等についても語らうが、夜に芥川から「乞御返事」の手紙が届いて、「滝田君今朝十時死去いたしㇾよし、小生はこれより香奠を持ちちょっと御線香をあげに参らんと存居ㇾ　御同行下され候や否や　乍憚御返事願上ㇾ」とあり、双方の発表文章から[58]二人で出かけたことが分かる。お互いに樗陰から認められたり、励まされたりした経緯を書いたり、その後の交際を書いて、在りし日の樗陰を偲んでいる。

十一月には『未翁南圃俳句集』が北声会から刊行されたが、犀星は「二友二交」という序文を、芥川は無題の序文[59]を寄せている。十二月六日、犀星は、水戸で行われた茨城文芸社主催の山村暮鳥追悼会に朔太郎と出席し、八日には、田端大龍寺で同じく朔太郎と暮鳥忌を営み、句会を催した。[60] 十日には、芥川と犀星が連れだって徳田秋声を訪ねている。[61] この年の暮れの様子は、犀星の「師走日録」に詳しい。[62] 二十五日には、駒込神明神社で高柳真三の媒酌を務める。芥川のところに小穴がよく出入りしているように、犀星の許には平木二六や宮木喜久雄が連日のように出入りしている。下島勲も来る。二十六日には、芥川が元旦の句を頼みに来る。堀辰雄も来る。二十八日夜には、中野重治と窪川鶴次郎が来ている。二十九日三越に買い物に行っている間に芥川から短冊が届いている。芥川のところへ行くと、今度は芥川が不在である。三十日には、芥川のところから画集が返還される。芥川と犀星が近所で頻繁に行き来している様子がうかがえる。[63]

十六　朔太郎の転出

十一月下旬、朔太郎は、稲子夫人の健康がすぐれないという理由で、鎌倉材木座へ転居する。[64] ただ、そこには、単にそれだけではない理由があったように思われる。それには大きく二点考えられる。まずは、「萩原と私」において、同時期に朔太郎の妻が、小畠宛と犀星の妻宛に出した手紙に、前者には「風邪を冒《ひ》いて居りますから」と書き、後者には「萩原は唯今旅行中です」と書くような「とんちんかん」を許す「面倒くさがり屋の萩原」について紹介していることである。家族ぐるみのつきあいに行き違いがあって、細やかに気にする犀星から距離をとったのではないかと考えられることである。あるいは、夫人が好まなかった可能性もある。後年、共に馬込に移ってからは、朔太郎の妻の行動について犀星は再三忠告するようになるが、ここではまだ、非を朔太郎においている。二点目は、前述した芥川の影響を濃厚に受けている犀星について、朔太郎の犀星への不満は、決して解消してはいないだろうということである。

ただ、「田端に居た頃」にあるように、朔太郎は、犀星の性癖をよく呑み込んでいる。どうやら鎌倉に移る前にも犀星と朔太郎は口論して別れているようだが、朔太郎はそれを次のように言う。犀星は、「いつも腹を立てて怒る時ほど、彼のしをらしい叙情詩を態度に表現することはない。」「意識上では自分の正しきを信じてゐて、あくまでも他人の反抗を憎んでゐる。しかるにその反省のない心の影に、不思議な本能的反省が忍んでゐるので、それが潜在意識として態度に現はれ、世にもしをらしくいぢらしい善人の悲哀を感じさせる。」「今も現に暗いプラツトホームで、さうした室生のしをらしい姿が立つてゐる。野獣的の烈しい憤怒に燃えて居ながら、そのくせ世にもしをらしく悲しげな姿である。なんたる不憫のことだらう。」という見立てである。犀星詩の理解もこれに絡んでいる。最後は、「暫らくして電車がきた。我々は黙つて車窓に向ひ合つてゐた。田端の暗い夜道を帰つてくるとき、急に友が親しげの言葉で話しかけた。『いつ君は鎌倉へ移る?』『近日中。』『早く行けよ。居ない方が気持ち好いから。』しかしその言葉は、限りなき友情を示す反語によつて語られてゐた。」と締めくくられている。犀星と朔太郎間では、朔太郎の方に、犀星から悪態をつかれてもその友情を読みとり、そのひねくれ方を愛でる余裕がある。一方で「詩に溺れる」理知的な芥川との間には、何か深く一脈通ずるものを感じながら、朔太郎は田端を去るのである。

十七　芥川の衰弱

芥川は、大正十五年一月から胃腸の不調、痔、神経衰弱などに悩まされ、しばらく湯河原と田端を往復しながら滞在、湯治をしているが、そこから犀星に遊びに来るよう誘い、俳句も詠んでいる。また、二月には、朔太郎を見舞っている。[65] この時のことそのものであるかは不明だが、この頃に芥川の訪ねて来た様子を後年、朔太郎は

次のように記している。(66)

鎌倉に住んで居た時、或る夜遅くなって芥川君が訪ねて来た。東京から藤沢へ行く途中、自動車で寄り道をしたのださうである。夜の十一時頃であつた。寝衣《ねまき》をきて起きた僕と、暗い陰鬱な電気の下で、約一時間ほど話をした。来るといきなり、芥川君は手をひらいて僕に見せた。そして「どうだ。指がふるへて居るだらう。神経衰弱の証拠だよ。君、やつて見給へ。」と言つた。それから暫らく死後の生活の話をして、非常に厳粛の顔をして居たが、急に笑ひ出して言つた。「自殺しない厭世論者の言ふことなんか當になるものか。」そしてあわただしく逃げるやうに帰つて行つた。

朔太郎は、「すべての印象が悪夢のように感じられた。」と記している。

二月二十六日には、犀星は平木と上野の展覧会に行くが、(67)そこで芥川と下島勲、小穴、葛巻神代種亮《かうじろたねすけ》などと会い、『芥川龍之介全集』の年譜によれば、「帰途、皆で上野広小路の岡野で汁粉を食べ」ている。(68)犀星は、この日、芥川から石油ストーブ、『女性』六月号を借り出す依頼を受けている。近所で親しかったので、頼みやすかったものと思われる。また、『新潮』二月号の「新潮合評会第三十一回（新年の創作評）」では、芥川は、犀星の「梨翁と南枝」「馬に乗れる夫人《ママ》」について、(69)「読みました。何時もより出来は悪いのかと思ふけれども、やつぱり読んで厭な気はしなかつた。」とコメントしている。多くを語っていないところを見ると失敗作であるのは否めないのであるが、犀星への思いやりが感じられるコメントである。

三月十六日午後、下島勲の養女行枝が死去。下島家には、芥川、犀星、万太郎らが駆けつけ、十八日の葬儀には、菊池寛、芥川、犀星、万太郎等が参列し、百数十名の会となった。下島勲の交流の広さ、芥川の人気、菊池の手腕、そういったものが「意外な盛観」と下島の日記に書かせるほどの告別式になった。しかしながら、行枝の死は、突然の肺炎によるものであり、芥川は特に衝撃を受けた。四月六日に三七日の法要があり、湯河原から戻ってきた芥川、菊池寛、犀星、万太郎らが顔を揃えた。下島から依頼されていた悼句を、芥川のを中央に、犀星と万太郎が左右に添えて奉書紙に書いた(70)。

うち返す浪のうつつや春のくれ　万

更けまさる火かげやこよひ雛の顔　龍之介

若草の香の残りゆくあは《わ》ゆきや　犀星

『芥川龍之介全集』の年譜によれば、この年の四月十五日に、芥川は、小穴に自殺の決意を告げたとする。睡眠薬等の薬品への依存度も高まっており、鵠沼に静養に来ていても、来客が多いのに参り気味である。また、犀星の言によれば(71)「鵠沼へ行く前後から芥川君は余り書画骨董に趣味を持たなかつた。陶器のことでも興味を感じないと云ひ、実際面白くなささうな気持ちらしかつた。お互ひ家庭の話が出ると、此の頃妻がいとしくなつたと山手線の電車を待ち乍ら話してゐた。」とその心境の変化に眼を留めている。

十八　犀星の蛮勇

五月二十九日付で平木二六の下宿から犀星宛に出された芥川書簡の主文は、なかなかにおもしろいものである。

日本詩人所載野口米次郎の会のことを書いた萩原朔太郎君の文章を見て大いに感動した　敬愛する室生犀星よ、椅子をふりまはせ　椅子をふりまわせ

実際の事件は、五月十一日に起こった『日本詩集一九二六版』出版記念会席上のことで、朔太郎が「中央亭騒動事件(72)」と名付けて書いている。朔太郎が指名を受けずに演説を始め、野次られて怒鳴ったのを約五十名もの参会者がいて距離が遠かったために、犀星には、朔太郎が何か「不当の暴行でも受けてゐるやうに見誤り、友人の一大事として」椅子をふりまわして突進しようとしたもののようである。犀星は周囲から抱き止められて事なきを得ているが、朔太郎の次の感想には、深い意味があると思われる。

最後の室生君の一場は、昔の粗野な書生的友情が回想されて、取りわけ私にはなつかしかつた。

後に「室生犀星に與ふ」で朔太郎が述べるように、朔太郎は、犀星の特性である「天馬空を行く自然性」に「僕の『英雄』」を見ていて、そういう犀星に深い愛情を持っている。「室生犀星に与ふ」は、芥川の没後に発表されたものだが、朔太郎は、芥川の存命中から時間をかけてこれらの文章を書き、芥川にも読ませ、全体について同感を得ているものである。(73)してみれば、朔太郎と芥川の間には深く通ずるものがあるだけに、「敬愛する室生犀星よ、椅子をふりまはせ　椅子をふりまわせ」と書く芥川の背後にある思いにも、朔太郎と同様のものを読み取ることができるのではないだろうか。ただおそらく、犀星にとっては、苦い失敗の一コマであったろう。

十九　犀星の庭造りと「秋本建之」

犀星自身は、この出来事の直後から六月上旬まで金沢に出かけており、念願の庭造りのための地所を借りている。天徳院の寺領を借りたのである。「後庭百坪」の庭造りに励んでいる。また、これらのことを妻宛へ「諸方へおふれなきこと、」と書き送っている。

また、この時期、犀星は「秋本建之」の名前で一部の仕事を行っている。大正十五年では、七月発行の『驢馬』四号「高等理髪店の鏡」、『日本詩人』十一月号の「鵞鳥」「己は思い出す」などがある。(74)詩の発表に用いられており、『鶴』に収録された作品が五篇入っている。『日本詩人』の十一月号には、「室生犀星氏は以後秋本建之の氏名を用ふるとなり」という記述も見える。書簡でも全集収録分を見る限りでは、十月から「建之」の署名のものがあり、翌二年の二月までのもの四通に散見される。これは一体どういうことを意図したものであろうか。『室生犀星文学年譜』の年譜の中では、俳句の「魚眠洞」の署名と共に捉えられている。(75)日頃から芥川、犀星間では、「澄江堂主人、澄江学兄」「魚眠先生、魚先生」などというやりとりをしているが、この時期には意識した使い分けを試みた形跡があると言えるだろう。つまり、俳句関係には魚眠洞、詩人や作家としては「秋本建之」と犀星を使うつもりだったのではないだろうか。書簡の方では、妻への書簡には本名の照道、通常は犀星、四通の「建之」署名のうち、三通は山根しげ子という詩や俳句などの作品の面倒を見ている婦人宛、一通は小畠貞一宛である。それが定着しなかった理由を探るのは難しいが、一般的に考えて、有名な「室生犀星」と無名の「秋本建之」では大きな隔たりがあって実質的に困難があったことは言うまでもない。その上、詩人や作家としての秋本建之の名前は、犀星のイメージからは遠い。

「秋本」の名前は、作品の主人公名として用いられている。先に話題にした大正十四年九月発表「妻が里」も主人公は秋本である。十二月の「ドウナツ」、翌年の「梨翁と南枝」「馬に乗れる婦人」「短冊」「音楽と料理」と続く。例えば、「秋本の母」(76)という小説では、養母と犀星自身の後年のやりとりをモデルにした作品であるが、幼少期を扱った小説には見られない静けさがある。大人になった息子、秋本と老母の落ち着いたやりとりが道具類を整理するという出来事の中で語られている。日本の伝統に根を下ろした道具類の整理を息子が手伝い、そこに出入りする道具屋とのやりとりや、物にまつわる価値と気持ちの複雑な交錯を見据えた作品である。これら「秋本もの」の小説群とペンネーム「秋本建之」の関係がどうであるかを云々するのは別稿に譲りたいが、他に脇本や国本などという主人公名を用いている中で、当時、相当気に入って実生活にも入り込んだ名前であったのだろう。

また、世情の変動もさることながら、この時期は、四月に『驢馬』、六月に『地上楽園』、十月『椎の木』、十一月『近代風景』が創刊された一方で、九月に詩話会解散の決定、十一月号を以て『日本詩人』が終刊を迎えるなど、詩雑誌を中心として変動の大きかった時期でもある。おそらく詩壇の再編もともに進んだことであろう。これらが犀星の筆名の使い分けと何らかの関係性を持つ可能性も考えられるが、この時期の詩や詩壇に対する犀星の姿勢を調査する必要があるだろう。

二十　芥川の腹具合と犀星の芥川句評

芥川の方は、五月頃から鵠沼と田端を行き来しながら、療養に努めているが、依然胃腸関係はよろしくない。ちょっとしたことで症状が悪化するらしく、犀星を訪ねた後にも冷えて悪化したらしい。実際には、大腸カタルであったというが、痔も併発して苦しんでいる。友人への書簡類は、いよいよ芥川本人の腹具合の話題ばかりで、「下痢ほど身心とも力のぬけるものはない。」と佐佐木茂索宛に嘆いているが、長患いとなる。七月や八月中の手紙にも腹具合が書いてある。それでも俳句などを詠み、推敲途中のまま送るようなこともしている。佐佐木茂索宛に書かれた著者本の批評の中には、「影などはうまいもんぢや（コレハ室生調）」などと戯れに犀星の調子を用いるようなこともしている。他の作家でこれほど芥川が好んで調子をまねたような人物は見あたらない。

下島勲の日記によると、七月五日に犀星宅へ夫人の診察に訪れた下島に、「枝つきの杏」を採って、「一枝を澄江堂へ届けてくれと」託されたという。夕方、下島は、芥川を診察し、犀星の杏を届けている。翌日から芥川は鵠沼へ行き、犀星は、七月下旬から貸別荘を借りて九月十二日まで軽井沢で生活をし、その間に津村信夫を知るようになる。

芥川が鵠沼から八月九日付で出した犀星宛の手紙には、やはり「こちらは実に暑い。その上又下痢をした。何も書けずいらいらしてゐる。」とある。また、二伸に「夏目先生の句のことに僕を引き合ひに出して貰ひ少なからず恐縮した。」とある。これは、犀星が『新潮』の八月号に出した「蟻の塔」の中の「漱石の俳句」を指してのコメントと思われる。[77] そこで犀星は、「漱石の俳句には、後進澄江堂の洗練がなく、詠み捨て書き忘れたるやうのものが多い。あれ程の人物がなぜ最つと鍛えなかつたかと思ふくらゐである。漢詩の方がよほど逸れてゐるが、俳句は玉石を雑ぜてゐて甚だしい。そこへゆくと澄江堂龍之介の句は、年は若いが一粒づつよりぬいで砧手をゆるめてゐない」などと書かれたことが面はゆかったのだろう。犀星は、「芥川龍之介の人と作[78]」の「文人」の項においても、漱石以来の文人の一人として芥川の名をを挙げ、発句を棄てることにおいて、芥川は師の漱石を超えたものとして捉えている。「吾が龍之介は棄てることの名人であつた。」「彼の潔癖ときづものを厭ふ気持ちが左うさせたことは勿論であるが、何よりも彼は棄てることに於て元禄の芭蕉を学んだのかも知れぬ。」と述べている。犀星は、芭蕉が芥川の文学上、大切な存在であることを熟知している。後から参入した小説等では苦労している犀星も、俳句や詩の世界からは割合安心して芥川を批評することが可能であったと考えることができる。

八月十日頃と九月二十日頃には、堀辰雄が芥川を訪ねている。九月二日付けの、しばらく帰っていた田端からの芥川書簡では、「やつと小説らしいものを一つ書いた[79]」と書き、「体力稍恢復したれども腎気乏し」と相変わらず頼りない体調を嘆いている。それに続けて「奥さんお大事に」とあり、お産[80]を間近に控えているとみ子夫人をの労っている。主要な話題にすることを控えて二伸に芥川の家族の消息が書かれているが、「也寸志鵠沼にて寝冷発熱中、田端にては多加志腹をこわし臥床中」と子供への心配とともに、「僕もこの間睡眠薬をのみすぎ夜中に五十分も独り語を言ひつづけたよし。」と結んでいて、自殺への予兆を感じさせる。この頃の芥川は、体調不良や神経衰弱に苦しみながらも「点鬼簿」を書き、『梅・馬・鶯』の出版に向けて準備を進め、「発句」の表題の下に自作句をまとめながら、「玄鶴山房」へと筆を進めている。十日付の犀星宛芥川書簡では、近況とともに発句二句を捨てたことを告げている。また、『文章倶楽部』の八月号に犀星が「凡兆の俳句」というタイトルで凡兆の句解を行っているのに刺激されて、芥川も「凡兆に就いて」という文章を発表している[81]。おそらく、芥川は、同郷の人である凡兆を蕉門一の人と見る犀星に多少の異議があり、芥川としては、丈草を最も優れていると言いたい部分もあったはずだが、犀星に合わせたように「凡兆は只ものではない。」という締めくくりになっている。犀星は、滔々と四ページにわたって精力的に書いているのに対し、芥川のは、その半分にも満たない量で、犀星の文章と比べ読む時、多忙と体調不良の合間に書いた非力な感じが伝わってくる。

二十一　芥川の論ずる朔太郎像

犀星は、白秋の編集する『近代風景』の新年号のために、芥川への原稿依頼に口添えをしたらしい。十二月九日付で鵠沼から出された芥川の書簡には、「君よりも頼むと云ふ事故、萩原朔太郎論を五六枚書いた。[82]」とある。その内容は、中野重治や堀辰雄の朔太郎に関する記事を枕に、春夫や犀星と比較しながら書いている。その中で注目されるのは、「室生君は天上の神々の与へた詩人の智慧に安住してゐる。が、宿命は不幸にも萩原君には理智を与へた。僕は敢て『不幸にも』と言ひたい。理智はいつもダイナマイトである。時にはその所有者自身をも粉砕せずには置かぬダイナマイトである。」という部分である。この点が朔太郎と芥川の相通ずる共通点であり、理智の恐ろしさ、脆さをも知るが故に「不幸にも」を強調している。その点で朔太郎を語る芥川は、半ば自分をも語っており、対極の住人、犀星を羨ましいと感ずる部分を内包している。また、春夫や犀星は日本文学の伝統に根を下ろしているが、それに対して「萩原君は詩的アナアキストである。このアナアキックな魂は萩原君の芸術に見えるばかりではない。萩原君の芸術観にも見えるやうである。」と述べた上で、「萩原君は詩人としても或は又思想家としても、完成するかは疑問である。少くとも『月に吠える』、『青猫』、『純情詩集』等は『完成』の極印を打たれる作品を存外多く含んでゐない。これは萩原君の悲劇であり、同時に又萩原君の栄光である。萩原君は今日の詩人より恐らくは明日の詩人たちに大きい影響を与へるであらう。」と述べている。これも朔太郎の詩業を的確に批評している反面、芥川自身を半ば映した鏡のような面もあり、一面で自分自身の運命を語っているようにも読み取れる。

この日の芥川書簡のその前の部分には、「山茶花の句前の句に感心。」とある。おそらく「前の句」とあるからには、「山茶花」で二句書かれていたものと思われ、その二句とは、「山茶花に筧細る、日和かな」と「山茶花や日の當りゆく軒の霜」という犀星が十二月五日に作った二つの句ではないかと思われる。(83) ただ、どちらが前に書かれていたかについては、芥川の俳句に対する批評眼に基づいて推測するしかない。犀星とある程度共通する批評眼を持っていたとすれば(84)、他へも積極的に公表していた後者の方が、芥川の指す「前の句」であるのかも知れない。

朔太郎論の話に続いて「日々快々」とあり、その中身は、行も変え、書体も変わって書かれている。「文書カン心モ細リ炭トリノ炭ノ木目ヲ見テ居ル我ハ／小夜フケテ厠ノウチニ樟脳ノ油タラシテカガミ居ル我ハ／門《カド》ノベノウス暗ガリニ人ノヰテアクビセルニモ恐ルル我ハ」と三行分かち書きをしている。神経衰弱の不安定な様子がよく分かって痛ましいが、続けて「僕ハ陰鬱極マル力作ヲ書イテヰル出来上ルカドウカワカラン。」という。これは、『芥川龍之介全集』の注解等に指摘がないのだが、「玄鶴山房」のことかと思われる。また、これだけ苦しい状況になっていても犀星の発表作品を読んでいる。「君ノ美小童ヲ読ンダ、実にウラウラシテヰル。」と述べている。『近代風景』の十二月号に掲載されたばかりの作品評である。「ウラウラ」の意味については別稿に譲りたいが、これほど苦しい状況になっても近辺の作家の作品にきちんと目をと通すということは、生やさしい技ではない。そこには友情だけではない、作家として孤独に作品を創造する仕事をしながら、文壇の動向を認識しようとする意識や他作家からの刺激を得ようとするような真摯な芸術家魂が息づいていると思われる。

二十二　芥川による中野重治の発見

前章の芥川書簡には、続いて次のような一節がある。

ソレカラ中野君ノ詩モ大抵ヨンダ、アレモ活キ活キシテヰル。中野君ヲシテ徐ロニ小説ヲ書カシメヨ。今日ノプロレタリア作家ヲ抜ク事数等ナラン。

芥川の批評眼の確かさを証明するものである。中野重治は、まだ学生であったが、『驢馬』の同人であり、『驢馬』の資金援助は、犀星が行っていた。それ故、犀星宛にこのような文章をしたためているのであるが、芥川のような作家にとって、中野のような作家が育ちつつあることは、一つの脅威であったろう。しかし、刻苦して作品を描く芥川のような作家が、「玄鶴山房」の最後にリープクネヒトを読む青年を描かねばならなかったように、プロレタリア文学の行方は、気がかりであったに違いない。中野は、同じく『驢馬』の同人であっても、堀とは相当気質が違っている。芥川は、堀には犀星とともに後見をすることができても、中野重治以下、残りのプロレタリア文学に向かった同人たちに対して、能力の発見はできても、同じように接することはできなかったであろう。しかし、芸術派の雄、堀辰雄とプロレタリア派の雄、中野重治が、共に犀星や芥川のすぐ間近で育っていたことは注目に値する。六月頃、中野重治は、芥川が話したがっていることを知り、芥川宅を訪ね、夕食を共にしている。芥川にはプロレタリア文学を理解しようという熱意はあったようだし、『驢馬』のパイプの会にも出ていることから、それなりの交流はあったようだが、芥川と中野の会話がかみ合ったとは言い難いように、芥川は、犀星のようには交流できなかった、または、理解されなかったようだ。平野謙が述べるように(85)「中野におけるマルクス主義文学の方向と堀における西ヨーロッパの前衛文学の方向は、単に中野と堀だけでなく、既成文学に対立する若き昭和文学全体の動向を代表するものだった。芥川龍之介の不安をうけつぎ、乗りこえようとする方向は、すでに早く中野重治と堀辰雄によっていわば文学的に定着されていたのである。」という見解は成り立つだろう。その時に、「ぼんやりした不安」に倒れた芥川のそばにいた犀星が、なぜ昭和十年前後に当時の時代を代表するような文学的復活を遂げ得るのだろうか。堀も中野も受けとめ得る犀星の資質は、理知に阻まれることのない生活や肉体に根ざした感性の中にあるのかも知れない。『驢馬』の同人たちと犀星の交流の様子は、佐多稲子の『年譜の行間』(86)に詳しいが、この時代、犀星も警察に逮捕された時の覚悟も準備も整えた上での後見であった。ここにも対極に位置した芥川と犀星の差異を垣間見ることができる。

二十三　芥川の災難と大阪講演旅行

芥川の方は、体調不良のまま年を越したところへ、心身ともに追い打ちをかけるような事件に見舞われている。新年四日に、義兄西川豊の家が全焼し、直前にかけられていた多額の保険のために、西川自身に放火の嫌疑がかかった。ところがその西川は、六日に千葉の土気で鉄道自殺を遂げ、その後始末が芥川に降りかかってきたのである。新聞の見出しに「文士芥川氏の義兄」とまで書かれて驚愕仰天する。年三割の借金が残っており、春ごろまで、義兄とその残された家族のために、芥川が奔走、無理をする場面が見られる。この頃になると、芥川は編集者や来客から避難したり、執筆するために帝国ホテルを使っている。また、銀座に出て米国聖書協会に住み込んでいる室賀文武を訪ねるなどして過ごしている。一月十九日、「玄鶴山房」を脱稿。二月十一日には、芥川が平松ます子、下島とともに犀星宅を訪ねる。また、この日までに堀辰雄の「ルウベンスの偽画」について、芥川と犀星が目を通し、添削指導を行い、芥川が書簡で佐佐木茂索に引き立てを頼んでいる。十三日には「近年にない速力」で書いた「河童」を脱稿、続いて「文芸的な、余りに文芸的な」の前半部を書き上げている。二月十九日、歌舞伎座で行われた改造社主催の観劇会に、犀星は芥川と一緒に出かけた(87)が、帰りも一緒の約束をしていた芥川を見失って、宇野浩二が一人佇んでいるのに行き合う。「年譜」によれば、芥川は、久米と話し、閉幕後は里見弴に誘われて吉原の茶屋へ出ていた。さらに佐藤春夫、佐佐木茂索夫妻と帝国ホテルへ行き、佐藤、久米、谷崎と四人で夜を徹して話し込んでいた。翌朝、芥川は、帝国ホテルからの帰りがけに犀星宅に寄り、前夜の非礼を詫びて帰る。さらに、体調の無理を押して、二月末から三月六日にかけて、大阪へ改造社の円本全集宣伝講演会に出かけ、講演のかたわら、佐藤春夫や谷崎潤一郎と交流し、文学論を戦わせたり、文楽を観たり、根津松子の誘いでダンス場に出向いたりしている。

二十四　犀星作品「木枯」「冬の蝶」評

義兄の事件から日も浅い一月八日頃、「新潮合評会」があり、芥川は出かけている。(88) 俎上に上がった中に、犀星の「木枯」と「冬の蝶」がある。(89)「木枯」は、戸籍上の兄、真道の結婚生活をモデルにした作品であり、「冬の蝶」の方は、金沢に借りている庭についての心境小説風な作品である。この二作品については、藤森淳三と芥川の意見が真っ向から割れている。藤森が「僕は『冬の蝶』の方が好きだ。」と言ったのに対し、芥川は、「僕は『木枯』の方が佳い。」と言ったところからゴングが鳴り、

藤森　「不同調（「冬の蝶」のこと：注筆者）」の方が感じが佳い。
芥川　「木枯」の方が変てこに凝ってゐる。
藤森　凝つてゐるだけに苦しい。あれ程すつきりと行つてゐない。
芥川　それは僕は全然反対だ。
藤森　「木枯」なんかは、何処か、ひどく云ふと通俗的な所がある。
芥川　通俗的な所は全然ない。しかし「木枯」は凝り過ぎてゐると云ふ所があるかも知れない。

というように、見事に反対の意見を述べている。ただ、芥川は、「冬の蝶」の方を全く評価しないのではない。ただ、「木枯」の方が「本格的で作品の丈が高い気がする」と主張するのである。しかも、芥川は、作品の「丈が高いと云ふことは非常に重大だ。」と述べている。「冬の蝶」は、日本的、俳諧的、趣味的で、庭に対する心境を語った穏やかな小説であれば、あまり評価を分けるような作品ではない。しかし、「木枯」の方は、通俗的であるなしで読みの評価を分けたように、作品内に毀誉褒貶を内包している。犀星文学全体の流れから言えば、「木枯」は、市井鬼ものへの予兆を感じさせる作品である。中野重治の才能を読み取った芥川であってみれば、犀星文学の新

たな開花の可能性を読み取ったとしても決して言い過ぎではあるまい。そしてまた、ここでは無難な「冬の蝶」を適当に評価するよりも「木枯」に注目して批評することの方が重要であることも芥川には見えていたことであろう。この芥川発言を支えるように発言している宇野浩二の発言、「『新潮』のは芥川君に大体賛成だ。室生君と云ふ人のを時にひよつと読むのですがね、実に小説と云ふものに苦心してゐるのにいつも感心する。」とか、「誰も知らない中に、どうしてこんなに小説に心をひそめてゐたかと思はれる、さういふ巧さがある。」などという批評があるが、これらの発言は、これからさらに六年ほど後に、市井鬼ものとしての犀星作品が批評される時の発言とよく似たものである。つまり、これらを合わせて考えれば、すでに犀星の中には、市井鬼ものというような明確な道筋はつかんでいないにせよ、新しい小説への模索だけは、すでに始まっていたことがうかがえる。芥川の「変にうまくなつている」という発言や「習作的な所があるね。」という発言も、模索を続ける犀星文学の現状を捉えているし、「室生犀星は尺とり虫だ。いつも尺をとつて進んでゐる。」という発言も、小説と向かい合って、毎日たゆまぬ努力を続けている犀星の姿勢をよく見抜いた発言になっている。

二十五　芥川の心中未遂事件

昭和二年三月号の『文芸春秋』に、芥川は「軽井沢で」という断片集のようなものを発表した。その中に「詩人S・Mの言葉――芒の穂は毛皮《けがは》だね」というのがある。また『新潮』の同月号には、「家と庭の随筆」の大見出しの元に、「註文無きに近し」の表題で書いているが、三行ずつ三つの段落でできている文章の二つ目には、「室生君のように」とあり、三つ目には「室生君とも相談の上」と書かれている。庭と言われれば、凝っているのが犀星だからという意味合いを強調しているのであろうか。下島勲の日記によれば、三月二十一日に犀星宅へ往診して芥川のところへ回るが、前日から外泊して不在であった。時期的には、「歯車」を執筆中である。二十五日は、珍しく犀星自身が頭痛で臥している。その翌日には、芥川の養父が鼻血を出して診察する。二十七日には、犀星宅に子供の往診に出かけ、そこで田辺孝次に会う。そこから小穴の下宿で花札をして遊んでいる芥川と行き合い、仲間に入り、一緒に戻って夕食を共にしている。芥川の年譜によれば、二十八日から四月二日まで鵠沼に滞在している。滞在中、右目の視野に歯車の回転するのを感ずるようになる。

四月十四日発行の『文芸時報』には、「食物として」という題で、芥川が作家たちを描いている。犀星の郷里である金沢の方言から文を起こし、里見弴、菊池寛、谷崎潤一郎、北原白秋、宇野浩二、佐佐木茂索と書き連ねて、最後に犀星が俎上に上がっている。しかも他の作家たちが、割合脂っこいイメージであるのに、犀星については、「干物にして食ふより仕方がない。」とまったく系統の違う食べ物に見立てている。しかも、他は「うまそう」という言葉と共に描かれているが、犀星は「仕方がない」のである。それでも「室生君は、さだめしこの室生君自身の干物を珍重してたべることだらう。」と締めくくっている。しかも「これは今僕の前に座つてゐるから」とすら断っている。犀星を目の前に据えてそう書けるほど親しいのであり、また、「うまそう」には食えない自足した男というイメージが芥川の中にある。もちろんこれらの作家イメージは、体格と性格と、作風などを合わせて考え出されたものだと読み取ることができる。

四月に入ると犀星の「四月日録」という日記が存在する。但し、『文章倶楽部』の六月号に掲載された公開されることを前提とした日記であることに配慮しなければならない。それによると、一日から毎日出かけた所、会った人など記されているが、四日に下島医師が子供の往診に犀星宅に来ている。五日は、『新潮』の合評会に初めて出かけ、しゃべり過ぎを後悔している。六日、いろんな人が来る中に「芥川君下島先生同道にて来る。短冊など書きて興を遣りたり。」とあって、一句捻っている。下島勲の「古い日記から」[90]によると「夕刻から芥川氏と同伴、魚眠洞に室生犀星氏を訪ふ。同氏は夕食中なりし。閑談中芥川氏は、室生氏の机の上の洋紙の書簡箋を手にとり、その表に晩年よくかきし前方へ手をさしのべた河童を描き。／橋の上胡瓜なぐれば水ひびき／すなはち見ゆる禿のあたま／と題し、また裏に蜻蛉を一つ描き、／野茨にからまる萩のさかりかな／の一句を書きたり。／私は芥川氏のそれを無造作に丸めて机の下に投げ入れたるを拾ひ、皺をのばして持ち帰り、のぞむがままに連に与へたり。／この日の芥川氏は、何となく昂奮してゐたやうにみえた。九時頃同道帰途につく。」と詳しい。翌七日、芥川が「歯車」の最終章を脱稿した後帝国ホテルで平松ます子と心中することを計画していたとすると、前日の犀星宅訪問は、さりげなく今生の別れを告げに来ていたことになる。多少昂奮状態にあったという芥川の異状に、犀星がその実気づいていたかどうかは不明である。七日、芥川の方は、平松が小穴の下宿を訪ね、文、小穴、葛巻の三人でホテルに駆けつけ、未遂に終わる。小穴が付き添って宿泊。一方、その日、犀星宅には堀辰雄が来ていた。

次に犀星が芥川と顔を合わせるのは、十四日である。主治医の下島も同様でいずれも心中未遂事件は知らないようである。犀星の「四月日録」には、「重々しく曇れる日。芥川君のところへ行く。まだ炬燵《こたつ》の中にあり、庭前の落花しきりなるに呆然たり。夜雨を遠く聞きて早く寝る。」とある。芥川のところのこの落花の描写をどう捉えるかで犀星が芥川の異状に気づいていたか否かを分けるのだが、結果的には、おそらくそこまで思い及ばなかったであろう。下島勲の日記では、「午後、往診の途上、魚眠洞へ寄る。今、澄江堂へ行けりと。それより澄江堂へ立寄り、夕方まで雑談やら俳句談やらして帰る。」とある。翌十五日、犀星によれば、「三橋亭にてパイプの会あり」[91]「澄江堂も参会、古風なるパイプ銜へたり。」とある。十六日、犀星は、「澄江堂よりの臼人蛙の戯画をかける。お隣より貰へる白の大輪の椿一本を生ける。むしろ牡丹のごとき椿なり。」とある。芥川は「年譜」によれば、菊池寛へ遺書を書いている。犀星の方は、主義者と名乗る者のカンパ依頼が来たり、未知の人が訪ねて来て庭のことをあれこれ尋ねられたりするのに不快を覚えている。一方、芥川の方は、この頃アルスと興文社の誹謗中傷合戦に巻き込まれて神経を参らせている。十九日から犀星は、風邪気味で頭痛激しく、下島先生に薬を依頼し、翌二十日も臥床している。この日、犀星は、金沢大火の号外と諸銀行休業の号外が出ていることを記している。恐慌状態が始まっているのである。犀星の日録は二十一日で終わる。二十五日、芥川から犀星へ用件のみの書簡が届く。「冠省蔵六刻の印二顆、小生よりけん上せしもの一寸お貸し下され度、なほ又肉池もお貸し下され候はゞ幸甚　頓首」と。

五月一日は、堀や小穴が芥川のところに集っている。十三日夜から、芥川は改造社の『現代日本文学全集』の宣伝講演旅行のために、里見弴と上野を出発して東北、北海道へ向かう。二十一日、青森で弴と別れ、翌日、新潟に到着。芥川は二十四日付で家庭や親しい人たちに手紙を出している。二十三日のうちに書いたものと思われるが、犀星にも絵葉書に「鍋茶屋はつひに鍔甚に若かず。金沢にありし日の多幸なりしを思ふ事切なり。」と書き送っている。これは他の手紙とは調子が違う。行く先々で御馳走責めに遭っている胃腸のよろしくない芥川が、新潟一の料亭鍋茶屋と金沢一の料亭鍔甚を比較している。土地柄による客観的な洗練の度合いもあるが、追いつめられ、自死を決意しているこの当時の芥川から見れば、大正十三年当時の自分がいかに幸せであったかをしみじみと思い出し、懐かしんでいる。その時間を共有した犀星にだからこそ、短いながらも思いの籠もった手紙を出しているのである。二十五日芥川帰京。三十日午後、往診で芥川家に来た下島と偶々来ていた平木と芥川、連れだって犀星を訪ね、夕方まで話し込む。芥川は、文芸春秋社の「柳田国男、尾佐竹猛座談会」に出席予定があり、下島とは帰り道で別れている。菊池が司会役で芥川が口火を切っているが、そこに、その日犀星との間で話題になった信州の早太郎伝説の話題から振り出している。

さて、この月の下旬か上旬のある日、再び帝国ホテルで再度心中未遂を企て、平松ます子の知らせで文が駆けつけた時は昏睡状態であったが、手当が早く助かっている。この時を以て、芥川は、道連れを必要としない死に対する自信を身につけていく。それよりも、宇野浩二の発狂に驚き、広津和郎とともに、六月にかけて親身に世話を焼いている。犀星によれば[92]、この頃犀星宅で「お時宜をして、顔をあげようとして黒い足袋が片方間近にあつたのを見て、顔色を変えて驚いた事があつた」ほど神経衰弱がひどかったという。この頃のある日、朔太郎と芥川と犀星で夕食をともにして喫茶店に入った時、朔太郎と芥川の間に議論が起こり、朔太郎の蕪村支持と芥川の芭蕉支持で言い争い、芭蕉の発句が観念的であると言われたのが勘に障ったか、かなり「猛々しく突ッかかつて行つた」らしい。犀星はたばこをふかして傍観している。[93]『文芸春秋』の七月号に発表した「神も知らない」という「或女性の自殺未遂を書いた」作品に対し、芥川が「此の小説では女の中から這入つて書いた方がよかつた、最も女の中から書く事は難しくもあり却々苦しい」と批評したという。犀星が「自分は女から書くには分りかねることがあるといふと、それは分らんよと云つてゐた。」という。芥川に興味のある自殺話であるとはいえ、初めの頃とは違って、作品について突き込んだ会話をするようになっていることが分かる。芥川は、犀星の小さな作品までジャンルを問わずに読み続け、犀星文学を理解し、励ましてきた稀有な作家だが、今までの批評と合わせ考える時、後に残る犀星に対する惜しみない友情が感じられる。おそらく、周囲にいるさまざまな友人たちに対し、芥川は、その人間関係にふさわしい人の良さを示したものと考えられる。

二十六　芥川の自殺まで

七月、下島日記によれば、養父道章「脳貧血様症状あり安臥を命じ投薬す。」とあり、犀星の娘朝子も寝冷えで世話になっている。[94]翌日は二人とも良好。「年譜」によれば、「三日」川口松太郎と映画論議を展開しているところに犀星が来訪している。その折に犀星が「どんなストオリイでも映画にならないものはない。」というようなことを言い、芥川との間で「映画的なものと、さうでないものとの簡単な議論をした」という。

その後、最後になった訪問を、犀星は次のように書いている。[95]

亡くなる一月ばかり前の暑い午後にたづねて行くと、珍らしく椅子に坐つてゐたが先客がかへつた後で、何か烈しい苛ついた疲労で顔色はどす暗く曇つてゐた。その年の六月号かの「新潮」に私は芥川龍之介論を書いてゐたので、君、あれを読んで呉れたかねと云ふと、慌てて読んだよ、どうも有難うと言ふかと思ふと、たしか「湖南の扇」が出来てゐたのでせかせかとそれに署名して呉れた。その時殆聞えるか聞えないか位の独り言のやうな低い声で、ああいふものを書かなくてもよいのにと云った。私は書かなくとも好いといふのは、気に入らなかつたのかと云ふと、いや別に、いや何でもないよと、それきり黙り込んで了つた。私はそれから間もなく信州に行き、その日が彼の人に永いお別れの日になつたのである。

疲労した芥川に会っている。犀星の示す「芥川龍之介論」は、昭和二年の『新潮』七月号に書いた「芥川龍之介の人と作」のことを指している。「一　彼、人」にあるように、犀星は「芥川龍之介か佐藤春夫の孰方かの砕けた評論めいた人物印象を」と中村武羅夫から依頼され、あれこれ考えて「秋声先生に」と思ったものの中村武羅夫の「是非芥川龍之介論の方を」という勧めに従ったものである。非常に戸惑いながら、犀星は芥川論の筆を起こしている。そこで、改めてこの運命の出会いの手引きをしたのが、他ならぬ朔太郎であったことを思い出して行く。犀星は、素直に感じたままを朴訥に綴りながら、かなりまとまった芥川龍之介論に仕上げたのであった。芥川からすれば、自分の自裁後に芥川論が出ることには覚悟も予想もしていたであろうが、まさか自殺しようと思っているその時に芥川龍之介論が出ようとは思っていなかったのであろう。「ああいふものを書かなくてもよいのに」という芥川のつぶやきは、そのあたりの当惑を示したものではないだろうか。芥川は、「湖南の扇」を形見の意味も込めて多くの友人たちに署名して分けたが、犀星にもそうしたのである。

芥川の死と相前後するように出た『文芸春秋』の八月号「続芭蕉雑記」で、芥川は「僕は室生犀星君と一しょにこの芭蕉の近代的趣味（当代の）を一世を風靡した所以に数へてゐる。」と述べ、八月四日の「文芸時報」では、「内田百閒氏」の中で内田の作品「数篇を読めるものは（僕の知れる限りにては）室生犀星、萩原朔太郎、佐佐木茂索、岸田国士等の四氏あるのみ。」と述べている。双方で名前が挙がっているのは、犀星だけである。最後の最後まで犀星は芥川の話題の中にいたことになる。

ところで、犀星が最後に芥川と会ったのはいつなのか。「亡くなる一月ばかり前の暑い午後」というと、六月末に当たる。しかし、三日のようなことがあれば、さらにその後一度、犀星は芥川と会っていなければならない。その上犀星が軽井沢に出かけた日は、七月六日である。これの一つの証言は、下島勲の日記である。七月五日の項には、芥川のところから犀星宅に夕方回っている。「明日にわかに軽井沢へ避暑に出かけるとて荷造りの最中。」とある。犀星の「軽井沢日録」(96)でも六日から軽井沢で過ごしている記事がある。すると、四日か五日ぐらいしかないのは確かなようである。二十一日、芥川は『驢馬』のメンバーでもある元女給の窪川稲子（佐多）に堀を通して面会を申し込み、この日、稲子は、窪川鶴次郎とともに、芥川を訪ねている。稲子と窪川の間を取り持ったのは、犀星である。稲子が前夫のことで苦しみ、自殺未遂の経験を持つので、芥川の興味を惹いた(97)のである。犀星は軽井沢から下島へ手紙を出して、子供の薬を軽井沢へ取り寄せている。二十二日に下島は、薬と手紙を犀星へ送っている。翌日、下島は芥川へ睡眠薬の飲み過ぎを注意している。芥川は「続西方の人」を書き続けている。この作品の脱稿が自殺決行のきっかけになった。家族への気遣い等から見ても、これは芥川によって、計画的に練り上げられたものであったようだ。

犀星にとっては、最後の会見時の「書かなくてもよいのに」(98)という芥川の言葉が、昭和十年を経て、昭和三十一年になっても犀星の脳裏に響いていることを知るのみである。

『室生犀星文学年譜』では、犀星が芥川の自殺を知って上京したのを二十六日と推定している。しかし、犀星は新聞やラジオで自殺を知ったのではなく、電報を受け取り、夕立の中を正宗白鳥に見送られ、白鳥からの香典も預かって、軽井沢を後にしている。(99)下島勲の「芥川龍之介終焉の前後」(100)の記述でも水戸から呼び戻された菊池寛からそう遅れない頃に犀星が駆けつけたような書きぶりである。従って、二十四日の電報を受け取ってすぐ、取るものも取りあえず帰京して駆けつけたものと考えられる。関口安義は、「夕方までには」かけつけたと述べている。[101]

二十七　友情と孤独と

「断橋の嘆（芥川龍之介氏の死と新興文壇）[102]」と「芥川龍之介の死[103]」――ここに、二本の悲痛な芥川龍之介論がある。双方ともに筆者は、萩原朔太郎である。ほぼ同時に出されたこれらの文章は、朔太郎にとって芥川の死が如何に衝撃的であったか、その内奥に渦巻くものがあったかをよく表している。前者は、詩の理解者であり、新興文学の理解者であるような「心の若い作家」である芥川を失ったことについて、新しい文学をめざす者たちにとっての損失の大きさを述べたものである。後者は、もっと身近に引きつけた内容であり、芥川の「最近の友」の一人として、また、犀星と芥川の交流を傍観してきた者としての立場や芥川評の変遷、喪って知る芥川の真意などが、押し寄せたようにして朔太郎に文章を書かせている。

　朔太郎は、初め芥川に反感を覚えた。あまりにも心得た「聡明さ」に反発を覚えたのである。次に、芥川の矛盾、「『典型的な小説家』でありながら、一面に於て『典型的な詩人』であること」について考え続け、到達した結論は、「芥川龍之介――かれは詩を熱情してゐる小説家である。」であったが、朔太郎にはまだまだ疑問点があった。朔太郎は、それを『驢馬』同人の「室生、芥川の二君を賓とするパイプの会」の機会を捉えて一論戦交えたいと望んだ。ところが、朔太郎が期待した日に芥川は現れず、朔太郎は一人自分の考えるところを演説することになった。当然その時の話の内容は、芥川の耳に達することになる。或る夜、堀や小穴に囲まれた芥川が、朔太郎の周囲にも集会のあった時に突然訪ねて来て、「『君は僕を詩人でないと言つたさうだね。どういふわけか。その理由をきかうぢやないか？』語調も剣幕も荒々しかつた。」という。「たしかにその時、彼の血相は変つてゐた。かくしきれない怒気が、その挑戦的語調に現れてゐた。」という。ただ、この日は、殆ど話が出来ず、数日後に朔太郎が芥川を訪ねていくまで持ち越す。この日の芥川は、「ひどく憔悴して見えた。何となく眼に活気がなく、悲しくやつれてゐるやうに見えた。」という。来客の後、再度その質問が芥川から出され、朔太郎は自分の考えを説いて「要するに君は典型的の小説家だ。」と言うと、芥川は「悲しげに首をふ」り、次のような反応を示したという。

「君は僕を理解しない。徹底的に理解しない。僕は詩人でありすぎるのだ。小説家の典型なんか少しもないよ。」

それから詩と小説の本質観の相違について、我々はまた暫らく議論した。そして遂に自分は言つた。自分が、自分の立場としての文学論を進めて行くと、窮極して芥川君は敵の北極圏に立つことになる。文学上の主張に於て、遺憾ながら我々は敵であると。

「敵かね。僕は君の。」

さう言って彼は寂しげに笑つた。

「反対に」

と彼はさらに言ひつづけた。

「僕と君ぐらゐ、世の中によく似た人間は無いと思つて居るのだ。」

「人物の上で……或は……。でも作品は全くちがふね。」

「ちがふものか。同じだよ。」

「いや。ちがふ。」

我々は言ひ争つた。しかし終ひに、彼は私の強情に愛想をつかした。そして怨みがましい声で言つた。

「僕は君を理解してゐる。それに君は、君は少しも僕を理解しない。否。理解しようとしないのだ。」

これらのやりとりは、朔太郎の胸の奥深くに鮮やかに記憶されていったらしい。他に、朔太郎は、「彼はいろいろなことを訴へた。どんなに自分がアナアキスチックの自由に憧憬してゐるか。」「室生犀星の如く、感情の趣くままに自由な本能的行動をしたいこと。すべてそれらの自由にまで、いかに必死的な熱情をもって過去を一貫したかといふこと。しかも遂に何物も、何物の自由も自分には絶望であつたといふことを、悲しい沈鬱の語気を以てかき口説いた。」のを聞いたという。そこで朔太郎が悟った芥川に対する新しい発見は、「真の詩人的情熱家」であるということだった。しかし、そのことを朔太郎が理解し、公にした時には、芥川はこの世にいなかったのである。

芥川の「いかに必死的な熱情をもつて過去を一貫したか」については、関口安義の述べるように府立三中『学友会雑誌』第十五号発表の「義仲論」や徳冨蘆花の「謀叛論」との関わりについて、「蘆花の謀叛のすすめを、後年の芥川は見事に文学化することに成功したと言ってよい。」(104)という指摘と合致してくる。

それにしても皮肉なものである。朔太郎は、「室生犀星に与ふ」では、犀星に向かって、「さうした君の気持は、僕にはよく解ってゐる。」「かうした君の心理について、僕は充分の理解をすることができる。」と述べる一方で、「どんなに僕が過去に於て苦悶したか。幾度か自殺を考へたほど、それほど思想上と生活上との救ひがたい絶望的苦悶に陥入つて居たかを、君は少しも——真に文字通りに少しも——知つてはくれないのだ。」と訴えている。芥川が朔太郎に訴えたのと相似形である。犀星は、昭和二年の九月十五日、十六日の両日、読売新聞の文芸欄に「敵国の人——萩原朔太郎君に——」を発表して朔太郎の「故郷図絵集」(105)評に応えるとともに、発句観へ展開して、蕪村に価値を見出す朔太郎に対し、芭蕉擁護論を高い調子で展開している。これなどは、見ようによっては、芥川の敵を取っている。しかし、犀星は、芥川を理解していたわけでもなかった。そしてまた、犀星も朔太郎に自分を理解しない、しようとしないのだと怒りを見せるのである。

芥川と朔太郎が言い争った日の夜、犀星も加わって三人で田端の料理屋で鰻を食べたという。その時に芥川は、何を思ったか次のような一言を発したという。

「室生君と僕との関係より、萩原君と僕との友誼の方が、遙かにずつと性格的に親しいのだ。」

この一言は、きわめて素直な一言であったかも知れないし、或いは、「敵」と言われたことへの怨みを朔太郎へ多少交ぜて言ったのかもしれない。しかし、もともと嫉妬深い性格の犀星の内心に波風を立てるには充分だった。こういう場合、より親しい方へ苦情を出すのが常である。犀星にとって、芥川は終生「偉い友人」であり、理知の権化であり、刻苦勉励する憧れの文士であった。「僕と芥川君との間では、僕はいつも尊敬みたいなものを感じてゐて、何時も七分くらゐ言ひたいことを言ひ、三分は言はずじまいになつてゐた。」(106)という犀星にとって、矛先は当然朔太郎に向かう。

「君のやうに、二人の友人に両天かけて訪問する奴は、僕は大嫌ひぢや。」

朔太郎は、「その時芥川君の顔には、ある悲しげなものがちらと浮んだ」のを見ている。犀星の一言は、長年の朔太郎との関わりの深さを芥川に思い知らせる結果になっていることに、その瞬間の犀星は気が付いていない。朔太郎は、それを了解して無言のまま芥川を労ろうとするのである。そしてそれが、朔太郎にとって、芥川との最後の日だったのである。

一体これがいつのことだったのか。朔太郎は、六月下旬から湯ヶ島温泉に滞在している。よって、その直前にあたる時期であろうと考えられる。しかし、朔太郎は、この最後の会見によって、芥川への目を開き、貴重な友人を喪うことでさらに理解を深めた。そこで朔太郎は言う。

生前だれが――どんな彼の親友が――この傷ましい英雄を彼に見たか？　彼は人に理解されず、孤独な、寂しい墓の中に死んで行つた。しかも自ら毒を服して、厳然と持し、精神のストイックな安静を失わないで。

彼に於て、自分は正にギリシャ人の、ストイック教徒の、ソクラテスの、芸術至上主義の山頂的な哲学を見る。そしてこの哲学から、逆に始めて彼の芸術論（文芸的な、余りに文芸的な）の戦慄すべき、かくされたる精神を知る。彼はニイチェの英雄であり、芸術至上主義の傷ましい殉教者だ。

　これが、最後の会見で得た理解から朔太郎が導き出したものであった。後年、朔太郎は、芥川が「詩人になることをイデアしながら、結局真の詩が書けなかつた」ことについて、「要するにその性格が文化人としての理智性にすぎ、秩序や法則の外に飛躍する原始人の野蛮性が無かつた為である。」と述べている。[107]

　一方、犀星は、冒頭に掲げたような新聞コメント以外は、沈黙を守った。一つには、犀星自身が、自分の持っている顔面コンプレックス、学歴、教養コンプレックスなどから、芥川を見る目が元からかなり歪んでおり、レンズに度が入って常に等身大よりも大きな芥川が見えていた。だからこそ、そばにいて、芥川の肉体的な苦しみは知っていても、精神的な苦しみがうまく見えない犀星は、苦しみと自殺がうまく結びつかなかったであろう。芥川が「室生犀星の如く、感情の趣くままに自由な本能的行動をしたい」と思っていたなど、思いもよらぬことで、自分こそが芥川を手本にして自らを「教育によって訓練」した。しかし、それは、朔太郎にとっても、芥川にとっても魅力のあるものではないという矛盾と皮肉については知る由もなかった。

　犀星が、芥川の自殺当初、沈黙を守った理由として考えられるのは、朔太郎を交えてのやりとりや、最後の会見時の気まずさが、重く引っかかっていたであろうことと、根元的には、等身大の芥川がよく見えないことに気が付いたことが考えられる。生前は、かなり近いところにいた友人でありながら、犀星には自殺の決意が打ち明けられていなかったことから、芥川との距離が意外に遠かったと感じた面があるのかも知れない。また、犀星の生き方からすれば、自殺するなどということそのものが、すでに理解を越えていたであろう。しかし、犀星は、理屈をつけられないまま、そこに一つの潔さや清らかさを感じ取っていた。

二十八　犀星の将来

昭和二年の十一月号に犀星は自ら「室生犀星論」(108)（自画像）を書く。(109)その終章に「彼の将来」として「特に大した将来の光輝もなく一凡下《ぼんげ》としての彼は彼の成就することに拠り、目立たぬ程度で其存在を続けて行くであらう。」と、芥川という「光輝」が墜ちた後の自分の道を見ている。「彼は現在の彼より余程しつかり者になるだらう。彼は人目に解らぬ進歩や勉強をするだらう。」と述べる。これはこれまでの犀星がそうであったように、努力を続ける決意表明でもある。そして彼は自身を鼓舞する。「彼は彼の稟性気魄の世界でのみ傍若無人の頂にかじりついて、人生の風雪の中を往くだらう。あらゆる軽蔑に酬ゆるに最早彼の後方への唾は、砂礫のやうなものに変化してゆくであらう。何事も彼は決して油断することなき「彼」への勉強を怠らぬやうになるであらう。老ゆると同時に若くなり烈しくなるであらう。行け！　そして青年期の末期にもう一度揮い立つことを忘るるなかれ。而して誰でも気の付くその末期的勇躍の下に行け！」と締めくくる。芥川がかつて評したように「日月星辰前にあり、室生犀星茲にありと魚眠洞の洞天に尻を据ゑてゐる」犀星がいる。

さて、犀星は、芥川という犀星文学の理解者を失ったのだが、同時にそれは、犀星自身が憧れていた「芥川」という呪縛から解き放されることも意味している。その認識を明確にするべく、朔太郎は、止みがたい友情から、たびたび犀星に意見を表明する。笠森勇は、朔太郎が『故郷図絵集』の中に犀星の本質的な気質「少年客気」を見出し、「朔太郎はこの詩（筆者注：「家庭」）の中に犀星が一段と自らの人生を突き詰めていったことを読み取っている」と指摘する。朔太郎は、常に、日本の伝統に根を下ろした趣味的な境地に遊ぶ犀星に反発し、そのような自分を理解しないと犀星が怒ろうとも、決然として無視し続けた。朔太郎が愛するのは、そんなところに安住できない、コンプレックスにまみれて繊細且つ粗暴に吠える野生児の犀星であった。

朔太郎は、生前、芥川に見せておいた原稿を公開する。(110) それは、教養人にあこがれる犀星に向かって、自然へ帰れと促すものである。朔太郎は、「君の芸術は、君自身に対する理想派の表現である。」と強調した上で「すくなくとも日本の文壇が、過去に意味してゐる如き小説——自然派末流の流れをくむレアリズムの小説——が、到底本質上に於て詩と両立できない文芸、詩を殺すに非ずば成立できない俗物主義の文芸であるのを考へ、君のために慄然たる杞憂を感じた。なぜならば君が詩人的超俗性を持つてゐる間は、到底文壇的意味の小説を書くことができないから。逆に君が小説家として成功し、今の文壇で名人呼ばわりをされる時には、逆に君の中の自然性や純真性やが、次第に消滅されてゐる時であるのを感知したから。」と助言するのである。犀星の進む方向は、犀星が生来持っているこの「自然性や純真性」を逆手にとって小説化する新たな試みしか残されない。朔太郎は、芥川が詩人になれなかった理由の反対に「室生犀星君などが詩人として成功したのは、彼の性格に素質してゐる粗野の原始的野蛮性に原因する。(111)」と述べているが、それを小説の上にどう表現していくかが課題であることを暗示する。しかもこの文章が、犀星にとって看過できないのは、芥川が読んで「正に適確に言ひ尽したりとの同感を得」ていることである。それが、市井鬼ものへの試みへ昇華していく道筋となることは必然である。同時に、犀星は、詩を平行して書き続けるか、どこかで筆を折ることになるかも知れないという問題をも突きつけられたことになる。「詩よ君とお別れする(112)」をものす後年の犀星の伏線は、ここから始まっているということができる。朔太郎が犀星に与えた、芥川の「同感」付きの文章は、犀星にとっては、かなり応える厳しいものであったはずである。犀星は、朔太郎へ、「自分はあの文章の前に立ち竦み息を詰め、残念乍ら一言も云へないやうな気がした。」と書いている。しかし、犀星はそれを全面的に受けとめることを決意して朔太郎へ「作家生活の危機(113)」という長文の文章で応え、感謝の意を表す。

芥川君の死は自分の何物かを蹶散らした。彼は彼の風流の仮面を肉のついた儘、引ぺか《ママ》したのだつた。彼は僕のごとき者を其末期に於ては軽蔑したであらう。自分は漸く友の温容の中に一すじ烈しい軽蔑を感じることに依つて、一層この友に親しみを感じた。自分は自分自身に役立たせるために此の友の死をも摂取せねばならぬ。なんと云つても彼が作の上にないもの、僕自身が勝手に考へ耽るものを僕の中に惹き入れることに拠つて、彼自身を閻魔の帳から引き摺り出さねばならぬのだ。彼自身の持つ僕への微かな軽蔑の情を彼自身の爪によつて、僕の諸々の仕事に拠って取消させることが出来るであらう。彼の死を僕の文芸的或時期の危期から立つことに依り、劃《かく》然としきることができるであらう。

犀星は、芥川を自分の中に生かす決意をする。しかも、犀星は、芥川の軽蔑を意識し、その上に立って、自分を生かそうとしている点が注目に値する。その厳しさに対する意識は、詩「切なき思ひぞ知る」[114]に顕著である。「我は張りつめたる氷を愛す／斯る切なき思ひを愛す」と始まるこの詩は、これら作家生活の危機を自覚し、緊張と決意を以て生き抜こうとする決意を象徴していると捉えることができる。船登芳雄が指摘するように[115]、それは、一年後の「芥川龍之介氏を憶ふ」[116]の中にも表明されているし、「彼と我」[117]で詠われる「長き髪を垂れ／暗夜とともに没し行けり」者から「手渡されし物を擁」く「我」は、「死のごとく苦しきものを交換す」という世界に於いても明確である。この「彼」は、明らかに芥川龍之介であり、力尽きた芥川の何物かを引き継ごうとする気持ちが表れている。

芥川も朔太郎も犀星を軽蔑した形跡は見られない。ただ、犀星の中に、芥川から圧迫を感ずる意識だけが伝わってくる。堀辰雄が「室生犀星と詩」[118]という文章で、「芥川さんもさういふ萩原さんと同じ位に、自分の内側に絶えずはげしい不安を抱いてゐた人ですが、しかし芥川さんはあなたの平静さを十分に理解しそれを愛してゐたやうであります。いつか芥川さんが『室生君は幸福だ』と言つたとき、あなたはその言葉に芥川さんの軽蔑しか感じなかつたやうですが、芥川さんはさういふ意味で言つたのではなく、自分が神から与えられたものだけではどうしても満足できずに苦しんでゐるとき、あなたは神から与えられたものだけで満足してゐる、いや諦め得てゐることを痛切に羨望したのであらうと私は信じます。何故なら芥川さんの求めてやまなかつた平静さは、あなたの生れながら少しも害はずに持つてゐたものでありますから、さういふあなたにとつては人生といふものが、芥川さんのやうに苦しむものではなく、ただ嘆くべきものであるのは、きはめて自然なことであります。」と述べている。芥川の「魚眠洞の洞天に尻を据ゑてゐる点に感心したことを少なからず幸福に思つてゐる。」という人物評と合致する発言で、堀の指摘は正しい。ただ、室生と親しんだ後この点に最も感心したのみならずこの犀星の心に巣食う執拗なコンプレックスが、それを認め得ないにすぎない。犀星は、芥川に羨望されていたのである。

しかし、犀星は、自ら創り出した芥川の軽蔑に立脚しながら彼の死を乗り越えようとするのである。日常の中でも、芥川への墓参を欠かさず、全集を編集し、芥川賞の委員会にも関わっていく。そういう中で小説のリアリティーを求めて、果敢にレアリスムの問題に取り組んでいく一方で、モダニズムの作品にも挑戦する。いずれもなかなか成功はしないのであるが、これらの作品を検討した笠森勇は、この中に市井鬼ものの先駆的作品を発掘している。[119]また、後の『弄獅子』にまとめられる諸作品の早いものがこの頃から出始めている。これら自伝的小説の中には、後の市井鬼ものになりうる素材がちりばめられているのである。努力の跡は、すぐには功を奏さないけれども、結果的に確実に市井鬼ものへ向けての歩を進めていたことになる。また、芥川との交流の最後ごろに論争した思い出を持つ映画時評、さらに芥川自身がよく行っていた文芸時評にも熱心になっていく。笠森勇はこれらの中に「小説手法の貪欲な探求が見られることは無視できない。[120]」と述べている。笠森は昭和三年の文芸時評を通読してトルストイやドストエフスキーへの関心に気づいているが、これはそのまま「復讐の文学[121]」まで引き継がれる関心である。否、それらへの関心は、朔太郎とともに『感情』へ詩を載せていた大正初期ごろへの復活でもある。またそこに語られる「大センチメンタリズム」も同様である。笠森はこの他に徳田秋声からの影響をあげているが、それよりも、「詩人系小説家[122]」や「小説くさくない小説を[123]」という犀星の中に、芥川が晩年に谷崎と論争した「話らしい話のない小説[124]」からの犀星らしい理解と継承の検証を必要とする。そこには、朔太郎も絡めなければ論ずることは難しいであろうが、犀星がその方向に動き、その結果が、国家権力の弾圧による崩壊と衰微に遭遇したプロレタリア文学にかわって、横光利一の「機械」にも似た人間解体の文学と、文学的に下層社会のエネルギーを汲みあげた、いわば、芸術派文学とプロレタリア文学を融合したような「あにいもうと」(125)に代表される市井鬼ものに結実していくことは確かである。そして、朔太郎が昭和十年三月の段階で犀星を評して「所で最近の室生君は、文学の形式の中から詩の残留物を一掃して、完全のレアリズムに到達して居る。文字に表現する限りに於いて、抒情的のムードを完全に抹殺して居る。しかも文学そのものの心境するところは、益々深く抒情的になつて来て居るのだ。」と述べることになる。そのような朔太郎の見方を借りれば、俳句や抒情詩から出発した犀星は、芥川という英雄との友情を経て、朔太郎の見守る中を抒情の極北をつかむ道を進んだということができるだろう。もちろん、そこは決して到達点ではない。しかし、犀星文学が、それ以後抒情性と野性の振幅の中でさらなる成長を遂げるとき、市井鬼ものをつかまえた犀星のたうちは、大いに意味のある文学的道行きだったのである。

注

（1）　室生犀星「よみうり文芸　最後の清浄さ」「読売新聞」昭和2年7月27日4面

（2）　室生犀星「続軽井沢日録」昭和2年9月『椎の木』に「芥川君の追悼文書かぬことに心を定む。故人を思へば何も書きたくなし。」とあり、『中央公論』『改造』『文藝春秋』にその旨伝えた記事と『新潮』の追悼座談会に欠席の返電を打った記事がある

（3）　「我鬼窟日録」『芥川龍之介全集』第6巻「注解」では、大正7年1月13日と明記。『室生犀星文学年譜』では、推定とする。近藤富枝『田端文士村』（昭和50年9月、講談社）では、「大正六年十二月」とある

（4）　萩原朔太郎と室生犀星は、大正2年の5月頃、朔太郎が犀星の詩に感動して手紙を出し、翌3年2月、犀星が前橋を訪ねた時から、詩を介して白秋曰くの「芸術的双生児」として生涯にわたる友情を築いた。また、萩原朔太郎と芥川龍

之介は、朔太郎が、詩集などを送って犀星より早くから手紙のやりとりはあったが、二人が実際に会うのは、大正14年4月、朔太郎が田端に居を移して以降になる

（5）「書簡」大正8年、『芥川龍之介全集』第18巻、この書簡については、永見徳太郎に「長崎に於ける芥川氏」（昭和2年10月『文藝春秋』）があり、それによれば、「第三項（つまりこの年の菊池寛と犀星の原稿：注筆者）は当にならぬから削除して、それに換ふるに、芥川氏の原稿今年分全部を、夏汀国へ捧呈する事として決裂を見ず、直ちに、鍾馗之図は我鬼国愛蔵品の一つとなつたのであつた。」とある

（6）『室生犀星文学年譜』並びに「我鬼窟日録」『芥川龍之介全集』第6巻

（7）室生犀星「芥川龍之介氏の人と作」昭和2年7月『新潮』

（8）「大正八年度の文芸界」『芥川龍之介全集』第5巻所収。大阪毎日新聞社・東京日々新聞社編纂『毎日年鑑』大正8年12月5日発行

（9）「大正九年四月の文壇」『芥川龍之介全集』第6巻所収。4月8、9、11、13日「東京日々新聞」「日日文芸」欄に「四月の月評」として発表

（10）「大正九年度の文芸界」『芥川龍之介全集』第7巻所収。大阪毎日新聞社・東京日々新聞社編纂『毎日年鑑』大正9年11月20日発行

（11）『芥川龍之介全集』第19巻の「注解」によれば、「四十九日の法要。前年の六月二十四日に生まれた長男、豹太郎が五月六日に亡くなった。乳の出も悪く、虚弱児であり、犀星は溺愛していた。」とあるが、これは日にちが「あべこべ」になっている。『室生犀星文学年譜』並びに船登芳雄著『室生犀星論——出生の悲劇と文学——』など、犀星文学研究者側の資料によると、豹太郎は、大正10年5月6日生まれで、翌11年6月24日午後9時35分死亡となっている。
また、『芥川龍之介全集』第24巻「年譜」によれば、大正11年の6月29日の項に「24日に死去した室生犀星の長男豹太郎（前年5月6日生まれ）の四十九日法要に出席する予定だったが、来客のため後日改めて訪ねることをお詫びとともに書き送る」とあるが、これにも誤りがある。「後日」ではなく、芥川の年譜作成者が参考とした書簡にも「後刻御宅へ」と明記してあるはずである。また、豹太郎の生没年月日は、正しいが、「24日に死去」した者に対する「29日」の法要が「四十九日法要」であるという根拠はどこにあるのだろうか。五日しか経過していない。「中陰」とは、四十九日そ

のものを指すのではなく、その期間を示すと考えられるので、24日の死に対する29日の法要は、初七日を指していると考えるのが適当であろう

(12)「詩と音楽」は、大正十一年、すなわちこの年の九月に北原白秋や山田耕筰らによって創刊されたばかりの雑誌である

(13) 犀星の芥川宛書簡は、田端から封書で「忘春詩集一部おとどけしますから御落掌ください。／装幀等悉く失敗しましたが、中身だけ笑読下さるように、／旅行はまだですか。／十二月十日／魚眠洞主人／澄江堂主人浄机下」とある

(14) 山崎光夫『藪の中の家　芥川自死の謎を解く』（平成9年6月、文芸春秋社）第3章による

(15) 下島勲『芥川龍之介の回想』（昭和22年3月、靖文社）「芥川君の日常」（昭和9年2月28日、中央放送局趣味講座口演）、ここでは、芥川のお茶目な性格や「寂しがりやの人恋しや」な面について、エピソードを交えて紹介している

(16) 室生犀星「日録」大正12年10月『改造』、単行本収録時に「震災日記」と改題

(17) 室生犀星「憶《おもふ》芥川龍之介君」昭和10年8月『文藝春秋』

(18) 室生犀星『杏っ子』は、昭和31年11月19日から32年8月18日まで「東京新聞」夕刊に連載された、その十章「迎えに」十一章「お汁粉」十二章「威嚇」に芥川が登場する。また、震災時の様子が最も詳しく描かれている自伝的小説でもある

(19) 室生犀星「憶《おもふ》芥川龍之介君」昭和10年8月『文藝春秋』に、「彼はいつもオムレツ一皿とお椀のおつゆで膳に向かつてゐたが、私は鮎や肉を彼の二倍くらゐ食べてゐた。」とある

(20) 芥川龍之介「震災の文芸に与ふる影響」

(21) 関口安義『芥川龍之介』１９９５年10月、岩波新書、第7章

(22) 芥川龍之介「野人生計の事」大正13年1月6日、13日『サンデー毎日』。この硯屏のことは、「身のまはり」（大正15年1月3日『サンデー毎日』）の「二硯屏」にも書いている。よほど印象に深い出来事であったかがうかがい知られる。次の章はペン皿で、これは、漱石の智恵に学んだペン皿の話である

(23) 芥川龍之介「春の日のさした往来をぶらぶら一人歩いてゐる」大正13年6月『随筆』。『芥川龍之介全集』第13巻所収

(24) 室生犀星「芥川龍之介と萩原朔太郎〔わが交友録〕」大正14年2月『中央公論』。後に朔太郎に関するエピソード部分を削除して「芥川君の印象」と改題。『室生犀星文学年譜』の該当項目に記載が落ちているが、新潮社『室生犀星全集』

第三巻に収められている

（25）室生犀星「金沢に於ける芥川龍之介」昭和4年10月「春陽堂月報」29号

（26）寺町通りにある代表的な料亭。1752年創業。芭蕉が句会をした茶室が残る

（27）片町にある料亭。1862年創業。加賀藩御膳所に勤めていた料理人を迎えて創業し、藩主が好んだ料理を再現して提供していたと伝えられる

（28）寺町の先、金沢市南西部に位置する。前田家の墓地や大乗寺がある

（29）「芥川龍之介と萩原朔太郎」に「亭亭たる赤松の群立った空の間に、春蟬がじゅんじゅんと遠啼きをつゞけてゐた。疲れた五人は、チョコレエトの錫を爪先きに剥いてゐた。『いいな。』芥川君は眼をほそめうつとりした。私も十年振りの登山だつたので、春蟬の渋いえぐい啼声に心を澄した。」とある

（30）室生犀星「友人の有名――芥川龍之介自殺の前後――」（昭和31年2月『文芸』）によれば、芥川が「さむらいの内儀なみの言葉がまだあんな、おばばの仲間にのこつてゐるんだね、そこでおばばにも一枚短冊を書いてやつたよ、真赤な燃ゆるやうな紅短冊を書いてやつたと、彼はおばばのことを面白さうに話した。」というエピソードと、その紅短冊が「なにかのみぎりに売立に出てゐて、それを見た人がそんな紅短冊を書いたことがあるかどうか、問い合わせて来たほどであつた。」と「有名であること」が貨幣価値に化けていく哀しさを語っている

（31）『室生犀星文学年譜』による

（32）芥川龍之介「軽井沢日記」大正13年9月『随筆』

（33）室生犀星「碓氷山上之月」大正13年10月『改造』

（34）室生犀星「芥川龍之介氏を憶ふ」昭和3年7月『文藝春秋』

（35）前掲書、室生犀星「憶《おもふ》芥川龍之介君」昭和10年8月『文藝春秋』

（36）『室生犀星全集』別巻二「書簡」68

（37）結局、この時の京都行きは実現しなかったらしい。『室生犀星全集』別巻一「日記」、『室生犀星文学年譜』等による

（38）佐藤春夫「文芸ザックバラン」昭和10年4月、5月『文藝春秋』

（39）この元の田端の家は、長男の豹太郎が亡くなった家でもあるので、犀星の方にためらいがある

(40) 送られたのは「妲妃のお百」であり、大正14年8月『苦楽』発表の「妲妃伝」のもとになる。
(41)「新潮合評会第二十回（大正十四年の文壇に就て語る）」大正14年1月
(42) 芥川龍之介「田端人」大正14年3月『中央公論』大見出し「わが交友録（二）」
(43) 犀星と芥川の猿股は他にも縁がある。前掲書、室生犀星「憶《おもふ》芥川龍之介君」（昭和10年8月『文藝春秋』）よれば、「或る日芥川君をたづねると、君、きのう奥さんが僕のことを変な男だとか何とか云ひはしなかつたかねと尋ねた。」「実はね郵便局の前あたりで猿股が下つて来てね、こいつは大変だと懐中から手を入れて猿股を引き上げながら歩いてゐると、奥さんにばつたり出会し〔つ〕たんだよ。急に慌てて了つた訳なんだ。」ということがあったという
(44) 萩原朔太郎「田端に居た頃」大正15年5月『驢馬』第2号
(45) 芥川龍之介『近代日本文芸読本』大正14年11月8日興文社より刊行第一集から第五集までで構成されている
(46) 室生犀星「萩原と私」大正13年8月『日本詩人』
(47) 大正10年、朔太郎年譜によると、7月下旬、『室生犀星文学年譜』によると8月、朔太郎を軽井沢に招き、「赤倉温泉に遊ぶ」とある
(48) 萩原朔太郎「室生犀星に与ふ」昭和3年1月『新潮』
(49) 萩原朔太郎「芥川龍之介の死」昭和2年9月『改造』
(50) 芥川龍之介「澄江堂雑詠」大正14年4月『文芸日本』
(51) 芥川龍之介「旅のおもひで」大正14年6月20日、21日付「東京日々新聞」「旅十題」「7の上、下」
(52) 室生犀星「堀辰雄」（昭和28年9月『文芸』後、「詩人・堀辰雄」と改題、昭和32年2月の『文芸』に再掲）によれば、どうやらこの時に、美人姉妹二人を連れた萩原の前で、応対にそつのない芥川に対して妬心を抱き、花札でとうとう犀星が感情を抑えられなくなった様子が描かれている。芥川と犀星の間に挟まった堀が、さまざまに気を揉んだり、優しく気を配ったりする様が描かれている。小説の形態をとっているので、真偽のほどは不明だが、朔太郎、龍之介、犀星と三人が顔を合わせると、コンプレックスの強い犀星が、一番心情をこじらせ易かったのは、事実のようである
(53) 芥川龍之介「侏儒の言葉―病状雑記―」大正14年10月『文藝春秋』
(54) 千葉亀雄「新感覚派の誕生」大正13年11月『世紀』

(55) 芥川龍之介「隣の笛」大正14年9月『改造』(「秋季特別号」) 小穴隆一と大正9年から14年までの50句ずつを選んで作成掲載

(56)『室生犀星文学年譜』によると「九月二十二日」の項に「妻とみ子の父の四十九日」とあるが、誤り。まず、十月二十二日に「中陰」なのだが、ここでもそれを四十九日と解釈するとおかしなことになる。なぜならば、四十九日前の時期には、犀星一家は田端におり、一切動いた形跡がないし、それならば軽井沢にいたであろう芥川にその時点で知らせたであろうが、そのような様子は見られない。ここでも豹太郎の時と同じなのではないだろうか。((11) 参照) つまり、「中陰」は、初七日の意味なのではあるまいか。今回の犀星の金沢滞在は、とみ子の実家と同じ町内に借家まで借りて、一家をあげての腰の据わったもので、未翁や南圃の句集の編集だけなら、それほどの滞在を必要とはしない。とみ子の父の重体が分かっていての覚悟の帰郷であったのではないか。小畠貞一への書簡には、妻が実家へ帰っていて、犀星が留守番をしており、仕事がはかどらないという愚痴が見える。一家をあげて帰郷した背景には、とみ子が実家の看病に出かける為という理由も含まれていたのではないか。十七日の書簡を芥川に出した直後ぐらいにとみ子の父が亡くなったと仮定して、この日が初七日と仮定するとすべての辻褄が合ってくる。芥川のお悔やみも理解できる。とみ子の父親の実際の死亡年月日を調べるのが一番だが、ここでは、問題提起に留める

(57)『室生犀星文学年譜』によると「九月二十六日」になっているが、正しくは十月二十六日であろう。龍田秀吉宛書簡が「十月三十日付」で「昨日郷里より帰京いたし候ところ」とあるが、これは作為的にそうしたのではないだろうか。これが事実でないことは、二十七日に芥川とともに、滝田樗陰の悔やみに出かけていることで明らかである。さして親しくもない相手が訪ねてきた時に居なかった方便として、失礼を詫びるのに「昨日郷里より帰京」というは好都合である

(58) 芥川龍之介「滝田哲太郎君」大正14年11月15日『サンデー毎日』、「滝田君と僕と」大正14年12月『中央公論』『梅・馬・鶯』収録タイトル「滝田哲太郎氏」。室生犀星「悼望岳楼主人」大正14年12月『中央公論』『庭を造る人』収録タイトル「滝田哲太郎氏」

(59)「七月四日」と日付の入った序文。『梅・馬・鶯』収録時タイトルは「『未翁南圃句集』の序」。なお、『芥川龍之介全集』のこの作品にかかわる「注解」には、「小畠貞一」を項に挙げて「未詳」とあるが、小畠貞一は、明治21(1888)年3月26日生まれで、犀星より一年年長の甥にあたる。犀星の異母兄生種の長男。本文中「七　芥川の来沢」で指

摘しているとおり、芥川の金沢訪問の際は、ともに行動しており、その後の芥川書簡にも登場する。犀星にとっては、きわめて近い甥である

(60)「詩神」(大正15年1月)や「日本詩人」(大正15年2月)の記事と『山村暮鳥全集』(和田義昭編、弥生書房)の年譜などとの間に微妙なズレがある

(61)日付は推定

(62)室生犀星「師走日録」『室生犀星全集』第三巻所収

(63)前掲書、室生犀星「憶《おもふ》芥川龍之介君」(昭和10年8月『文藝春秋』)には、「仕事にも草臥れて芥川君を訪ねて元気な顔を見ようと出掛けると、そんな時分、向ふからも少し温かい日でもマントをふうわりと被つた、なりの高い彼は漂々乎として歩いて来るのであつた。今君のところへ行かうとして来たんだといふと、僕も君のところへ行かうと思つて出掛けて来たんだと、立ち止って何やら相談するやうなふうで、結局、距離の近い方に行くことになるのであつた。僕の家の潜り板戸は開けるとかたんと音がして、鳥渡開けにくかつた。芥川君の開け方は不器用で二三度かたんかたんと音をさせるので、すぐ龍之介入来であることが判るのであつた。」という密な交際ぶりが書かれている

(64)『萩原朔太郎全集』年譜による。『芥川龍之介全集』の大正14年5月の芥川から佐藤春夫に宛てた書簡の「注解」の項には、「朔太郎は、この年の二月から一一月まで田端に住んでいた。」とあるが、根拠不明。朔太郎と犀星関係資料から判断するに4月から11月までであると思われる。『芥川龍之介全集』「年譜」の方は、4月上旬に朔太郎転居の項目がある

(65)「萩原朔太郎年譜」(全集所収)を見る限り、朔太郎は、この前後に特に病気はしていない。芥川書簡中の「熱を出してゐた、」の部分が伯母にかかるのか、朔太郎にかかるのか分かりにくい。朔太郎は、病むと人を遠ざける質なので、この場合の「見舞」は訪問と同義だと考える方が有力と思われる。「芥川龍之介年譜」(全集所収)では、一月二十八日の項に「萩原朔太郎を見舞うか」とある

(66)萩原朔太郎「芥川君との交際について」『芥川龍之介全集』(月報第六号、昭和10年4月)。本文中の引用部の後に当時「自殺の決心があることに気が付かなかつた」と言い、ただ、「鬼」のイメージをふさわしいものとして強く感じたと述べている

(67) 前掲書、室生犀星「憶《おもふ》 芥川龍之介君」（昭和10年8月『文藝春秋』）に、この時のことかと思われるが、「或る時岸田劉生氏の絵を上野で見てから、『さう、さう、君がこの絵の好きな訳がわかったよ。朝子嬢に肖てゐるからだよ。やあ、全く肖てゐるなあ――。』」と芥川が言ったエピソードが紹介されている

(68) 石油ストーブは、手紙持参の者に渡すように指示されている。『芥川龍之介全集』「注解」によると、『女性』六月号については、前年のものであるとすれば、「温泉だより」掲載の号であるとの指摘がある

(69) 室生犀星「梨翁と南枝」大正15年1月『新潮』、「馬に乗れる婦人」大正15年1月『婦人の国』

(70) 宮下慶正『文人空谷下島勲』１９８８年８月、伊那毎日新聞社

(71) 室生犀星「晴朗の人」昭和3年2月『驢馬』11号

(72) 萩原朔太郎「中央亭騒動事件」大正15年6月『日本詩人』

(73) 「室生犀星に与ふ」の「附記」に昭和2年の5月頃「當時原稿のまま、之を芥川龍之介君に見せた所、余が室生君に対して言はんとする所を、正に適確に言ひ尽したりとの同感を得た。」とある

(74) 署名が「秋本建之」のものには、本文中紹介のものの他、『日本詩人』九月号「白い旅館」「ライオン」、『不同調』十月号「山のみづうみ」「山住み」「枝」などがある。犀星の「秋本もの」は犀星文学研究の課題の一つとして未だ残されている

(75) 「魚眠洞」の署名では、『詩歌時代』七月号に「青梅の籠（六句）」と『驢馬』九月号に「杏と蛙（二句）」がある

(76) 室生犀星「秋本の母」大正15年4月『新潮』

(77) 『芥川龍之介全集』の「注解」では、「漱石の発句」となっているが、これは、『庭を造る人』単行本収録時のタイトルである

(78) 前掲書、室生犀星「芥川龍之介の人と作」昭和2年7月『新潮』

(79) 『芥川龍之介全集』「注解」によれば、書かれたものは「点鬼簿」（大正15年10月『改造』）に当たる

(80) 大正15年9月11日、二男、朝己出生直前の時期に当たる

(81) 芥川龍之介「凡兆に就いて」大正15年11月『俳諧雑誌』この雑誌は久保田万太郎の監輯

(82) 芥川龍之介「萩原朔太郎君」昭和２年１月『近代風景』

（83）『室生犀星句集　魚眠洞全句』には、書簡等に書かれたものまで網羅されているのだが、前の句の方は日記と『魚眠洞発句集』にあるのみで、後の句の方は、日記と発句集以外にも『地上楽園』の昭和2年1月号、『改造』の3月号、12月27日付山根しげ子宛書簡に使われている。芥川書簡についての記載がないが、全集に入っている書簡集に偏りがあって、大正15年については、芥川宛のものが殆ど収められていない以上、この二句が書かれていたであろう事が推測される。

（84）前掲書、下島勲『芥川龍之介の回想』（昭和22年3月、靖文社）「たつ秋」（昭和9年9月『かびれ』初出）に拠れば、「室生犀星君は、もと俳人として何れかといへば、新傾向の臭ひの高い人であったが、芥川君との交友が深くなるにつれ、互に熱心に研究の結果、初めて俳句に対する識見が生じてきたといふ意味を、彼の句集魚眠洞発句集の自序で述べてゐる。だから、室生君の俳句に対する自覚も実は芥川君に負ふところ少なくないと言って差支えないであらう。」と述べている

（85）平野謙『昭和文学史』昭和38年12月、筑摩書房、第一章「昭和初年代」

（86）佐多稲子『年譜の行間』（昭和58年10月、中央公論社）の「第五章『驢馬』の人々との出会い」の中に「室生犀星さん」の一項がある

（87）前掲書、室生犀星「晴朗の人」昭和3年2月『驢馬』11号

（88）「新潮合評会第四十三回（一月の創作評）」として行われ、『新潮』二月号に掲載。出席者は、芥川龍之介、宇野浩二、久保田万太郎、近松秋江、徳田秋声、中村武羅夫、広津和郎、藤森淳三ら

（89）室生犀星「木枯」昭和2年1月『新潮』、「冬の蝶」昭和2年1月『不同調』。なお、同月犀星には、他の小説として『近代風景』に発表した「喫茶と花と」と『サンデー毎日』に発表した「別れ」がある

（90）下島勲『空谷山房随筆集　人犬墨』昭和11年8月、竹村書房

（91）室生犀星「四月日録」に「パイプの会は『驢馬』同人の煙草を喫《の》む会合也。料理は各各好きに摂《と》り好きを飲み、己の文のみを払ふ。」とある。『芥川龍之介全集』年次未詳の１７３９の書簡の「注解」にパイプの会の項があり「未詳」とあるが、同様のものであろうし、昭和2年の「4月14日」であれば、日程的にも状況的にも合致する

（92）前掲書、室生犀星「晴朗の人」昭和3年2月『驢馬』11号

（93）室生犀星「安らかならざるもの」『芥川龍之介全集』月報第5号

(94) 川口松太郎「資料紹介　故芥川龍之介映画を語る」『芥川龍之介全集』第14巻月報（1996年12月）では、「なくなられる二週間程前の事……」という記述になっている
(95) 前掲書、室生犀星「憶《おもふ》芥川龍之介君」昭和10年8月『文藝春秋』
(96) 室生犀星「軽井沢日録」昭和2年8月
(97) 前掲書、佐多稲子『年譜の行間』昭和58年10月、中央公論社
(98) (95)に同じ
(99) 前掲書、室生犀星「友人の有名――芥川龍之介自殺の前後――」昭和31年2月『文芸』
(100) 前掲書、下島勲『芥川龍之介の回想』（昭和22年3月、靖文社）「芥川龍之介終焉の前後」昭和2年8月5日
(101) 前掲書、関口安義『芥川龍之介』1995年10月、岩波新書、第10章
(102) 萩原朔太郎「断橋の嘆」昭和2年9月『文芸公論』
(103) 萩原朔太郎「芥川龍之介の死」昭和2年9月『改造』
(104) 前掲書、関口安義『芥川龍之介』1995年10月、岩波新書、第1章、第2章
(105) 萩原朔太郎「室生犀星君の心境的推移について」昭和2年9月『椎の木』
(106) 前掲書、室生犀星「安らかならざるもの」『芥川龍之介全集月報』第5号
(107) 萩原朔太郎「詩壇時言」昭和10年3月『文学界』全集収録タイトル「詩について　1」
(108) 室生犀星「室生犀星論（自画像）」昭和2年11月『新潮』
(109) これについては、笠森勇「小説を模索する犀星」『室生犀星研究』第17輯（1998年10月）が詳細に論じている。
(110) 前掲書、萩原朔太郎「室生犀星に与ふ」昭和3年1月『新潮』
(111) 萩原朔太郎「詩について―室生犀星のこと。詩の野蛮性のこと。」昭和10年3月『文学界』原題「詩壇時言」
(112) 室生犀星「詩よ君とお別れする」昭和9年8月『文芸』
(113) 室生犀星「作家生活の危機」昭和3年2月『新潮』
(114) 室生犀星「切なき思ひぞ知る」昭和3年2月『不同調』詩集『鶴』所収。笠森勇も船登芳雄もこの詩に込められた「人生的熱情」（笠森）や「犀星内部の緊張感」（船登）の代表作として掲げている

(115) 船登芳雄『室生犀星論――出生の悲劇と文学――』(186頁)あるいは、船登芳雄『評伝　室生犀星』(232―234頁)
(116) 前掲書、室生犀星「芥川龍之介氏を憶ふ」昭和3年7月『文藝春秋』
(117) 室生犀星「彼と我」昭和3年10月『創作時代』
(118) 堀辰雄「室生犀星の小説と詩」昭和5年3月『新潮』
(119) 前掲書、笠森勇「小説を模索する犀星」1998年10月『室生犀星研究』第17輯
(120) 笠森勇「小説を模索する犀星(承前)――『復讐の文学』へ――」1999年5月『室生犀星研究』第18輯
(121) 室生犀星「復讐の文学」昭和10年6月『改造』
(122) 室生犀星「詩人系小説家」初出タイトル「詩人系小説の時代」昭和7年2月6、7、8日「都新聞」
(123) 室生犀星「小説くさくない小説を」昭和7年8月『日本国民』
(124) 芥川龍之介「『話』らしい話のない小説」昭和2年4月『改造』『文芸的な、余りに文芸的な』所収
(125) 前掲書、萩原朔太郎「詩について1　室生犀星のこと。詩の野蛮性のこと。」昭和10年3月『文学界』

付記　『芥川龍之介全集』は、全二十四巻、紅野敏郎、海老沢英治、石割透編　岩波書店、1995―1998年刊行のものに拠った。
『萩原朔太郎全集』は、全十五巻、伊藤信吉、西脇順三郎、中野重治、丸山薫監修　筑摩書房、1975―1978年刊行のものに拠った。

肩の作家——円地文子と犀星——

犀星が早い時期から円地文子の作品を高く評価していたことは、昭和二十五、六年当時『群像』編集部にいた松本道子が「室生さんの予言」[1]で証言している。

円地文子がはじめて犀星を見たのを「二十数年前」と昭和三十七年の犀星没後一カ月の命日[2]に記しているから、昭和十年代のことになろうが、お互いに知り合ったのは、敗戦前後の昭和二十年のことになるらしい。場所は、互いの疎開先である軽井沢である。円地は五月二十五日の空襲で中野にあった家と家財蔵書を焼失しての疎開であり、犀星は馬込に留守番を置いて、前年八月からの疎開であった。円地によれば「多分あの頃の物資不足で、何かのお世話を願ったのが縁だったろう」という。家族ぐるみでの交際があったらしく、犀星の文章には円地の夫与志松、娘の素子の様子まで記されている。苦しい敗戦後の生活を、厳寒の軽井沢で越冬した体験を共有している。

その後、円地は子宮癌を患い、肺炎を併発して生死の間をさまよう五カ月の入院生活を体験し、少女小説などを書きながら文壇復活をめざしていたが、二十六年十月の「光明皇后の絵」が『小説新潮』に掲載されるまで、出版社に原稿を持ち込んでも拒絶される日が続いていた。そんな時期のことであったから、犀星は確かに最も早い時期からの円地文学の理解者の一人であった。おそらく、男性作家、女性作家という違いを超えて何らかの共通点を見いだしていたのかもしれない。松本道子によれば、犀星は、昭和三十年代に入って、円地文子の作品が読まれるようになり、その旺盛な仕事ぶりが話題になったとき、上機嫌で、しかも大まじめにその秘密を語ったという。

「円地さんは、じつにヤワラカイ肩をしていますよ。丸くて小さいのに骨がないみたいで。あの肩が、円地さんのエネルギーの秘密を隠しているたいへんな肩ですよ。」

晩年、犀星が連載した女流評伝『黄金の針』(3)の第一回目に採り上げた作家が円地文子であった。その文中にもこの間のエピソードが書かれている。

一昨々年軽井沢で円地さんとテニスコートわきの本屋の前を歩いてゐて、私は躓づいてよろけて手をあげ何かのもたれを捜すふうに、じたばたやつて円地さんの円い肩先に手がさはつた事があつた。勿論、摑まるまではなくそのまま事無きをえたが、その折、私の左の手にさはつた円地文子の肩先きは円くて大変柔らかく、うさぎのやうな柔らかさであつたと、後で家にかへつてさう思ひ、どうやら円地文子はうさぎをからだぢゆうに放し飼ひにして、そのうさぎの一尾づつから何かを吐かさせて書いてゐるのかしらと、閑な私といふ男は考へたのである。

「よろけて」もただでは起きない犀星は、円地文子が「ポタポタした肉」を使って「からだで書く」作家であるということを、「うさぎのやうな柔らかさ」をもつ肩先から瞬間的に感得している。その「うさぎ」たちから「吐かさせて」いるものとは、女性ならではの感性に基づいた生理であり、子宮癌の手術から体得した女なるものの観念であり、六条御息所につながる満たされぬ女の情念であり、それらを重たく作品化する「欲深な描法」などであろう。また、犀星は、円地文子が作品の材を得るにあたり、「ぽかんとしてゐながら」「見逃さない眼」をもち、「ぴくりぴくりと動く」小さい耳をそばだてているのを看破していて、そこに犀星の円地を見据える眼も聞き澄ます耳も感じとることができる。

一方、円地は、初めて犀星を見たときの印象を「室生犀星先生の手紙」の中で次のように述べている。

> 改造社の山本実彦氏を祝う何かの会があって、その会へ行った時で逢った。同行者は平林たい子さん、会場で大谷藤子さん、矢田津世子さんなどに会った記憶がある。その時大勢の客の間を横切って行く異風な人があって私の眼についた。室生犀星だと誰かが教えてくれた。肩の薄く怒っているのが室生先生の晩年までの特徴だったが、その時もその肩の印象が私には何やら案山子が人間どもの中を颯爽と横切って歩いて行くような不思議な雰囲気で眺められた。

円地と犀星の交流は、私的なものから文学の世界へ根を下ろし、犀星は「冴え返る谷渡り」(4)と『文芸』に掲載された無題の随筆(5)で円地のことを採り上げて述べている。一方、円地は、犀星原作の「舌を嚙み切つた女」「山吹」「かげろふの日記遺文」を脚色し(6)、犀星の「蜜のあはれ」(『読書人』昭和34年12月7日)「好色」(『読書人』昭和37年9月24日)の書評(7)を書いている。

円地文子が抱いた犀星に対する肩のイメージは、晩年まで変わらないものだったようだが、犀星の死後、円地の脳裏に生きた姿は、軽井沢の「あの朴や楓の若みどりの高い梢に、黄金の光のように栗鼠が走り伝う苔の美しい庭に対して、厳しい孤独を尖った肩に曝らして坐っている詩人犀星」の姿であった。円地は「室生犀星先生の手紙」や「稀なる人の死」(8)などで、犀星が家庭的であり、動物にも優しいまなざしを向け、円地自身にも暖かい助言を惜しまず、娘を贔屓にしてかわいがってくれたことや、若い編集者の松本道子にカーディガンを買い与えたりしてかわいがるため、若い女性編集者や女性愛読者に父のように慕われ、情けあふれる人であったという犀星の姿を紹介しているが、そんなものは外見上の修飾に過ぎず、犀星の本質に迫るものではない。それよりもむしろ、犀星が丹精して作った庭に、孤独な詩人の姿としてとらえているところに円地の犀星文学の本質を見抜いた「見逃さない眼」が光っている。

犀星の作品の多くは、不幸な出生と他人の中で育たなければならなかった哀しみを背負いながら、しかしそれをなかなか理解してもらえないという孤独に貫かれている。自然や小動物に自己を同化させたり、それらで自己を慰撫したりしながら、自分の世界を作り上げてきた。また、学歴コンプレックスや顔面コンプレックスを題材にして作品化することで自己形成を図ってきた。生母と養母の間に引き裂かれ、多くの女性たちからそれぞれにその美しさを拾いあげ、独自な「女ひと」の世界を作り上げてはきたが、ついに、唯一絶対の女性に像を結ぶことができなかった。それを犀星の案山子のような肩に見ている。

『黄金の針』で犀星が評価した円地作品の批評と「室生犀星先生の手紙」で円地が明らかにした犀星の書簡にみる作品評から、犀星が円地という作家や作品をどのように見ていたか、これから具体的に検証されていかなければならない。それによって犀星がいかなる作家であったかも逆照射されるはずだからである。「室生犀星先生の手紙」から受ける印象には、円地に対する励ましが感じられ、概して他で評価を得たものについては厳しく、逆に時評等で酷評されたものについては長所を拾っているように見える。しかし、案外そこに犀星や円地に共通した文学的世界を見ることになるのかもしれないと期待をしている。

三好行雄は、「伝統と近代の架橋としての意味をもっ」た仕事をした作家として、昭和十年前後の谷崎潤一郎と島崎藤村をあげているが、「純粋な美意識に沈潜して日本を手に入れた」谷崎を堀辰雄、室生犀星、円地文子に至る「ひそかな水脈の発端」[9]と述べていることも注目される。

室生犀星と円地文子はお互いに独特の生理的な文学世界を築いている。が、この二人がともにお互いの肩にその文学の本質を読み取り合っていたかと思うと、何やら作家というものの嗅覚の凄まじさを見せつけられる思いがする。

注

（1）『円地文子全集』16巻月報

（2）「室生犀星先生の手紙」昭和37年6月『中央公論』
（3）昭和35年1月から12月まで、『婦人公論』に毎月女流作家の評伝を連載した。採り上げられた作家は、円地文子、吉屋信子、森茉莉、佐多稲子、小山いと子、林芙美子、中里恒子、曽野綾子、平林たい子、宇野千代、野上弥生子、幸田文、網野菊、壺井栄、有吉佐和子、芝木好子、由起しげ子、横山美智子、大原富枝である。『黄金の針』昭和36年4月、中央公論社
（4）「東京新聞」夕刊、昭和29年6月7日「鶯の谷渡り」と改題
（5）『文芸』昭和30年12月、38頁
（6）円地文子の脚色「舌を嚙み切った女」（原作・昭和31年1月、脚色・四幕、昭和31年5月）、「山吹」（原作・昭和19年1月20日から3月4日までで中絶、以後書き下ろし。脚色・四幕、昭和33年10月）「かげろふの日記遺文」（原作・昭和33年7月から34年6月まで『婦人之友』連載。脚色・三幕、昭和35年3月）
（7）円地の書評「蜜のあはれ」（原作・昭和34年1月から4月『新潮』連載。書評・『読書人』昭和34年12月7日）「好色」（原作・絶筆、未完。地方紙七紙に連載予定であった作品、昭和37年5月『小説中央公論』一挙掲載。書評・『読書人』昭和37年9月24日）
（8）「毎日新聞」大阪版、昭和37年3月27日
（9）三好行雄『日本の近代文学』1972年7月、塙書房

研究ノート・女の顔の描写について――初期王朝ものの作品から――

犀星文学は、作品内容もさることながら、その表現にも特徴がある。場合によっては、それが悪文であるという佐藤春夫などの悪口と表裏のこともあるのだが、そこに特異なイメージが創り出されることもある。ここでは、終生、文学の根幹をなした「女性」のディテールを王朝ものから抽出して具体的に述べてみたい。

一般的に、顔を描写するときに基調となる色は、表現としての「白」である。犀星の場合もそれに変わりはないが、一口に「白」と言ってもそこには幅がある。蒼白いもの、赤みを帯びたもの、透明感が感じられるもの、輝きのあるもの等さまざまに考えられる。ここでは、王朝ものの全般的な特徴として「白」と「青」と「赤」を抽出し、そのそれぞれに「一般的なもの」と「照りのあるもの」と「透明感のあるもの」を念頭において掲げることにする。また、自然、小動物、衣装等のイメージで比喩的に描かれているものも対象として考えてみたい。

なお、本稿では「荻吹く歌」（昭和15・11）「あやの君」（昭和15・12）「春菜野」（昭和16・1）「姫たちばな」（昭和16・3）「少納言と一位」（昭和16・8）「えにしあらば」（昭和17・3）「津の国人」（昭和17・6書き下ろし）「妙の君」（「津の国人」に同じ）「萩の帖」（昭和17・10～12）など、比較的早い時期のものを用例の中心として取り上げることにした。

一、「白」について

① 笛吹くあるじは笛の艶をみがいてゐる生絹の白い頸《うなじ》に眼をとめ、気品ゆたかな女を見入つた。（「荻吹く歌」）

② 髪はすかれるごとに艶をふやし、髪のあひだから見える顔の僅かに白い部分は、いひ表しやうのない優しいものであつた。（「春菜野」）

③ 真葛はやつれも肥りもせず、ただ色がやや白くなつてゐるやうであつた。（「春菜野」）

④ 小者は舞ひ終へた彼女に扇を見せたとき、あまりの突然の気持の変り方で彼女の顔は真白になり、少将は呼吸を凝らしてみまもつた。（「野上の宿」）

⑤ きしむやうな白い菜の幅の広い茎は妻のただむきのやうに美しかつた。（「津の国人」）

⑥ 白い妻のただむき、うなじ、それらにこそ、男はわかれて後にあへぬことが深い悲しみになつた。人は同じ白いただむきを世界にもとむべきものではなく、そんなに貴いものはあちらこちらにあるものではなかつた。（「津の国人」）

①②における「白」は、艶のあるものとともに描かれている。女の顔に艶があるとは書いていないが、艶のあるものを配することによって、女の白い顔に艶を喚起させている。

③の「白」は、男が行方知れずになった後も帰宅を信じて糸毬を紡いで待っている真葛に対する帰って来た男の感覚であるが、ここでは「やや白くなつ」たと書かれるにとどまっている。真葛は他の描写から推して十分色白なのである。では、この「白」にはいかなる意味が含まれているのだろうか。犀星は「狩衣」（昭和17・8）の中に、宿の女・織江を登場させている。この女が顔をあげたときの掃部助《かもんのすけ》の感覚を、犀星の女性美に関する基本的な「白」の認識として掲げてみたい。

掃部助はうづまくやうな白を感じた。眼はかさだかな云ひやうであるが、近づいてみるとこちらが眼を伏せなければならない、美しいものの威をふくんだかうがうしさがあつた。こんな筈はないと掃部助は見つめようとするほど自然に眼を逸らさなければならないものが迫つて来た。（「狩衣」「参　おん衣」）

犀星の女性に見る色白の美顔の定義を「かうがうしさ」とすることができよう。③における「白」も夫を信じ、愛情を尽くして家を守り続けた女、真葛の気高さと呼応している。なお、「狩衣」の織江は「白」とあだ名されているが、「唐笛」の女も「白」とあだ名されている遊び女である。また、「萩の帖」では、「女のゐる巷の町」のことを「白」と呼んでいる。この場合は白首の略のようにも捉えられるが、犀星の中の女性を表現する「白」には、巷の名もない女の素直な美しさを「かうがうしさ」に類する美しさとして捉えているということができる。

④における白は、少将に気づいてもらうことのみを天にまかせて舞い続けてきたことが通じたことに対する波那の複雑な思いを表している。その表情の白は、貞実を守り、相手を思いやるために乞食になることも厭わず、相手が見出してくれることを当然のように信じ切っている素直な町の女の美しさに通じている。

⑤⑥における「白」は、月の光を浴びた白い菜の美しさが、妻である筒井の顔にイメージされて描かれている。すると、ここで月の光を含んだ白という「照り」が問題となる。しかし、筒井が夫の盗みを咎めることなく思いやれることや、舟上で怖がっている子供をなだめるのに母の形見の人形を惜しげもなく与える優しい知恵をもった女であるので、「かうがうしさ」に通ずることに変わりはない。また、元旦の朝、館の主人が「大きないかにも温かさうな白い鶴」を見受ける場面があるが、それは筒井になぞらえられている。筒井の優しく気高い様子は、鶴の白い温かそうな羽毛のイメージとしてもとらえられている。

「萩の帖」では、白菊にさまざまな意味が込められている。「母がはり」に兄の大和の面倒をみる綾野と、み代によって作られた純白の菊のあつものについて、大和と鹿門は「菊の花には全くあでやかな女体のただよひ」があると言い、み代も「母の肌」の「おもに胸のあたり」を思い出すなどと語り合っている。そして、白菊を燈火の代わりに車に入れて、菊の夜照りを「たゆたふあでやかな頬の照り」として楽しんだり、男の友情の証しとして見立てたりしている。白菊は、女体や頬の照りなど綾野やみ代の高雅なイメージにつながり、さらに、み代の言葉や綾野を通して、母のイメージを獲得していくものとしても考えられている。

⑦ 低い声音《こゑ》で月のやうな顔を擡げる時、もう、生絹のいふことが何であるかが大抵わかつてゐた。（「荻吹く歌」）

⑧ 右馬の頭は生絹の詠ずる歌をよむときに、彼女の顔の白さがいつも照るやうに見えた。（「荻吹く歌」）

⑨ おそらく、生絹の皮膚がみがきやうによつて、皓たる美しさを備へることを見取つて云つたものであらう。（「荻吹く歌」）

⑩ 流涙のあとの冴えた晴れやかさが朝のやうに、真葛の顔にあつた。（「春菜野」）

⑪ 津も和泉の男も控へ目ではあつたが、かういふ明るい日の野で見る橘の顔のすみずみにしみ一つない照りのつつましさに愈々彼等はある決意を固める一方だつた。（「姫たちばな」）

⑫ そして楢の木のそばを過ぎようとする白い人の顔がふいに感じられた。それはいまごろこんな処にゐさうも思はれぬ初瀬であつた。（「えにしあらば」）

⑬ ここでしかも官途の高きについたけふの旅にはなむけされた初瀬は、三年まへよりかきらびやかな小さい光をあつめ尽したやうな顔かたちを一そう美しくしてゐた。（「えにしあらば」）

⑭ 髪はうしろにながれ、一位の顔だけが皓々とかがやいて馳つた。小納言は一位の顔の照りを見ながら確乎と一位のからだを支へた。（「少納言と一位」）

⑮ 筒井はかういう禱に似た声もひくくささやいて見ると、晴れがましく明るい気持ちになり、からだが真白にかがやくやうで、勿体ないみ仏の光をうけるやうな世界のあたらしさを感じた。（「津の国人」）

⑦⑧⑨の生絹の美しさは、月の光のような照りをもった美しさである。それは、⑤⑥で触れた筒井の美しさと

同じく「かうがうしさ」に通じるものである。しかし、生絹の美しさは、女としての美や教養を高く保ちたいとする上昇志向のそれであるのに対し、筒井のそれは、思いやりである。女に対する月のイメージは『作家の手記』の序詞にも見ることができる。

月のごとき母は世にあるまじよ
良き心のみ保てる女もあるまじよ
われら良しとなすもの
われら恭ふものに何時の日か行き逢はなむ
何時かまた月のごとき母に逢はなむ

ここでは「月のごとき母」も「良き心のみ保てる女」も「世にあるまじよ」と歌っているが、それは逆にそういう母やそういう女を求めていることである。筒井のように「良き心のみ保てる女」が、すべてのものを思いやるがために、自ら身を引く生き方をする女性を王朝世界の中に描くことによって、犀星は、実父の死後、行方不明となった生母を観念的に美化し、理想の女性として描出したのである。身の潔白を示す小太刀を貞文から受け取って「月余にわたって」「微笑」むあやの君も、「膝を正して月の明るいほうを見入」って夫を思いやる真葛も、また、⑫の男に挨拶するために庭に降り立って「月に声があるやうならそんな声音」で話す初瀬もそのような女性の系譜に入るであろう。

⑩⑭⑮は、それぞれ顔に「照り」をもった女の顔であるが、それらは一様にうれしい感情に彩られた、表情の輝きである。

⑪⑬は、橘と初瀬のそれぞれの気高さと深くかかわった「照り」である。橘は、いずれ劣らぬ二人の若者から、同じように想いを寄せられてどちらとも決しかねたままに過ごすが、父親がそのいずれかの男に決めさせるために弓矢の腕くらべをする場を設ける。その折の様子が⑪に当たるが、二人の青年はあまりにも力が伯仲していた

ため、相討ちになって果ててしまう。橘は、翌朝「生田川のさざ波に銀の粉を振り撒いたやうな日の光が映つた時分」に、自分を求めて相討ちで果てた二人の青年の思いに応えるために入水する。この「銀の粉を振り撒いたような日の光」は、川面に映る日光であると同時に、橘が入水して男たちの想いに応えるという気高い心に通じており、⑪の「しみ一つない照りのつつましさ」も二人の青年の想いを大切にすることにつながっている。⑬の「えにしあらば」の方も、男と縁がありそうでありながら、その縁が断ち切られていることを悟った初瀬が、そのことを運命として受け止め、清らかな関係のまま、男を心に描いて生きて行こうとする姿勢に通じたものである。

⑭は、略奪された一位が、少納言の覚悟ぶりと細やかに一位を守る態度に心を許し、生涯を少納言に従う決心をしたので、都に向けて馬を走らせている時の描写である。一位の顔は、照り輝いている。おそらくこの二人の身分は、女性である一位の方がかなり上であろうが、その一位が「喜んであなた様に負けることにいたしました」という気持ちになったことで現れた少納言への愛情の輝きである。⑮は、仕えに出た家の青年から想いをかけられていることを悟った夜の描写である。夫から渡された黄金の仏に「おん肌守らせたまへ」と祈りつつも、「月をあびた」青年の白い顔に心惹かれたことも事実であり、新しい運命が開かれる予感に震える白さである。

⑯　その顔はむしろ清うすぎるくらゐ澄んだ美しいものであった。(「あやの君」)

男というものの心が「永い間にどう変るか」を「思い病らうてゐ」て、男との関係を「一つの運命的な悲しみ」として捉えているあやの君は、男というものを退けられるだけ退けようとした上で貞文を迎え入れている。にもかかわらず、裏切られる結果になったあやの君が、精神性の高みを求め、性的なものを身体から一切抹殺しようとする意志的な美しさを象徴させた描写である。

二、「青（蒼）」について

①　生絹の顔はあをざめ、心は沈み、「をかしき物ならべ商ひせる」ことを思ひでて、ひとりでにあをい顔をそめて赭らむほどであつた。（「荻吹く歌」）

②　橘の顔はぞくぞくするほどの予感で、蒼ざめてその色を喪うていつた。（「姫たちばな」）

③　しかも漂渺としてけぶるやうな眼の中には、人間がやみがたい或る決心をしてゐる時だけ立ちのぼるやうな蒼白さを見せるものであつた。（「姫たちばな」）

④　その問題をとかねばならぬ決心は却つて筒井を異様な青みのある美しさをたたへさせたくらゐだつた。（「津の国人」）

⑤　僅か数年くらゐ経つた後の妙の君は、眼は青くみえるはど大きくなり、嫣乎《につこ》と笑んだうつくしさは掻練《かいねり》のやうに美しいものであつた。（「妙の君」）

⑤を除いたものは、すべて緊張を伴ったそれぞれの女性の表情を表している。それぞれの女の緊張はすべて自分の前からさまざまな理由で姿を消したそれぞれの男に向けられている。①の場合は最下層に転落した夫をもっていることの羞恥を伴い、②は甲乙つけ難い二人の男の相討ちという最悪の予感に震えるものであり、それに続く③は、事件の深刻さ重大さとともに、橘が入水という運命を選びとろうとしている緊張感を表している。④は貞時との再婚を選択した筒井が、期限が過ぎても迎えに来ない夫のことを貞時に告白することからくる緊張である。

⑤は、目の大きな美女に育った妙の君のことを掻練にたとえている。眼が「青くみえる」ことは美しさにつながっているが、「荻吹く歌」「津の国人」では、女主人公の衣裳として青の打ち紐や青の掻練がよく使われている。し

かも、「津の国人」の場合、青の掻練となっている元旦の衣装の色彩が、実は萌黄色であることが示されている。「妙の君」においては、具体的な衣装は描写されていない。また、妙の君のイメージにつながる自然描写は、春の桃の林、紅梅、秋の紅葉と赤系の色彩が主だが、それに交じって、鶯が紅梅に配されている他、蓬、土筆、いたどり、蒲公英などの青草の類いも描かれている。妙の君の華やかな美しさが赤系の花の色彩で描かれているとすれば、それに配されている衣装に当たるものが鶯や青草のイメージではないだろうか。そのように考えると、妙の君の眼の青さは、その衣装からの映りによるものとすることも可能である。

⑥　あやの君は螢のやうな頬を終夜灯のあかりに沈めたきり、待つ人のあるがごとく信じようとしたものの、もう、行き着いて見れば、男の嘘はどこまでも嘘にちがひなかつた。（「あやの君」）

⑦　その頃、塗籠のなかで、御太刀をおしいただいて、あやの君は月余にわたつてはじめて淑ましい微笑みをその螢のごとき顔にうかべてゐた。（「あやの君」）

⑧　波那は悄然と階段を下りて来た。深い思ひにやつれた彼女は、いつか彼女の云つた螢のやうに蒼く、やつれ込んだものであつた。（「野上の宿」）

⑨　薄葉の中にあまたの螢が入れてあるらしく、そこだけ青い燈火のやうな光が胎んで、明りにかはるやうにしてあつた。しかもその扉のすきまからは匂ふやうな顔がさしのぞいてゐて、仄かではあるが、時々強い光を面に受けてゐた。（「津の国人」）

⑩「そなたも、螢にどこか似た方のやうに思はれるぞ。」

「どこが似合いまして？」

「美しさが青い光のやうに見え申す、頬のいろも似てゐる。」（「津の国人」）

⑥から⑩まで、すべて発光した螢のイメージで、女の美しさを表現している。螢の発する光のような、またはそれを浴びたような色艶をもった顔の美しさであるが、それぞれに男をめぐっての憂いがある。あやの君は貞文の

訪れがないことに対して、波那は男が迎えに来る前に宿を追われることに対して、筒井は便りのない夫に対して、それぞれ憂いを胸に秘めて生きている。犀星は、「野上の宿」において波那と吉田ノ少将に次のようなことを語らせている。

「女のなかには、いつも螢が住んでゐるやうな気がいたします。明るく思ひあがったり、明りがふつと消えてしまうやうな悲しい時もございます。」

「なるほど、そなたはどこか螢に似てゐる。」

螢なるものは、女すべてに共通して存在するものであること、それは女の心のなかで点滅するものであることが述べられている。螢の光は、女ひとのなかに秘められた男に対するせつない憂いであり、その点滅のありようによって喜びも悲しみももたらされるのである。女ひとの憂い顔の美もそこから生まれている。

⑪　その蒼白な顔貌はよし他人が何を云つても枉げられぬほど切迫したもので、隈なく澄み切つてゐた。（「あやの君」）

⑫　その時、貞時は庭のなかの姿を見出すとふしぎさうに筒井の顔色を見直した。嘗てない深い物思ひが皮膚を澄ませ、物悲しい青みをふくませてゐるからであつた。（「津の国人」）

⑬　綾野の澄み切つた顔色はその澄みこんだ深さを、梅路の心におほひかぶせるやうであつた。そしてそれは非常に謹みぶかい女性の怒りが、そのやうな蒼白さを見せるものだつた。（「萩の帖」）

⑪の蒼白さは切迫した緊張感をもった顔色である。ここには、⑥の憂えて待つ状態の限界を超えた運命への哀しみと怒りから、自分の身のふり方を厳しく処断する様子が現れている。⑬も怒りに裏打ちされた緊張が表されている。ここでの透明感は、皮膚ではなく、表情の透明感であり、①から④までの緊張感を伴った表情美と通底するものをもっている。⑫の蒼白さは、憂いの深さや懊悩が美しさに転化しているさまを描写したもので、心に秘めた憂いが女の皮膚を冴え返らせ、⑥⑧⑩の憂い顔に通底している。

三、「赤（紅）」について

① 木枯にいたんだ筒井の顔は、桂《うちぎ》の裏絹《もみ》をひるがへすやうに美しいくれなゐであつた。（「津の国人」）

② 筒井は赧くなつてうつ向いた。梅の梢にけふの夕陽はひとしきり華やいで間もなく、日ぐれがいきなりやつて来て暗くなるのであらう。（「津の国人」）

③ さういふ妙の君の瞼はふくれ、しだいに赧らんで行つた。（「妙の君」）

④ 初瀬は、しばらく考へ、気色ばんだ頬をそめて云つた。（「えにしあらば」）

①は、外気に傷んだ女の皮膚の美しさを衣装のイメージで表現している。ここには、屋内にのみあって、色白な顔をひそめている貴族的な顔の美ばかりでなく、屋外で立ち働く女の健康的な女の美しさが描かれている。犀星の王朝ものにおける女たちは、屋外に出ることを厭わない。姫君クラスの女性でもよく庭を歩いたり、摘み草をしたり、簀の子や部屋の端近に出たり、牛車を乗り回したりと活動的であり、仕えの女や町の女に至っては、主人筋の世話から下働きの水仕事等に至るまでよく立ち働いたり、男と連れ立って街中を歩き回ったり、大道に出て舞いを舞ったりする。それは王朝貴族社会の風俗からは外れているが、女性の美しさを損なうものではなく、かえって、さまざまな女がそれぞれの与えられた環境の中で、精一杯にものを思いつつ生きている美しさがある。そういう中にあっては、荒れた肌さえ美となるのである。

②③④はそれぞれ目の前にある幸福な気持ちが表情として現れている。②では、貞時との初夜を迎える日の夕暮れのときめきを描写している。③は筒井筒の恋を成就させて、父祖の地に向かう男と妙の君の満ち足りた道行きの表情を現しており、④は山吹色の狩衣を着た男から童を通じて物問いされ、摘み草に興じていた初瀬が恋の予感に色めく表情をとらえたものである。

⑤　心なしか生絹は冴えた美しい顔にやや朝寒むの臙膩をひいた頬をてらして、いきいきとして見えた。(「荻吹く歌」)

⑥　一位の機嫌の好い澄んだ朝の皮膚に差しさうな朝日が映り、透いた耳は、ただ眼も綾なるくれなゐだつた。(「少納言と一位」)

⑤は宮仕えをしながら自分を磨くために京へ上ることになった生絹の高揚した気持ちの美しさを表している。生絹は、自分が洗練された女になることばかり考え、右馬の頭との別離を気をとめていない。⑥の方は、少納言の略奪にあった一位が処女のまま山中で一夜を過ごし、少納言を間近に知ることによって親しみが増し、しだいに心惹かれて従う気持ちになり、夜が明けたとき、周りの風景と溶け合った表情になっている。これらはともに男の愛をすなおに受け入れようとする女の晴れやかな表情を表していると言えるであろう。

犀星が描こうとした王朝の女たちは、犀星の言葉を借りれば、「どれも純粋な日本の女として輝く貞実のなかに或は死に或は深い悲嘆のために、髪のいろもまた、灰ばむやうな」女たちであり、「その時代にある不思議な結婚の形式がともすれば破綻の多いものであつたが」「彼女らはみな女として、女がまもるべき城砦をすこしも崩壊することなくして、生きぬ」いている。その「いさぎよい美しさ」が王朝ものを描く上での、作者の一つの動機となっている。また、女の「肉体と心の廻廊ともいふやうなもの」を描こうとしたことも、『王朝』の序文からうかがい知られる。さらに『萩の帖』の序には、今までの王朝ものが「人と時代にかぎあてた詩」であり、そこに抒情的な「あまさ」を必要としたことが述べられている。女たちの顔に現れた美しさを見ていくと、それが表情として現れたものと、心に隠されて直接に現れざるものの二通りあることが分かる。女ひとの美は「輝く貞実のなか」で、「深い悲嘆」に生きる螢のイメージで表される蒼白顔であり、「まもるべき城砦」を守って生き抜く「いさぎよい美しさ」が「白」の「かうがうしい」イメージとして描かれている。そして、その背後には、生母をも含んだ「よき心のみ保てる」女ひとの「肉体と心の廻廊」を抒情的にたどっていく姿勢を見ることができる。

作家は、モチーフを繰り返し追求する。犀星にとって出生の課題は大きなものであった。失われた生母は、観念的にでも求められなければならなかった。実感できる養母との裂け目も存在した。犀星は詩でそれを求め、初期小説でそれを求めた。犀星の文学はその後、紆余曲折を経ながら市井鬼ものまで大きく展開するが、王朝ものでは、改めて抒情的なものに始まり、これまでの犀星文学の道行きを辿り直したように思われる。この稿では昭和十八年以降のものに触れていないが、「舌を噛み切った女」を一つの頂点として、王朝ものも後半になるにしたがって、抒情的なものと市井鬼的なものの幅の中に散っていったように見受けられる。これは、犀星文学全体の振幅の縮図として捉えても良いと見なしている。

An introduction to Saisei Murou

——Biography and his works——

The purpose of this study is an introduction of Saisei Murou for general English speaking people.

Saisei Murou—poet, writer and essayist—holds a special position in modern Japanese literature.

In general, a lot of the modern Japanese writers grew up in wealthy or old families and were therefore able to pursue an academic career. However, studying the culture of the western world created many problems for them. They had great difficulty reconciling the individuality of western thought with their own Japanese culture, and their exploration of these problems eventually gave rise to a new literary school of thought, Enlightenment.

However, when Saisei Murou first started writing, his work broke with the tradition of Enlightenment. His exceptional linguistic sensibility placed his work in a distinctive class of its own, and it is for his unique and inimitable talent that he is so famous today.

Saisei Murou was born in Kanazawa (Ishikawa prefecture) in 1889. His samurai father, Yazaemon Kobata, was 63 years old at the time of his birth, but was not married to Haru, Saisei's mother. His only wife had already died, and Haru was merely his employee. Saisei's birth was therefore looked upon as a shameful accident, and Yazaemon quickly decided to abandon his illegitimate child. In fact, it is not clear about his birth. A week after his desertion, Saisei was put into the care of Hatsu Akai, another unmarried woman living with a Buddhist priest called Shinjyo Murou (Saisei was at this time known by the name Terumichi—only later would he use the pen name Saisei for his writing).

Hatsu had already taken in two other children deserted by their parents, who now became brother and sister to Saisei. Ironically, Hatsu's refuge was

only 100 metres from Yazaemon's house and Saisei's real home. In 2002, Murou Saisei Museum was established at this site.

Hatsu was a strict mother, and often whipped the children if she felt they did wrong. She was a large and lazy woman who spent most of her time drinking, and as a result, Saisei grew up into a rude, wild and violent boy. When he was 6 years old, he entered primary school, but was continually scolded by his teachers. He hated this school, and spent his days by the side of the Sai-river, where he would swim and play along the banks. Nature had a soothing effect on Saisei, and quickly became his only true friend.

When he was 9 years old, Saisei's real father died and the Buddhist priest became his adoptive father. He also saw Haru, his mother, for the last time before she disappeared forever.

When he was 12 years old, Saisei stopped going to school and began to work as an office boy in the court of justice, where his brother-in-law also worked. In his spare time, Saisei began to write haikus, (Japanese poems) which often appeared in the local paper. During 1907, when he was 18 years old, 179 of his haikus appeared, with 265 appearing a year later. Haikus were very popular in rural towns like Kanazawa at that time, while the more urban communities were beginning to read European poetry, for example Verlaine, Wordsworth, Baudelaire, D.G.Rossetti, Busse, etc. which were translated by Bin Ueda. They had a great influence on contemporary poets such as Touson Shimazaki, Hakushu Kitahara, Ariake Kanbara, etc. and it was these poets who in turn influenced Saisei Murou's work. Saisei's first success was having his poetry published in "Shinsei", the national magazine of art and literature.

But Saisei was still unhappy. When he was 20 years old, he left Kanazawa, and went to Tokyo to try and fulfil his dream of being a poet. But he found it very difficult to find work, and was eventually forced, through lack of money, to return to Kanazawa. Every few months, he would return to Tokyo in the hope of finding work, but ended up wandering between the two,

unhappy in either place.

In 1913, when Saisei was 23, he received a letter from another poet, Sakutaro Hagiwara. Sakutaro was deeply moved by Saisei's poems, and they quickly became friends. Saisei also began corresponding with Hakushu Kitahara, and his poetry was published in many national magazines of art and literature.

But being popular in the literary world did not help Saisei in love. He was not an attractive man, and many women refused his advances, leaving him broken-hearted. Work began to dominate his life, particularly in 1915, when he became the editor of "Takujyo-funsui" ("fountain on the table"). A year later, the Sentimentalist movement led him to start a poetry magazine of his own called "Kanjyo"("Feeling /Passion")

1917 was an emotional year for Saisei. His stepfather (the Buddhist priest Shinjyo) died and left all of his money to the grief-stricken poet. The young Saisei then took comfort in Tomiko Asakawa, a primary school teacher with whom he quickly fell in love. By 1918 they were married in the house where he was born, and Saisei was able to use Shinjyo's legacy to publish his first collection entitled "Poems about Love", which was a huge success. This was then followed by "Lyrical, Minute Poems" which finally established his position as a famous Japanese poet.

From here, Saisei turned his attention to trying to write a novel. Although he did not think of himself as proficient as famous novelists like Ryunosuke Akutagawa (one of followers of Soseki Natsume), he believed he was able to write as well as any other writer, in particular Haruo Sato. By 1919, he had written his first novels "Childhood" and "Adolescence", both of which helped to substantiate his position as a writer. In those days, many poets wanted to go to France and follow in the footsteps of their contemporaries, —Touson Shimazaki, Kafu Nagai (a famous aesthetic writer) and Koutaro Takamura (sculptor and poet), but for Saisei, as for most writers, this remained a vague yearning.

He turned his attention instead to family-life, and in 1921, he became a father to his first boy, Hyotaro. Although Saisei had himself never been loved by his parents, he was absolutely devoted to Hyotaro, and gave the child everything he had never had. However, Hyotaro was a very weak little boy and only one year after his birth, he became very ill and died. Saisei was devastated, and although his friends tried to comfort him, he spent a great part of the year in mourning. During this time he wrote many poems about his son, known today as "Mourned Lost Child".

1923 was a more promising year for Saisei. He was introduced to Tatsuo Hori (a fellow writer) and the two would take long walks together in the summer resort of Karuizawa. On the 27th August, Saisei's first daughter was born in Tokyo, and named Asako.

On the 1st September, the great earthquake of Kanto almost destroyed the hospital where Tomiko was staying with Asako. Mother and daughter escaped just in time, and went to Ueno Park, where they were happily reunited with Saisei. However, the family could not return to Kanazawa for at least a month because of the widespread damage caused by the earthquake.

After finally settling down in Kanazawa, Saisei's reputation grew and grew, and many famous writers went to see him, including Shigeharu Nakano, Tsurujiro Kubokawa (proletarian writers), Ryukou Kawaji, Sounosuke Sato and Souji Momota (poets). Saisei even gave money to one of these writers—Seijiro Shimada. Akutagawa and Tatsuo Hori also visited his home in Kanazawa, and together they travelled to Karuizawa where they spent about ten days.

Before long, Saisei felt restless again, and moved to Tokyo once more, where he was able to attend many important literary meetings. Together with Akutagawa (who was now his closest friend), Saisei went to meet Shusei Tokuda, another famous writer. They quickly became friends and for the first time Saisei really began to enjoy his life. Furthermore, he was

blessed on the 11th September1926 with a second son, Asami. Then came a tragedy that shocked the literary world. On the 24th July 1927, Ryunosuke Akutagawa committed suicide. The event saddened Saisei so much that he could not bring himself to attend Akutagawa's memorial service.

One year later, Saisei was confronted by another death, that of his stepmother, Hatsu Akai. Although she had been a very strict mother to Saisei in his childhood, Hatsu had gradually become more affectionate and maternal towards Saisei as his adult career took off. For this reason, Saisei was again deeply saddened, yet Hatsu's death also motivated him to write his life stories. Beginning with "Childhood", through this novel, Saisei was able to realise his fantasy of a happy family with loving parents.

During this time, Saisei leased some of his land and began gardening in a special area of Kanazawa. In 1929, Saisei published his first collection of haikus entitled, "Gyomindo Kushu". (Gyomindo was Saisei's other pen name when he was writing haikus and it means "fish were sleeping in a cave"). His works were then recorded alongside those of Akutagawa in the collected works of Meiji-Taisho literature.

However, this success did not immediately make Saisei financially comfortable—his children were often ill, and the poet was frequently forced to sell his books to pay for their treatment. Then in 1932, his income increased, and he moved to a new house in Tokyo with its own garden to accommodate his family and bulldog. He was also wealthy enough at this time to own a villa in Karuizawa, which the family could use in holiday periods.

When he published "Brother and Sister" in 1934, Saisei was awarded the Literary Round-Table Conference Society (Bungei-konwa-kai) prize, and the novel later became a successful film. The work was also recognised by critics as the best example yet of the street story genre (Shiseiki-mono). Saisei then went on to become a member of the esteemed Akutagawa literary prize committee, and in 1936 was able to have his complete works

published by the Hibon-kaku Company. In April and May 1937 Saisei travelled around Manchuria in China and Korea, returning to Japan to attend the wedding of his friend Tatsuo Hori. He also kept in close contact with his other literary friends, including Michizo Tachihara and Shusei Tokuda.

Then on the 13th November 1938, tragedy struck again. Saisei's wife, Tomiko, collapsed after a stroke. She became paralysed along half of her body and suffered from aphasia (losing the ability to speak). The shock was tremendous for Saisei, yet he refused to give up on her, and spent the next 21 years nursing her condition.

Meanwhile, Saisei's friend Michizo Tachihara had been admitted to the sanatorium for sufferers of tuberculosis. Despite Saisei's hope for recovery, Tachihara died and things began to go from bad to worse. His friendship with Hakushu Kitahara fell apart after an argument over who should receive the poet's prize, while on larger scale, Great Imperial Japan declared war with China, damaging relations with the U.S.A.. Writers lost their freedom of speech, and pacifist and anti-nationalist critics were tortured. This led many conscientious writers to seek refuge in the world of classical Japanese literature. Saisei also searched for new themes and motifs, and began writing Japanese dynasty works, for which he was awarded the Kan Kikuchi prize. Some of the heroines of these dynastic works were very courageous creations, in that they defended life at all costs—be it the life of insect, bird, animal or man—all life had the same value. This was very brave in a country whose national ethic was honour in death, but Saisei refused to be silenced.

In March 1941, Saisei returned to Kanazawa to lecture on "Writers and their home country", and during this time he met his fellow haiku poets, his sister-in-law, nephew and half-brother. The meeting with his half-brother was strange for Saisei, because the former was 27years older than him, and was more like a father than a brother. In 1942 a terrible period in Saisei's life

began. He was admitted to hospital with a stomach ulcer, and was forced to come to terms with the death of many friends and relations. His best friend Sakutaro was the first to die, while Sounosuke Sato passed away a few days later. Both Hakushu Kitahara and Saisei's nephew also died that year. While 1943 saw the deaths of Touson Shimazaki, Kagai Kodama (who was the first to praise Saisei's poetry) and Shusei Tokuda. A year later, Nobuo Tsumura died, and his death was followed, in 1945, by the death of Saisei's half-brother. Inevitably, Saisei's grief was heartbreaking, but he consoled himself with the fact that they had died from illness and not war.

In summer 1944, he evacuated with his family to Karuizawa because of the frequent air raids on Tokyo. But winter in Karuizawa was bitterly cold, and he had to struggle through illness himself as well as continuing to nurse his paralysed wife. When the war finally ended, Saisei was desperate to return to Tokyo, but the city was burnt to ashes, and impossible to live in.

Tokyo remained in chaos for some time, and was too dangerous for the whole of Saisei's family. So, in 1947, he returned to Tokyo alone, and prepared for their arrival two years later. But many things happened in these two years. Saisei was chosen to be a member of the Japan Art Academy, while Asako (his daughter) got married. On the downside, Saisei developed a weak chest and had to undergo a hospital operation to recover. His political allegiances were still very clear however, as he twice declined invitations from the Japanese Emperor.

A little while later, in 1950, Saisei's son, Asami, also got married to a girl called Saseko, but after only three months, Saseko left him. Three years later, Saisei's friends Tatsuo Hori and Shinobu Origuchi died. Origuchi had taught Saisei classical Japanese literature, and Saisei had greatly admired the folklorist, scholar and poet. The pain in his chest worsened and by the time Asako divorced her husband in December 1954, Saisei's fame had begun to fade against the brightness of the "new age"(post-war Japan).

It was only when Saisei published the essay "Female People" that he

regained his position in the post-war literary world. At the same time he published a famous example of his wild heroines “Princess Sute—A woman who bit off a man’s tongue—”. The novel was then changed into a theatrical play by the famous women’s writer Fumiko Enchi. For his 1957 novel “A Daughter Anzukko”, Saisei wrote about himself, and the relationship between himself and his daughter, and was subsequently awarded the Yomiuri- literature prize for its excellence. Other prize winning works included “Life Story of My Beloved Poets” in 1958, and “The Remaining Diary of Kagerou”, which won the Noma- literary prize. Another popular work was his “A Love Affair of Goldfish” whose heroine was part-goldfish, part-girl, part-harlot and in love with an old writer.

Then on the 18th October 1959, His wife, Tomiko finally died. Saisei built a memorial in Karuizawa, published his wife’s haikus and founded the Saisei poetry prize. Two years later, he was diagnosed as suffering from lung cancer. Saisei insisted on writing every day despite his lack of strength, and his final poem, “Poem of an Old Lobster” reveals how he felt “sorrow throughout my body”. By February 1962 he was weaker than ever, and on the 26th March, Saisei died, at the age of 72.

It was very significant that Saisei began his career writing haikus. Although most of the well-known Japanese poets started with tankas (Japanese poems), the haiku was still respected in Kanazawa, and Saisei was able to overcome the inferiority complex inflicted upon him by his family by writing poetry of a rank higher than his own. His success in writing haikus proved that he had a superior talent, and this became even clearer by Saisei progressing to the novel. Most poets who began with tankas remained in the world of poetry, and if a poet became a story writer, he gave up writing poems, but Saisei had a talent for both prose and poetry. “Lyrical, Minute Poems” demonstrate the freshness of his work, which made frequent use of colloquial words. Although he had no particular

career from which to draw his inspiration, his intensity of emotion led to very impressive poetry.

Sakutaro himself confirmed this in a letter to Saisei, which praised the musical qualities of sound and rhythm in Saisei's work.

Saisei's "Poems about Love" began a new era in his career. They drew upon prosaic and humanist ideology, and were influenced by the Bible and the writer Dostoevski. Such influences helped Saisei to develop his own self-confidence, and gave him the courage to begin writing essays and novels.

Again, his work confronted the theme of his unhappy childhood. His eyes had seen the life of the lower classes, and it was this experience that allowed him to write so successfully within the street story genre. However, as a writer he remained very different from the contemporary writers of the Taisyo era, notably Akutagawa. In contrast to Akutagawa's calm quiet intelligence, Saisei's work was characterised by wild and uncontrolled activity. To this end, many believe that his depiction of the world was thus, more accurate.

At the end of the Taisyo era, Saisei gave his support to a socialist magazine—not through a shared belief in the ideology, but through loyalty to his friends who published it. It was also very important for Saisei to keep in contact with daily life, particularly in two areas;—firstly, he examined nature and its many forms. Secondly, he focused on women, love and the question of beauty, including Saisei' mothers.

Many of his contemporaries began to recognise the brilliance of Saisei's work. After Saisei published "The Remaining Diary of Kagerou", Yasunari Kawabata described Saisei as having "the spirit of a monster in his linguistic expression". Shinichiro Nakamura who is a literary critic also praised him and called "A Love Affair of Goldfish" the masterpiece which introduced avant-garde art to the world".

Although Saisei never officially became a member of a literary school, he had many friends who were writers and poets, and they inevitably

influenced each other. Saisei was of course very different from other Japanese writers, but this did not prevent him from becoming one of the great artists in modern Japanese literature.

外国語による犀星文献

1998年度、倫敦漱石記念館を研修先として、約１年間ロンドンに滞在した。研修題目は「日本文学における西洋絵画の受容」と設定した。１年間、主にイギリス各地の Museum, Gallery, Collection で絵画を鑑賞しながら、漱石を中心とした日本文学の西洋絵画の受容、殊にターナーやラファエル前派等のイギリス絵画の受容、あるいは逆にジャポニズムの西洋絵画への影響等を考えながら過ごす日々を送った。

不定期ではあったが、折々、倫敦漱石記念館に足を運び、館長の恒松郁生氏と時間を忘れて文学の話をした。恒松氏は多忙な中からよく時間を割いて、私の眼を開くようなさまざまな話をしてくださった。通い慣れるうちに、私は犀星のことをポツポツと語るようになった。その背景には、Tate Gallery にある J.M.W.Turner の作品群の喚起力に負うものがあった。

恒松氏は、初め犀星のことを詳しくはご存じなかったが、ありがたいことに興味を示してくださるようになった。そのうち、犀星は、海外ではどの程度翻訳もしくは研究されているだろうかということが話題になった。日本では、文学史等での扱いが難しい作家であるために、たとえば、欧米で比較的知名度の高い漱石、谷崎、三島、川端、大江のようにはいかないことは重々承知していた。それどころか国内の事情から察するに海外での研究は皆無ではなかろうかと思っていた。国内では聞いたことがなかったからである。

恒松氏の協力を得て、私は、犀星の海外での研究状況を知るところとなったので、次に紹介しておく。

'Adolescence' (Sei ni mezamerukoro)'Childhood'(Yonen jidai)'The stolen incense burner'(Koro wo nusumu) English James O'Brien. *Muro Saisei three works*, 1985.

'After a music concert; Trout shadow; A camel; A baby-tending song; City river; Inside a deep isolation; An unfinished poem' English Edith Marcombe Shiffert and Yuki Sawa. *Anthlogy of modern Japanese poetry*, 1972.

p.52-56

'Aksam; Gumruk' Turkish L.Sami Akalin. *Japon siiri*, 1962. p.247-248.

'Bairn; Railway train' English Graeme Wilson and Ikuko Atsumi. *Times Jiterary Supplement*, Aug.20,1971.p.1006.

'Brother and sister' (Ani imoto) English Edward Seidensticker. *Modern Japanese stories*, 1962. p.145-161.

'Brüder und Schwester' (Ani imoto) Germany Monique Humbert. *Nippon*, 1965. p.167-190.

'The cicada season; Elephant; I know that intense emotion' English James Kirkup. *Modern Japanese poetry*, 1978. p.28-30.

'Dawn' English Machiko Tanase. *Poetry Nippon*, 35-36, 1976. p.13.

'Evening; Jelly-fish; Customs-house' English Ichiro Kono and Rikutaro Fukuda. *An anthology of modern Japanese poetry*, 1957. p.94-95.

'Gott oder Weib'(kami ka onna ka) Germany Kakuji Watanabe und Heinrich Schmidt-Barrien. *Japanische Meister der Erzählung*, 1960.

'Impressions étranges d'un petit paysage; Une femme qui ne viendra jamais' French Yves-Marie Allioux. *Anthologie de poésie japonaise contemporaine*, 1986. p.29-32.

'Kolybel'naia pesnia; Inei; Meduzy; Chaiki; Mart' Russian Anatolii Mamonov. *Vkus Khrizantemy*, 1976. p.72-73.

'Lonely spring; Susaki waterfront' English Takamichi Ninomiya and D.J.Enright. *The poetry of living Japan*, 1957. p.52-53.

'Muddy thought; Double vision; Glass' English Graeme Wilson. *Japan quarterly*, 14-3, 1967. p.357,369,375.

'Muddy thoughts, and other poems' English Graeme Wilson. *Solidarity*, 8, 1971. p.56.

'My neighbor Kokei' English Japan quarterly, 4-4, 1957. p.466-471.

'Pamiat' Russian Antolii Mamonov. *Novyi Mir*, 8, 1973.

'Poemy' Russian Vera Markova. *Inostrannaia literatura*, 7, 1980. p.34-37.

'Primăvără tristă' Rumanian Virgil Teodorescu. *Din lirica japoneză*, 1973. p.163.

'Die Schlange auf dem Baum; Weisse Wolken' Germany Kuniyo Takayasu und Manfred Hausmann. *Ruf der regenpfeifer*, 1961. p.86.

'Song of an eagle' English Machiko Tanase. *Poetry Nippon*, 33, 34, 1976. p.8-9.

'A sparrow' English Masao Handa. *Poetry Nippon*, 13, 1970. p.7.

'Summer flower; Snake; Brain; Camel; Custom house; Railway train; In the dust; Rain on the sand-hills; Asakusa sunset; Evening; A pair of socks; Glass; Lonely spring; Elephant; Who is it; Snapping turtle; Homesickness; Frost; Red moon; Seaside; Nunnery by the sea; For a dead friend; Early November; King in a dreary field; Blue coolness; Sword; Summer morning' English Ikuko Atsumi and Graeme Wilson. *Japan quarterly*, 18-3, 1971. p.307-315.

'The tender leaves aflame' English Hideo Yamaguchi. *Kobe Jogakuin Daigaku Ronshu*, 18-3, 1972. p.49.

'Ternuras que fenecem' (Yasashiki toki mo arishi ga) Portuguese Yoshihiro Watanabe. *Maravilhas do conto japones*, 1962. p.241-251.

'Ueno station' English Hideo Naito. *Poetry Nippon*, 49-50, 1980. p.28.

'Winter grass' English S. Sato and C.Urdang. *Poetry*, 5, 1956. p.95.

The Japan P.E.N.Club 編 *Japanese Literature in Foreign Languages 1945-1995* より

注記：オリジナル資料から若干の改変を行っている。まず、言語名は、略称から正式名称に改めて下線を施した。次に、作品の日本名が付されているものは、その位置を訳題名の直後に移動した。*'Muro Saisei Three works'* は、３項目に分割されていたが、１項目にまとめた。

一見して最も多いのが、英語訳で17件、次がドイツ語訳とロシア語訳が各３件、フランス語訳、トルコ語訳、ポルトガル語訳、ルーマニア語訳が

各１件といった具合である。犀星文学の初期に多大な影響を与えたものの中にドストエフスキーの作品があったことが、ロシア語訳されている主な理由であろう。ジャンルから言えば、圧倒的に詩の訳が多いが、その中で、小説を訳したドイツ語訳の「神かをんなか」は目を引く。海外での小説の代表作は、「あにいもうと」ということになるのであろうが、J.O'Brien の「香爐を盗む」にも、あの表現の特異な作品をどのように翻訳したのか興味をそそられる。

1956年に最も古い訳が出て、1970年代にはすでに数多く犀星作品が取り扱われていたという事実は、犀星の国内の研究状況を振り返ってみても、決して遜色はない。日本では、翻訳というものが、まだまだ低く見られがちであるが、かつての上田敏や堀口大学の海外文学の翻訳の例が示すように、訳者が未知のものを紹介するという業績は大きい。

ロンドンの街中にある日本関係の書物を扱う書店では、漱石、大江、三島、小泉八雲、川端、太宰などについての英文翻訳、または彼等について論述した著書を多く目にした。それらのほとんどは、欧米人が著者であり、訳者である。邦人で英文の翻訳や研究を著す人は指折り数えるほど僅かしかない。

しかし、国際化、グローバル化と言われる昨今、本当にそれでいいのだろうか。日本から他国を眺めたときに言語の壁は厚い。言語の違いは、背景に文化、歴史、風土、それらの統合しての人々の発想の違いを背負っていることを痛切に思い知らされた。しかし、であるからこそ、こういった国外の日本文学研究者の仕事をもっと知り、ともに議論していく必要があるのではないだろうか。彼等の研究に触発されることもあるだろう。しかし、多くは、われわれ日本人の日本文学研究者がもっと海外に向けて、日本文化の重要な柱としての日本文学について、幅広く発信していくことにあるのではないだろうか。

実は前掲の資料は、恒松氏が訪日した際、The Japan Foundation Library（国際交流基金の図書室）から持ち帰られたコピー資料を元に、再度資料の

所在確認をそれぞれに行ったものである。このことは、視野を広げ、発想を柔軟に保てば、国内にいながら十分に国際化に対応することが可能であるということを意味している。今回、外国語における犀星研究の実状について言及するのにロンドンに行く必要はなかった。ただし、国際交流基金に犀星を調査しに行くという発想を持たなかった者にとって、このような視野と発想を持ち得たという意味でのロンドンは大きかった。現在、どのように犀星文学が紹介されているのか、今後の大きな課題の一つである。

初出一覧

第1章　初期小説を巡る諸問題

喪失、疎外される境遇との格闘——初期小説、「幼年時代」論——
『実践女子短期大学紀要』第26号（2005・3　1—8頁）
結婚生活の幻想と妄想——「結婚者の手記」・「愛猫抄」・「香爐を盗む」——
「『香爐を盗む』——結婚生活の様態と限界——」『室生犀星研究』第7輯（1991・10　180—187頁）に加筆

第2章　市井鬼ものの世界

市井鬼ものの成長とその限界——「貴族」・「あにいもうと」とその後——
「室生犀星、市井鬼ものの成長とその限界——「貴族」・「あにいもうと」とその後——」『歌子』（実践女子短期大学国文学科研究室）第13号（2005・3　14—26頁）
「暫定的」な「復讐」——「女の図」をめぐって——
「室生犀星、『暫定的』な『復讐』——『女の図』をめぐって——」『歌子』第12号（2004・3・　P9—23頁）

第3章　戦時下の生活と姿勢

戦時下の犀星――資質と姿勢――

共著『室生犀星の世界』（2000・9　247―261頁）室生犀星学会編、龍書房

甚吉ものの頃――生命への慈しみ――

「室生犀星、甚吉ものの頃――生命への慈しみ――」『実践女子短期大学評論』第21号（1900・1　40―50頁）に「室生犀星『甚吉もの』覚え書き」『歌子』第6号（1998・3・20　83―87頁）を組み入れて改稿

王朝ものの世界

・王朝もの初期作品における女性像の形象をめぐって――「荻吹く歌」・「あやの君」・「津の国人」――

「『荻吹く歌』論」『室生犀星研究』第4輯（1987・4　109―116頁）と「『あやの君』論――女性像の形象をめぐって――」『都立小松川高等学校紀要』第19号（1990・3　60―71頁）をあわせたものに加筆

・無償の愛のパラドックス――「春菜野」論――

「春菜野」――無償の愛のパラドックス――『実践国文学』第41号（1992・3　141―152頁）

・「選び抜いた美しさや善良さ」の世界――「山吹」論――

「『選び抜いた美しさや善良さ』の世界――室生犀星、戦時下の王朝もの『山吹』論――」『実践女子大学文学部紀要』第42集（2000・3　189―202頁）

第4章　犀星の戦後小説

作家の宿業と養母への鎮魂――「字を盗む男」――

犀星「字を盗む男」――作家の宿業と養母への鎮魂――『実践女子短期大学評論』第15号（1994・1　61―68頁）

魚のモチーフに見る犀星の性意識――「蜜のあはれ」から「鮠の子」へ――
『室生犀星研究』第20輯（2000・6　44―62頁）
老境における芸術と性――「切ない人」――
『実践国文学』第47号（1995・3　33―41頁）

第5章　犀星襍記

犀星文学における植物――「抒情小曲集」から――
「犀星文学の植物」『室生犀星研究』第2輯（1985・9　71―84頁）より改稿。
犀星と刀剣
『室生犀星研究』第9輯（1993・2　44―50頁）
愛の詩人の異同について――千家元麿と犀星――
「『千家元麿』――近親愛憎の詩人たち――」『室生犀星研究』第10輯（1993・10　48―59頁）に加筆。
「犀星から見た千家元麿――愛の詩人の異同について――」『実践女子大学文学部紀要』第36集（1994・3　97―115頁）に一部改稿
芸術家の友情と孤独　――芥川龍之介と犀星、そして朔太郎など――
書き下ろし
肩の作家――円地文子と犀星――
「肩の作家――円地文子と室生犀星」『実践女子短期大学評論』第18号（1997・1　48―51頁）
研究ノート・女の顔の描写について――初期王朝ものの作品から――

「女の顔に見る色彩について――室生犀星『王朝もの』から――」『歌子』創刊号（1993・3　69―77頁）から改稿。

参考　外国語による犀星文献

『室生犀星研究』第18輯（1999・5　139―143頁）に一部改稿

An introduction to Saisei Murou

――Biography and his works――

『実践女子短期大学紀要』第25号（2004・3　1―6頁）

付記　本書に採録するにあたり、底本は、『室生犀星全集』（全十二巻別巻二巻、三好達治、中野重治、窪川鶴次郎、伊藤信吉、福永武彦、奥野健男編　1964―1968年、新潮社）とし、全集未収録の犀星作品で未刊行のものは、『室生犀星未刊行作品集』（全六巻、奥野健男、室生朝子、星野晃一編、1986―1990年、三弥井書店）とした。また、全集未収録の「王朝もの」については『室生犀星全王朝物語』（上・下　室生朝子編　1982・5、作品社）によった。その他の作品や文芸時評的なものは、初出誌や単行本から収集して用いた。他の作家の作品についても、全集を基本に適宜初出誌から収集した。また、漢字の字体等は、適宜常用漢字に改め、難読漢字にはルビを付した。

あとがき

数年前に、そろそろ室生犀星の文学について論文をまとめてみたいと思い初め、二〇〇四年には、連休前から十月頃まで、何かしら資料と首っ引きで文章を書いていました。徹夜は無理でしたが、長期にわたる睡眠不足に耐えて、不思議に幸せな気分で走り通したような爽快感がありました。このたび、ようやくその論文集を「小説的世界の生成と展開」という副題の下に上梓することができました。

顧みますれば、大学への編入後、卒業論文で誰の文学を採り上げようかと悩み、実践女子短期大学国文科時代の恩師である板垣弘子先生から、その作家の育った風土を理解できる人にしなさいと助言を受けたところから、改めて室生犀星との出会いを意識することになりました。

長崎生まれである私には、長崎で生まれ育った作家がふさわしかったかもしれませんが、高校時代に金沢に転校して、いきなり北陸の風土と出会い、加賀百万石の城下町文化と出会い、金沢人の気質や人情、方言と遭遇して受けた衝撃の大きさが忘れられず、金沢出身の作家に絞り込みました。当時住んでいた金沢の家や高校の立地が犀川寄りであったことや、合唱部で歌った犀星の詩による「犀川」という歌や部歌に織り込まれていた犀星の詩句（小景異情　その六）にほだされるかたちで犀星に決定しました。

転校当時、長崎と金沢のあまりにも大きな差異について行けず、父の転勤をすら理不尽に感じたこともありました。新しい仲間は親切ではありましたが、もちろん私の抱え込んだ戸惑いを理解できるはずもなく、そこから体感された疎外感は、犀星のそれとは異なるものの一脈は通じていたと思います。そういう経験をようやくひとつの運命として受け入れることができました。また、訳も分からずに試験を受けさせられた転校先が、犀星に縁の深い犀川や野田山に近い金沢二水高校であったことを幸いとすることもできるようになりました。

大学院受験を決めるときに、指導教授であった分銅惇作先生に相談にうかがいましたら、犀星文学の研究には、一生食べて行けるほどの課題があるとおっしゃいましたが、なるほど、もう少し、もう少しと犀星文学の研究を愚直に続けるうちに成長を促され、曲がりなりにも研究者、教育者として生きることを許される身分になりました。犀星文学に育てられたことになるのでしょうか。

この論文集を構想してから改めて強く意識されたのは、芥川龍之介の存在でした。初期の犀星詩を学んだ後は、専ら王朝ものを読み解いていた私にとって、初めは中村真一郎の指摘から意識し始めたのですが、市井鬼ものに踏み込み、大正末から昭和初期の停滞期における流れを考えるに及んで、その重要性を再認識しました。一方、芥川龍之介の書簡類に目を通すうちに、芥川にとっても意外に犀星の存在は大きいのではないかと思うに至り、その文学的交友の全容を明らかにしてみたいと書き下ろしに挑戦しました。その収穫は大きかったのですが、課題もまた多く出て来ました。それは芥川との関係に留まらず、萩原朔太郎や中野重治や堀辰雄等も絡む一方、犀星文学の読みや評価そのものにも関わってきます。かつて、夢の中にやり残しの論文題目が背面から光を帯びて巻物のように流れてきたことがありましたが、それが現実に見え始めたように思います。そろそろ犀星も一区切りかなと思う気持ちもありましたが、まとめてみると逆にそういうわけにもいかず、やはり一生引きずることになりそうです。

また、英文による犀星紹介や外国語による犀星作品にも目配りしましたが、これらは、一九九八年度に倫敦漱石記念館館長、恒松郁生氏の下で研修生活を送ったことによります。英国芸術の近代日本文学への影響を漱石の足跡を後繰りするところからつかんでみたいと思い、犀星のことは考えずに渡英しましたが、ナショナルギャラリーやテートギャラリー（現在のテート・ブリテン）のターナーの絵を繰り返し見ているうちに、不思議にも犀星向けの土産をつかみ取り、芸術の普遍性に感動しながら犀星の魚のイメージを扱った論文でひとつのかたちにできました。ただ、残念だったのは、帰国ひと月ほど前になって岡保生先生の訃報に接したことでした。報せを受けても規則で帰国するわけにはいかず、ロンドンのフラットでご冥福をお祈りするしかありませんでした。三月に帰宅してみると岡先生からの年賀状が届いていて、そこには「日本に帰ってきてください」と書いてありました。岡先生からは最後の最後まで基本を大事にすることの大切さを教えていただきました。

文学関係の講義を受け持ってみて最近思うことは、作品を読んで理解するところに私が介在し、解説や分析してみせることで、受講者たちが作品の面白さや意義を発見する機会に多く遭遇することです。そういう点で長年にわたって多くの読者に愛された犀星文学の魅力をどのように分析して一般に伝えるかということも研究者としての仕事の一端ではないかと考えています。ここに収められている論文は、多少語彙の難解なものも含んではいますが、基本的には、一般向けに読み易くあれかしという意図で書いています。

この論文集を刊行するにあたって、さまざまな方々のお世話になりました。

最近は、どこの高等教育機関も変革を迫られていて、とかく忙殺されがちですが、日常の雑務に流されてしまわぬようにと「犀星を読む会」の方々には常に刺激をいただきました。宮木孝子氏、安元隆子氏、一色誠子氏のありがたい刺激と、顧問格の中西達治先生のさりげないけしかけに感謝を申し上げます。

書簡等で常に励ましてくださった飯島俊郎先生、田辺徹先生に御礼申し上げます。

本の上梓に向けて励ましと援助を申し出てくれた長崎大学教育学部附属中学校25期生の仲間たちに御礼申し上げます。

文献複写資料等については、実践女子大学・同短期大学図書館職員諸氏にたいへんお世話になりました。

下島勲関係の伊那毎日新聞社から発行されている資料については、久保田香氏からご助力をいただきました。

古い原稿はスキャンをしなければなりませんでしたが、実践女子短期大学国文学科の卒業生、石上敦子氏のお世話になりました。さらに校正では、日本語コミュニケーション学科、出版編集コースの学生たちが、培った技能で原稿チェックを手伝ってくれました。佐藤亜美、鷹取美佐、武川久野、山口みなみ、渡辺友美諸姉のご助力に感謝してここに記します。

出版に至るまでの実際面では、翰林書房の今井肇氏、今井静江氏にさまざまな場面でたいへんお世話になりました。

また、今回の上梓については、実践女子学園の出版助成を受けています。関係者の方々に感謝します。

その他、いろんな方々のご助力を賜ってこの本が世に出ることを喜びとし、次への研鑽に繋げたいと思います。

二〇〇六年一月二日

髙瀬真理子

◉事項・作品索引

索　引

◉人物索引

【著者略歴】
髙瀬真理子（たかせ・まりこ）
実践女子短期大学国文科、実践女子大学文学部国文学科を経て、実践女子大学大学院文学研究科修士課程修了。
現在、実践女子短期大学日本語コミュニケーション学科教授

室生犀星研究
小説的世界の生成と展開

発行日	2006年3月20日　初版第一刷
著　者	髙瀬真理子
発行人	今井　肇
発行所	翰林書房
	〒101-0051　東京都千代田区神田神保町1-14
	電 話　03-3294-0588
	FAX　03-3294-0278
	http://www.kanrin.co.jp/
	Eメール●kanrin@mb.infoweb.ne.jp
印刷・製本	アジプロ

落丁・乱丁本はお取替えいたします

ISBN4-87737-226-1